KB234095

시 창작 교육론

저자 **손진은**

경북 안강에서 태어나 경북대학교 국문학과 및 같은 대학원 박사과정을 졸업
하였다. 1987년 『동아일보』 신춘문예에 시, 1995년 『매일신문』 신춘문예에 문
학평론이 당선되면서 작품활동을 시작했다. 시집으로 『두 힘이 숲을 설레게
한다』 『눈먼 새를 다른 세상으로 풀어놓다』 『고요 이야기』가 있고, 학술서로
『서정주 시의 시간과 미학』 『현대시의 미적 인식과 형상화 방식 연구』, 비평
서로 『현대시의 지평과 맥락』 『한국 현대시의 정신과 무늬』 『쉿! 우주가 참
조용하였겠습니다』 등이 있다. 1996년 대구시인협회상을 수상하였고, 현재
경주대학교 교수로 재직 중이다.

시 창작 교육론

인쇄 2011년 11월 10일 | 발행 2011년 11월 15일

지은이 · 손진은
펴낸이 · 한봉숙
주간 · 맹문재 | 편집 · 지순이 | 마케팅 · 이철로

펴낸곳 · 푸른사상사
등록　제2-2876호
주소　서울시 중구 초동 42번지 아시아미디어타워 502호
대표전화　02) 2268-8706(7) | 팩시밀리　02) 2268-8708
이메일　prun21c@yahoo.co.kr / prun21c@hanmail.net
홈페이지　www.prun21c.com

ⓒ 손진은, 2011

ISBN 978-89-5640-877-4 93810
　값 26,000원

시 창작 교육론

손진은

푸른사상
PRUNSASANG

시 창작 교육에 대한 논문을 중심으로 학술서를 묶는다. 대학의 문예창작학과와 국문학과에서 시론과 시인론, 창작론 강의를 하면서 학습 주체들과 함께 어떻게 하면 시에 대한 인식을 공감하며 창작능력을 최대치로 끌어올릴 것인가를 줄곧 고민해 왔다. 중요한 것은 학습 주체들이 텍스트를 자신의 환경과 입장에서 수용하여 시 텍스트에 대한 심적 표상을 구성할 수 있느냐 하는 것이다. 필자는 창작 교육이 기교나 기법 차원의 교육이 되지 않기 위해서는 이해와 분석을 넘어서 학습 주체들의 시에 대한 인식과 경험 속에서 의미 있는 문화적 기제로 전환되어야 한다고 믿는다. 이 책에는 시 텍스트에서 도출될 수 있는 핵심적인 문제의식을 찾아내고 그것을 강의실과 창작 현장에서 적용시켜 온 과정과 결과물들이 담겨 있다. 그동안 이 방면에 대한 글들은 대체로 이론 중심이거나 반대로 기교 중심의 것들이었다. 그런 저간의 사정들이 알게 모르게 이 책의 출판을 요구하고 있었다.

이 책도 엄밀히 그런 저간의 요구들을 다 반영하고 있다고 보기는 어렵다. 왜냐하면 온전한 창작 교육 관련 글들로만 구성되어 있지는 않기 때문이다. 모자라는 부분은 앞으로 새로이 개발하여 보완해 나갈 예정으로 있다.

분량 상으로 절반이 넘는 제1부가 창작 교육에 대한 논의들이다. 「이미지 선택방식을 통한 시 창작 교육」, 「화자를 활용한 시 교육 및 창작 연구」, 「상호텍스트성을 활용한 시 창작 교육 방법 연구」, 「시에 있어서의 상호텍스트성의 실현양상 연구」, 「문학교육과 문화의 수용문제」, 「문학교육과 제재 선정의 문제」 등으로 구성되어 있다. 이미지, 화자, 상호텍스트성, 대중문화, 제재선정 등은 시 창작 교육에 핵심적으로 필요하다고 생각되는 요소라고 생각한다. 예컨대, 「이미지 선택방식을 통한 시 창작 교육」은 일찍이 백석이 창안했고 후대 시인들이 계승하고 있는 폭넓은 방법으로 시에서 주변 이미지를 차용하여 비유를 만들어가는 방식이다. 이때 창작의 측면에서 필요한 것은 창작주체에 의하여 어떻게 이미지가 선택, 구축, 배열되는가 하는 문제이다. 다른 요소를 활용한 창작 교육도 각기 나름의 필연성을 가지고 구안되었다.

제2부의 「시와 리듬」, 「시와 영상예술의 상호 관련성 연구」도 창작 교육에 대한 글이라 해도 무방하다. 군데군데 창작방법에 관한 논의를 내포하기 있기 때문이다. 백석 시의 '옛것 지향'과 '어린아이'는 백석 시의 근저를 이루고 있는 부분들이 판단된다.

제3부에서는 그동안 논의가 미진했던 부분들을 다루어보았다. 박두진 '청록집' 수록 시의 성격을 구명하고 그의 시작 과정에 미치는 영향을 짚는 작업, 서정주 시 정신의 근간을 이루는 '신라정신'이 김범부의 영향 아래 이루어졌음을 밝힌 글, 아울러 제도적 공간을 넘어 실존적 공간에서 이루어지는 시문학 작품의 성과를 수렴하려는 글은 모두 새롭고도 의미 있는 작업이라 생각된다.

한 사람에게 문학, 그중에서 문학의 정수인 시를 알게 한다는 것은 결코 쉬운 일은 아니다. 필자는 짧지 않은 기간 동안 그 문제를 학습 주체들과 함께 나누는 행복한 시간을 가졌다. 여기에 실린 글들은 모두 탁상에서 구안된 것이 아니라 교실과 현장과 연계시켜 논리적 체계를 세우고 첨

삭 과정을 거쳐 정교하게 다듬어 나간 결과물들이라 애착이 많이 간다. 시 작품의 분석이 시를 이루는 여러 가지 요소들의 관계를 분석하여 감동의 실체를 구명하는 데 목적을 두고 있다면 시 창작 교육은 그 생생한 실체와 감동을 학습 주체들과 공유하며 작품을 이해하고 생산하게 하는 것이 목적이다. 이러한 소기의 목적을 달성하려면 앞으로 더 많은 문제의식을 가지고 아직 얼굴을 드러내지 않은 미개지를 파고들어야 할 것이다. 보완해야 할 부분을 채워넣어 시 창작 교육의 이론과 실제를 규명하고 함께 나누는 완성된 책을 쓰고 싶다.

끝으로 필자의 공부에 여러모로 도움을 아끼지 않으신 권기호, 오세영 교수님께 감사드린다. 두 분은 시 창작과 연구 분야에서 늘 모범을 보이시면서 부족한 필자를 이끌어주셨다. 채산성이 없는 출판을 선뜻 맡아주신 '푸른사상'과, 이 책이 나오기까지 성원을 아끼지 않은 맹문재 교수의 도타운 정의를 각별히 기억하고자 한다.

2011년 가을, 경주 선도산 자락에서
저자 큰절

제2부

제1부

이미지 선택방식을 통한 시 창작 교육
— '주변의 소재로 그리기'를 중심으로

1. 문제의 제기

제7차 교육과정의 문학과목에서 그 이전의 과정과 두드러진 차이점을 보이고 있는 것은 작품의 수용과 창작에 있다고 할 것이다. 즉, 제6차 교육과정 문학과목의 주안점이 문학 작품의 이해와 감상에 두고 있었다면 지난 2000년부터 적용되고 있는 제7차 교육과정에서는 문학 작품의 수용과 창작으로 비중이 옮겨가면서 창작이 문학 과목의 중요한 내용으로 설정되었다.[1] 이는 창조성을 기반으로 하는 창작이 훈련에 의하여 향상될 수 있다는 믿음이 전제된 기획이라 판단된다.

시 창작 활동에서 가장 중요한 창조성의 요인은 상상력이다. 창조적인 표현과 비유는 상상력에서 연유한다. 이미지는 상상력의 작용에 의

---

1 이인제 외, 「제7차 국어과 교육과정 개발 연구」, 연구보고 CR97—23, 한국교육개발원, 1997, 187면. 여기서는 김창원, 「'述而不作'에 관한 질문 : 창작 개념의 확장과 창작 교육의 방향」, 『문학교육학』 제2호, 1998 여름, 253면에서 재인용.

해서 생산되기 때문이다. 같은 사물이나 대상을 바라보고서도 사람들이 각각 다르게 받아들이는 이유는 상상력 때문이다. 코울리지는 상상력을 수동적인 사물(the passive things)과 능동적인 정신(the active thoughts)을 결합하는 매개적 정신능력(the intermediate faculty)으로 정의하면서 인간의 직관적 인식능력과 관련된 일차적인 상상력과 대상에 대한 인식을 언어로 창조하는 이차적 상상력으로 나뉘며 이 중 이차적 상상력은 시인의 체험을 자각적으로 언어화하는 과정에 작용하는 것으로 설명한다.[2] 여기서 일차적 상상력과 이차적 상상력의 차이는 그 대상에 대한 인식을 언어로 표현하느냐에 있다. 따라서 문학 특히 시의 창작과정에는 시인의 상상력이 중요하게 작용하며, 문학의 완성도를 가늠하는 기준이 된다. 그러나 문학교육에서의 상상력은 시인인 주체가 대상을 인식하고 이를 언어로 변환하는 과정에서 나타나는 '문학 작품 창작에서의 상상력'과 실제 문학작품을 이해하고 감상하는 데 작용하는 '문학 작품 수용에서의 상상력'으로 나눌 수 있다.[3] 이런 측면에서 시 창작 교육의 장에서는 창작과 수용에 작용되는 두 가지 상상력을 통합, 신장시켜주는 모델이 바람직할 것으로 판단된다. 따라서 이 글에서도 창작 교육의 과정에서 창작과 수용의 상상력을 통합하는 방향으로 논지를 전개하고자 한다.

이 글에서는 창조적 상상력을 유발시키는 방법 중에 하나로 '주변의 소재로 그리기'라는 방법을 활용하고 있다고 판단되는 작품들을 창작 교

---

2 장경렬, 「상상력과 언어—코울리지의 경우」, 『현대비평과 이론』, 한신문화사, 1991년 가을, 97~134면. 여기서는 윤여탁, 「문학교육에서의 상상력의 역할」, 『문학교육학』 제3호, 1999, 242면에서 재인용.
3 윤여탁, 앞의 논문, 243~254면.

육에 활용하고자 한다. 우선 필자는 그런 경향의 시인인 백석의 텍스트 중 「北新」을 선택하고, 이 방식이 후대 시인들인 문태준, 기형도, 김영남의 텍스트에서 창작주체들의 경험과 수용방식에 따라 개성을 가지고 활용되고 있음을 밝히고, 수용자들에게 이 방법을 활용하여 창조적인 표현으로 텍스트를 생산시키기 위한 교수 학습방법과 평가 방식을 고찰해 보고자 한다.

그동안 문학 교육에 관한 논의들 중에서도 문학적 글쓰기 연구를 통해 일반적인 표현교육 내지는 창작 교육에 활용할 수 있는 표현방법을 구안해 낸 연구로는 이지호(1997), 최미숙(1997), 최인자(1997) 유영희(1999), 염은열(1999), 김혜영(2000) 등의 연구[4]를 들 수 있다. 이들 연구는 문학작품의 표현방식을 귀납적으로 연구함으로써 표현하고자 하는 내용과 표현 방법이 결합되어 있다는 것을 밝힌 사례라고 할 수 있다. 그러나 각 작가나 작품을 통해 귀납적으로 추출해낸 표현 방식이 보편적인 표현방식으로 화할 수 있는가에 대한 부분에 대해서는 논의의 여지를 남겨두고 있다. 즉 매개에 대한 연구가 보완되지 않는다면 작가마다 독특한 표현방식을 밝혀낸 그 이상의 의미를 지니지 못할 가능성이 있다.[5] 창작 교육에 관한 최근의 연구로서 주목되는 것은 정끝별의 것인데, 그의 일련의 연구[6]는

---

4 이를 포함한 그동안 진행되어 온 '표현교육 연구' 전반에 대한 연구사와 방향에 대해서는 최미숙 교수의 「표현교육 연구의 반성과 제언」, 『국어교육연구』 제14집, 국어교육학회, 2002. 6.을 참조할 것. 본고 역시 이 논문을 참고하였음을 밝혀둔다.

5 최미숙, 앞의 논문, 54면.

6 정끝별, 「21세기 시문학의 미학적 특성과 시교육 방법론(1)—패러디와 알레고리를 중심으로」, 『문학교육학』 제9호, 2002. 여름, 정끝별, 「21세기 시문학의 미학적 특성과 시교육 방법론(2)」, 『한국문학이론과 비평』 제15집, 2002. 6, 정끝별, 「현대시에 나타난 알레고리의 특징과 유형」, 『한국문학이론과 비평』 제21집, 2003. 12.

패러디, 알레고리, 환상(판타지), 그로테스크 등 시학의 변화에 힘입어 부상하게 된 새로운 규범들이나 장치를 통하여 시 교육 방법을 개발하려는 목적으로 시도되었다. 정끝별의 논의는 새로운 시도로서 충분한 의의를 지니고 있지만, 새로운 문화 경향에 대한 이해와 그 문학적 적용에 무게가 놓여 있고, 상상력을 부추기고 창작욕구를 유발하는 그런 핵심화의 원리는 아직 더욱 정교하게 다듬어질 필요성이 있다.

본고는 기존 논의의 성과를 수용은 하되 창작방식의 개발과 적용에 대해서는 비판적인 입장에 선다. 본고는 시 텍스트의 창작 방법과 과정을 특정 이미지의 선택과 조직의 원리를 통해 확인하고 특정 시인의 창작원리에서 도출된 방식이 후대의 시인들에게는 실현되고 있는 방식을 함께 고찰하고 이의 원리를 보다 정교하게 창작주체[7]의 창작에 활용함으로써 '교실창작'에서는 물론, '문단창작'[8]에도 적용시킬 수 있도록 고안되었다. 교육의 대상자들은 대학 국문학과 내지 문예창작학과 1학년생들이며 고등학교 학생들에게도 적용시킬 수 있도록 수준을 조정하였다.

---

7 우한용은 창작주체를 소설가가 아니라 소설을 쓰는 사람으로 규정한다. 우한용, 「소설창작의 이론화 가능성 탐색」, 한국현대소설학회 제12회 학술발표대회 발표 논문, 한국현대소설학회, 1998. 본고에서도 기존의 논의를 수용, '창작주체'를 시를 쓰는, 혹은 쓰려고 하는 사람이라는 의미로 지칭한다. 여기에는 시인도 수용자도 다 포괄된다. 예를 들어 기존의 텍스트의 창작과정을 알아볼 때 그 시의 지은이도, 그 시의 형상화 방식을 수용하여 자신의 텍스트로 구성하는 수용자도 창작주체의 범주 안에 포함시키고자 한다.

8 이는 김창원이 쓴 용어로서 그는 초중고의 교실에서 이루어지는 창작 교육을 '교실창작'으로, 대학의 창작 교육이나 문화센터, 사회교육원 등 일반인을 위한 창작 프로그램을 '문단창작'이라고 지칭하고 있다. 김창원, 「述而不作에 관한 질문 : 창작 개념의 확장과 창작 교육의 방향」, 『문학교육학』 제2호, 1998 여름, 268면.

2. '주변의 소재로 그리기' 텍스트의 예시

문학교육의 지향은 기본적으로 표현과 이해에 초점이 맞추어져야 한다.[9] 그러나 지금까지의 문학교육의 지향은 이해의 측면에서 학습자가 텍스트를 어떻게 이해하고 감상하는지에 초점이 놓여져 왔다. 본고에서 텍스트의 생산, 즉 창작에 초점을 맞추려는 것도 이러한 경향을 극복하려는 데 기인한다.

본고에서 이러한 의도로 시도하려고 하는 것은 창작주체가 표현하고자 하는 '대상' 또는 '풍경' 내에 있는 주변 소재들로 이미지화하는 방식이다. 이때 대상 혹은 풍경은 '지역' 혹은 '문화권'으로 확대될 수 있다.

일찍이 이 방법은 백석이 시도했고 후대의 창작주체들이 계승하고 있는 양상이라고 할 수 있다. 그러나 백석의 이런 창작경향은 그동안 소홀히 다루어 온 감이 있다. 이숭원은 이런 시적 경향을 포함한 백석 시의 특징을 '訥辯의 美學'이라는 말로 통칭하고 백석 시에 주로 사용된 비유법이 주로 직유이며, 이때 직유는 세련된 비유가 아니라 일상어가 되어버린 관용적 표현이거나 어딘가 어울리지 않는 어색한 느낌을 주는 것이며, 보조관념은 土俗的인 事物들이 대부분이라고 언급[10]하고 있다. 중요한 언급임에도 그는 백석의 은유와 직유를 시어 차원에서만 관찰했을 뿐 언술 차원으로 논의를 확장하는 데까지는 이르지 못하고 있다. 백석 시의 비유 구조에 대한 자세한 논의는 권혁웅에 이르러서 이루어지는데, 그는 '은유적인 병렬'과 '제유적인 종합'으로 백석 텍스트의 구문을 읽어내면서

---

9 유영희, 앞의 논문, 1면.
10 이숭원, 「風俗의 詩化와 訥辯의 美學」, 고형진 편, 『백석』, 새미, 1996, 129면.

고향의 세부를 탐색하면서도 공동체의 특질을 이야기할 수 있었다는 평가를 내린다.[11] 그러나 이 경우에도 이미지의 선택방식에 대한 고찰은 이루어지지 않았다. 창작의 측면에서 정말 필요한 것은 바로 창작주체에 의하여 어떻게 이미지가 선택, 구축, 배열되는가 하는 문제이다. 우선 한 편의 텍스트를 통해 그 특징을 검증해 보기로 한다.

거리에서는 모밀내가 낫다
부처를 위하는 정갈한 노친네의 내음새가튼 모밀내가 낫다

어쩐지 香山부처님이 가까웁다는 거린데 국수집에서 농짝가튼 도야지를 잡어걸고 국수에 치는 도야지고기는 돗바늘 가튼 털이 드믄드믄 백엿다
나는 이 털도 안뽑은 도야지 고기를 물구럼이 바라보며
또 털도 안뽑는 고기를 시껌언 맨모밀국수에 언저서 한입에 꿀꺽 삼키는 사람들을 바라보며

나는 문득 가슴에 뜨끈한것을 느끼며
小獸林王을 생각한다 光開土大王을 생각한다

—「北新—西行詩抄 2」(『朝鮮日報』 1939. 11. 9.)

백석의 시에서 사물들은 그 자체로 시적 대상이 되어 독특한 이미지를 형성한다. 많은 시에서 그는 주변의 소재들로 이미지를 구축하고 끝부분에 와서 대상이나 사건을 초점화하는 방식으로 시를 창작한다. 이 시 역시 가장 백석다운 시적 표현 중의 하나로 꼽히고 있는 "돗바늘 가튼 털"[12]을 비롯 "정갈한 노친네의 내음새가튼 모밀내", "농짝같은 도야지" 같은 직

---

11 권혁웅, 「백석 시의 비유적 구조」, 『한국문학비평과 이론』 14호, 2002, 328면.
12 김은자, 「생명의 시학」, 고형진 편, 앞의 책, 282면.

유를 통해 어떤 세련된 표현도 따라올 수 없는 강렬하고 신선한 이미지로 독자를 압도한다. 돗바늘은 가마니 같이 투박하고 거친 사물이나 피륙을 꿰맬 때 사용하는 굵은 바늘인데, 백석은 그 바늘이 굵고 두껍고 거친 사물을 꿰뚫고 나오는 생명의 강인함을 (배를 뚫고 나온) 털로 묘사한다. '농짝/도야지'의 대비는 더욱 신선하다. 그 자체로 이미 정감을 불러일으키는 소재의 결합으로 효과를 배가시킨다. 네 다리가 묶인 채로 거꾸로 걸려 있는 돼지의 모습은 몸피는 굵고 다리는 짧은 농짝과 흡사한 유사성을 지닌다. 이런 이미지를 통해 우리는 토실하게 살이 올라붙어 굵어진 몸집과, 짧은 다리를 가진 돼지의 모습을 어느 것보다도 선명하고 익살스럽게 떠올릴 수 있는 것이다. 백석 시의 깊이에는 이렇듯 수용자들에게 미학적인 즐거움을 제공하여 유희의 세계로 인도하는 부분이 중요한 기여를 하고 있는 것으로 판단된다.[13] 이는 또한 집안의 가축과 기물, 무생명과 생명의 경계를 무화시키는 역할도 하고 있다. "정갈한 노친네의 내음새가튼 모밀내"도 마찬가지다. 후각의 동일성을 통해 수용자는 작품 「국수」에서 나타나듯 식물(모밀)과 어진 인간(정갈한 노친네)을 하나로 결합, 인간미 있는 삶의 체취를 환기해 내려는 시인의 의도를 읽어낼 수 있는 것이다. 물론 이 시의 깊이는 1, 2연의 은유적 병렬을 3연의 제유적 종합으로 이끌어내[14]어 의도된 전체 의미로 대상을 초점화한 데 있지만 초보적인 수용자의 입장에서 눈여겨 볼 가장 중요한 창작원리는 비유의 선택과 조직의 원리에 있다. 즉 백석은 고향으로 표상되는 농촌공동체의

---

13 이런 특징적인 양상은 필자의 「백석 시의 '옛것' 모티프와 상상력」(『한국문학이론과 비평』 제24집, 한국문학이론과 비평학회, 2004.)에 나타나 있지만, '유희성'의 구체적인 양상은 지면을 따로 하여 고찰될 필요가 있다고 본다.
14 권혁웅, 앞의 논문, 327면.

공간에서 발견할 수 있는 토속적인 사물을 자신만의 독특한 기준에 따라 고향을 떠올리게 하는, 강렬한 인상을 주는 시어를 비유의 소재로 선택함으로써 특별한 작위가 없이도 강렬한 호소력과 범상치 않은 깊이를 획득하고 있는 것이다. 이럼으로써 백석의 시는 수용자에게 순박하고 평화로운 전통세계와 유년에 대한 그리움을 실감 있게 조응해낸다. 아래의 평가는 이같은 모더니스트로서의 백석 시의 특질을 적실하게 짚어내고 있다.

> 이 같은 뜻에서 白石은 1930년대의 드문 스타일리스트라고 말할 수 있다. 고요하고 鮮明한 추억의 세계를 결코 범속한 것으로 버려두지 않으려고 하는, 이 강인한 고집스러움이 白石詩가 확보한 現代詩史의 뚜렷한 위치가 아닐까.[15]

백석 시의 거의 전편을 흐르는, 작품의 수용자를 공감 속으로 깊이 있게 공명시키는 이런 감동은 긴 산문체 호흡의 도입과 병렬을 포함하는 서술자질 등의 다른 요인들도 많이 작용하고 있겠지만 이 글에서는 주로 주변의 소재를 이미지로 선택, 배열하는 방식으로 한정하여 논지를 전개한다. 백석 시의 이런 방법론을 적용시켜 창작한 다음의 텍스트를 통해 이 창작법이 어떻게 후대 창작주체들에게 활용되고 있으며 또 실제창작에서 수용될 수 있는가를 살펴보기로 한다.

> 처음에는 까만 개미가 기어가다 골똘한 생각에 멈춰 있는 줄 알았을 것이다
>
> 등멱을 하러 엎드린 봉산댁
> 젖꼭지가 가을끝물 서리맞은 고욤처럼 말랐다
> 댓돌에 보리이삭을 치며 보리타작을 하며 겉보리처럼 입이 걸던 여자

---

15 김명인, 「白石詩考」, 고형진 편, 앞의 책, 106면.

해 다 진 술판에서 한잔 걸치고 숯처럼 까매져서 돌아가던 여자
담장 너머로 나를 키워온 여자
잔뜩 허리를 구부린 봉산댁이 아슬하다
　　　　　— 문태준, 「개미」(『수런거리는 뒤란』, 창작과비평사, 2001.)

　기어가다 멈춘 개미와 '등멱을 하러 엎드린 봉산댁'의 비유를 비롯하
여 '젖꼭지/서리맞은 고욤', '겉보리/건 입', '숯/까만 얼굴'의 비유는 문
명 이전의 농촌공동체에서 볼 수 있는 사물과 생명의 세목에서 선택된 것
이다. 모든 비유가 주변의 소재로 되어 있다는 점에서 백석 시의 이미지
선택방식과 같은 맥락을 띠고 있는 이 시는 다른 수용자의 눈에도 백석의
영향을 받은 것으로 읽히고 있다.

　　　저 30년대의 뛰어난 시인 백석을 오늘날 다시 만난 듯하다.
　　　까만 젖꼭지와 개미의 대비가 기발하고 재미있다. 이 젊은 시인은 이런 해학
　　적이면서도 텁텁한 막걸리 같은 풍경을 곧잘 그려낸다. 문명 이전의 샤머니즘
　　적인 세계도 시인의 눈에 자주 포착된다.[16)]

　그러나 이 텍스트는 화자 '나'의 개입으로 인해 백석의 텍스트와는 뚜
렷하게 변별되는 세계 또한 가지고 있는 것이 사실이다. 즉, 이 텍스트는
소년시절부터 담장 너머로 개미의 모습을 한 봉산댁의 알몸을 지켜보며
자라온 '창작주체'인 나의 성장사로 읽을 수 있는 것이다. 그런 점에서
이 텍스트는 문명과는 동떨어진 공간 속에 놓여진 소년의 은밀한 엿보기
의 양태를 간직한다. 또래집단의 이성으로부터가 아니라 이웃집 나이 많
은 여성을 통해 성을 깨달아가는 소년의 성장과정으로 시를 이끌어감으

---

16 안도현, 『바람난 살구꽃처럼』, 현대문학북스, 2002, 25면.

로써 이 창작주체는 백석의 영향을 주체적으로 소화하고 독자적인 개성과 미학으로 승화시키고 있다[17]고 할 수 있다. 그럼에도 불구하고 이 텍스트는 앞서도 이야기한 바 있듯이 개미, 봉산댁, 끝물, 서리, 고욤, 댓돌, 보리이삭, 겉보리, 술판, 숯 등 고향 공동체를 구성하고 있는 세목에서 이미지를 선택하고 있고, 그 이미지가 결합되어 나타나는 비유체계 역시 앞부분의 병렬과 끝행의 종합의 방식을 쓰고 있다는 점, 즉 이미지의 구축방식과 대상이나 사건의 초점화 방식에서 백석 텍스트의 창작방식을 활용하고 있다고 할 수 있다. 여기서 특히 두드러지는 부분은 허리를 구부린 봉산댁의 모습과 기어가다 골똘한 생각에 멈춰 있는 개미의 유비이다. 봉산댁의 검은 피부와 가는 허리, 젖꼭지, 땅에 짚은 두 팔과 다리의 모습에서 기어가다 멈춘 개미의 모습을 읽은 창작주체의 눈에서 수용자는 매우 희극적이면서도 해학적인 양가성과 함께 현장적 생동감 또한 느낄 수 있다.[18] 이는 앞서 논의한 백석의 작품에서 보인 '농짝가튼 도야지'라는 비유의 근저에 깔린 발상과 흡사하다고 할 수 있으며, '개발코', '안장코', '질병코'의 비유로 연결된 '녕감'들이 투박한 북관말을 떠들어대며 저녁해 속에 사라지는 나타나는 「夕陽」의 생동감[19]과도 그 뿌리를 같이 한다고 할 수 있다. 아울러 수용자는 이야기적 요소가 가미된 이 시에서 화자인 '나' 뿐만 아니라, 나의 눈에 비친 봉산댁이라는 인물의 입체성을

---

17 이는 헤롤드 블룸이, 후배 시인이 선배 시인의 영향권에서 벗어나 자기 세계를 구축하는 단계로 제시하고 있는 '궤도이탈', '깨진 조각', '자기 비하', '악마화', '금욕적 고행', '환생' 중 환생 단계에 해당하는 시라고 할 수 있다. Harold Bloom, Anxiety of Poetic Influence, 윤호병 역, 고려원, 1991, 23~25면.

18 그런 점에서 앞서 안도현이 개미와 젖꼭지를 비유로 연결한 것은 다소 불충분한 감상이라고 볼 수 있다.

19 이동순, 「민족시인 白石의 주체적 시정신」, 고형진 편, 앞의 책, 167면.

또한 살필 수 있는데, 그녀는 투박하고 거칠지만("겉보리처럼 입이 걸던 여자"), 외롭고 고단한("해 다진 술판에서 한잔 걸치고 숯처럼 새까매져서 돌아가던 여자") 삶을 살아가는, 고향공간에서 흔히 만날 수 있었던 인물로 드러난다. 봉산댁 역시 백석의 「여우난곬族」 등에서 드러나는 가난과 슬픔으로 얼룩져 평탄치 못한 삶을 영위하는 인물들과의 거리가 그리 멀지 않다고 할 수 있다.

그러나 교실에서는 이러한 부분까지 수용자들에게 창작을 요구하는 것은 무리라고 할 수 있고 또한 일관된 하나의 원리를 벗어나는 것이기 때문에 소기의 성과를 기대하기 어려운 단점이 있다. 이미지의 선택 및 조직 방식 쪽으로 논의를 집중해야 할 이유가 여기에 있다. 이런 단순하다면 단순한 방식을 통해서도 창의적 표현은 얼마든지 가능한 것이다. 이 방법을 활용한 장점은 (창작과정을 통해 밝혀지겠지만) 시가 선명하게 되고 초점도 뚜렷하게 된다는 것이다. 또 할 이야기도 자연스럽게 풀려져 나올 수 있다. 대부분의 경우 이런 원리를 잘 모르고 거창한 소재와 이야기를 끌어오려 하면서 시의 초점이 흐려지고 난해해진다.

다음 장에서는 이를 현장에서 구체적으로 적용할 수 있는 방법을 고찰해 보기로 한다.

3. 창의적 표현을 위한 교육적 적용과 평가

우리는 이 장에서 '주변의 소재를 통해 이미지 조직하기'라는 시 창작 방법을 원용하되 개인의 경험과 문학적 감수성으로 새로운 차원으로 변용시킨 두 편의 시들을 통해 이미지의 선택과 조직, 표현방법이 시 창작 교육 상황에서 어떻게 활용될 수 있는가를 검토하고 창작주체들의 작품이 생산되는 과정도 검토해보기로 한다. 이를 구체적인 시 창작에 활용하는 것은 창작 교육을 받는 이, 즉 학습자를 비롯한 여러 교육의 변인에 따라 교육 내용이나 수준이 결정되기 때문에 여러 국면을 검토해야 할 필요성이 제기된다. 여기서는 대학교 문예창작학과 1학년 학생들을 대상으로 시행한 수업을 토대로 고등학교 학생들에게도 적용될 수 있도록 교육내용을 조정하였다.

3-1 교수 학습방법

창작 지도는 동기유발과 지도과정 및 지도 내용이 중요하다.[20] 이런 과정을 수행하기 위해 유의해야할 것은 내용이나 주제 중심의 수업이 되어서는 안 된다는 것이다. 이런 수업은 작품을 감상하는 데는 도움을 줄 수 있을지 모르나 창작주체의 텍스트 생산방식을 통한 감상과 실제의 창작에는 그다지 도움이 되지 않는다. 따라서 창작을 위한 텍스트의 온전한 해석을 위해서는 그 같은 관례적인 해석과 감상의 방법에서 한 단계 더 나아갈 필요가 있다고 본다. 기형도의 시를 예로 들어 논의를 진행해 보도록 한다.

> 열무 삼십 단을 이고
> 시장에 간 우리 엄마
> 안 오시네, 해는 시든 지 오래
> 나는 찬밥처럼 방에 담겨
> 아무리 천천히 숙제를 해도
> 엄마 안 오시네, 배추잎 같은 발소리 타박타박

---

20 정끝별, 「21세기 시문학의 미학적 특성과 시교육 방법론(1)—패러디와 알레고리를 중심으로—」, 『문학교육학』 제9호, 2002 여름, 223면.

안 들리네, 어둡고 무서워
금간 창 틈으로 고요히 빗소리
빈방에 혼자 엎드려 훌쩍거리던

아주 먼 옛날
지금도 내 눈시울을 뜨겁게 하는
그 시절, 내 유년의 윗목
      — 기형도, 「엄마 걱정」(『입 속의 검은 잎』, 문학과지성사, 1989.)

윗시는 제7차 교육과정 『중학교 국어』 1−1, '문학과 사회' 단원 '생각 넓히기'란에 학생작품 「아버지가 오실 때」와 함께 실려 있[21]는데, 그 아래에는 "생활하면서 겪은 일이나 느낀 점을 소재로 삼아 시를 한 편 써 보자."는 지문을 제시하고 있다. 단원의 성격과 관련시켜 볼 수는 있겠지만, 텍스트 창작에 관여하는 요소로 생각할 수 있는 것이 이미지, 주제, 운율 등이라 할 때 이는 내용중심으로 치우친 것이라 할 수 있다. 더 높은 단계에서의 시(창작) 교육에서는 운율과 이미지까지 같이 고려되어야 할 것으로 판단된다.[22]

이 시의 교육 방법을 제시하고 있는 아래 수용자의 태도 역시 편향적인 면이 발견된다.

    어린 시절 아무도 없는 집에 혼자 있어 본 적이 있습니까? 엄마는 시장에 '열무 삼십 단'을 팔러 나가 언제 올지 모르는 빈 공간에서 말입니다. …… 빨리 돌아와 주었으면 하는 '나'의 마음이 어느덧 바깥으로 귀를 기울이게 만듦

---

21 『중학교 국어』1−1, 대한 교과서 주식회사, 2001, 272~273면.
22 '리듬'에서 고찰해야 할 부분은 행간에 놓인 '엄마'라는 말의 위치, '안 오시네'와 '안 들리네'의 반복과 변용을 통한 행간걸침 기법 활용 등이 될 것이다.

니다. 그러나 하루 종일 말라비틀어질 것 같은 배추잎 같은 엄마의 피곤한 발소리는 들려오지 않습니다. 해는 저물어가고 '내'가 있는 빈 방에는 정적마저 감돕니다. …… 나는 그만 무서워집니다. 아무도 돌봐주지 않는 조그마하고 누추한 빈 방에 팽개쳐진 '나'는 학교에서 내준 숙제를 해봅니다. 혼자 침을 묻혀가며 엄마가 올 때까지 지루함과 무서움을 이기기 위해 '나'는 일부러 천천히 숙제를 합니다. 놀이할 아무 것도 없습니다. 그러나 아무리 천천히 숙제를 해도 엄마는 오지 않습니다. 그래서 혼자 빈 방에 엎드려 훌쩍거립니다. 이러한 '내' 마음을 아는지 금간 창 틈을 때리며 비가 옵니다.

나는 유년 속으로 들어가 있는 아이입니다. 그러나 2연에 들어서면, 어느덧 훌쩍 성장해 어른이 되었습니다. 지금도 유년의 그 순간, 그 빈 방을 생각하면 눈시울이 뜨거워집니다. 홀로 내팽개쳐진 유폐된 공간에서 보냈던 그 유년의 추억을 생각하면 더욱 눈물이 납니다. 어머니가 부재(不在)한 그 공간 말입니다.[23)]

시 창작에서 주제는 이미지 형상화와 같은 디테일을 통해 얻어지는 거시적인 차원의 것이라 할 때 이 시의 창작과정을 추적하는 데는 일관된 이미지의 조합으로 읽어내는 구성력에 대한 학습이 필요하다. 이때 수용자에게 필요한 것이 맥락 속에서의 시 읽기이다. 위의 감상이 결락하고 있다고 판단되는 부분을 이미지 선택과 조직 부분을 중심으로 서술해 보자. 이 시는 자신의 삶을 회고하는 주체의 고통스러운 회감으로 읽힌다. 즉 자아의 일부로 들어와 앉아 있는 그 시절(의 '뜨거운' 경험)을 통해 자기 정체성(Identity)을 확인하려는 의지를 읽을 수 있다.

이 텍스트 역시 앞의 인용 텍스트들과 같이 창작주체가 표현하고자 하는 대상 혹은 풍경 내에 있는 주변 소재들—'열무 삼십 단', '찬밥', '배추잎', '윗목'—로 이미지를 구축하고 있고, 마지막(2연)으로 경험을 종

23 박용찬, 『시 교육 방법의 이론과 현장』, 도서출판 영한, 2004, 107~108면.

합하는, 서술의 초점화 방식을 활용하고 있다. 다만 독창적인 부분은 창작주체가 방안에서 숙제를 하면서도 열무를 이고 시장에 간 엄마가 언제 돌아오는가 하는 생각에 사로잡힌 어린이의 심리에 맞춰서 이미지를 선택하고 조직하는 점에 있다. 현실세계(눈앞)에서 어떤 모습을 보거나 듣는 순간 자신이 고민하는 것들로 대치된다.[24] 열무가 다 팔려 빨리 돌아오기만을 기다리는 '나'의 머리 속의 강박은 몰두하는 그 기호(열무)를 연상시키는 감각 이미지들을 불러일으키게 하고 그것이 유사성(선택)이나 인접성(배열)의 혼란을 야기한다.[25] 이때 '열무 삼십 단'은 "해는 시든지 오래", "배추잎같은 발소리"(열무→배추, 발의 모양과 배추잎의 생김새의 유추 및 피곤의 이미지.) 같은 계열체의 말을 이끌어낸다. "찬밥처럼 방에 담겨" 역시 밥통과 방의 유사성과 인접성의 혼란에서 기인한 것이다.

해가 지다(a') +열무가 시들다 (a") →해가 시들다(A)

와 같은 창조적 사고를 이미지로 형상화하는 작업은 구체적인 단계에서 사고 능력 향상이라는 실질적인 효과를 거둘 수 있다.[26] 또 이미지 구축 단계에서 이미지 선택은 창작주체에게 경향성을 드러내게 해 주기도 하는데, 이 시에서 드러나는 식물성 이미지—열무, 배추잎, 찬밥—는 공간에 홀로 던져진 어린 아이의 수동성, 순수성, 나약성을 드러내는 간과할 수 없는 경향성의 특징을 형성한다. 이는 이미지 선택과 구축이라는 형상

---

24 이대규, 『수사학—독서와 작문의 이론』, 신구문화사, 1995, 146~148면.
25 Roman Jakobson, *Language in Literature*, 신문수 역, 문학과지성사, 1994, 78면.
26 유영희, 앞의 논문, 48면.

화 단계에서, 이미지가 어떻게 조직되며 어떤 표현방법을 통해서 완성되는지(개성을 갖게 되는지), 즉 이미지 조직을 통한 의미구성 방식에서 효과적으로 수행될 수 있다. 주변의 사물을 나열한다고 해서 모두 시가 되는 것은 아니다. 거기에는 (식물성 이미지와 같은) 일정한 틀이 있어야 한다. 새롭고 참신한 이미지를 만들어냈는지, 그것이 다른 부분과 조화를 이루고 있는지, 창작주체가 생활하고 있는 세계와 관련하여 새로운 의미를 형성하고 있는지 등이 검토되어야 할 것이다. 즉, 이미지와 관련을 맺는 다른 이미지와 이미지 간의 체계적 연결이 이루어져야 하는[27]데, 이미지는 형태를 만들어내고 정돈을 하며 관계를 맺는 것[28]이다. 우리는 이미지의 구상과 구축 단계에서 일어나는, 일관성 확보를 위한 전략을 따라가면 훨씬 더 깊이 있는 수업이 될 수 있음을 알 수 있다.

주변 소재로 이미지를 구축하고 대상을 초점화하고 있는 또 다른 작품을 수업에 적용시켜 보기로 한다. 여기에서 소개하고자 하는 작품은 앞선 작품들과 같은 방식을 쓰고 있되 소재를 선택할 수 있는 공간이 작고 구체적이다. 이 방식은 시 창작을 공부하는 학생들에게는 훨씬 유용하게 활용될 수 있을 것으로 판단된다. 수업효과도 당연히 커진다.

> 겨울이 다른 곳보다 일찍 도착하는 바닷가
> 그 마을에 가면
> 정동진이라는 억새꽃같은 간이역이 있다.

---

27 Mark Rollins, *Mental Imagery—On the Limits of Cognitive Science*, Yale University Press, 1989, 80~83면.

28 Michel Maffesoli, *La Contemplation du Monde*, 문예출판사, 1997, 181면. 이 논의는 상업적인 측면에 기울어져 있는 것이지만 이미지의 원초적 성격이 관계 맺기라는 점을 생각할 때 시사하는 바가 크다.

계절마다 쓸쓸한 꽃들과 벤치를 내려놓고
가끔 두 칸 열차 가득
조개껍질이 되어버린 몸들을 싣고 떠나는 역.
여기에는 혼자 뒹굴기에 좋은 모래사장이 있고,
해안선을 잡아넣고 끓이는 라면집과
파도를 의자에 앉혀놓고
잔을 주고받기 좋은 소주집이 있다.
그리고 밤이 되면
외로운 방들 위에 영롱한 불빛을 다는
아름다운 천정도 볼 수 있다.

강릉에서 20분, 7번 국도를 따라가면
바닷바람에 철로쪽으로 휘어진 소나무 한 그루와
푸른 깃발로 열차를 세우는 驛舍,
같은 그녀를 만날 수 있다.

　　　　　　　　 — 김영남, 「정동진역」(『정동진역』, 민음사, 1998)

　이 시[29]를 쓰게 된 배경을 창작주체는 이렇게 밝히고 있는데, 이 진술을 통해 우리는 창작주체가 이미지를 어떻게 구상하고 구축했는가를 확인할 수 있다.

　　필자는 정동진역 풍경을 그리는 데 모두 정동진역 근처에 있는 소재들로 생각하고 행동했습니다. 여기에 나오는 소재들은 실제로 정동진역에 다 있던 것들입니다. 억새꽃, 벤치, 모래사장, 라면집, 소주집, 소나무 등등……. 그래서 열차가 들어오는 역이니까 겨울이 오는 것도 "겨울이…도착…"으로 했고, 라면집도 "해안선을 잡아넣고 끓이는 라면"이고, 소주집도 "파도를 의자에 앉혀

---

29 이 시 역시 백석, 문태준, 기형도의 시와 마찬가지로 앞부분에서 주변 소재로 이미지를 구축하고 끝에 와서 의도적으로 시 구절을 삽입하여 대상을 초점화하고 있다.

놓고/잔을 주고받기 좋은 소주집"으로 표현한 것입니다. 실제로 라면집을 묘사해야겠는데 구불구불한 소재를 찾으니까 산 능선, 도로, 해안선 등이 보이더라고요. 그런데 그중에서 가장 주변 소재에 어울리는 게 바로 해안선이었어요. 소주집도 묘사해야겠는데 배, 수평선, 갈매기, 파도 등이 보이더라고요. 이 중에서 파도가 가장 운치 있는 소재로 생각되었어요. 이렇게 주변소재로 둘러대었더니 읽는 사람마다 반하더군요.[30]

이런 시의 창작은 직접 경험 현장 방문을 하는 것이 훨씬 효과적이며, 여행 안내 책자나 사진을 통해서도 충분히 활용하여 봄직한 방법이다. 창작주체는 정동진역의 풍경을 그리는 데 비유의 보조관념이 되는 이미지들을 모두 정동진역 주변에 있는 것으로 선택하고 함으로써 보다 선명한 그림을 그리고 있다. 이때 구상된 이미지는 당연히 선택과 배제의 과정을 통해 구축된다. 예를 들어 "해안선을 잡아넣고 끓이는 라면집"이라는 표현에서 '해안선'은 구불구불한 속성을 가지고 있는 대상들—산 능선, 해안 도로, 해안선 등의 계열에서 선택, 배열된 것이다.[31] 창작주체는 구상 단계에서 삼양라면(a')과 산능선(a"), 해안 도로(a'''), 해안선(a) 등 몇 개의 이미지를 추출한 뒤 그것을 조정하고 재구성하는 과정을 거쳤다. 그 단계에서 제일 먼저 제외된 것이 a'이다. 누구나 아는 평범한 것으로는 시적 즐거움과 감동을 줄 수 없다. 다음단계에서 고려된 a", a'''와 a 가운데서는 어느 것을 선택하더라도 신선함은 유지하지만 라면의 모습과 가장 닮아 있는 a가 선택되게 된 것이다. "파도를 의자에 앉혀놓고 /잔을 주고 받기 좋은 소주집"도 마찬가지다. 이때 '파도', 대신에 '친구'가 선택되었다고

30 김영남, 「창작강의 및 감상평」8, http://www.munhakac.co.kr/
31 시적 기능은 등가성의 원리를 선택의 축에서 배열의 축으로 투사한다. Roman Jakobson, 앞의 책, 183면.

생각해 보라. 얼마나 평범하고 싱거운 표현이 되었겠는가? 다음으로는 일관된 이미지를 형성하고 있는가 하는 검증단계를 거치게 되는데, 이때 이미지 계열체[32]를 사용하여 전체 이미지의 흐름을 조정할 필요가 있다. 기형도 시에서 적용되었던 것처럼("해는 시든지 오래"), 이 시에서도 "겨울이 다른 곳보다 일찍 도착하는", "계절마다 쓸쓸한 꽃들과 벤치를 내려놓고"(열차 이미지, 강조 필자), "혼자 뒹굴기에 좋은 모래사장", "외로운 방들 위에 영롱한 불빛을 다는/천정"(좁고 고즈넉한 이미지, 강조 필자) 등 전체 문맥이 수정되는 것이다. 창작주체가 이미지의 구상과 구축단계 (이미지를 만들어내는 생산 방식과 배열하는 방식), 검증 단계(일관된 이미지로 형성의 문제 등)를 거치면서 미학적으로 새로움을 가진 시로 환골탈태할 수 있는 것이다.

3-2 창작 및 평가

주변의 소재로 이미지 만들기 방식은 당대의 문화적 조건과 함께 자신의 스타일로 수용하기만 하면 그 소재 속에 표출된 이미지들이 다른 공간 속에서 다른 의미를 창출하며 개성적인 형태를 띨 수 있으며 얼마든지 확장될 수 있다는 장점을 지닌다.

이제는 수용자들에게 그 방식을 활용하여 직접 창작하게 함으로써 이 방식의 묘미를 체득하도록 한다. 이때 초보자들인 창작주체들에게 효과적으로 적용할 수 있는 관건은 쓸 거리로 어떤 환경이나 자료를 제공하느냐에 있다. 자신이 현재 보고 있는 주변의 사물(혹은 공간)을 구체적으로

---

32 이는 이미지의 일관성과 통일성을 유지하려는 창작주체의 전략 가운데 들어가는 것으로 필자가 임의로 썼다.

제시하여야 한다. 아울러 창작주체의 입장을 고려하여야 한다. 창작주체
는 창작을 행하는 주체이기 때문에 창작 교육이 제대로 실현되기 위해서
는 창작과정에 대한 이해뿐만 아니라 창작주체 자신에 대한 이해도 선행
되어야 한다.[33]

　필자는 그 과정에서 "어떤 사람이 형광등, 침대, 커튼, 그림 등이 있는
방에 갇혀 한 여자를 그리워하면서 책상에 골똘히 앉아 있는 모습을 그려
보라."는 구체적인 창작환경을 제시하였다.

> 그는 책상과 함께
> 한 여자를 침대처럼 그리워한다
> 그의 얼굴은 형광등처럼 창백하지만
> 마음을 커튼처럼 열어젖히고
> 밤늦도록 간절함을 족자처럼
> 그녀를 향해 내걸고 있다
>
> 　　　　　　　　　　　　　— 황재윤, 「사춘기」

　이 작품은 주어진 조건 속에서 주변 소재를 있는 그대로 활용하여 몇
개의 이미지를 추출한 뒤 구체적인 시 창작 틀에 맞게 그것을 조직하고
재구성하는 훈련을 과정을 거쳐서 생산된 것이다. 높은 단계의 수준은 아
니지만 주변 소재를 활용한 이미지 만들기라는 소기의 교육성과를 충분
히 거둔 예라 할 수 있다. 흔히 보는 소재지만 위의 텍스트에서 책상, 침
대, 형광등, 커튼, 족자 등은 창작주체의 창조적 사고의 발현과정을 통해
전혀 새로운 이미지로 거듭나고 있다. 이 텍스트는 아직 비유되는 사물에
따라 동사가 달라지는 등 일군의 이미지를 선택하고 그러한 선택 속에서

---

33 유영희, 앞의 논문, 2면.

일정한 경향성이 형성되는 이미지의 통일성에까지 다다르지는 못했지만 선명한 이미지 제시를 통해 나름의 미학을 제시하고 있는 것이다. 이런 과정을 거치다 보면 영역(공간) 체험의 사실성, 구체적인 묘사, 서사자질 능력의 배양 등의 성과를 통해 일정한 수준의 텍스트를 산출할 수 있게 된다. 이때 창작주체는 할 수 있다는 자신감을 가지고 이미지 구상 훈련을 해 나가야 한다. 어떤 면에서 전문적인 작가보다 매너리즘에 빠져 있지 않다는 점에서 창작주체는 더 참신한 이미지를 구상할 수도 있다. 후속작업으로 "집으로 가는 길의 모습을 그 주변의 소재들을 통해 참신하게 표현하라."는 제목을 주고 그 표현과정을 함께 점검했다.

이런 과정을 통해 창작주체의 개성에 맞는 방법론을 터득하는 가운데서 진정한 의미에서의 창작 행위가 이루어질 수 있다.[34] 다음은 이 방식의 대상 텍스트로 활용한 시들에 대한 꼼꼼한 고찰과 이미지 구상훈련을 시행한 후에 생산된 텍스트이다.

> 아침해가 다른 곳보다 일찍 돋는 마을
> 지문이 박힌 어머니의 옥토와
> 할아버지의 씨오쟁이가 고스란히 남아있는
> 그 마을에 가면
> 만삭의 아낙처럼 배부른 집들
> 신라인의 진신사리를 모셔놓고
> 둥그스레한 어깨 서로의 키를 낮추며
> 울타리도 없이 이웃해 살고 있다
>
> 문패와 자물쇠가 없는 마을

---

34 유영희, 앞의 논문, 164면.

항아리 깊숙이 타임캡슐을 내장 시키고
가끔 설화들 뛰쳐나와 어둠 쌓인 마을을 돌며
둘러앉은 화롯가에 두런두런 밤새 이야기를 지폈다
밤새들 부는 피리 소리를 들여앉히고
빗살무늬 옹배기에 달빛 물든 차를 우렸다
싸락눈 내리는 골목길에도
더운 김이 저녁 연기처럼 피어올랐다

할머니 반짇고리 손때 묻은 말씀들
호젓이 남아 돋을새김 하는 마을
여기서는 미움이나 원망, 절망까지도
향기로운 꽃씨가 되고 있다
할아버지 씨오쟁이 속 씨앗들
봉긋봉긋 천 년 잠을 깨어나는
어머니의 기름진 땅

— 김일용, 「古墳群 마을」

　이 텍스트는 창작주체 나름의 의도가 개입되어 있는 차용과 변용으로
조직된다. 구체적으로는 대상 텍스트들 중 주로 김영남의 「정동진역」을
모방하면서 독자적인 미학으로 승화시킨 경우라 할 수 있다. 김영남의 텍
스트와 이 텍스트는 시의 구조와 전개방법과 표현기술에 있어서 유사하
다. 특히 '~이(가) 다른 곳보다 일찍 ~는 장소' / '그 마을에 가면 ~하는
~가 있다' / '~가 ~하는 곳(장소)'라는 시 형식과 리듬전개의 방식은 흡
사하다. 그러나 이런 시 형식의 차용이 '고분군 마을'이라는 특정의 공간
에 맞는 소재의 이미지들로 구축되고 배열되고 있다는 점에서 이 텍스트
는 선행 텍스트와 변별성을 가진다. 패러디적인 글쓰기를 부분적으로 도
입하고 있지만, 메시지는 다른 시를 생산하고 있다. 이 텍스트를 새롭게

하는 요인은 이미지를 구축하고 시적 문맥에 맞게 조직하고 재구성하는 능력이라 할 수 있다. '아침해, 지문, 할아버지의 씨오쟁이, 만삭의 아낙, 배부른 집들, 진신사리, 둥그스레한 어깨'(1연) '항아리, 화롯가, 옹배기'(2연), '반짇고리, 꽃씨, 씨오쟁이 속 씨앗들'(3연) 등에서 무수히 드러나는 둥근 이미지는 하나의 질서를 형성하고 있다. 유사한 이미지를 통해 유사한 의미망을 구축하는 기법을 사용하고 있으며, 끝 부분에서 "봉긋봉긋 천 년 잠을 깨어나는/어머니의 둥근 땅"이라는 구절을 삽입, 대상을 하나로 초점화하는 방식에서도 선행 텍스트를 나름으로 수용하고 재창조하고 있다고 볼 수 있다. 다만 1, 2연에 나타나는 형식의 지나친 유사성,[35] 둥근 계열의 소재를 과도하게 노출시키고 있다는 점, 그것을 하나로 잇는 동사의 연계(기형도의 '시들다', 김영남의 '도착하다'와 같은)가 없다는 점은 아직 구상과 이미지 조직 훈련의 여지를 남겨두고 있다. 그렇다고 하더라도 「古墳群 마을」은 이미지가 적절한 주변의 소재를 통해 짜여지며 시를 한 폭의 동양화처럼 그려내는 데 미학적으로 성공하고 있다고 할 수 있다.

우리는 이상과 같은 시 창작 교육 수업의 실제를 통해서 표현의 측면에서 이 시 창작방식이 효율적이며 경제적이라는 것을 확인할 수 있었다.

---

35 이미지 차용과 변용은 창작주체가 시 텍스트를 생산해 내는 효과적인 하나의 기제이다. 특히 제7차 교육과정에서 요구하는 창작 활동이 개작, 모작, 생활서정의 표현 등을 자신의 삶과 밀접하게 연관시켜 지도하는 데 있다는 것을 생각하면 그 교육의 중요성은 강조되어 마땅하다. 그러나 패러디를 중심으로 한 구조의 모방은 학습단계에 따라서 권장 내지 경계해야 할 자질로 판명된다. 즉 교실창작에서는 권장하고, 이를 넘어서는 문단창작에서는 신중하게 적용 필요가 있는 것으로 보인다.

4. 결론

본고는 먼저 주변 사물에서 이미지를 선택, 구축하는 방식을 시 창작에 활용하기 위한 목적으로 쓰여졌다. 본고는 수용활동과 창작활동의 통합을 통하여 창작 교육의 전체상이 구현될 수 있음에 착안하여 수용과 창작 과정에 이미지의 선택 및 실현양상을 같이 적용했다. 여기서 주변 사물은 특정한 작은 공간에서 출발하여 넓은 공간, 같은 문화권 등으로 확산될 수 있는 속성을 지니고 있음을 밝혔다.

본고에서는 주변 사물이나 소재에서 이미지를 선택하는 대표적인 경우로서 백석의 텍스트를 우선 추출하고 이 방식이 후대 시인들의 텍스트에서도 활용되고 있음을 작품을 통해 확인하였다. 그리고 그 활용양상은 각 창작주체들의 경험과 수용방식에 따라 일정한 차별성을 가지고 있음도 살펴 보았다. 다음 단계로 필자는 학습자들에게 이 방법을 어떻게 수용시키고 또 활용하여 창조적인 표현으로 산출할 것인가에 대한 교수 학습방법과 평가 방식을 도출하였다. 그 결과 여기서 시도한 시 창작 교육이 지닐 수 있는 효과를 몇 가지로 정리해 볼 수 있겠다.

1. 수용의 측면에서 보면 시적 형상화와 이미지의 질서에 일관성을 유지함으로써 미적 완결성을 크게 돋보이게 하는 효과를 얻을 수 있었고,

2. 실제 창작의 측면에서는 1)창작자의 예술적 표현을 촉진시킬 수 있고, 2)상상력을 자극하고, 인지·정의적 사고 능력을 신장시킴은 물론, 3)사고를 명료화시킬 수 있으며, 4)자신의 주변의 사물로 묘사하는 과정을 통해 자아의 정체성을 탐색하게 하는 효과를 나타낼 수 있다.

특히 창작 주체의 개별 경험과 개성에 따라 자신만의 독특한 표현을 실현시킴으로써 지금까지 주류를 이루고 있는 시적 구조의 모방이나 패러

디 혹은 변형을 통한 창작 교육의 단계에서 더 나아가 창조적 글쓰기의 새로운 영역을 개척하게 할 수도 있다고 본다.

논의 과정에서도 언급했지만 이 논문은 선행 텍스트에 대한 후행 텍스트의 영향관계를 밝히는 것이 주 목적이 아니라, 특정한 비유의 선택을 통한 시 창작 방법을 제시하는 데 주안점을 두고 있었음을 밝혀둔다. 여기서 제시한 시 창작 교육이 현장에 제대로 적용되기 위해서는 다소의 시행착오의 과정을 거쳐야 할 것이다. 아울러 이러한 과정의 탐색을 통해서 상호텍스트성에 대한 연구와 이미지 계열체의 일반화 문제 등도 진척될 여지가 충분하다고 본다. 이러한 부분에 대해서는 다음의 연구를 기약한다.

화자를 활용한 시 교육 및 창작 연구

1. 문제의 제기

본고에서는 화자를 시 텍스트 창작의 전략적 장치로 놓는 입장을 취한다. 시 속에서 화자(시적 자아, 상상적 자아)는 자신의 생각을 효율적으로 드러내기 위해 사용하는 장치이다. 시에서 나타나는 화자의 유형은 시의 화자가 드러나는 경우와 시의 화자가 숨어 있는 경우로 대별할 수 있다. 시의 화자가 드러나는 경우는 시인이 직접 시의 화자로 나서는 경우와 다른 사람을 내세우는 경우로 나눌 수 있다. 시인이 시 속의 '나'일 때 화자는 대체로 고백적, 사색적, 자기 반성적인 성격을 띠게 된다. 다른 사람을 화자로 내세우는 경우는 어른이나 어린이, 남성이나 여성 등 전달하고자 하는 주제나 정서를 가장 효과적으로 전달할 수 있는 다양한 인물이 선택된다. 또 시의 화자가 숨어 있는 경우는 화자는 시 밖에서 관찰자의 역할을 하게 된다. 일반적으로 시 교육의 현장에서 화자에 대한 교육을 수행할 때는 1)화자는 누구인가?, 2)화자는 어떤 상황에 처해 있는가?, 3)화자가 말하고자 하는 바는 무엇인가?, 4)대상을 바라보는 화자의 태도는 어떠한가? 등이 고찰된다.

그러나 문제를 시 창작의 측면에서 한정하여 볼 때 시 교육의 현장에서 수행되는 화자의 이론은 대단히 복잡하고 그 다양한 양상들로 인하여 창작에 두루 활용할 수 없다는 단점이 있다. 창작 교육의 측면에서 화자의 태도와 양상은 다 고찰할 수도 없고 필요도 없다. 이러한 점에서 본고는 화자의 측면 중에서도 시 창작에서 활용할 수 있는 것은 무엇인가를 고찰하고자 한다.

그동안 이 방면의 논문은 시 교육적 측면에서 학습자들의 감상과 이해를 돕기 위한 시도로 화자의 태도와 양상을 다룬 논의들[1]이 제출되었다. 문학교육의 지향은 이제 이해와 감상의 측면에서 학습자로 하여금 텍스트를 생산할 수 있는 방향으로 전환[2]될 필요가 있다.

본고는 이 과정에서 시점의 원리를 활용하여 논의를 전개한다. 화자의 선택은 비유, 시점과 직결된다고 할 수 있다. 즉, 화자의 선택 양상이 주체가 대상을 인식하고 이를 언어로 변환하는 과정에서 나타나는 인간의 정신능력, 즉 자연이나 세계 사회 현실 등의 시적 표현대상을 언어적으로 전이하는 능력과는 물론 상상력과도 결부되어 있으며, 이는 당연히 가치 문제와 결부될 수 있다.

---

1 대표적인 것으로 유성호, 「화자의 양상에 따른 시 교육의 여러 층위」(『문학교육학』 제10호, 2002.)가 있다. 유성호는 시 속에서 행하는 화자의 상상적 노동으로 정지용의 시를, 자전적 화자가 행하는 자기 성찰로 윤동주의 시를, 허구적 화자가 들려주는 보편적 생체험으로 서정주의 시를 분석했다.

2 창작의 관점으로 접근한 것은 박주택의 「시점의 선택과 구조의 양상」(『시창작이란 무엇인가』, 화남, 2003.)이 있는데, 박주택은 학습자의 습작품을 중심으로 1인칭과 3인칭 시점으로 분류, 간략하게 설명을 하면서 논지를 전개하고 있다.

본고에서는 어떤 시적 대상이 화자와 맺는 관계를 중심으로 시를 창작하는 방법이 모색되게 될 것이다. 여기에는 화자를 사물로 하여 내가 그 시적 대상이 되어 생각하고 행동하게 하는 방법이 있고, 둘째로는 시의 화자는 숨어 있되 시적 대상을 '그'로 잡고 시를 창작하는 방법, 셋째는 일관되게 숨은 화자가 발화하는 방법으로 시를 창작하는 것이다. 주지하다시피 '시점'은 주로 소설에서 사용되는 용어이다. 그럼에도 시 창작에서 굳이 차용하는 것은 시점이 화자나 거리, 어조 등과 유기적 맥락을 이루며 창작 교육에 있어서 단순화하여 적용할 수 있는 편의성을 지니고 있기 때문이다.

본고가 그런 점에 착안하여 각 단계에서 시행하고 있는 방식들은 시적 대상에 대한 이해에서 출발하여 세계를 바라보는 인식의 심화를 통한 세계에 대한 중층적 이해 등 더 높은 단계로 이행할 수 있음을 제시하고, 학습자들 역시 이러한 방식의 이해와 창작과정의 습득을 통해 창의적인 글쓰기 능력을 갖출 수 있음을 확인하고자 한다.

이를 위해 본고는 2장에서 적절한 교수학습과정을 위한 모형개발과 이행의 단계를 구안하고, 3장에서는 이 구안된 학습과정을 실제수업에 반영하여 결과를 도출하고자 한다.

본고는 문예창작학과(혹은 국문과 및 국어교육과) 저학년 학생들을 대상으로 하는 수업을 위해 구안되었고, 고교 심화과정이나 일반인들을 위한 창작과정에도 적용할 수 있을 것으로 보인다.

2. 모형의 설정과 이행의 단계

시의 창작과정에서 형식과 내용을 좌우할 수 있는 중요한 요소가 되는 문제 중의 하나는 누구의 목소리로 창작할 것인가 하는 점이다. 여기서 결정될 것은 목소리의 주체를 정하고, 그 목소리를 어떤 형태로 진술할 것인가 하는 것이다. 시는 다른 장르에 비해 현저히 시를 쓴 창작주체와 시 속의 화자가 밀착되는 정도가 강한 고백적이고 자전적인 양상을 띤다.[3] 그러나 시는 의미를 보다 더 효과적으로 전달하기 위해 수많은 '나'의 복제형을 만들어내면서 변용이 극대화되는 양상을 보이고 있다. 시적 화자는 반드시 창작주체일 필요가 없다. 또 한 시에서 화자가 계속 변이, 교체되는 시들도 나타나고 있다. 배역시와 같은 형식이 시도되는 것도 이러한 연유에서다. 그러나 본고에서는 화자에 대한 논의를 좁히기로 한다. 이는 지면관계도 있지만, 실제 교실에서 수행할 수 있는 현장성을 염두에 두었기 때문이다.

여기서는 1)화자 '나'가 시적 대상이 되어 발화하는 방식, 2)시적 대상을 3인칭 그(혹은 그녀)로 놓고 숨은 화자가 발화하는 방식, 3)시적 대상에 대하여 숨은 화자가 일관되게 발화하는 방식, 4)주어진 화자의 태도와 속성 바꾸기 방식으로 나누어 각 단계의 학습모형 개발과 그 이행의 과정을 살펴보기로 한다.

2-1 화자 '나'가 시적 대상이 되어 발화하는 방식

제목에서 나타나는 그대로 시적 대상과 화자를 발상단계에서 동일시를 이루게 한 다음('나'는 나이다. '나는 수박이다.' '나는 폐차이다.' '나는 개이다') '나'의 발화로 시를 이끌어가는 방식이다. 학습모형과 효과 및 단계를 예시하면 다음과 같다. 여기서 수업방법이라는 말 대신에 학습모형이라는 말을 선택하는 것은 한 단계 내에서도 발전되는 일정한 절차나

---

3 김준오, 「퍼스나·화자·주체」, 『현대시』, 1997. 8, 21면.

과정을 가지고 있다는 의미에서이다.

> (학습모형) : 1인칭 화자인 '나'가 나 자신을 포함한 시적 대상이 되도록 한다.
> (효과 및 단계) : 시적 대상에 대한 관찰을 하는 훈련을 통해 시적 대상의 입장에서 생각하는 방식으로부터 출발하여 점차 그 외연을 확대하여 상상력의 범위를 넓혀 나갈 수 있다.

이때 시적 대상도 나에서 출발하여, 사물에서 식물과 동물, 공간, 구체적인 것에서, 추상적인 것으로 점차 확대시켜 교육을 진행할 수 있다.

> 사월 초파일
> 傳燈寺에서 淨水寺까지
> 공양 드리러 가는 보살님 차를 얻어 탔다
> 토마토 가지 호박 늦은 모종을 안고
>
> 십리를 더 걸어와
> 흙 파고 물 붓고
> 뿌리에 마지막 햇살 넣고 흙 넣고
> 해도 燈처럼 물(水)처럼 날이 맑아
>
> 개밥그릇을 말갛게 닦아주고 싶었다
> 부처님 오신 날인데 나도
> 수돗가에 앉아 陶를 닦았다
> 고개 갸웃갸웃 쳐다보던 흰 개
>
> 없다니까!
> 그 그림자가 그릇의 맛이야
> 수백 번 혓바닥으로 핥아도 아직 지울 수
>
> 햇살이 담길수록 그릇이 가벼웠다
>
> — 함민복, 「개밥그릇」

1인칭 화자로 일관하고 있는 이 시에서 우리는 시인의 현재 삶의 모습을 알 수 있다. 그는 어디에 있고, 무엇을 하며, 어떤 개성과 인격, 세계관을 가지고 있는가를 짐작하게 되는 것이다. 우리는 여기서 차도 잘 다니지 않는 강화도의 한적한 시골에서 채소를 심고 개를 키우며 사는 시인의 모습을 어렵지 않게 떠올릴 수 있다. 그것은 공양 드리러 가는 보살님의 차를 얻어 타고 십 리를 더 걸어와 집으로 와서 모종을 심었다는 것에서 알 수 있다. 그러나 3연부터는 기성의 종교의 진리를 불신하고 오히려 그가 키우고 있는(문맥으로는 키움을 받는) 개에게서 오히려 진리를 발견하는 시인의 개성과 세계관을 볼 수 있다. 절 이름에서 야기된 燈과 水의 세계를 그는 거부하고, 그의 반대편에 있는 그 종교에서 망상으로도 일컫는 '그림자'를 추구한다. 이는 道 대신 陶를 닦는 화자에게 건네는 "그림자가 그릇의 맛이야"라는 개의 발언에서도 드러난다. (그런 점에서 이 시는 부분적으로 화자의 교체가 일어나고 있다.) 그런 점에서 시인으로 나타나는 이 시의 화자는 자본의 논리에서 벗어난 삶을 살고 있으며 기존의 진리를 '얻어타'기를 거부하는 존재로서의 자존을 지키고 있는 사람이다. 이렇듯 시인 자신과 밀착되고 있는 화자에게서 우리는 시인의 육성을 듣게 되고 그의 인격을 보게 된다. 그런 점에서 이 시인의 「긍정적인 밥」과 같은 작품은 자본이 모든 가치의 척도가 되는 이 시대에 척도를 바꾸어 진정한 삶이 무엇인가를 일깨우는 시라 할 수 있다. 이 단계에서 우리는 '나' 대신 달하고자 하는 주제나 정서를 가장 효과적으로 전달할 수 있는 다양한 인물(어른, 어린이, 남성, 여성, 심지어 배역시까지)을 선택하여 시를 창작할 수 있게 된다.

　내가 시적 대상인 사물이 되어 생각하고 행동하는 방식의 시를 보기로 한다. 이 방식은 사물의 생리와 속성을 관찰하는 데서 출발하게 된다. 시를 쓰는 학습자들의 입장에서 '나'가 직접 발화하는 방식 다음으로 폭넓게 실시할 수 있는 방법이다. 직접 사물을 앞에 두고 묘사하는 과정을 중심으로 교육을 수행할 수 있으며 이 과정에서 의인관적 세계관[4]이라는 서정시의 가장 중요한 속성을 익힐 수 있다. 그러나 내가 직접 시적 대상이 되므로 단순한 관찰이 아니라 감정이입을 통한 의인화가 이루어지게 되면서 마음의 속성까지를 다루게 된다.

나는 성질이
둥글둥글하다는 소리를 자주 듣는다
허리가 없는 나는 그래도
줄무늬 비단 옷만 골라 입는다
마음속은 언제나 뜨겁고
붉은 속살은 달콤하지만
책임져 주지 않는 사람에게는
절대로 배꼽을 보여주지 않는다
목말라 하는 사람을 보면
가슴이 아파 견딜 수가 없다
겉모양하고 다르게
관능적이다
나를 알아주는 사람을 만나면
오장육부를 다 빼주고도
살 속에 뼛속에 묻어 두었던
보석까지 내 놓는다

— 윤문자, 「수박」

이 시에서는 수박의 둥글고(타원형, 원형) 외피의 짙은 초록색의 광택

---

4 김준오, 『시론』, 4판, 삼지원, 1999, 35면.

이 나는 줄무늬를 줄무늬 비단옷을 입은 모습으로, 자신을 선택하지 않는 구매자를 책임져주지 않는 사람으로, 또한 물이 많아 피로와 갈증을 해소시켜 주는 속성을 목말라 하는 사람을 보면 가슴이 아파 견딜 수가 없다는 인격(성질)으로, 나아가 씨를 살 속에 묻혀 두었던 보석으로 표현한다. 이 과정을 통해 '수박'이라는 시적 대상은 비단옷을 입은, 마음 속에 깊은 동정심과 사랑, 그리고 보석 같이 고귀한 속성을 한 인격으로 변환된다. 따라서 이 방법은 사물의 생리와 속성을 충실히 따라가는 속성과 서정시라는 장르가 가진 의인관적 세계관이 결합되어 실현될 수 있는 것으로 학습자들에게 충분히 효과적으로 이해될 뿐만 아니라 그들의 창작과정에서도 쉽고도 실제적으로 적용이 가능한 것으로 판단된다. 그러나 이 시가 다다른 깊이는 세계에 대한 중층적 이해보다는 사물에 대한 이해와 의인화를 통한 시적 변용에 초점이 맞춰지며, 학습자들의 창작에도 그 방향으로 최상의 환경을 만들어줄 수 있을 것으로 판단된다. 특히 시적 대상의 표면만을 피상적으로 관찰하던 습관과 태도를 교정하여 '시적 대상의 입장에서 생각하기', 혹은 '자세히' 그리고 '입체적으로' 관찰하여 일상의 삶으로 연결하기라는 측면에서 이 과정은 초보적인 단계에 있는 학습자들을 대상으로 다양하고 폭넓게 실시할수록 좋다고 판단된다. 학습자들은 자신의 주변의 대상을 관찰하고 시적인 표현의 연습과 완결된 시형을 만드는 과정으로 이 방법을 자유롭게 활용할 수 있고, 사물에 자신과 다른 이들의 감정과 일상을 이입할 수 있게 된다. 다음으로는 이 단계를 거쳐서 도달할 수 있는 시 창작 방법들을 고찰해 보기로 한다.

이곳에 있는 바퀴들은 이미 속도를 잃었다
나는 이곳에서 비로소 자유롭다
나를 속박하던 이름도 광택도

이곳에는 없다
졸리워도 눈감을 수 없는 내 눈꺼풀
지금 내 눈꺼풀은
꿈꾸기 위해 있다
나는 비로소 지상의 화려한 불을 끄고
내 옆의 해바라기는
꿈같은 지하의 불을 길어 올린다
비로소 자유로운 내 오장육부
내 육체 위에 풀들이 자란다
내 육체가 키우는 풀들은
내가 꿈꾸는 공기의 질량만큼 무성하다
풀들은 말이 없다
말없음의 풀들 위에서
풀벌레들이 운다
풀벌레들은 울면서
내가 떠나온 도시의 소음과 무작정의 질주를
하나씩 지운다
이제 내 속의 공기는 자유롭다
그 공기 속의 내 꿈도 자유롭다
아무 것도 가지고 있지 않은 저 흙들처럼
죽음은 결국
또 다른 삶을 기약하는 것인지도 모른다
나는 이곳에서 모처럼 맑은 햇살에게 인사한다
햇살은 나에게
세상의 어떤 무게도 짐 지우지 않고
바람은 내 속에
절망하지 않는 새로운 씨앗을 묻는다

— 박남희, 「폐차장 근처」

이 시를 쓰게 된 배경을 시인은 아래와 같이 말하고 있는데, 이를 통해 우리는 시적 대상과 동일시를 이루면서 말하는 이 글쓰기의 방식이 어떻게 기능할 수 있는가를 알 수 있다.

> 내 등단작인 「폐차장 근처」('97년 서울신문)는 당시 40이라는 내 나이가 준 선물이다. 나는 그 당시 나이 40이 되도록 나는 무엇을 했을까를 생각하다가 참담한 심정이 되어서 그 시를 썼다. 말하자면 「폐차장 근처」의 '폐차'는 나 자신인 셈이다. 이 당시 내 시는 '폐차장 근처'를 자신의 주소로 삼고 있었던 듯하다.[5]

 자신을 시적 대상인 '폐차'로 놓고 글쓰기를 시도한 시인의 내면을 읽을 수 있다. 우선 앞의 시(「수박」)와 다르게 나타난 변화는 제목에서부터인데, 소재('폐차')를 약간 변형하여 제목을 잡고 있다. 이는 시인이 '나는 폐차이다'라는 동일시를 이 시의 밑그림으로 깔고 있지만, 거리를 적절하게 조절하면서 시인은 폐차에서 자신이 현재 처한 거점('주소')을 읽고 있다는 것을 암시한다. 자동차들이 문명이라는 거대한 도시를 달리고 있는 것이라면 속도를 잃고 질주를 멈춘 폐차는 그 거점을 '폐차장 근처'에 두고 있다. 그러나 폐차는 속도를 잃은 대신 그동안 자신을 속박하던 이름도 광택도 버리고, 졸리운 자신의 눈꺼풀(헤드라이트)을 지그시 감고 대신 그 옆의 해바라기와 함께 꿈같은 지하의 불을 길어 올리는 꿈을 꿀 수 있는 자유로운 입장에 있게 되는 것이다. 이 역설적인 무한한 해방감과 함께 폐차의 오장육부는 덩달아 자유로워지고, 이 자유로워진 육체 위에서 풀들이 자라는 소리와 풀벌레 울음소리가 또렷이 들릴 수 있는 것이다. 또 그 풀벌레의 울음소리는 그동안의 상처를 하나씩 지워준다. 시인은 '폐차장 근처' 즉, 문명과 자연이 공존하는 곳, 그 동안의 자신의 이름

5 http://www.poemis.com/

과 광택과 속도를 모두 내려놓을 수밖에 없는 곳, 그래서 자연에 더욱 가까이 갈 수 있는 곳, 자유로운 곳에 시의 뿌리를 내리는 것이다. 아울러 '폐차장 근처'라는 것의 함의는 시인의 현재의 상태나 실존과 관련시켜 생각할 때 보다 넓게 확산될 수 있다. 예를 들면 몸을 아프게 하는 '병' 같은 것도 포함될 수 있는 것이다.

앞의 단계에서 시도할 수 있었던 감정이입이 다소 단선적이고 누구의 삶이나 이입할 수 있는 보편적이고 일상적인 것이었다면, 이 시에 이르러서는 개인의 실존이라는 삶의 구체적인 부분까지를 담고 있다. 자신이 시적 대상이 되어 발화하는 이 방식은 활용하기에 따라 다양한 효과를 가질 수 있을 것으로 판단되는데, 동물의 목소리로 발화하는 아래의 시는 또 하나의 효과를 제시한다.

> 뭐 이렇게 질긴 고기가 다 있을까
> 좀체 속내 보이지 않는 것이 의뭉스런 애인 같다
> 어딘가에 분명 뼈를 감추고 있을 거야
> 고기의 진미 희망의 정수(精髓) 아아,
> 뼈다귀를 향하여 나아가는 일이란 대로에서
> 진종일 어미, 누이와 붙어 있는 일보다
> 은밀하고도 즐겁게 느껴진다
>
> 페트병 한 개와 물고 뜯는 시간, 나는
> 이것을 단순해지기 위한 노력이라 부른다
> 썩은 고깃덩어리로 던져진
> 이 도시에서 단단한 무기질의 희망
> 얻기가 그리 쉬운가
> 누르기만 하면 입발린 언약들
> 당장이라도 쏟아내는 자판기들아

웃을 테면 웃어라
욕창이 번진 몸에 비명까지 지르는 이 물체는
이제 고기가 아닐지도 모른다 그러나
의심은 더욱 식욕을 부풀리고 나는
이것을 기꺼이 먹기로 작정한다
완강하던 페트병에 드디어 금이 가고
텅 빈 속살 들여다본 순간, 나는
속았음을 직감한다

어둠 속을 휘적휘적 걸어갈 때
앗! 저기 또 푸른 슬리퍼 한 짝이……
내 야성의 턱뼈를 긴장시키고 있었다

— 문성해, 「공터에서 찾다」

　공터에서 페트병을 물어뜯고 있는 개를 보고 쓴 이 시가 앞의 두 편의
시와 다른 점은 우선 제목에서 시적 대상이 직접적으로 드러나지 않는다
는 점이다. 그것은 표면적으로는 개의 목소리로 발화하면서 시적 화자인
‘나’의 인식과 의식 속에 무게중심이 놓여 있음을 보여준다. 즉 이 개는
화자의 감정이 이입됨으로써 먹이를 찾는 일상의 개라는 형식을 빌어, 세
속도시의 삶이 야기하는 무기질의 희망을 점검하는 존재로 격상된다. 그
런 점에서 누르기만 하면 입발린 언약을 내뱉는 자동화된 현대문명의 속
성 속에서도 끝까지 희망을 잃지 않는 이 개는 문제적이라 할 수 있다. 문
명 속에서도 야성의 턱뼈를 키워나가는 이 시는 그래서 다른 문명 비판시
와 차별성을 확보한다. 화자가 대상과 일정 부분 떨어져 있을 때는 효과
적인 비판을 감당하기는 쉽지 않다. 오히려 화자가 시적 대상이 되어 그
속성으로 상상하고 행동을 함으로써 현실성과 구체성을 획득할 수 있는
것이다. 이러한 과정을 통해서 이 시는 문명의 모습이 썩은 고깃덩이로

던져진 도시의 (무기질의) 희망의 실체를 깊이 있게 투시할 수 있게 된다. 그럼으로써 나태와 안일의 일상("진종일 어미 누이와 붙어 있는 일")을 질타하며 끊임없는 의심을 통해("의심은 더욱 식욕을 부풀리고") 정직하게 문명과 대응하는 자세를 보여주고 있다. 시인은 시적 화자를 개로 설정함으로써 추상성을 극복하고 현실의 문맥 속으로 구체적으로 들어갈 수 있는 길을 열어놓았다고 할 수 있다. 앞의 시가 개인의 실존 속에 무게 중심을 많이 두고 있었다면, 이 시는 화자가 시적 대상과 결합하는 발화 방식을 통해 세속도시의 문명을 비판하는 기능까지를 수행하고 있음을 알 수 있다.

우리는 여기서 시적 화자인 '나'가 시적 대상의 목소리로 발화하는 이 방식이 단순히 형식적인 측면에 그치는 것이 아니라 사물의 속성과 생리에 대한 이해와 삶의 적용이라는 보편적이고 기본적인 단계에서부터 출발하여 세계관의 표출을 통한 개인의 실존표현, 문명의 실체를 향한 고투 등의 단계로 이행할 수 있음을 확인하였다.

2-2 시적 대상을 3인칭 '그'(혹은 '그녀')로 놓고 숨은 화자가 이끌어가는 방식

3인칭 '그'가 시적 대상과 동일시를 형성('그는 빨래이다', '그는 민달팽이다')하게 한 다음 숨은 화자가 그(시적 대상)의 속성으로 시를 끌어나간다. 대부분 제목은 시적 대상(혹은 연관된 것)으로 붙인다. 시적 대상과 화자의 거리를 유지할 수 있으므로 감정에 치우침 없이 시를 끌고 갈 수 있다는 장점이 있고, 내용적으로도 (긴) 시적 대상을 반복하는 진부성으로부터 벗어나게 할 수도 있다.

(학습모형) 3인칭 그(혹은 그녀)와 시적 대상이 동일시를 형성하게 하고, 숨은 화자가 시적 대상의 속성으로 시를 이끌어나간다. 제목은 대체로 시적 대상과 가깝게 붙인다.

(효과 및 단계) 적절한 거리를 유지하며 시를 끌고 갈 수 있고, 시적 대상을 3인칭으로 처리함으로써 제목에 의미가 집중될 수 있다. 앞장의 방법과 마찬가지로 일반적인 것에서 출발하여 점차 단계를 높일 수 있다.

이렇게 모가지를 비틀면 어떡하냐고
찔끔찔끔 눈물을 짜며
그가 완강하게 버틸 때면,

이놈 고분고분하지 않는다고
시키면 거짓말 뱉어내지 않고 끝까지 숨기고 있다고
발끝부터 머리끝까지 두들겨패서
질질 옥상으로 끌고 가 거꾸로 매달아버린다, 그녀는.
그러면 그는 그때서야 백기를 꺼낸다.
정말 이렇게 나아가서는 안 되겠다고,
어떻게든 집안에
평화의 깃발은 펄럭이고 봐야겠다고.

보라, 그녀는 그를 다루는 1급 기술자다.

— 김영남, 「빨래」

이 시는 빨래하는 장면을 연상하면 쉽게 창작할 수 있도록 시를 이끌어가고 있다. 빨래의 전 과정을 유머러스하게 현장취조를 하는 극적인 장면으로 변화시켜(모가지를 비틀면, 찔끔찔끔 눈물을 짜며 버틸 때면, 두들겨패서 거꾸로 매달아버린다, 백기를 꺼낸다, 평화의 깃발이 펄럭인다) 우리들의 일상적인 행위를 매우 낯설고 생동감 있게 변형시키는 묘미를 가지고 있다. 이 과정은 빨래는 하는 여자(그녀)와 빨래(그)의 관계설정을 통해서 이루어지고 있다는 특징을 아울러 지닌다. 우리는 여기서 시적 대상을 '그'라는 3인칭으로 잡는 것이 평범한 대상을 개성적으로 만드는 일과도 관련이 될 수 있음을 알 수 있다. 여기서도 강조되는 것은 빨래 혹은 빨래라는 과정에 대한 이해임을 알 수 있다. 그런 점에서 이 단계는 앞장에서 논의한 바 있었던, 「수박」에 나타난 사물의 속성과 생리를 이해하는 방식과 궤를 같이한다고 할 수 있다. 그럼에도 「수박」에서처럼 화자가 사물이 되어 발화하는 방식을 취하지 않은 것은 '수박'은 사물에, 빨래는 행위에 초점을 두고 창작하기에 유리한 환경을 가지고 있기 때문이다. 이때 우리는 과정 혹은 행위를 위주로 하는 일상의 사물이나 일에 대해서는 사물을 '그'로 환치시켜 그 일을 수행하는 사람을 이 사물과 대응시켜 시를 발상하고 전개하는 것이 객관성의 측면은 물론 형상화에서도 유리하다는 것을 확인할 수 있다. 이러한 점에서 우리 주변의 일들에 대한 창작을 연습하고 시도하는 학습을 수행할 수 있을 것이다. 이 방법 역시 사물과 행위 자체에 대한 묘사와 진술에 초점을 두고 있는 단계에서 벗어나 개인의 삶과 실존, 그리고 대사회적인 단계의 문맥으로 확장시킬 수 있다.

그가 귀가를 한다
저 민달팽이의 등은
지나치게 가벼워서 무거워보인다

걷는다는 표현은
그에게 어울리지 않는다
바닥까지 처진 어깨가
천천히 길을 밀고 나간다
언제부터인가 그에게는
늘어진 양 어깨가 다리였으므로
빨래처럼 처진 몸이 조금도 어색하지 않다

어깨에 신는 신발은 없으니, 당장
닳아질 희망의 뒤축이 없어서 좋겠다 그에게도
한때는 감미로운 집이 있었다
아이스크림 같은 집,

너무나 달콤하게 흘러내린
똥 같은 집
똥집도 안 파는 포장마차 같은 집
잠시 멈춘 그가 집을 지나친다
어쩌다가
아이들만 누수시켜 놓은 집

한사코 그의 목에 감겨 있는
저 실없는 실업,
그의 목을 한껏 조이고 있다

— 박성우, 「민달팽이」

    사물들의 이야기에 주목하는 박성우의 여러 편의 시들 중의 하나이다.
거미, 달팽이, 망둥어, 굴비, 참새, 수박, 대나무, 빨판상어 등의 사물을
다루고 있는 그의 시들은 그 사물을 '그'로 환치시켜 시를 전개시키며,
이들 시는 가족사(아버지)와 결합시켜서 읽을 수 있는 알레고리적 특징을
지닌다.[6] 이때 시적 대상을 '그'로 대치하는 것은 서정과 서사를 결합하
고 시점과 화자를 결합[7]하는 데 유리한 환경을 만들어 주며, 화자가 대상
과의 거리를 유지하는 데도 효과적인 전략이 될 수 있다. 이 시는 인간적
일 수 없을 만큼 극단적으로 떠밀려버린 한 가장의 삶을 민달팽이를 통해

---

6 엄경희, 「비천한 세계로 열린 따뜻한 몽상」, 『질주와 산책』, 새움, 2003, 214~215면.
7 나희덕, 「토요일에 만나는 시」, 동아일보, 2002. 11. 8.

보여준다. 웅크리고 있다가 세상에 나온 인물인 그는 "걷는다는 표현은 그에게 어울리지 않"을 정도로 지나치게 가벼우므로 역설적으로 잴 수 없는 마음의 무게에 눌리고 있는 사람이다. 어깨가 다리이므로 바닥에까지 쳐진 어깨가 천천히 길을 밀고 나갈 수밖에 없고, 더 이상 닳아질 희망조차 없으며, 집은 흘러내려버렸고 어쩌다가 아이들만 물 빠지듯이 낳아놓고 있으며, 실없는 실업이 그의 목을 조이는, 그런 위태로운 삶을 이끌어가고 있는 인물이다. 여기서 민달팽이는 실업자인 그의 아버지의 신산한 삶을 알레고리한다. '오리'를 소재로 다룬 다음의 시는 시인의 세계관까지를 담지한다.[8]

단숨에 저쪽 둑까지 달려가 버릴까,
그냥 해질녘까지 둥둥 떠서
멱이나 감을까
그는 노랑 코를 몇 번 물 속에 찔러보고
강바닥을 찬찬히 들여다보고,

그냥 이곳을 박차고 올라
먹물의 바깥 세상까지 날아가 버릴까,

뒤뚱뒤뚱
그는 제방으로 걸어나와
해지자 막대기 들고 나온 주인을
집으로 인도한다

— 오선홍, 「오리」

---

8 이때 '오리'와 같이 화자와 직접적인 연관이 없는 소재일 때는 굳이 '그'라는 말을 쓸 필요가 없다고 생각된다. 이는 신경림의 「갈대」와 같은 시에서도 확인된다.

이 시 역시 시적 화자는 밖에서 관찰자로 기능하는데, '그'로 나타나는 오리는 시인의 상상력에 의해 새로운 모습으로 나타난다. 즉, 이 시에서 현실 속의 오리의 한계를 시인은 그대로 보지 않는다. 오히려 그 "단숨에 저쪽 둑까지 달려가 버릴" 수도 있고, "그냥 이곳을 박차고 올라/먹물의 바깥세상까지 날아가 버릴" 수도 있는 한계 밖의 오리가 현실 안으로 '들어와 준' 모습을 보여준다. 현실 혹은 일상에 갇혀 답답하게 살아가는 '오리'라는 대상을 이른 바 '발상의 재기'로 뒤집어 봄으로써 되려 초월적인 존재로 승화시키고 있을 뿐만 아니라 읽는 이로 하여금 '오리'라는 대상과 동화되어 초월에의 의지를 갖게 한다고 볼 수도 있겠다. '뒤뚱뒤뚱'한 오리는 그 생김과 행동으로 우리를 웃게 하고, 현실에 대한 달관으로 또한 우리를 웃게 하는 것이다. 카타르시스가 여기에 있다. 그것은 마지막 연에, "막대기 들고 나온 주인을/집으로 인도한다"는 대목에서 극에 달한다. 이쯤 되면 사람이 가축을 돌보는 것이 아니라 가축이 사람을 인도한다. 여기서 우리는 발상에서 비롯된 상상력이 가치의 문제와 결부되는 것을 알 수 있다. 즉 상상력을 통하여 재구성된 문학의 세계는 허구적 특성을 가지지만 인간의 심미적 가치를 바르게 실현시키고 조화로운 삶에 긍정적인 기여를 할 수 있다는 것이다.[9] 즉 이 시의 상상력에서 발현된 가치는 인간 우위의 정신을 깨트리며 만상의 구별이 없다는 동양의 유기론적 사고와도 긴밀히 연관되어 있다고 할 수 있다. 한 편의 시에 나타난 정신작용을 통하여 우리는 문학하는 즐거움을 맛볼 수 있는 것이다. 다만 그것이 시적 대상을 3인칭 그(혹은 그녀)로 놓고 숨은 화자가 발화하는 방식을 통해서만 나타나는 것이었는가에 대해서는 회의적이지만,

---

9 윤여탁, 「문학교육에서 상상력의 역할」, 『문학교육학』 제3집, 1999, 247면.

적어도 우리는 이 방식을 사용하는 것이 더 효과적이라는 것은 알 수 있다. 또 자연이나 세계 사회 현실 등의 시적 표현대상을 언어적으로 전이하는 정신 능력인 작품 '창작에서의 상상력'이 가치 문제와 결부된다는 것을 짐작하게 한다.

이상으로 우리는 3인칭 그가 내적으로 동일시되고, 숨은 화자가 소재의 속성으로 시를 이끌어나가는 이 방식이 사물과 행위 자체에 대한 묘사에서 출발하여 개인의 실존적인 삶의 풍경, 대상에 대한 가치의 문제로까지 확산되어 세계를 보는 시각을 교정하는 기능을 가지게 할 수도 있음을 확인할 수 있었다.

2-3 시적 대상에 대하여 숨은 화자가 일관되게 발화하는 방식

시적 대상 자체가 동일시를 형성('봄과 사람', '하나님과 늙은 비애', '송충이와 탱크부대')하게 한 다음 숨은 화자가 그 대상의 속성으로 시를 끌어나간다. 이때 화자는 시 밖에서 관찰자로 기능한다. 우리 주변에서 쉽게 볼 수 있는 많은 시들이 여기에 해당한다. 1)과 2)의 방법보다 쓰기가 약간 까다롭다고 할 수 있지만, 쓰는 데 특별한 제약을 붙일 필요는 없다. 다만 요구되는 것은 시적 대상을 잡아내는 능력이다.

(학습모형) 숨은 화자가 시적 대상의 속성으로 시를 이끌어나간다. 시의 문맥 속에서 자연스럽게 동일시가 형성되는 모든 시들을 모델로 한다. 제목은 시적 대상을 중심으로 붙인다

(효과 및 단계) 차원이 높은 묘사의 훈련에 도움이 된다. 일상에서 발견한 묘사에서 시작하여 점차 단계를 높여 나간다.

우선 숨은 화자가 시적 대상을 묘사하는 쉬운 시들을 학습자들과 함께

읽을 필요가 있다. 그 과정을 거쳐서 학습자들은 숨은 화자가 이끌어가는 시를 창작할 수 있는 능력을 키우게 된다. 이성부의 「봄」을 보기로 한다.

기다리지 않아도
기다림마저 잃었을 때에도 너는 온다.
어디 뻘밭 구석이거나
썩은 물 웅덩이 같은 데를 기웃거리다가
한눈 좀 팔고, 싸움도 한 판 하고,
지쳐 나자빠져 있다가
다급한 사연 들고 달려간 바람이
흔들어 깨우면
눈 부비며 너는 더디게 온다.
더디게 더디게 마침내 올 것이 온다.
너를 보면 눈부셔
일어나 맞이할 수가 없다.
입을 열어 외치지만 소리는 굳어
나는 아무 것도 미리 알릴 수가 없다.
스스로 두 팔 벌려 껴안아 보는
너, 먼 데서 이기고 돌아온 사람아.

— 이성부, 「봄」

이 시는 '봄과 사람'의 동일시가 전체 시에 작용되고 있다. 시 창작 교육 과정에서는 '민주화, 혹은 '기다림의 간절함과 반드시 오고야 마는 당위성'과 같은 주제적인 측면을 지나치게 강조할 것이 아니라, 봄과 바람 등을 묘사한 구절들에 특히 유의하며 읽을 필요가 있다. 봄은 반드시 온다는 자연의 숙명을 통하여 기다림의 간절함을 표현하고 있는 1-2행은 창작의 견지에서는 이어지는 뻘밭 구석, 물웅덩이에서 기웃거리고 한눈이나 파는 모습에서 새로울 수가 있는 것이다. 기다림이 컸기에 봄은 온 것이 믿어지지 않을 정도로 눈부시고 감격적인 사람의 모습으로 표현된다. 그 봄은 마침내 먼 데서 이기고 돌아온 사람으로 의인화된다.

　김춘수의 「나의 하나님」도 이 과정에서 읽을 수 있다. 이 시에서 하나님은 늙은 비애(애처로움), 커다란 살점(십자가에 못박힌 예수의 이미지), 슬라브 여자의 마음 속에 갈앉은 놋쇠 항아리(묵은 연정), 대낮에도 옷을 벗는 순결(순결), 느릅나무 잎새에 이는 연두빛 바람(청신)으로 다양한 이미지로 나타나게 된다. 즉 김춘수가 파악한 하나님은 푸줏간의 살점처럼 속된 인간들에게는 하찮은 존재로 보이기도 하지만, 슬라브 여자의 마음 속에 무겁게 자리한 놋쇠 항아리처럼 쉬 사라지지 않는 존재이며, 생물처럼 못 박아 죽인다고 죽지 않는다. 대낮에도 옷을 벗을 만큼 천진성을 지니고 있으며, 연둣빛 바람처럼 청신한 존재이다. 그러면서 이 시는 '하나님은 근엄한 존재'라는 기존의 인식을 깨면서 오히려 성과 속을 넘나드는 신의 존재를 제시함으로써 인지에 충격을 준다.

　　　　송충이가 나무 위에서 떼를 지어
　　　　줄기와 잎 위로 행진하는 모습이
　　　　내 발목을 거머쥐고 안경을
　　　　고쳐쓰게 하는구나 편견이란
　　　　때로 얼마나 위대하냐

　　　　큰 놈이나 작은 놈이나 송충이는
　　　　모두 저렇게 아름답다
　　　　줄기 위의 하늘 아래서 잎 위의
　　　　하늘로 옮아가는 몸부림은
　　　　낮은 강물 소리 같다
　　　　보송하게 살이 잘 오른
　　　　가슴이며 아랫도리는 르노와르의
　　　　화풍이다 보라

대낮에도 별빛을 옭아맨다

일렬로 나뭇가지로 오르니
가두행렬의 선발대 같고
롬멜의 탱그부대 같다
송충이에 비해 나뭇가지는
사하라 사막이다 사막이란
또한 얼마나 깊게 숨쉬는가

편견이란 얼마나 위대하냐
나는 아직도 꽃이
아름답다는 편견의 배밑에 깔려……

— 오규원, 「송충이」

　오규원의 시는 상투적이 된 인식이나 표현들을 배반한다. 그것은 사물의 현상 그 자체를 투명하게 인식하려는 노력에 그 바탕을 두고 있다.[10] "큰 놈이나 작은 놈이나 송충이는/모두 저렇게 아름답다" 상투화된 인식은 편견이다. 따라서 송충이는 징그럽다는 편견 때문에 송충이는 아름다우며, 꽃은 아름답다는 편견 때문에 꽃은 아름답지 않다.[11] 시인에게 아름다운 것은 결국 상처가 날 수 있는 나와 너의 살아 있는 육체[12]이다. 육체는 흠이 없어 아름다운 것이 아니라, 상처가 날 수 있어 아름답다. 송충이가 아름답다는 것도 고름을 간직하고 있는 육체이기 때문이고, 아름다움이 썩음이라는 것을 보여주기 때문에 아름답다. 그러나 이 시에서 사물의 현상만을 두고 볼 때도 송충이는 안경을 고쳐 쓰게 할 만큼 모두 아름답다.

10 김진희, 「출발과 경계로서의 모더니즘」, 『시에 관한 각서』, 새움, 2004, 50면.
11 김현, 오규원 시집 『가끔은 주목받는 생이고 싶다』, 문학과지성사, 1987, 해설.
12 위 시집, 63면.

그의 몸부림은 낮은 강물 소리 같다. 살이 오른 가슴과 아랫도리는 르노와르의 화풍이다. 일렬로 나뭇가지에 오르는 모습은 룸멜의 탱크부대 같다. 사막으로 표상된 나뭇가지 역시 깊게 숨 쉰다. 학습자들의 교육효과의 측면에서 볼 때 고려해야 할 점은 송충이란 시적 대상에 대한 풍부한 묘사가 지속적으로 나타나는 방식으로 전개된다는 것에 대한 인지 여부이다. (그러나 전체적으로는 송충이가 아름답다는 인식으로 수렴된다는 특징을 지닌다.) 따라서 이 단계에서 시 교육이 성공적으로 이루어지기 위해서 필요한 것은 여기에서 시도하고 있는 묘사가 개성을 지니고 있느냐 하는 것이다. 그러나 교육의 장면에서는 이러한 소기의 목적이 짧은 시간 안에 다 이루어지기를 기대하는 것은 무리가 될 수 있다. 학습자들로 하여금 시적 대상에 묘사를 구사할 수 있게 하는 정도까지만 이르게 하면 되고, 기존의 인식을 깨트리는 상상력을 달성하기까지는 시간을 요한다고 할 수 있다.

이상에서 우리는 이 과정의 교육을 통해 시적 대상에 대한 일정한 수준의 묘사를 구사하게 하고 점차 우리들의 인지나 인식을 깨트리는 쪽으로 단계와 깊이를 높여나갈 수 있음을 확인할 수 있었다.

2-4 주어진 화자의 태도와 속성 바꾸기 방식

이 단계는 앞의 세 단계를 종합하여 화자에 대한 이해를 깊이 있게 하며, 앞에서 상대적으로 소홀히 하고 있던 대상을 바라보는 화자의 태도와 화자가 처한 상황 등을 면밀하게 고찰할 수 있게 하며 나아가 화자를 활용할 수 있도록 한다.

(학습모형) 같은 시적 대상을 다룬 시들을 고찰하고 그 속에서 화자의 속성이 어떻게 달라지는가를 안다.

(효과 및 단계)같은 시적 대상을 다룬 시들에서 목소리가 어떻게 재구성되는가를 이해하며 화자를 자재롭게 활용할 수 있도록 한다.

이것은 소리없는 아우성.
저 푸른 해원을 향하여 흔드는
영원한 노스텔지어의 손수건.
순정은 물결같이 바람에 나부끼고
오로지 백로처럼 날개를 펴다.
아아 누구던가.
이렇게 슬프고도 애달픈 마음을
맨 처음 공중에 달 줄을 안 그는.

— 유치환, 「깃발」

깃발을 뜯어먹으려고
가까이 다가갔다가
바람은 깃발한테 붙잡힌다
깃발은 손아귀로 바람을 움켜쥐었다 폈다 하면서
또 못된 짓 할래, 안 할래
자꾸 묻는다

— 안도현, 「깃발」

아아, 우리는 슬픈 눈물이나 닦을 줄 알던
작은 손수건일 뿐이었다
우리들 줄 누구도 태어날 때부터
깃발이 되려고 한 것이 아니었다
맑고 푸른 하늘 아래
사람이 사람으로 사는 세상이라면
한올의 실, 한조각의 헝겊이라도 좋을 것이다
그러나 우리는 서서히 깃발이 되어간다
숨죽이고 울던 밤을 훌쩍 건너
사소한 너와 나의 차이를 성큼 뛰어넘어

펄럭이며 간다
나부끼며 간다
갈라진 조국과 사상을 하나의 깃대로 세우러
우리는 바람을 흔드는 깃발이 되어간다
— 안도현, 「우리는 깃발이 되어간다」

세 편의 시는 모두 '깃발'이라는 하나의 시적 대상을 활용하고 있고, 또 화자의 존재가 시의 문면에 드러나지 않는다는 점에서 공통적이다. 그러나 시적 대상에 대한 화자의 태도와 진술방식은 미묘한 편차를 보인다. 이 차이는 같은 시적 대상을 다루더라도 대상을 바라보는 화자의 태도와 입장에 따라 어떻게 독자적인 하나의 세계가 구축되는가를 보여주는 변별적 자질이라 할 수 있다.

첫 번째 시는 시적 대상인 깃발을 아우성, 손수건, 순정, 애수 등으로 묘사하면서 이상향을 향한 원초적 동경과 그럼에도 불구하고 도달할 수 없는 존재론적 모순과 슬픔을 그리고 있다. 여기서 시적 화자의 목소리는 "아아 누구던가", "맨 처음 공중에 달 줄 안 그는."에 나타나는 영탄과 설의, 그리고 도치에도 불구하고 차분하고 객관적이고 관찰적이다.

같은 제목을 가지고 있는 두 번째 시는 앞의 시와 같이 바람과 깃발에 대해서 다루고 있지만 태도는 자못 대조가 되는 면이 있다. 앞의 시에서 바람은 깃발로 하여금 먼 이상을 동경하게 하는 데 협조적인 인자로 작용하고 있지만, 이 시에서 바람과 깃발은 서로 적대감을 가지고 있다. 무엇보다 이 시에서는 부분적으로 깃발이 화자가 되면서 화자가 교체되는 양상을 보이고 있으며 목소리 역시 앞의 시보다 격렬한 양상을 띤다. 아울러 앞의 시에 비해서 이상을 향한 동경이라는 주제는 약화되고 바람과 깃발의 대립에 초점이 맞추어져 있다.

「우리는 깃발이 되어간다」는 숨은 화자를 보이고 있지만 갈라진 민족과 이념을 하나로 만들려는 연대감의 상징으로 깃발이 사용되고 있다. 즉 한올의 실이나 헝겊, 손수건으로 살 수 있었던 것이 왜 깃발이 되었는가 하는 점을 이 시는 보여준다. 그만큼 이 시의 화자는 비장하고 진술의 태도는 선언적이다.

우리는 창작 교육의 장에서는 두 번째 시와 세 번째 시가 첫 번째 시의 다시 쓰기, 혹은 바꿔 쓰기의 예로 활용할 수 있을 것이다.

이는 시적 대상은 다르더라도 시의 지향이나 주제가 같은 시들에서 나타나는 목소리(화자)의 재구성 등에도 폭넓게 활용될 수 있을 것이다. 이 방식은 특히 모방시 쓰기에 활용되면 새로운 성과를 거둘 수 있을 것으로 판단된다.

3. 교수 학습의 실제와 방법

여기서는 앞장에서 교육한 내용을 토대로 학습자들의 글쓰기를 실현해 보도록 한다. 문학텍스트란 그 자체의 존재적 가치와 함께 학습자(수용자)에게 어떤 의미를 주느냐 하는 효용적 가치도 함께 추구되어야 한다. 따라서 학습자의 시에 대한 인식과 경험 속에서 의미 있는 문학적 기제로서 전환될 필요가 있다. 학습자는 자신의 환경과 입장에서 수용하여 글쓰기를 함으로써 심적 표상을 구성할 수 있어야 한다. 이때 시 교육의 장에서 시도했던 모든 방법을 다 창작에 적용시킬 수는 없을 것이다.[13] 이 과

---

13 실제로 1)의 방식 가운데서도 「폐차장 근처」나 「공터에서 찾다」와 같은 시들에서 시도한 깊이에까지 학습자들이 이르지 못하는 걸 확인할 수 있었다.

정에서 교수자는 각 방식으로 텍스트를 산출한 학습자에게 두 세 차례 텍스트를 낭독시킨다. 그리고 학습자에게 각 단계에서의 글쓰기가 성공적으로 수행되었는가를 참여를 통해 발표, 토론할 기회를 갖게 한다. 다음으로는 필요한 경우에는 보완하고 수정해야 할 점들을 도출하도록 한다.

3-1 화자 '나' 가 시적 대상이 되어 발화하는 방식

시적 대상과 화자인 '나' 가 동일시를 형성하게 함으로 시의 가장 기본적인 속성을 함께 익힐 수 있는 기회를 제공한다는 점에서 가장 중시하여 교육을 수행할 필요가 있다. (여기서는 시적 주체와 화자가 동일시되는 경우는 생략하기로 한다.) 이는 학습자가 학습을 통하지 않고도 수행할 수 있다고 판단되기 때문이다. 화자가 시적 대상의 생리와 속성에 대한 관찰을 하는 훈련을 통해 사물의 입장에서 생각하는 방식을 익히며 점차 외연을 확대하고 상상력의 범위도 넓혀나간다. 이 단계에서는 모든 학습자들이 참여하는 가벼운 글쓰기를 시도하면 더욱 좋다.

> 나는 엉덩이에 찌그러진 상표를 붙였지만
> 발로 차면 크게 소리를 지른다
> 밟으면 시커먼 침을 뱉을 수도 있고
> 잘 돌봐주면 그대 책상을 꾸미는 꽃병이 될 수도 있다
>
> ─「깡통」

과 같은 예이다. 나와 깡통의 동일시가 이루어지면 엉덩이에 상표를 붙이고, 소리를 지르고, 침을 뱉고 하는 의인관적 세계관으로 이행할 수 있다는 것을 학습자들은 쉽게 알아차릴 수 있다. 이때 유의할 점은 시의 본문 속에 '깡통' 이란 말이 가능한 한 들어가서는 안 된다는 것이다. 내가 깡

통이 되는 체험을 통해서 깡통의 입장에서 나를 말할 수 있게 되고, 시 쓰기에 두려움을 느끼지 않고 쉽게 접근할 수 있는 단계라는 걸 학습자들은 인지할 수 있게 된다. 이러한 과정을 거쳐 제출된 텍스트를 보도록 한다.

> 나는 단단한 속살이 매력적이다
> 그래서
> 누군가 나를 선택해 주었을 때,
> 그 살을 펴서 탱탱하게 만들어 보인다
> 나의 의외로
> 부끄러움이 많고 의리 있는 놈이라
> 속살을 볼 수 있는 것은
> 선택한 자만의 특권이다
> 내 머리 위로는 하늘이 전부인데
> 툭—툭
> 빗방울이 머리위로 노크를 한대도
> 절대 문을 열어주는 법이 없다
> 나는 고집쟁이다
> 그리고 꽃무늬 녹색이다
>
> — 학생 작품, 「초록우산」

우산의 입장에서 '나' 라는 화자가 서술하는, 나와 우산을 나란히 놓는 방식으로 시가 짜여지고 있다. 우산의 외양과 생리를 따라가면서 시를 창작하고 있는데도 관찰과 묘사가 섬세하고 상상력 또한 신선하다. 여기서 '속살' 이라는 의미가 새롭게 변주되고 있다. 즉 우산의 빛나는 살(살대)이 '단단한 속살' 이 되면서 에로티시즘적인 의미로 변용되면서 시의 재미를 더한다. 그러면서도 일반적으로 쓰이는 '부드러운 속살' 과의 차별성을 통한 낯설게 하기에 성공하고 있다. 이 시를 학습자들의 참여를 통한 토론과정을 거쳐 '탱탱하다'(4행)는 의미가 지조를 가리킬 수 있다는 의견이 제시되었고, 전체적으로 여성의 몸을 암시하는데 6행의 '놈'이란 말은 걸맞지 않은 표현이란 의견도 있었다. '선택한 자'라는 말이 두 번이나 반복되는 것도 지적되었다. 빗방울의 노크 같은 위트가 사용되어 시가 신선하다는 의견이 지배적이었다.[14] 학습자들은 우선 화자를 활용한 이러한 시 창작 방식을 통해 사물의 생리를 따라가다 보면 시를 쓸 수 있는 소재가 무궁무진하며 새로운 발상을 만드는 데도 효율적이라는 것에 동의했다. 아울러 이 과정에서는 동일한 소재를 내주고 그것에서 다양한 발상의 과정을 따라가보는 것도 유익한 것으로 확인되었다.[15] 그러나 앞 장에서와 같이 개인의 실존을 표현하고 사회구조에 대한 시선을 확보하는 데는 다소의 시간을 요한다는 것도 알 수 있었다.

---

14 토론의 과정을 통해 고쳐본 텍스트는 아래와 같다.

"나는 단단한 속살이 매력적이다/그래서/누군가와 마음이 맞았을 때/공작처럼 그 살을 힘껏 펴서 탱탱하게 만들어 보인다/나는/수줍음이 많지만 지조 있는 여자라/속살을 볼 수 있는 것은/가만히 나를 다루어주는 자의 특권이다/내 머리 위로는 하늘이 전부인데/툭— 툭/빗방울이 머리 위로 노크를 한 대도/절대 문을 열어주는 법이 없다/나는 고집쟁이 꽃무늬 녹색이다/수가 틀리면 살대를 부러뜨리기도 한다"

15 같은 소재 '우산'을 주고 산출된 텍스트는 아래와 같다.

"나는 비를 맞는 것을 좋아한다/분무기의 장난질 같은 여우비도/밤손님을 닮아 잠시 찾아 왔다가 사라지는 소나기도 좋아한다/외발이라는 장애를 가졌지만 나는 그래도/남들의 시선에 아랑곳하지 않고 당당하게 거리를 거닌다/태풍이 몰아치는 날에도 어김없이 길을 나서기에/간이 부었다는 소리를 자주 듣는다/날 부끄러워하지 않는 연인과 함께 거리를 거닐 때면/온몸으로 대신해 비를 맞는 기사도를 발휘하기도 한다/때론 다른 사람과 함께 비오는 거리를 거닐어/바람둥이라는 오해를 받기도 하지만/평생 오직 한사람을 위해 목숨을 걸며/내 마지막이 온몸이 으스러지는 참담한 죽음일지라도/연인을 위해 나를 아끼지 않는다" 이 시는 우산을 외발 장애를 가졌지만, 연인을 위해 몸을 아끼지 않는 존재라는 또 다른 매력으로 승화시킨 작품이다.

3-2 시적 대상을 3인칭 '그'(혹은 '그녀')로 놓고 숨은 화자가 이끌어가는 방식

앞의 방식이 시적 대상을 나와 대응시켜 동일시하고 '나'를 화자로 삼았다면, 이번에는 시적 대상을 그(혹은 그녀)로 대응시키고 숨은 화자로 시를 이끌어가는 것이다. 앞서 언급했다시피 이 방식은 사물보다는 행위에 대한 글쓰기에 유리한 환경을 가지고 있다.

> 뿌리채 뽑아서 발까지
> 자르면 지탱할 수 없다고
> 고래고래 소리를 질러대며
> 그가 반항할 때면
> 좋은 말할 때 듣지 않는다고
> 역마살이 끼었다고
> 아예 반으로 잘라서 몸 전체에
> 소금을 뿌리고 절여놓는다, 그녀는
> 일어서서 뒤도 돌아보지 않고 간다
> 그제서야 상황판단이 선 그는
> 계속 버티다가는 앞으로 더 힘들겠다고
> 집안에 안정을 찾아야겠다고 고개를 숙인다
>
> 그녀의 능수능란한 숙성된 솜씨를 보라
> 그녀의 억척스런 삶을,
>
> — 학생 작품, 「배추」

배추를 절여 김치를 담그는 과정 자체에 대한 묘사와 진술에 초점을 두고 있는 이 텍스트에서 확인되는 것은 김장의 과정만은 아닐 것이다.[16)]

---

16 이는 "가정을 잘 돌보지 않고 바깥으로만 나도는 주변의 남성들을 빗대어서 힘들게 사는

김장을 하는 여자(그녀)와 배추(그)의 관계설정을 통해서 문맥이 확장될 수 있는 소지를 갖고 있는 것이다. 시적 대상을 '그'라는 3인칭으로 잡음으로 평범한 대상이 개성적으로 바뀌고, 시의 문맥이 다양하게 읽힐 수 있는 근거를 제시한다. 발표와 토론의 과정에서 재미있다, 실감이 난다, 시작 동기로까지 확장되기에는 시의 표현이 따라가지 못한다는 의견들이 제시되었다. 그러나 무엇보다 표현의 강도가 약하며, 김장의 과정이 충실하고 유머러스하게 진행되지 못하는 것과, 제목이 문제가 된다는 지적이 많았다. 이러한 점들을 고려하여 고쳐본 텍스트는 아래와 같다.

> 녹색 바람을
> 뿌리채 뽑아서 데려와
> 바람든 떡잎을 뜯어내고
> 발까지 자르면 지탱할 수 없다고
> 고래고래 소리를 질러대며
> 그가 반항할 때면
> 좋은 말할 때 듣지 않는다고
> 역마살이 끼었다고
> 아예 반으로 잘라서 몸 전체에
> 소금을 뿌리고 절여놓는다, 그녀는
> 그래도 마음이 놓이지 않는지
> 바람이 휘젓고 간 시린 세월에 치를 떨며
> 가랑이 사이로 벌겋게 물이 들도록
> 매운 고춧가루와 톡톡 쏘는 생강 마늘에
> 그녀의 눈물보다 짠 젓갈을 붓고
> 억척같은 삶이 담긴 손으로

여성들의 삶을 나타내고자 했습니다."라는 시작 동기에서도 나타나 있다. 권미자, 「배추」에 대하여.

이리 버물리고 저리 버물리며 꾹꾹 눌러
허리도 펼 수 없고 햇볕도 들지 않는
시커먼 항아리 속으로 넣고 문을 닫아버린다.
그제서야 놀란 그가, 바람기를 잠재우고
집안에 안정을 찾아야겠다고
조용히 발효되어
새롭게 단장하고 다소곳이 식탁에 나타난다.

보라, 그녀의 숙성된 솜씨
매운 삶을,

— 개작, 「김장」

전체적으로 시작 동기와 맞게 작품을 개작했고 제목도 바꾸었다. 첫 부분의 '녹색바람', '바람든 떡잎'은 녹색바람은 감각의 새로움으로, 바람든 떡잎은 '그녀'와의 관계 때문에 선택된 말들이다. 이밖에도 "바람이 휘젓고 간 시린 세월", "허리도 펼 수 없고 햇볕도 들지 않는/시커먼 항아리 속으로 넣고 문을 닫아버린다" 같은 구절도 같은 맥락이다. 시에 구체적인 실감이 더해졌으며, 김장의 과정으로도 가정의 문제로도 읽힐 수 있는 소지를 마련하게 되었다.

이 단계를 좀더 심화하면 개인의 존재와 삶, 그리고 세계의 문제로까지 확장시킬 수 있다고 본다.[17]

---

17 예를 들어 제출된 학습자의 작품 「냉장고」는 사물의 특징을 보여줄 뿐만 아니라, 어떤 여자(어머니)의 삶으로 치환되는 문맥을 가지고 있었다. 이는 "경상남도 어디쯤" "화내는 법을 모른다" "희끗한 할머니" "잃어버린 젊은 날의 추억" 등의 묘사가 있기에 가능하며, 곪고 썩은 것이 쌓인 그녀의 (내면의) 방을 중의적으로 묘사하고 있기에 가능하다.

"하얗고 매끈한 피부에/적지 않은 덩치를 가진/그녀는,/경상남도 어디쯤에 살고 있다는/

3-3 시적 대상에 대하여 숨은 화자가 일관되게 발화하는 방식

이 단계는 1)과 2)의 단계보다 글쓰기는 다소 어렵다고 할 수 있다. 그러나 쓰는 데 제약이 있는 것은 아니다. 한 편의 텍스트에서 묘사를 구사하고 배열하는 능력이 요구된다. 아울러 작품의 수준이 높아질수록 사물이나 현상, 세계를 해석하는 개성과 세계관이 필요하다. 여기서 비유는 인용한 「봄」에서처럼 하나로 나타날 수 있고, 「나의 하나님」에서처럼 여러 개의 이미지로 표현될 수 있다. 그러나 이 두 방식은 전체적인 문맥에서는 하나로 합쳐진다는 점에서 그리 다른 것은 아니라고 본다.

다음은 이 방법을 사용하여 학습자가 창작한 텍스트이다.

> 가정에서 회사에서 학교에서 어디에 있던 상관없이
> 시간은 좀벌레다 형체도 없는 것이 착 달라붙어서
> 목을 조여온다 정체도 드러내지 않으면서 잠시라도
> 늦장을 피우면 먹어치운다 서서히 야금야금
> 먹어 들어간다 먹이 앞에서는 절대 물러서는 법이 없다
> 벌레의 속성을 모르는 그들이 한 눈 팔 때를 기다리다
> 가차없이 덤빈다 세월에 구멍을 뚫어놓고 먹이들이
> 노예가 되는 것을 즐긴다
>
> 먹이들은 알지 못한다 시간이 그들을 지배한다는 것을
>
> — 학생작품, 「시간」

그녀는,/남자보다도 여자에게 더 인기 있어서 슬픈/그녀는,/화내는 법을 모른다 아니 잊어버렸는지도//그녀의 몸에는 여러 개의 방이 있다./온 몸을 모두 남에게 내 주고/때로는 오래 전부터 맡기고 찾아가지 않아/버려진 쓰레기 때문에/곪고/썩고/이제는 머리가 희끗한 할머니가 되었다//무심하게도/잃어버린 젊은 날의 추억이 문득 발견될 때면/가끔 그녀는 울기도 한다고"

— 학생작품, 「냉장고」

시간의 속성을 시 창작에 적용하여 나름대로 자기 식의 문법으로 만들어놓은 텍스트이다.

'시간은 좀벌레다', '세월에 구멍을 뚫는다' 사람들은 시간에 먹힐 수밖에 없다 와 같은 인식이 이 시 전체를 이끌고 가는 힘이다. 토론과정에서 학습자들은 '집요한 시간의 속성을 잘 드러냈다', '대부분의 사람들은 시간의 소중함을 모르고 흘려보낸다' 와 같은 반응 드러냈다. 아울러 구체성과 힘이 모자란다는 의견을 내는 학습자들도 있었다.

아래의 텍스트는 이런 결점을 보완하고 우리 시대의 개인뿐만 아니라 전체에 적용되는 문제의식을 구체적으로 접근하고 있다.

> 극장에 사무실에 학교에 어디에 어디에 있는 의자란 의자는
> 모두 네 발 달린 짐승이다 얼굴은 없고 아가리에는 발만 달린 의자는
> 흉측한 짐승이다 어둠에 몸을 숨길 줄 아는 감각과
> 햇빛을 두려워하지 않는 용맹을 지니고 온종일을
> 숨소리도 내지 않고 먹이가 앉기만을 기다리는
> 의자는 필시 맹수의 조건을 두루 갖춘 네 발 달린 짐승이다
> 이 짐승에게는 권태도 없고 죽음도 없다 아니 죽음은 있다
> 안락한 죽음 편안한 죽음만 있다
> 먹이들은 자신들의 엉덩이가 깨물린 줄도 모르고
> 편안히 앉았다가 툭툭 엉덩이를 털고 일어서려 한다
> 그러나 한 번 붙잡은 먹이는 좀체 놓아주려 하지 않는 근성을 먹이들은 잘 모른다
> 이빨 자국이 아무리 선명해도 살이 짓이겨져도 알 수 없다
> 이 짐승은 혼자 있다고 해서 절대 외로워하는 법도 없다
> 떼를 지어 있어도 절대 떠들지 않는다 오직 먹이가 앉기만을 기다린다
> 그리곤 편안히 마비된다 서서히 안락사한다
> 제발 앉아 달라고 제발 혼자 앉아 달라고 호소하지 않는 의자는
> 누구보다 안락한 죽음만을 사랑하는 네 발 달린 짐승이다
> — 학생작품, 「의자」

이 텍스트는 '의자'를 통해 우리의 삶이 사로잡힌 수렁을 파헤치고 있다. 그 수렁이란 것은 안락과 편안을 추구하는 습관이다. 이 타성화된 관습을 일깨우는 것이 바로 의자를 짐승으로 본 발상이다. 여기서 의자는 매우 날랜 감각과 용맹("어둠에 몸을 숨길 줄 아는 감각과/햇빛을 두려워하지 않는 용맹을 지니고")을 지니고 있음에도, 더더욱 우리의 주변에 있으되 우리가 평소에는 느끼지 못하는 동물("온종일을 숨소리도 내지 않고 먹이가 앉기만을 기다리는 네 발 달린 짐승")로서 기능한다. 의자는 모두 아가리와 발로 한 번 붙잡은 먹이는 좀체 놓아주지 않는 흉측한 짐승이다. 그들은 혼자 있어도 절대 외로워하는 하는 법도 없고, 떼를 지어 있어도 절대 떠들지 않는다. 그럼에도 먹이인 인간들은 "자신들의 엉덩이가 깨물린 줄도 모르고", "살이 짓이겨져도 알 수 없다." 이런 마비와 편안을 비웃기라도 하듯, 그 안락한 죽음만을 사랑하는 네 발 달린 짐승으로 의자는 우리 앞에 있다. 그런 점에서 학습자가 우리 삶이 사로잡혀 있는 수렁으로 의자를 잡은 이 텍스트는 삶의 '굳은 살'을 일깨우는 힘을 지니고 있다. 즉 이 텍스트는 우리 삶이 거느리고 있는, 당면하고 있는 가장 중요한 문제의 하나인 '삶의 수렁으로서의 의자'를 일깨우는 기능을 가지고 있다.

우리는 여기서 이 방식이 단기간에 이루어질 수 있는 성질이 아니지만, 교육이 효과적으로 수행될 때 기존의 인지를 깨트리고, 우리 사회의 문제의식을 파헤치는 방향으로 갈 수 있음을 알 수 있다.

앞의 4)에 나타나는 방식은 여기서는 생략하기로 한다. 이는 모방시 쓰기와 관련하여 고를 달리하여 고찰될 수 있는 문제이기 때문이다.

중요한 것은 나의 목소리를 어떤 분위기로 낼 것인가를 고민하고 또 자

신의 이야기를 다른 사람의 목소리로 빌려 전하기 위해서 다양한 모색을
해나가는 가운데 창작 주체 자신에 대한 인식을 새롭게 하는 경험을 할
수 있으며,[18] 또 창의적으로 표현할 수 있는 능력을 신장시킬 수 있는 것
이다.

4. 결론

본고는 학습자들이 화자를 시 텍스트의 전략적 장치로 놓고 화자 만들
기를 통해 시 창작을 익히는 것이 효과적이라는 판단에서 시도되었다. 본
고는 화자의 측면 중에서도 시 창작의 현장에서 활용할 수 있는 모형을
개발하여 시 창작에 도움이 되도록 하였다. 그리하여 본고는 화자의 선택
이 시점과 연결되는 사실에 착안하여 시적 대상과 화자의 관계를 중심으
로 창작하는 방법을 모색해 보았다. 그것은 첫째 화자 '나'가 시적 대상
이 되어 생각하고 행동하게 하는 방법, 둘째 시의 화자는 숨어 있되 시적
대상을 '그'로 잡고 시를 창작하는 방법, 셋째 시적 대상에 대하여 숨은
화자가 일관되게 발화하는 방식으로 나누어 진행되었다.

본고는 각 단계에서 시행되고 있는 방법들을 통해 시적 대상에 대한 이
해에서 시작하여 대상과 세계에 대한 인식의 심화와 확대를 야기할 수 있
고, 이것이 학습자들의 실제 창작에도 적용될 수 있다는 것을 확인할 수
있었으며 아울러 화자 교육은 표현교육과 함께 수행될 때 그 목적이 효과
적으로 달성될 수 있다는 것도 검증되었다.

이 방식을 통한 시 창작 교육의 효과는 다음과 같이 말할 수 있겠다.

---

18 김정우, 「시 이해를 위한 시 창작 교육의 방향과 내용」, 『문학교육학』 제19호, 2006, 233면.

첫째, 화자를 활용한 몇 가지 방식으로 시 창작과정의 이해와 실제를 도출함으로써 기존의 시 창작 과정과 일정한 변별성을 확보할 수 있다.

둘째, 시적 대상과 화자가 맺는 관계에 초점을 맞춤으로써 대상에 대한 이해에서 출발하여 세계를 바라보는 인식의 심화를 통한 세계에 대한 중층적 이해 등 더 높은 단계로 이행할 수 있도록 구안되었다.

셋째, 학습자들은 이 방식의 이해와 창작과정의 습득을 통해 창의적인 글쓰기 능력을 갖출 수 있는 준거를 확보할 수 있다.

본 논의는 시 창작 교육을 위해 구안된 것이므로, 각 단계마다 적용과정에서 유연성을 발휘할 필요(한 시에서 특정한 방식이 부분적으로 쓰일 수도 있을 것이다.)가 있다고 본다. 화자 활용을 통한 시 창작 수업은 시인 자신과 밀착된 화자를 사용하는 시들과 변용이 극대화된 시들, 화자가 교체되는 시들, 숨은 화자를 사용한 시들 등 시 창작 환경에 맞는 것으로 화자를 단순화시켜 수행하면 소기의 성과를 거둘 수 있다. 이때 필요한 것은 관련 예시들의 다양성과 참여단계의 점진적 확장을 위한 섬세한 고려 등이 될 수 있을 것이다. 자세한 것은 고를 달리하여 살펴보려고 한다.

상호텍스트성을 활용한
시 창작 교육 방법 연구

1. 문제의 제기

한 편의 텍스트가 새로운 인식의 지평을 획득한다고 할 때, 우리는 무수한 다른 텍스트들과의 관계 속에서 언제나 다시 읽힐 수 있다는 점을 고려하여야 한다. 한 편의 텍스트는 다른 텍스트와의 관련성 속에서 끊임없이 수정되는 과정을 통해 상상력의 창조는 물론 의미작용의 입체성과 다성성을 획득하게 된다. 헤롤드 블룸은 "엄밀한 의미에서 텍스트란 존재하지 않으며 오직 텍스트와 텍스트의 관계만이 존재한다"[1]고 할 정도로 영향관계를 중시한다. 모든 작품은 다른 작품에 대한 부정·부활·변형이며, 각각의 작품은 유일한 실체인 동시에 그것의 비유에 해당하는 다른 작품에 대한 해석이라는 옥타비오 파스의 관점[2]은 근대 이후 메타 언

---

1 Harold Bloom, *Anxiety of Poetic Influence*, 윤호병 역, 고려원, 1991, 23면.
2 Octavio Paz, *Children of Mire*, 윤호병 역, 현대미학사, 1995, 88면.

어의 활성화에 그 이론적 토대를 두고 있다고 할 수 있다. 이는 개개의 언술들이 서로 상대방의 존재를 드러내주고 대화적 배경의 구실을 하는 상호관계 속에 들어간다는 바흐친의 대화이론3)과도 관련된다. 바흐친의 이 대화이론은 토도로프에 의하여 상호텍스트성의 개념으로 명명된다.

토도로프에 의하면 상호 텍스트성은 인용, 표절, 복사, 모방, 혼성모방, 패러디, 의견일치, 의견중첩, 목소리의 배합과 중첩 등 공시적이고 통시적인 다양한 영향과 수용관계를 비롯한 텍스트와 텍스트 사이의 모든 상호관계를 포함하는 개념4)이다. 이 이론은 플레트에 의하여 더욱 확장되는데, 그는 '텍스트들의 우주(universe of texts)' 라는 개념을 활용, 개별작품의 차원은 물론 서로 다른 텍스트들 사이나 장르가 다른 텍스트들 사이에서 모든 텍스트는 전텍스트와 후텍스트의 상관관계를 맺으며 '텍스트들의 우주' 사이에서 간텍스트(inter-text)의 형태로 태어나게 된다는 이론5)을 펼친다.

영향, 대화이론, 상호텍스트성으로 점차 구체화되어 온 상호텍스트성의 이론에서 우리는 한 작가의 작품 내에서 나타나는 내적 범주의 상호텍스트성인 내적텍스트성(interatextuality)6)도 포함시킬 수 있으며, 아울러 상호텍스트성의 대상도 동일장르 텍스트뿐만 아니라 장르가 다른 텍스

---

3 Mikailovich Bachtin, *The Dialogic Imagination*, 정승회 외 공역, 창작과비평사, 1992, 247면.
4 Tzvetan Todorov, *Mikhail Bakhtine : le principe dialogique, suivi de Ecrits du cercle de Bakhtine*, 최현무 역, 『바흐찐 : 문학사회학과 대화이론』, 도서출판 까치, 1987, 272면. 반면에 주네트는 상호텍스트성을 인용(quotation) 표절(plagiarism), 인유(allusion)와 같이 하나의 텍스트에서 다른 텍스트가 명백하게 드러날 때로 한정하여 사용한다. Gerard Genette, *Palimsestes : La litterature au degre*, Paris, 1982. 여기서는 김정우, 「시 해석 교육 내용 연구」, 서울대학교 박사논문, 2004, 81면에서 재인용.
5 H. F. Plett, *Intertextualities*, Intertextuality, Walter de Gruyter, 1991, 17면.
6 Gerard Genette, *Palimsestes : La litterature au degre*, Paris, 1982. 김정우 앞의 논문, 81면 재인용.

트, 비문학적인 인접장르까지 다양하게 확대될 수 있다[7]는 것을 확인할 수 있다. 따라서 우리는 한 작가의 작품들 사이의 관계, 한 작가의 작품과 다른 작가의 작품 사이의 관계, 나아가 장르를 초월한 모든 텍스트 및 인접 대중문화 · 예술장르 작품 사이의 관계를 함축하는 의미로 정의할 수 있다.

그러므로 문학작품에서 나타나는 담론의 상호텍스트적 접근은 인간이 스스로 전체 모습을 볼 수 없고 부분적으로밖에 실현할 수 없다는 인식에서 발원하며 대상의 총체적이고 완전한 인식과 자아인식의 완성을 위해[8], 그리고 창작 방법의 개발과 동기의 유발을 위한 과정으로 그 교육은 매우 중요하다고 할 수 있다. 이는 제7차 교육과정이 요구하는 "작품의 수용과 창작 활동을 함으로써 문학적 감수성과 상상력을 기른다", "개작, 모작, 생활서정의 표현"과 "자신의 삶과 밀접하게 연관지어 지도한다"는 문학적 글쓰기의 원칙[9]과도 부합되는 것이다.

본고는 앞서의 논의와 같이 의식적이든 무의식적이든 인간의 모든 창조적 글쓰기와 독서행위는 대화적 상상력을 주고받으며, 인간의 대화적 상상력은 인간의 불완전한 표상능력과 인식능력을 타자와의 대화를 통해서 보완하고자 하는 노력 속에서 탄생한다는 견지에서. 서정주의 「鞦韆詞」와 장석남의 「배를 매다」, 「배를 밀며」, 「마당에 배를 매다」를 상호텍

---

7 정끝별은 패러디 대상에 대한 범주를 ①전통장르, ②비문학적인 인접장르, ③서구문학, ④ 동시대 자국문학 내에서의 선후배의 교류 양상으로 세분하고 있다. 정끝별, 『패러디 시학』, 문학세계사, 1997, 65~67면.

8 안성수, 「상호 텍스트성과 문학교육 ―「숨은 꽃」과 「꽃을 위한 서시」를 중심으로」, 『문학교육학』 제2호, 1998 여름, 한국문학교육학회, 277면. 상호텍스트성에 대한 고찰은 안성수의 논문을 많이 참고했다.

9 제7차 교육과정―국어교육과정, 교육부 고시 제1997—15호, 교육부, 1997, 151면.

스트성으로 규명해보고 여기에서 시도된 여러 국면들을 시 교육과 시창작 교육에 활용하고자 한다.

2장에서는 개별 텍스트의 의미분석을 시도한다. 여기서는 내적텍스트성을 밝히는 작업도 시도된다. 3장에서는 이를 토대로 관련분석을 시도하고, 상호텍스트성의 근거를 밝히고자 한다. 분석과정에서 주된 분석의 대상이 되는 네 편의 시를 주로 분석하되 보다 정치하고 확대된 분석을 위해 상호텍스트성의 양상을 보이고 있다고 추정되는 다른 텍스트들의 분석과 병행하고자 한다. 4장에서는 그 결과를 시 교육 및 시 창작 교육과 연계시켜 학습자의 문학능력을 증진시킬 수 있는 방법을 모색하게 될 것이다.

2. 대상 텍스트의 분석적 이해

상호 텍스트성을 찾아내기 위한 선행단계로 대상 텍스트의 의미분석을 시도해 보기로 한다. 서정주의 「鞦韆詞—春香의 말 壹」(1947)과 장석남의 세 편의 시(1998)[10]는 51년의 편차를 두고 쓰여졌다. 그럼에도 의미작용과 표현작용에서 어떤 부분을 공유하고 있는지 차별성은 또 무엇인지 지금부터의 분석을 통해 밝혀질 것이다.

2-1 〈鞦韆詞〉의 분석

『문화』1947년 10월호에 발표된 「鞦韆詞」는 「다시 밝은 날에」, 「춘향유

---

10 이 시들은 1998년에 창작되어 2001년 시집 『왼쪽 가슴 아래께에 온 통증』에 수록되었다. 발표 당시와 차이나는 것은 「배를 밀며」가 2연 1행이 1연으로 올라감으로써 6연에서 5연으로 바뀌었다는 것 정도로 미미하다. 따라서 본고에서는 시집의 시들을 원텍스트로 보고 인용하기로 한다.

문」과 함께 '춘향의 말' 3부작에 속하며 영원성의 탐구과정을 보여주는 시로 읽힌다.

> 향단아 그넷줄을 밀어라/머언 바다로/배를 내어 밀 듯이,/향단아//이 다수굿이 흔들리는 수양버들 나무와/벼갯모에 뇌이듯한 풀꽃뎀이로부터,/자잘한 나비새끼 꾀꼬리들로부터/아조 내어밀듯이, 향단아//산호도 섬도 없는 저 하눌로/나를 밀어 올려다오./채색한 구름같이 나를 밀어 올려다오/이 울렁이는 가슴을 밀어 올려다오!//서으로 가는 달 같이는/나는 아무래도 갈수가 없다.//바람이 파도를 밀어 올리듯이/그렇게 나를 밀어 올려다오/향단아.//
>
> — 서정주, 「鞦韆詞」

서정주의 이 연작이 성공할 수 있었던 것은 『춘향전』이 가지고 있는 속성과 관련된다. 말하자면 고전소설과 판소리의 텍스트를 통하여 한국인의 심성 속에 내재되어 있는 보편적인 감정인 사랑과 이별의 테마를 뛰어난 미학적 형식 속에 담아, 탁월한 호소력과 폭넓은 공감대를 형성하고 있기에 가능했다. 이는 동시대 및 후대 작가들에게 상호텍스트성의 근거를 제공하기에 가장 알맞은 환경이며, 이는 상호텍스트성의 교육에도 크게 유효하다고 판단된다.

서정주의 필생의 화두인 '영원성'을 내적 논리로 확보하고 전개하는 데는 『춘향전』만큼 적합한 모델은 달리 없었을 것이다.[11] 서정주는 『춘향전』을 시적으로 변용하는 과정에서 시에 극적인 상황을 설정, 내적인 갈등을 시화하는 방식을 사용한다. 즉 이 시는 화자를 춘향으로 하는 '배역시'로서 진술내용은 연극적인 대사에 가깝다. 연극적인 상황을 부여하고

---

11 최현식, 『서정주 시의 근대와 반근대』, 소명출판, 2004, 150면.

장면의 현재화하는 기법을 구사한다.

이 시에서 춘향의 사랑의 괴로움, 인간으로서의 운명을 효과적으로 드러내는 도구가 그네와 배[12]인데, 우리는 여기서 배와 그네, 배를 내어미는 동작과 그네를 미는 동작 사이의 완벽한 대응이 시의 틀을 이루고 있다는 점에 주목할 필요가 있다. 즉 배가 그네의 보조적인 위치에 머무는 것이 아니라 대등한 가치와 역할을 수행하고 있는 것이다. 이는 이 시의 장면구성과 시행과 연의 배치를 통해서도 확인할 수 있다. 1연에서는 그네와 배의 의미작용이 균일하게 이루어지다가, 2연에서는 그네와 관련된 소재들로 시행이 구성되고(비, 꾀꼬리 등이 모두 언덕을 이루는 매재들), 반대로 3연에서는 배와 관련된 소재들(산호, 섬, 채색한 구름)로 시행의 의미작용이 이루어진다. 그러다가 4연에 오면 자아가 동경하는 영원성의 상상적 충족 욕망으로 산출된 시행들로 짜이며, 다시 5연은 배("바람이 파도를 밀어올리듯이")와 그네("그렇게 나를 밀어 올려다오")가 균등하게 의미작용을 하고 있다. 따라서 이 시는 1연과 5연, 2연과 3연이 완벽한 대응을 이루는 가운데, 4연이 가장 중요한 의미작용을 하는 것으로 배치, 모든 행과 연이 4연 쪽으로 수렴되는 구조를 가지고 있다고 말할 수 있다.

그렇다면 의미작용의 최정점에 있는 "서으로 가는 달 같이는/나는 아무래도 갈수가 없다"가 시인의 지향점이라고 할 수 있다. 그것은 서정주에게는 바로 '영원성'의 문제와 결부된다. 이 영원성의 문제는 단적으로 인간이 죽음을 초월할 수 없는 유한자라는 데 그 기반이 놓인다. 서정주는 이를 초월하는 것을 서정주의 시작 행위의 궁극적 지향으로 삼고 있는

---

12 이 시는 그네의 상징성으로 인해 다양한 해석의 조명을 받았는데, 대표적인 것이 김종길, 「'추천사'의 형태」(『서정주 연구』, 동화출판공사, 1975)이다.

데 이를 편의상 그네를 중심으로 설명해 보자.

그네의 반복적인 평행(밀다) 상하운동(올리다)은 현실초월의 욕망이 인간의 한계(적 본질) 때문에 계속 좌절될 수밖에 없는 비극적 운명을 상징한다. 즉 이 시에서 그네는 자아를 영원성으로 밀어 올려주는 초월의 매개자인데,[13] 그네의 반복적인 진자운동은 지속적으로 천상에 머무를 수없는 성격을 가지고 있고, 일시적으로 하늘에 올라가는 것마저도 이 시에서는 타자('향단')의 도움으로 가능하다는 수동성을 가지고 있다. 여기서상승도 안 되지만 더더욱 큰 문제는 달 같이 갈 수 없다는 것에 있다. 따라서 서정주는 이후의 시들에서 자연 혹은 우주의 질서라는 차원을 시에활용하면서 인간존재가 가지는 이러한 한계를 초월적인 전망으로 승화시키고자 한다. 그것의 첫 단계가 바로 춘향의 말 연작 3인 「춘향유문」에서이루어지는데, "저승이 어딘지는 똑똑히 모르지만/춘향의 사랑보단 오히려 더 먼/딴 나라는 아마 아닐 것입니다.//천 길 땅밑을 검은 물로 흐르거나/도솔천의 하늘을 구름으로 날드래도/그건 결국 도련님 곁 아니예요?"같은 표현에서 춘향의 죽음은 자아의 소멸이 아니라 자아의 무한한 펼쳐짐으로 드러난다.[14] 자아의 무한변신이 윤회전생설의 영원회귀 양상으로 주어지고 있다는 점에서 불완전한 면모를 보이고 있지만, 타자(향단)와 자연사물(그네)에 의탁되던 「鞦韆詞」에 비해 큰 변화라고 할 수 있다.서정주는 이어 존재의 우연과 불연속, 그에 따른 무의미성을 자연과의 교감 속에서 확립된 아날로지(analogy)로 극복하려는 모습을 보여주는데,

---

13 그네 이미지는 「山河日誌抄」에서 산의 초록에서 발견한 '금빛' 그네의 모습으로 형상화
되는데, 이 금빛 이미지는 이 시에서와 별반 차이가 없는 것으로 판명된다.
14 최현식, 앞의 책, 157면.

「산하일지초」(『문학과예술』, 1955. 6)에 이르면 산의 푸르름에서 '노래'와 '금빛 그네'를 발견한다. 이런 교감과 유추의 상상력을 거쳐 서정주는 마침내 자신이 "서으로 가는 달 같이" 가는 차원을 발견하게 되는데, 이는 시집 『동천』의 표제작 「冬天」에 와서 시인이 달을 하늘에 심음으로써야 달성되는 세계이다. 이런 자아의 도약에는 순환과 지속, 자기 완결성과 전체성을 특징으로 하는 순환적인 시간(영원한 시간)에 대한 전폭적인 수용이 수반되어 있다. 서정주는 이 모든 과정을 개인의 자아의 서사(narratives of self)로,[15] 즉 삶의 경험들을 자아 발전의 서사 안에서 통합하는 작업의 일환[16]으로 수행하고 있다.

이상의 논의를 통해 우리는 「鞦韆詞」가 영원성을 자아의 세계 이해를 결정짓는 중요한 요소로 발전, 정착시키는 과정에서 논리적 기초를 마련한 작품이라는 것을 확인할 수 있다.

2-2 「배를 매며」, 「배를 밀며」, 「마당에 배를 매다」의 분석

장석남의 「배를 매며」, 「배를 밀며」, 「마당에 배를 매다」 연작[17]은 '매다→밀다→풀다' 라는 동사를 활용한 동작의 순차적인 구성으로 시가 생산된다. 즉 이 세 편의 시는 작자 내적 범주의 상호텍스트적 의미실현을 이루고 있는 시들이다. 이때 독자에게 필요한 일은 한편의 텍스트가 완성된 전체라는 관점을 잃지 않으면서 동시에 그것이 특정한 의미역을 형성하고 있는 한 사람의 정신세계 속에서의 부분임을 확인하는 일이다. 그러

---

15 최현식 앞의 책, 153면.

16 이에 대해서는 A. Giddens, 『현대성과 자아 정체성』, 새물결, 1997, 142~151면.

17 이하 「배를 매며」를 연작 1, 「배를 밀며」를 연작 2, 〈마당에 배를 매다〉를 연작 3으로 표기하기로 한다.

한 부분과 전체와의 연관성 속에서 텍스트의 의미는 다시 쓰여지고, 동시에 그 특정한 의미역 역시 끊임없이 유동하게 된다.

이러한 점에서 장석남의 세 편의 시에서 우리가 특히 주목해야 하는 것은 '배'와 '사랑'의 의미라고 할 수 있다. 이 점을 고려하면서 한 편씩 분석해 보기로 하자.

아무 소리도 없이/무슨 신호도 없이/등뒤로 털썩/밧줄이 날아와 나는 깜짝 놀라/뛰어가 밧줄을 잡아다 배를 맨다/배를 매보는 일은 이 세상에서의 참으로 드문 경험/아주 천천히 그리고 조용히/배는 멀리서부터 와 닿는다//사랑은,/우연히 호젓한 부둣가에 앉아 있다가/배가 들어와/던져지는 밧줄을 받는 것/

그래서 어찌할 수 없이/배를 매게 되는 것//잔잔한 바닷물 위에/구름과 빛과 시간과 함께/ 떠 있는 배/배를 매면 구름과 빛과 시간이,/그리고 그 근처의 물결까지도 함께/매어진다는 것을 처음 알았다//

사랑이란 그런 것을 처음 아는 것/빛 가운데 배는 울렁이며/온종일 떠 있다//

— 장석남, 「배(船)를 매며」

이 시에서 배는 사랑의 정서적 매개체로 기능한다. 연작 2와 짝을 이루는 이 시는 사랑을 체험할 때 환해지는 생의 황홀함을 다루고 있다. 1연은 "참으로 드문 경험"처럼 예기치 않게 찾아오는 사랑의 경험을 배를 매는 행위로 묘사한다. 2연은 사랑의 은유인데, 사랑은 혼자 갖는 것이며 숙명적인 것으로 진술된다. 3연은 사랑하는 순간의 황홀을 다루고 있다. 바닷물 위에 떠 있는 배, 비치는 구름, 번득이는 빛, 시간의 존재감은 사랑의 감정과 잘 연결되면서 시간과 공간이 더욱 깊어지고 존재의 느낌이 무한히 강렬해지는 순간의 체험을 묘사하고 있다. 4연은 사랑이라는 것의 실감과 내적 울림을 묘사한다.

사랑은 어느 순간에 천천히 그리고 조용히 찾아오며 '나'는 어쩔 수 없이 매이게 된다. 또한 사랑의 감정은 감미롭고 미묘한 설렘으로 한 순간도 쉬지 않는 움직임으로 형상화된다. 매여 바닷물에 정박중인 배는 빛의 환한 기운 가운데서 제 한가로운 심사대로 조용조용 흔들리면서 시간에 몸을 담근 채로 주변의 모든 것과 호흡을 같이 한다. 이는 창작 주체의 입장에서는 사물을 전 우주적 질서 안에서 숨결을 나누고 있는 존재로 파악하고 있다는 것을 보여준다.

> 배를 민다/배를 밀어보는 것은 아주 드문 경험/휘번득이는 잔잔한 가을 바닷물 위에/배를 밀어넣고는//온몸이 아주 추락하지 않을 순간의 한 허공에서/밀던 힘을 한껏 더해 밀어주고는/아슬아슬히 배에서 떨어진 손, 순간 환해진 손을/허공으로부터 거둔다//사랑은 참 부드럽게도 떠나지/뵈지 않는 길을 부드럽게도//배를 한껏 세게 밀어내듯이 슬픔도/그렇게 밀어내는 것이지//배가 나가고 남은 빈 물 위의 흉터/잠시 머물다 가라앉고//그런데 오, 내 안으로 들어오는 배여/아무 소리 없이 밀려들어오는 배여//
>
> — 장석남, 「배(船)를 밀며」

이 시는 배를 미는 행위와 그 이후의 동작에서 일어나는 마음의 상태를 보여주고 있다. 특히 '밀다'라는 동사는 '민다', '밀어본다', '밀어넣는다'(1연), '밀어준다'(2연), '밀어낸다'(4연)라는 변화를 보일 정도로 많이 나타나면서 형식적으로는 이 시의 중심축을 형성하는 듯이 보이지만, 실제로는 밀고 난 뒤의 마음의 상태에 비중이 실린다. 즉 이 시의 미는 동작은 맑은(환한) 순간의 체험을 환기하기 위해 쓰이고 있다고 할 수 있다. 시적 화자는 사랑의 상실이라는 감정을 배를 미는 경험으로 치환함으로써 감정을 적절히 조절하는 거리를 확보하고 있는데, 아슬아슬히 배에서 멀어진 손이 환해진다는 표현이 시의 핵심부분으로 설정되면서 한 차원 높은 사랑으로 승화되고 있다. 1연은 배를 미는 동작의 세부 묘사를, 2연은 밀고 난 뒤에 형성된 고양된 마음의 상태('환해진 손')를, 3, 4연은 이 마음의 상태에서 얻어진 사랑과 슬픔에 대한 잔잔한 깨달음을, 5연은 상처가 가라앉혀져 차분해진 마음을, 6연은 그 잔잔한 마음이 다시 출렁이며 추억의 시간 속으로 회귀하는 사랑을 그리고 있다.

창작주체는 '환해진 손'이라는, 그가 도달한 맑은 순간의 체험을 통해 모든 세세한 이별과 슬픔의 감정을 관조하며 다스릴 수 있는 원숙한 시선을 확보한다. 이 승화된 사랑 속에서 모든 이별과 슬픔은 더 이상 슬픔도 이별일 수도 없으며 부드럽게 초월된다. 그러나 그것도 계속 지속될 수는 없는 것이니 차분해진 마음에 다시 찾아온 사랑의 감정에 휘말린다는 전언을 독자에게 제시하고 있는 것이다. 이때 밀어낸 배는 다시 들어옴으로써 순환의 구조를 형성한다. 그러나 그 순환은 그네의 동작처럼 빠르고 규칙적이지는 않다. 창작 주체는 '배'라는 객관적 상관물과 미는 행위, 그 이후에 일어난 손의 이미지를 통해 사사로운 연애감정을 넘어서는, 작은 초월이 깃들여진 성숙해진 사랑의 차원을 보여준다. 그만큼 시인의 정서적 포용력이 크다는 것을 짐작할 수 있다. 연작 3에 오면 '배'와 '사랑'의 의미는 한 단계 더 도약한다.

마당에/녹음 가득한/배를 매다//마당 밖으로 나가는 징검다리/끝에/몇 포기 저녁별/연필 깎는 소리처럼/떠서//이 세상에 온 모든 생들/측은히 내려보는 그 노래를/마당가의 풀들과 나와는 지금/ 가슴속에 쌓고 있는가//밧줄 당겼다 놓았다 하는/영혼, 혹은,/갈증/배를 풀어/쏟아지는 푸른 눈발 속을 떠갈 날이/곧 오리라//오, 사랑해야 하리/이 세상의 모든 뒷모습들/뒷모습들//

— 장석남, 「마당에 배를 매다」

지상의 질서와 하늘의 질서를 각각 상징하는 '매다'와 '풀다'라는 두 동사가 의미 축의 중심을 형성하면서 전개되고 있는 이 시는 앞의 두 시를 포괄하면서 입체적인 의미의 전이가 이루어지는 특징을 가지고 있다. 이 시의 의미를 온전하게 해석하기 위해 수용자는 창작주체의 다음 전언을 참고할 필요가 있다.

> 환한 대낮에 녹음(綠陰)이 울창한 나무들이 한 척의 배처럼 보이더라구요. 계절이란 그렇게 왔다 가는 것이고, 우리들의 삶 역시 배에 실려 있는 거지요. 옛날에 할머니가 그러셨어요, 내가 이제 곧 죽을라는가보다, 어젯밤 꿈에 내가 마당에 배를 매더구나. 우리의 상상력 속에는 이승과 저승 사이를 오가는 배가 있잖아요.[18]

여기서 배는 지상에서의 생을 담는 도구이면서 일생 그 자체라는 의미로 상승된다. 창작주체는 무엇보다 우리의 전통적인 속신(俗信)에서 배의 상징을 차용한다. 이 배는 전통적인 한국문화 속에서의 함의를 가짐으로써 보편성과 깊이를 가지며 시의 전달력을 상승시킨다. 이 보이지 않는 힘에 의하여 이 시는 감동의 요소를 부여받는 것이다.

1연에서 짙어져 가는 녹음[19]은 조용한 밀물로 묘사되고, 그 밀물 속에서 들어오는 배를 시인은 맨다. 이는 낭만적 자연과의 동일화 경험에서 유래하는데, 이때 자연은 전체성과 완결성을 갖춘 유기적 통합체로 재발견된다. 2연에서 화자는 마당 밖을 통해 연필 깎는 소리처럼 떠 있는 별을 본다. 여기서 별은 죽음 이후의 다른 생,[20] '또 다른 나의 모습'[21]이다.

---

18 『조선일보』, 1999. 4. 5.

19 "사람의 일생은 흔히 四季로 비유된다." 그런 점에서 창작 주체에게 녹음은 청년 혹은 장년의 삶을 가리킨다고 볼 수 있다. 장석남, 『물의 정거장』, 이레, 2000, 40면.

20 "사람은 죽으면 다 어디로 가나/거야 아주 쉽지/별자리 하나씩 이루어 또 다른 삶을 살지/그러나 그 삶은 어디로 가나/거야 더 쉽지/여기 이렇게 있잖아." 장석남, 앞의 책, 152면.

여기서 우리는 시인이 배를 타고 마당 끝쯤에 떠 있는 별에게까지 가는 것을 우리의 일생으로 파악하고 있다는 것을 알 수 있다. 3연에서 별은 지상에 온 모든 生에게 측은지심에서 우러난 사랑의 노래를 불러준다. 그 사랑의 노래는 전 우주의 질서 안에 속한 목숨에게 건네는 생명의 전언의 의미[22]를 가지는데, 우리는 여기서 사랑이 개인적인 차원에서 목숨 가진 모든 것들에게 보내는 '자애의 눈길' 이라는 의미로 깊어지는 것을 확인한다. 노래를 보내는 별이나 그 노래를 가슴 속에 사무치는 양식들로 쌓고 있는 '나' 와 '풀' 은 우주적 질서 안에서 숨결을 나누고 있는 존재로 파악된다. 4연에서 하늘까지 가고 싶어 하는 창작 주체는 밧줄을 당겼다(집착) 놓았다(초월) 하는 도정의 풍경을 갈증으로 파악한다. 5연은 언젠가 "배를 풀어" 하늘 속을 떠갈 날이 오리라고 예감한다. 여기서 하늘로 올라갈 때 (떠갈 때) 내려오는 속도감으로 하늘은 '푸른(靑) 눈발' 로 쏟아진다.

이 시는 창작 주체가 삶과 죽음을 수용하는 방식을 보여주고 있다. 연작 1, 2에서 점점 상승되어가던 사랑의 의미는 이 시에 이르면 목숨과 생명일반에 대한 애정으로 상승된다. 연작 1, 2에서 지상에서의 이별과 슬픔을 보다 큰 차원의 사랑으로 끌어안았던 시적 자아는 삶과 죽음을 동일한 시공간에서 껴안게 되는 시야를 확보하게 된다. 이는 영원성의 지각과정이라고 할 수 있다. '배' 이미지 역시 '사랑' (과 슬픔)에서 인생 혹은 '시간' 의 심연을 담은 상징으로 바뀐다. 이는 하늘로 올라가는 배라는 상징을 설정함으로써 가능한 것인데, 하늘은 푸른(靑) 이미지와 별이 있는

---

21 그 계절의 초입에 서 있는 내 모습을 상상해 본다. 그 별은 늘 올 한 해의 내 삶의 행로 위에서 나를 내려다 볼 것이다. 또 다른 나의 모습으로 거기서 늘 빛날 것이다.(강조 인용자), 장석남, 앞의 책, 162면.
22 장석남, 앞의 책, 139면.

또 다른 초월적인 공간으로 기능하게 되는 것이다.

우리는 연작 1, 2보다 연작 3이 미학적 형식이나 의미의 깊이에서 크게 고양된 단계로 상승하였음을 확인할 수 있는데, 속신의 차용을 통한 자아와 세계에 대한 새로운 발견과 연결된다. 즉 죽음은 자아의 소멸이 아니라 초월적 자아라는 새로운 차원으로의 도약이다. 이는 자아와 사물을 영원의 질서 속에 놓음으로써 가능할 수 있었던 것이다.

3. 상호텍스트성과 그 의미작용

사랑은 인간사의 원초적이고 보편적인 감정이라는 점에서 시공을 초월한 내용과 주제의 보편성을 띤다. 이 점이 서정주와 장석남의 상호텍스트성을 이루는 중요한 요인이 되고, 이는 교육의 장에서도 유용하게 활용될 수 있다.

이 장에서는 앞장에서의 논의를 토대로 「鞦韆詞」와 「배를 매며」, 「배를 밀며」, 「마당에 배를 매다」 연작의 상호텍스트성을 구체적으로 논의해 보기로 한다. 논의과정에서 필요에 따라서는 다른 작품들과의 상호텍스트성도 활용하기로 한다. 발상과 표현, 주제, 구조의 순으로 논의를 진행하되 논지를 선명히 드러내는 과정에서 각 영역이 넘나드는 것을 허용하기로 한다. 여기서 발상과 표현을 같은 범주에 포함시킨 것은 감상과 창작교육에서 시적 대상과 대상을 바라보는 문제의식, 대상을 자기화하는 방식, 소재 선택의 유사성 등 발상의 범주에 포함시킬 수 있는 항목들[23]이

---

23 최미숙, 「문학적 글쓰기에 있어서의 창조성」, 『문학교육학』제15호, 한국문학교육학회, 2004, 98~99면.

시적 표현의 단계와 거의 동시에 수행되는 관계로 엄밀히 구분하여 어렵다는 판단 때문이다. 또 여기서 제시되는 것은 학습 독자들과 함께 찾을 수 있도록 유도하면서 수업을 진행해야 한다.

3-1 발상과 표현의 측면

대상 텍스트들은 제목(배를 매며, 밀며 등과 「鞦韆詞」의 '그네를 밀며')과 소도구(배, 그네), 그 도구의 상징(사랑, 이별, 생, 영원으로의 지향), 시의 중심축을 이루는 동사인 '밀다'라는 동작(느리게 시작하여 점점 빨라지며 힘껏 미는 '강도'까지)과 미는 대상(배), 밀면 되돌아오는 순환원리(그네가 밀면 반드시 되돌아오는 동작이 있듯이 배-로 표현되는 감정-도 밀어 보내지만 다시 밀려드는 순환법칙이 있다. 그러나 그네가 '되돌아옴'이라는 반복적이고 규칙적인 진자운동을 한다면, 배는 그런 반복성까지는 보이지 않는다. 이는 도구의 속성에서 기인되는 것이라 할 수 있다.), 시적 공간인 장소의 유사성(풀밭, 바다, 하늘이 공통적으로 나타남)과 이동의 지향(수평→수직 이동), 개인적인 사랑의 서사(사랑과 이별)에서 영원성으로의 이행, '울렁이다'라는 동사의 사용, 그네와 배에 나타나는 빛 이미지, 지상적인 것에 대한 애착(수양버들·풀꽃뎀이·나비·꾀꼬리, 사랑해야 하리 세상에 온 모든 것들) 등 시적 발상과 의도성의 여러 측면에서 흡사할 정도로 유사한 면을 보여주고 있다. 이는 대상 시들이 상호텍스트성을 공유하고 있음을 뚜렷하게 보여주는 증거가 된다. 부연이 필요한 부분을 중심으로 좀 더 구체적으로 설명해 보자.

연작 2의 「배를 밀며」라는 제목은 서정주 시의 제목 「鞦韆詞」('그네를 밀며')에서 파생된 비유이다. 이는 서정주 시에서 보조관념("배를 밀 듯")을 주제 문장으로 활용한 것이다. 그러나 앞서 살펴본 것처럼 「鞦韆詞」에서는 장소구성과 이미지, 시행과 연의 배치에서 그네와 배는 등가의 역할을 수행하고 있으므로 연작 2의 제목은 '그네를 밀며'와 흡사하다고 할 수 있다. 즉, 장석남은 시를 이끌어가는 소도구를 '그네→배'의 1차 변용 과정을 거친 후 차용하여 자신의 미학으로 이끌어갔다고 할 수 있다.

또한 앞의 예에서 보듯 상호텍스트성은 대상 시들이 고루 공유하고 있지만 전체 시의 발상에서는 「鞦韆詞」와 장석남의 연작 2, 3이 특히 관련된다.[24] 「鞦韆詞」에서 그네를 미는 것, 즉 배를 내어미는 것이, 그리하여 지상의 삶에서 떠나가는 것이 님과의 이별로 귀결되듯이, 연작 2 역시 님과의 이별을 배를 미는 것으로 인식하고 있다. 그러나 그 님과의 이별의 강도는 장석남에게는 헤어짐 정도이고, 서정주에게는 죽음으로까지 확산된다. 장석남이 개인적인 사랑의 서사로 시를 끌고 가고 있다면 서정주는 지상의 질서(수양버들, 풀꽃뎀이, 자잘한 나비새끼, 꾀꼬리, 산호, 섬)와, 결국 이룰 수는 없지만 천상의 질서("서으로 가는 달")로까지 미는 행위를 연결시키고 있다. 그러나 이 점 역시 연작 3에 오면 사랑과 배의 의미가 깊어지면서 지상과 천상의 질서라는 차원으로 수용된다. 창작 주체의 시선은 인간과 자연, 즉 삶과 죽음을 가지고 있는 존재 일반으로 확대되

---

24 장석남의 연작 1은 '울렁이다'라는 동사와 '금빛' 이미지 등에서 유사성을 보이고, 무엇보다 「추천사」의 전단계에서 유추할 수 있다는 점에서 영향관계를 짐작하게 한다. 연작 1은 또 '예기치 않게 찾아온 사랑에서 파생된 환희'라는 측면에서 「鞦韆詞」 외에도 「新綠」과, '춘향의 말 貳'의 부제를 가진 「다시 밝은 날에」와 흡사한 점이 있다. 「新綠」의 첫 연과 끝연, 「다시 밝은 날에」의 2, 3연을 제시하면 다음과 같다. "어이 할꺼나/아— 나는 사랑을 가졌어라/남 몰래 사랑을 가졌어라!"(「新綠」) "아—나는 사랑을 가졌어라/꾀꼬리처럼 울지도 못할/기찬 사랑을 혼자서 가졌어라" "처음 내 마음은/(……)//번쩍이는 비늘을 단 고기들이 헤엄치는/초록의 강물결/어우러져 날르는 애기 구름 같았습니다"(「다시 밝은 날에—춘향의 말 貳) 연작 2 역시 '이별 후의 슬픔'이라는 측면에서 「다시 밝은 날에—춘향의 말 貳」의 "당신은 다시 그를 데려가고/그 휘—ㄴ한 내 마음에/마지막 타는 저녁노을을 두셨습니다." 같은 구절과의 관련을 유추하게 한다.

며, 이때 동사는 '매다' 에서 '풀다' 로 바뀐다. 환한 대낮에 녹음이 울창한 나무들은 창작주체에게 한 척의 배가 된다. 이 배 이미지는 이 세상에 왔다가는 모든 생("밧줄 당겼다 놓았다 하는")의 세목에도 적용된다. 그래서 그의 배는 앞으로 나아가는 것이 아니라 푸른 눈발(하늘) 위로 떠 간다. 이 점 역시 하늘로 가는 그네의 이미지와 유사하다. 그렇다고 하더라도 장석남의 '배' 는 서정주의 영향을 극복한 개인적 상징이라 할 만하다. 특히 그는 목숨을 가진 존재 위에 생을 비춰주는 별이라는 존재를 마련함으로써 새로운 구도를 만들어가는 능력을 보여주고 있다. 여기서 자아의 표지인 '별' [25]은 서정주의 달("서으로 가는 달")처럼 영원성의 상상적 충족에 해당한다.

분석 결과 우리는 대상시들의 상호텍스트성을 발상 면에서 볼 때 모든 시들이 공유하고 있음을 알 수 있었고, '배를 밀다' 라는 유사한 이미지 때문에 언뜻 보기에는 「鞦韆詞」가 연작 2와 상호텍스트성을 많이 가지고 있는 것으로 보이지만, 바다와 하늘, 지상과 하늘이라는 수평과 수직의 방향성을 내장하고 있다는 점에서 연작 3과 유사성이 더욱 강한 것을 확인할 수 있었다. 그러나 "배를 풀어/쏟아지는 푸른 눈발 속을/떠갈 날이 곧 오리라"와 같은 빼어난 이미지와 '마당 안과 밖' 에서 드러나는 공간 조형, (속신의 차용을 통해) 사랑과 슬픔의 의미를 띠던 배를 사람의 생애로 치환하는 상징 만들기의 능력 등은 장석남의 시가 발상과 표현 면에서 시적 의미의 독자적 차별화를 완전히 이루어나갔음을 입증하는 데 부족함이 없게 한다.

---

25 이 '별' 의 모습은 「선덕여왕의 말씀」의 欲界 제2천에 자리잡은 여왕의 모습과 닮은 부분이 있다.

3-2 주제의 측면

서정주의 「鞦韆詞」를 비롯한 '춘향의 말' 연작이 『춘향전』을 모티프로 하고 있다는 것은 제목에서도 암시된다. 그러나 서정주는 『춘향전』의 춘향과 이도령과의 이별장면 중에서도 춘향의 이도령에 대한 절대적 사랑과 그 사랑이 완전히 성취되기까지 일어나는 서사적 갈등 및 해소과정에 국한하여 시를 창작하고 있으며, 이를 해결하는 과정에서 영원한 순환과 지속의 원리가 지배하는 본원적 세계로 나아간다. 이때 창작 주체는 죽음 이후의 삶을 기획하는 것이며, 이를 위해 채택된 것이 영원성의 문제이다. 이때 삶의 욕구는 현생과 후생에 공히 해당된다. 영원한 삶, 영원성에 대한 관념은 여기에서 태어난다.

서정주는 존재의 아이러니, 즉 현실초월의 욕망이 인간의 한계적 본질 때문에 계속 좌절될 수밖에 없는 비극적 운명을 자연 혹은 우주의 질서라는 차원을 시에 활용하여 초월적 전망으로 승화시켜 나간다. 자아의 이런 도약과 발전과정의 기저에는 순환과 지속, 자기 완결성과 전체성의 특징을 갖는 순환적인 시간(영원성)에 대한 수용의지가 수반되어 있다.

장석남의 연작 역시 1, 2에서는 개인적인 사랑과 초월(연작 1은 사랑의 황홀, 연작 2는 이별과 슬픔을 초월한 사랑의 단계)에 출발하고 있지만, 3에 와서는 사랑의 질적인 도약과 함께 영원한 삶에 대한 기대와 동경을 포함하게 된다. 그런데 장석남의 영원성에 대한 시적 실현은 「鞦韆詞」를 넘어서는 단계를 보이고 있다. 연작 3에서는 우주의 순환질서에 자아가 합류하는 「冬天」 단계를 선취한다. 그러나 그것 역시 엄밀히 말해서 「鞦韆詞」 이후 서정주가 도달하게 되는 세계와 크게 차이가 나지 않는다는 점에서 상호텍스트성이 사라지는 것은 아니다. 발상과 표현의 측면에 해당되지만 주제성의 실현국면에서 나타난 것이므로 여기서 논

의해보자.[26]

따라서 대상시들은 인간의 가장 보편적 감정인 사랑과 이별의 테마를 뛰어난 미학적 형식 속에 담아 냈을 뿐만 아니라, 개인적인 사랑의 서사에서 출발하여 '인간의 한계적 본질에 대한 성찰과 넘어서기'를 지향하고 있다는 점에서 상호텍스트성이 확인된다. 그러나 장석남의 시들은 '배'의 의미가 매개물의 차원을 넘어 '사랑, 슬픔→인생, 시간의 심연'으로의 질적인 비약을 이룩하면서 새로운 주제를 창출하고 미학적인 완성도를 성취하고 있음도 보여준다.

3-3 구조 확대와 변형의 측면

장석남의 연작 1, 2, 3은 세 편의 텍스트가 합쳐져서 서정주의 「鞦韆詞」와 같은 구조를 형성하는 상호텍스트성을 실현한다. 그런 점에서 장석남

---

26 1연과 서정주의 다른 텍스트를 비교해 본다.
　① 마당에/녹음 가득한/배를 매다
　② 그속(녹음— 인용자)에선 무엇들이 새파랗게 어리어 소곤거리고있는듯하더니, 문득, 한 크낙한 향기의 가르마와같이 그것을 가르고, **한 소슬한 젊은이를 실은 숲빛 그네를 나를 향해 내어 밀었다.**"
　　　　　　　　　　　　　　　　　　　　　　　　　　　　　— 「산하일지초」
　③ "**꽃밭**은 그향기만으로 볼진대 **한강수나 낙동강상류와도 같은 융융한 흐름이다.**"
　　　　　　　　　　　　　　　　　　　　— 「상리과원」(이상 강조 인용자)
　①은 ②③과 발상과 표현에서 유사하다. 우선 그것은 녹음 속에서 배(그네)를 발견하는 방식이나, 식물(녹음, 꽃밭)을 강물의 흐름으로 보는 것에서 그렇다. 이는 "그것(녹음—인용자)은 마치 조용한 밀물과도 같습니다. 그 밀물을 타고 여윈 당신을 실은 배 한 척이 들어오고 있었습니다."라는 장석남의 산문(「별까지 가는 배」, 앞의 책, 38면)과 겹쳐 읽을 때 더 확연해진다. ②와 ③이 상승적으로 융합하여 ①의 구절을 이끌어낸 것(②+③→①)이다. 또한 3연, "이 세상에 온 모든 것들/측은히 내려보는 그 노래"같은 구절도 "그날밤, 그 산이 랑랑한 창으로 노래하는 소리를 들었다"(「산하일지초」)와 "짐의 무덤은 푸른 嶺 위의 욕계 제이천,/피 예 있으니, 피 예 있으니 어쩔 수 없이,/구름 엉키고 비터 잡는 데, —그런 하늘 속/내 못 떠난다,"(「선덕여왕의 말씀」)의 창조적 변용으로 볼 수 있다.

의 연작들은 각 텍스트가 독립적인 의미구성을 하고 있으면서도 세 텍스트가 합쳐져 더 큰 의미를 이루는 구조로 짜여진다.

1은 어느 날 찾아온 사랑의 설렘을, 2는 모든 이별과 슬픔을 껴안는 사랑의 단계를 각각 배와 바다의 이미지를 사용하여 형상화하고 있는데, 이때 배와 바다는 각각 '사랑 혹은 슬픔의 정서'(배), '내면'(바다)으로 환치되면서 일상적인 의미를 넘어선다. 그런가 하면 시간적으로 뒤에 쓰여진 2의 끝연 "그런데 오, 내 안으로 들어오는 배여/아무 소리 없이 밀려들어오는 배여"는 1시의 첫연에 연결된다. "아무 소리도 없이/무슨 신호도 없이/(……)/아주 천천히 그리고 조용히/배는 멀리서부터 와 닿는다"(강조 인용자). 그만큼 내적 텍스트성에서도 시의 구조에서 평면성을 거부하면서 장석남의 텍스트들은 구성된다.

3에 오면 시적 배경이 마당으로 변환된다. 그러면서 창작 주체의 시선 역시 마당 안과 밖으로 분할되고, 이 경계선을 기점으로 그의 시선은 하늘의 별에 닿는데, 이 별은 지상의 것들을 측은한 시선으로 내려보는, 사후에 가닿을 '또 다른 나의 모습'으로 형상화한다. 그리하여 장석남은 '별까지 가는 배'[27]라는 독특한 상징을 만들어 수평 이동을 해 오던 배를 수직으로 이동시키면서 영원성의 관념을 육화한다.

서정주의 「鞦韆詞」는 장석남의 세 편의 텍스트에서 실현되는 양상들을 다 포함한다. 이는 언덕과 바다의 장면을 절묘하게 구성하고, 여기에 원관념 그네와 보조관념 배를 각 연과 행에 균분하게 배치하며 등가적인 의미가 실현되도록 하며, 궁극적으로는 영원성에의 지향 쪽으로 시적 의미가 실현되도록 한 구조의 묘미(1연·5연, 2연·3연의 대응 및 4연으로의

---

27 장석남, 「별까지 가는 배」, 앞의 책, 같은 면.

의미 실현)에 그 원인이 있다고 할 수 있다.

텍스트 구성에서 장석남이 서정주 시와의 차별성을 유지하기 위해 쓰고 있는 방식은 구조의 확대와 표현 기법의 변화라고 할 수 있다. 창작주체는 서정주의 원텍스트에서 바다와 배의 이미지를 그네와 분리하여 상상하는 큰 틀을 시 창작 원리로 원용한다. 그리하여 배 이미지를 사용한 연작 1, 2가 하나의 쌍으로, 이 두 편과 하나의 대응을 이루는 배 이미지의 3이 산출되는 것이다. 이렇게 구분한 것은 '배' 이미지의 이동방향이 수평에서 수직으로 변화되기 때문이다. 이렇게 연작 1, 2, 3은 배의 이미지로만 시의 구조가 짜여지고 변화된다. 그렇게 되면 창작주체의 입장에서는 원텍스트와의 동일성이라는 부담에서 벗어날 수 있고, 거기서 상상력을 더 깊이 활용할 수 있는 장점이 있다. 즉 장석남은 서정주 텍스트의 부분에서 착상을 얻어 하나의 의미작용을 하는 한 편의 텍스트로 확장하는 방법을 사용하여 새로운 텍스트를 생산한다. 서정주의 텍스트에서 '배'와 '밀다'라는 행위 동사를 가져와서 다른 환경을 만들어 한 편의 텍스트(연작 2)를 산출하고, 한번 밀어낸 사물은 회귀하게 되어 있다는 데서 착안하여 '돌아오는 배'를 구조로 한 또 한 편의 텍스트(연작 1)를 산출한 다음 시간 구성의 순서에 유연성을 부여한다. 다음으로는 '서으로 가는 달' 이미지(와 배에 대한 속신)에 착안, '하늘로 올라가는 배'라는 새로운 방식의 이미지를 가진 새로운 텍스트를 산출하는데, 때로 다른 텍스트의 도움도 받아 완성한다. 물론 이 과정에서 시적 화자의 변이(이도령을 가상 청자로 하는 춘향의 자기 고백투의 배역시를 내면적 독백투로) 및 리듬의 유연성의 동일시(서으로 가는 달 같이는→마당가의 풀들과 나오는 : 강조 인용자) 분위기의 변화(미는 주체가 타자→'나'로) 등이 당연히 수반된다. 우리는 장석남의 세 편의 시가 원텍스트가 가진 구조와 확장과 변화과정을 거쳐 새로이 태어난 것임을 추정할 수 있다.

4. 효과적인 글쓰기를 위한 교수법과 활용

이 장에서는 앞서 상호텍스트성으로 읽은 서정주의 「鞦韆詞」와 장석남의 「배」 연작을 학습자의 쓰기에 활용함으로써 시를 독자의 문화적 수용과 창작차원에서 다루고자 한다. 상호텍스트성은 단순히 작가들 간의 영향관계를 알아볼 수 있는 텍스트적 단서 혹은 표지로서 기능하는 것보다는 독자/수용자의 의식 속에 공유되어 있는 한 사회의 독특한 문화적 기제로서 설명될 때 폭 넓은 의미를 가질 수 있기 때문이다. 문학텍스트란 그 자체의 존재적 가치와 함께 주체(수용자/학습자)에게 어떤 의미를 주느냐 하는 효용적 가치도 함께 추구되어야 한다. 따라서 상호텍스트성이 단지 기법 차원의 교육이 되지 않기 위해서 읽기를 넘어서 수용자의 시에 대한 인식과 경험 속에서 의미 있는 문화적 기제로서 전환될 필요가 있다. 학습자는 텍스트를 자신의 환경과 입장에서 수용, 문학텍스트에 대한 심적 표상을 구성할 수 있어야 한다.

본고에서는 시에 대한 인식과 경험, 소양을 어느 정도 다소 쌓아 왔다고 판단되는 대학의 국문학과 혹은 문예창작학과 1~2학년 학생들을 대상으로 상정하여 논의를 세분하여 전개하고자 한다. 이 과정에서 시도된 방법은 고등학교 2~3학년의 선택 심화과정에 적용시킬 수도 있다고 본다.

본고에서는 우선 문학교육의 장면에서 활용할 수 있는 글 쓰기의 학습 모형을 발상과 표현의 모방 단계, 구조의 모방 및 변형 단계, 형식과 의미의 차별화 단계로 나눈다.[28] 이렇게 단계를 나누는 것은 수용자들이 쉽게

---

28 이는 최미숙 교수의 「문학적 글쓰기에 있어서의 '창조성'」이라는 논문에서 시사받은 바 크다. 최미숙, 앞의 논문, 앞의 책, 97~101면. 다만 현장 수업을 통해 적용가능성을 중심으로 수정하였음을 밝혀둔다.

접근할 수 있는 단계를 거쳐 점차로 더 높은 단계로 진입할 수 있다는, 즉 뒤의 단계가 선행 단계를 거쳐서 실행될 수 있는 것으로 수업을 설계하고 구안하였기 때문이다.

이 과정에서 교수자는 텍스트를 산출한 학습자에게 1, 2회 이 텍스트를 낭독시킨다. 그리고 학습자(수용자)들에게 이 단계에서의 글쓰기가 성공적으로 이루어졌는가를 스스로의 참여를 통해 발표, 토론할 기회를 가지게 한다. 다음으로 전체적인 완성도에서 보완해야 할 점을 도출하도록 자세한 평가단계를 거친다.

4-1 발상과 표현의 모방단계

이 단계는 기존의 시와 동일하거나 유사한 발상과 표현을 산출하는 단계이다. 이는 학습자가 자신이 읽고 감동을 받은 원 텍스트의 영향에서 벗어나지 못하고 이를 새로운 차원으로까지는 생성하지 못하는 단계에 놓여 있을 때 창작할 수 있는 형태의 텍스트라 할 수 있다. 학습자는 텍스트에 편하게 접근할 수 있는 환경에 있어 자유롭고 즐기면서 자신의 텍스트를 산출할 수 있다는 이점을 가지고 있지만, 아직 텍스트의 그늘에서 벗어나지 못하는 관계로 텍스트의 방식을 회의하고 바꿀 수 있는 여유가 확보되지 못한다는 단점도 있다. 먼저 「鞦韆詞」를 발상과 표현의 모방의 방식으로 쓰기를 시도하여 산출된 텍스트 들 중 한편을 제시해 보기로 한다.

바람이 파도를 밀어 올리듯이/그렇게 나를 밀어 올려/바람이.//파도는 뭍에 다다르면/산산이 부서지고 말지만/나는 하늘에 닿기도 전에/떨어지고 말아//바다로 나가는 배라면/울렁이는 가슴에 행인을 꿈꾸겠다마는/땅으로 추락하는 나는/잃을 것도 없어//바람아 더 세게 밀어다오/내 힘차게 발을 구르면/가슴 울렁이도록/내 등을 밀어부쳐다오//바람이 파도를 밀어 올리듯이/그렇게 나를

밀어 올려/가벼운 내 가슴 가득 하늘이 떨어져//

— 박리나, 「비상」

　이 텍스트는 우선 서정주의 「鞦韆詞」구절 중 "바람이 파도를 밀어 올리듯이"라는 구절을 모방하고 있으며, 이때 시적 화자 역시 "내 힘차게 발을 구르면"에서 나타나듯 '그네를 타는 사람'으로 상정된다. 또 "바다로 나가는 배" 같은 구절의 삽입 등 발상과 표현에 있어 원텍스트를 상당 부분 모방하고 있다. 물론 어법의 변화, 연의 변형, 새로운 표현의 창출 등 수용자의 수준에 맞는 몇 가지의 창의성을 보여주고 있고, 언어 역시 고아(古雅)한 언어를 사용하던 원텍스트와는 달리 자신의 문화적 환경에서 쓸 수 있는 일상어를 사용하고 있지만, 대상을 바라보는 문제의식의 유사성으로 인해 전체적으로는 「鞦韆詞」의 모작(혹은 개작)의 수준으로 형상화되었다고 볼 수 있다. 아울러 여기서 이 텍스트의 평가 과정에서 시적 일관성에 대한 지도를 수행할 필요가 있다고 판단된다. 즉 이 텍스트에서 미는 주체는 「鞦韆詞」의 향단이처럼 1, 5연에서는 특정한 사람을 상정하고 있지만, 4연에서는 '바람'으로 나타나고 있어 전체적인 일관성에 문제점을 노출하고 있는 것이다. 이때 평가 단계에서 교수할 수 있는 것은 미는 주체를 사람으로 할 것인가, 바람으로 할 것인가에 따라 두 가지 방법으로 수행될 수 있다. 즉 전자를 선택한다면 4연 첫 행의 '바람아'를 삭제해야 하며, 후자를 선택한다면 1연을 "파도를 밀어올리듯이/그렇게 나를 밀어 올려/파도를."로 고치고, 5연 1행의 '바람이'를 빼야 할 것이다.

　또 이 단계에서 폭넓게 나타날 수 있는 글쓰기의 양상은 기존 시의 표현 골격이나 틀은 그냥 두고 어휘 수준의 변형이나 교체를 가하는 모방적 글쓰기라고 할 수 있는데, 실제로 수업과정에서도 이런 글쓰기 형태가 많이 발견되었다.[29] 이 경우에도 전문적인 문예 작품 창작 활동이라는 높은 수준을 강요할 수는 없는 수용자라는 점과 단계별 지도를 통해 높은 단계로 진입할 수 있다는 교수 학습방법 전략의 측면에서 충분히 수용하고 진행할 필요가 있다고 본다. 이 점에서 장석남의 「배를 밀며」를 패러디한 「땅을 밟으며」[30]와 같은 텍스트의 산출도 나름대로 장려하여야 한다. 이때 교수자는 발상과 표현에서 '부분 혹은 전체를 자유롭게 모방할 수 있다'는 지표를 제시할 필요가 있다. 이 단계에서 우리는 문학을 즐기려는 수용자들과 기존의 텍스트와 관계를 맺고 그것을 변용하는 상호텍스트성 교육을 가장 보편적으로 폭넓게 수행할 수 있다. 수용자들은 자신의 환경과 문화의 관점으로 새로운 텍스트를 산출함으로써 기존의 텍스트를 더 깊고 확실히, 자신의 입장에서 이해할 수 있을 것이다.

4-2 구조의 모방 및 변형 단계

구조의 모방 및 변형 단계는 기존의 시와 동일하거나 유사한 발상과 표현을 산출하는 단계(혹은 기존 시의 표현 골격이나 틀에서 어휘 혹은 구절

---

29 그러나 이런 반응을 보이는 학습자들도 있는 반면에 현장에서 이 방식을 적용하는 과정에서 기존의 방식처럼 괄호 '( )'를 만드는 것에 대해서는 상당한 거부감을 나타내고 있었다. 이에 대해서는 이 장의 뒤에서 더 자세하게 서술한다.

30 땅을 밟는다/땅을 밟아 보는 것은 아주 드문 현상/아지랑이 잔잔한 봄 거리 위에/땅을 밟고는//온 몸이 아주 흔들리지 않을 순간의 한 공간에서/밟던 힘을 한껏 더해 밟아보고는/조심조심히 땅에서떨어진 발, 순간 가뿐해진 발을/공간으로부터 모은다//樂은 참 즐겁게도 떠나지/아무도 없는 길을 즐겁게도//땅을 한껏 힘있게 밟듯이 외로움도/그렇게 밟아 보는 것이지//땅을 밟고 남은 거리 위의 발자국/잠시 머물다 사라지고//그런데 앗, 내 눈으로 보이는 땅이여/끝없이 보이는 땅이여//

— 이미연, 「땅을 밟으며」

그러나 이 텍스트에서는 엄밀히 1연 3행에서처럼 어휘 수준의 변형을 넘어서는 표현이 나타나는 창의성을 보이며, 다른 연과 6연의 균형에 문제점을 노출하기도 한다.

일부 수준의 변형이나 교체를 가하는 모방적 글쓰기) 다음으로 설정될 수 있다. 수용자의 능력에 따라 첫 단계와 같이 시도해도 산출될 수 있는 텍스트들이 있을 수 있지만, 선행단계를 거친 상태에서 시도하는 게 바람직한 것으로 판단된다. 이 단계 글쓰기의 특징은 전체적인 시적 구조는 거의 그대로 둔 상태에서 표현방식의 창의성을 강화함으로써 수용자의 개성을 살리고 심리적, 문화적 요구에 부합하는 텍스트를 산출한다는 것이다. 그러나 주의하여야 할 점은 시적 구조 역시 원 텍스트를 너무 기계적으로 모방하여 구축되어서는 안 된다는 점이다. 고정된 구조를 일방적이고 수동적으로 따르기보다는 학습자 자신의 문화적, 심리적 환경으로 변용하는 과정에서 구조를 부분적으로 바꿀 수 있는 방향으로 글쓰기를 진행할 필요가 있다. 실제로 시행과정에서 대부분의 학습자들은 원 텍스트의 구조를 기계적으로 수용하지 않고 나름의 문맥에 맞게 변용하는 것을 확인할 수 있었다. 이 단계를 통해 산출된 텍스트를 인용해보기로 한다.

> 아무 소리도 없이 말도 없이/내 위로/꽃눈이 내려와 나는/한참이나 꽃눈을 맞는다/아주 화려하게 아주 조용하게/꽃눈은 오고 있다//계절은/청아한 호숫가에/우두커니처럼 있는 내게 꼭 한번은 돌아와/살포시 다가오는 것/그래서 또 놀란 듯이/맞이하게 되는 것//잔잔한 호수 위에/가로등 빛과 바람과 시간과 함께/떠 있는 꽃눈//꽃눈이 올 때는 빛과 바람과/시간도 함께 맞는다는 것을 알았다/계절이란 포기하지 않고 다가오는 것//호수 가운데 꽃눈은 내려오며/그렇게 나를 깨운다//
>
> — 옥구슬, 「꽃눈을 맞으며」

함께 제출한 노트 "「배를 매며」를 「꽃눈을 맞으며」로 고쳤습니다. 밧줄이 오는 것을 꽃눈으로 비유(대치)하고, 사랑하는 사람을 계절로 비유(대치)하여 한 겨울 동안 움츠리고 있던 화자에게 봄이 오고 다시 계절이 돌아왔다는 내용으로 바꾸고 배경을 벚꽃이 내리는 호수(경주의 보문 호수)로 잡았습니다.”의 구절처럼 이 텍스트는 시적 구조의 형태는 어느 정도 유지한 채(그러나 이 부분도 자세히 보면 기계적으로 구조만 빌리는 차원이 아니라 자신의 텍스트의 개성에 맞게 유연하게 1연처럼 행을 더하거나 빼는 방식을 사용하고, 연 역시 한 연을 더하는 창의성을 발휘하고 있다.) 학습자 자신의 경험이 글쓰기에 반영됨으로써, 학습자의 문화적 요구에 부응되면서 학습자가 문학 수용의 주체로 부각된다. 즉 이 텍스트는 꽃눈을 통해 새로운 계절이 왔음을 숙연하게 깨닫는 학습자의 원숙한 시선을 통해 주체를 성찰하는 과정이 독창적으로 드러나면서 원 텍스트와 차별성을 확보하고 있는 것이다. 그리하여 매년 한번씩 무슨 경건한 의식처럼 다시 맞게 되는 꽃눈을 통해 계절의 어김없는 순환에 순응하는 시적 화자의 모습을 (우두커니에서 드러나듯) 매우 뚜렷하고도 실감 있게 묘사하고 있다. 지면 관계상 일일이 열거할 수 없지만 문학교육의 장면에서 활용할 수 있는 글 쓰기 단계의 학습모형을 통해 다양한 개성과 심리적, 문화적 환경을 가진 학습자들에 의해 다양한 텍스트가 산출될 수 있음을 실제로 확인할 수 있었다.[31] 이는 학습자의 참여를 이끌어내는 학습 모형

---

31 이 외에도 이 단계를 통해 산출된 대표적인 텍스트는 아래와 같다.

아이야, 얼레를 돌려라/푸른 바람이/봄꽃 향기를 풀어내듯이//이 파리하게 흔들리는 벚꽃 가지와/총총히 삭이는 바람의 발자욱,/설픈 잠같은 아지랑이 속에서/아조 내어 밀듯이, 아이야//바람도, 미욱한 향기도 없는 저 하늘로/나를 풀어 올려다오//봄산을 넘는 새털 구름 같이/이, 얼레 끝에 얽힌 마음을 풀어올려다오//구름에 흐르는 달 같이는/나는 아무래도 갈 수가 없다.//바람이 봄꽃 향기를 풀어내듯이/그렇게 나를 풀어 올려다오/아이야.//
— 지성이, 「연을 날리며」

아무 소리도 없이 말도 없이/무릎에 털썩/바람이 불어와 나는/뛰어가 바람을 잡아다 빨래를 넌다/아주 천천히 부드럽게/바람은 바지자락부터 닿는다//이별은,/황량한 대야에 우연히,/무수한 흔적들을 껴안고 앉았다가/바람이 들어와/예기치 않은 중력을 받아내는 것/그

의 개발을 통해 수업을 훨씬 더 깊이 있게 진행될 수 있음을 입증하는 것이라 하겠다.

래서 어쩔 수 없이/흔적을 바람에게 맡기는 것//잔잔한 대얏물 속에/독한 세제와 눈물과 시간과 함께/뭉쳐져 있는 흔적//바람이 불면 독한 세제와 눈물과 시간과 함께/빨래가 널린다는 것도 처음 알았다/이별이란, 그런 것을 처음 아는 것//빨래들 사이에 바람은 울먹이며/온종일 바지자락을 붙들고 있다//

— 신민영, 「빨래를 널며」

앞의 텍스트는 연의 얼레를 돌리는 행위와 이에서 파생된 얽힌 마음을 푸는 행위를 "푸른 바람이 봄꽃 향기를 풀어내듯이", "봄산을 넘는 새털 구름같이"라는 두 개의 신선한 직유로 풀어내고 있다. 시간적 배경은 봄이며 바람에 벚꽃이 흩날리는 모습은 온갖 세속적인 상황에 흔들리기 쉬운 인간의 한계성을 드러내고 있다. 「추천사」와 같이 이 작품에서도 화자는 현실이라는 한계적 상황과 이상적 삶 사이에서 끊임없이 갈등한다. 바람과 아지랑이는 갈등을 부여하는 매개체라 할 수 있다.

뒤의 텍스트는 바람이 빨래를 말린다는 발상과 혼자 마르는 상태를 이별과 연결시켜 시상을 풀어나가면서, 수용자의 심리적 문화적 환경에서 파생된 독자적 의미를 산출하고 있다. 사랑이라는 소재를 다룬 장석남의 〈배를 매며〉와는 반대로 〈빨래를 널며〉는 이별에 대한 화자의 수긍하는 태도를 보여주는 시이다. 〈배를 매며〉에서 '뛰어가 밧줄을 잡아다 배를 맨다'는 표현과 같이 '뛰어가 바람을 잡아다 빨래를 넌다'도 역동적이지만, 여성적인 행동으로 그 표현의 전달을 달리했다. 또한 〈빨래를 널며〉에서 '아주 천천히 부드럽게 바람은 바지자락부터 닿는다'와 '바람은 울먹이며 온종일 바지자락을 붙들고 있다'는 식의 표현도 여성적 이미지를 나타내고 있다. 다시 말해 사랑의 추억과 흔적을 씻어 내어버리고 바람에 맡겨 그것들을 털어버리고자 하는 화자의 심리를 대변하고 있다. 그것은 마치 전형적인 여성들이 갖는 상실의 심리를 '빨래를 하고 너는 행동'을 통해 그리고자 했던 것이다. 그런 행동을 위해 화자가 감안해야 할 점은 '독한 세제와 눈물과 시간과 함께 뭉쳐져 있는 흔적'을 중력에 의해 없애야 한다는 점. 그래서 어쩔 수 없이 그 흔적을 바람에게 맡겨야 하는 대범함도 있어야 한다. 이렇듯 사랑의 흔적들을 무수히 가지고 있다가 예기치 않은 중력(이별의 실체)을 받고, 바람에게 그 흔적을 맡긴다. 그러나 마지막 연에서는 화자의 마음이 바람에 투영되어 오히려 '빨래들 사이에 바람이 울먹이며 바지자락을 붙들고 있다'는 식의 표현을 쓰면서 화자와 바람을 동일시하는 현상까지 드러나게 된다.

이밖에도 "햇살 가득한/하늘에/방아쇠를 당기다//세상으로 들어가는 네온사인/위에/비틀거리는 저녁별/도시의 빈 섬으로/떠서//영화 포스터처럼 굳어진 일상들/무심히 돌아가는 무성 영화 속/우리는 표정 없이 내달리는/채플린이 되어야 하는가//몇 겹 안 개 속, 잡힐 듯 사라지는/고독/혹은,/목마름//내 푸른 파도로 부서져/메마른 그 섬에 닿아야 할 날이/곧 오리라//오, 한동안은 슬퍼해야 하리/촉수를 찌르는 햇살/어디선가 들려오는/이방인의

4-3 형식과 의미의 차별화 단계

이 단계는 시의 구조는 물론 형식 역시 학습자의 입장에서 차별화가 이루어지는 단계이다. 이는 학습자의 입장에서는 발상과 표현의 모방단계와 시적 구조의 모방 및 변형 단계를 거쳐 실현될 수 있는 쓰기의 단계로 구안되었다. 즉, 학습자가 시의 형식과 의미를 독자적이고 새롭게 발현시키는 것은 원 텍스트를 자신의 입장에서 소화하고 이를 글쓰기 주체 자신의 경험으로 녹여낼 때 가능하다는 전제를 깔고 있다. 교수자는 평가과정에서 학습자들의 텍스트가 원 텍스트에서 어떻게 달라졌으며 어떤 독자성을 가지고 있는가를 학습자들과 함께 나누어 교수하고, 이를 토대로 학습자들에 대한 질의 유도와 합의를 도출하면서 좀더 완성된 텍스트를 만들어나가면 된다. 아래의 텍스트는 이 단계에서 산출된 산물이다.

> 아파트 작은 창문에/분홍 꽃배를 매다.//봄처녀 찰랑거리는 머리카락/올올이 엮어 잡아올리면/울렁거리는 뱃머리에/"해신" 모신/흰 쌀밥덩어리/숭어리 숭어리 떠다니다가/속절없이/산산이 부서져버리고 마는/일장춘몽//뱃머리에/긴 겨울 골방에 겹겹이/잠자던 기억들을/푸른 햇빛에 널어 말리는 동안//분홍 물고기 떼로 몰려와/바람결에 온몸 부서진 채/창문 틈에 얼굴을 대고/백치처럼 웃고 있다//밧줄./툭./끊어진다//서두르는 뒷모습은/아쉬울 겨를도 없이/넘실대는 초록파도를 넘어간다//
>
> ― 박단영, 「벚꽃」

이 시는 장석남의 「마당에 배를 매다」를 자기 식으로 완전히 흡수하여

총소리"(― 지성이, 「햇살에 방아쇠를 당기다」) 같은 텍스트에서는 소설 『이방인』에서 발상을 얻어 현대인의 고독과 인간소외에 대해 새로운 문맥으로 치환시킨 텍스트를 산출하는 등 타장르 활용을 비롯한 다양한 문화적 문맥에 접근되어 있는 수용자의 다양한 반응을 얻어낼 수 있었다.

형식과 내용에서 새로운 문맥을 만들어내고 있으며, 형식에서도 원 텍스트와의 관련에서 벗어나 있고, 벚꽃의 피고 지는 과정을 배를 매고 푸는 것으로 묘사하면서 독자적 의미 역시 자연스럽게 창출하고 있다. 벚꽃이 피어 있는 모습을 묘사한 1연은 신선하다. 2연은 요즘 방영되는 드라마(「해신」)까지 등장해서 너무 많은 상상력이 개입되도록 해서 초점이 흐려진다. 3연은 '~에'의 반복으로 형식적으로 문제를 노출하고 있다. 4연 2행은 설명이다. 5, 6연은 벚꽃이 지고 초록 잎새로 바뀌는 과정이 자연스럽게 묘사되어 있다.

이제 개괄적인 평가를 중심으로 완성된 텍스트를 함께 만들어가야 한다. 우선 2연 1행 '봄처녀'와 4~5행 '해신 모신/흰'까지 빼면 초점을 선명하게 드러낼 수 있고, 2연 마지막 행 '일장춘몽' 빼고, 바로 그 위 행은 '부서져 버리고 만다'로 하면 더 전후문맥이 자연스럽다. 또 3연의 형식적인 어색함을 '뱃머리, 푸른 햇빛에/긴 겨울 골방 속/ 잠자던 기억들을/널어 말리는 동안'으로 자연스럽게 고치고, 설명인 4연 2행은 생략한다. 이렇게 하는 과정을 통해 학습자들의 공감과 함께 텍스트의 완성도를 높여갈 수 있다.

이때도 유의할 것은 학습자의 참여를 자연스럽게 유도하기 위해서는 문학성을 너무 강조할 필요가 없다는 것이다. 소수자들만을 위한 교육이 되어서는 소기의 성과를 기대하기 어렵다. 오히려 그들 속에 잠재해 있던 가능성을 끌어내어 주고 자연스럽게 글쓰기를 할 수 있도록 경험을 재배열하고 조직화시킬 수 있는 능력을 키우는 데 조력자의 역할을 해 줄 필요가 있다. 이 단계에서 제출된 아래 학습자의 「밤배를 밀며」[32]는 교대근무를 나가는 시적 화자가 직장이라는 삶의 바다에서 새벽까지 힘겹게 버티어나가는 과정을 '슬픔으로 표출되는 섬이 돌출하는 바다에서 배를 미는 과정'으로 잡아내면서 새로운 문맥을 창출하는 과정을 개성적으로 표현하고 있다. 이 텍스트에서도 학습자들과의 교류와 공감을 통해 3연 3, 4행을 빼고, 1행을 '당겼던 밧줄/툭-/놓았다' 로 분행하여 완성도를 높일 수 있었다.

이처럼 문학교육의 장면에서 발상과 표현의 모방 단계, 구조의 모방 및 변형 단계, 형식과 의미의 차별화 단계로 진행되는 상호텍스트성 글쓰기의 학습모형을 활용하면 (선행학습된 읽기 분야의 상호텍스트성의 지식을 토대로) 효과적인 글쓰기 수업을 진행할 수 있다.

이는 학습자들로 하여금 원 텍스트에 빠져들게 한 요인인 사랑, 혹은 영원성의 문제가 읽기 차원에서는 중요한 역할을 했지만, 그들의 독자적인 의식을 담은 상호텍스트적인 글쓰기의 결과물에서는 그 주제로부터 벗어나 학습자의 문화적 문맥으로 다양하게 변모되는 양상으로 표출되었다는 점에서도 드러났다.

5. 결론

본고는 한 편의 텍스트는 타자와의 관련성 속에서 끊임없이 수정되는 과정을 통해 입체성과 다성성을 획득하게 된다는 관점에서 상호텍스트성과 그 의미작용을 규명하여 시 교육과 창작 교육에 활용하기 위해 쓰여졌다.

본고는 이를 위해 서정주의 「鞦韆詞」와 장석남의 「배를 매며」, 「배를 밀며」, 「마당에 배를 매다」 연작에 대한 개별 텍스트의 분석적 이해를 시도한 후, 이를 토대로 상호텍스트성과 그 의미작용을 발상과 표현, 주제, 구조의 확대와 변형의 측면에서 각각 살펴보고, 여기에서 도출된 방법들을 다른 텍스트에 적용하면서 학습자들의 문학적 상상력을 다양하게 자극하고 이를 창작에 활용하는 과정들을 기술하였다.

그 과정에서 「鞦韆詞」는 인간의 가장 보편적 감정인 사랑과 이별의 테마를 뛰어난 미학적 형식 속에 담아내면서 궁극적으로는 인간의 한계적 본질에 대한 성찰이라는 주제를 텍스트로 상호텍스트성 고찰에 유리한 환경을 가지고 있음을 확인했다. 또 장석남의 세 편의 텍스트는 '매다→밀다→풀다' 라는 동사를 활용한 동작의 순차적인 구성으로 시를 이끌고 나가고 있는 연작으로 어느 날 갑자기 찾아온 사랑의 황홀(1), 이별의 슬픔을 깊은 차원의 사랑으로의 승화(2), 개인적인 사랑의 서사에서 '지상의 모든 생명에 대한 애정' (3)으로 깊어지는 입체적인 구조를 가진 연작임이 밝혀졌다.

또 대상 텍스트들은 발상과 표현 면에서 제목, 소도구, 그 도구의 상징성, '밀다' 라는 행위동작, 미는 대상, 회귀 원리, 장소의 유사성, 공간 지향, 빛 이미지, 지상에 대한 애정 등 여러 부분에서 상호텍스트성을 보여주고 있었고, 주제의 측면에서도 사랑과 이별의 테마를 정제된 미학적 형식 속에 담아내면서 개인적인 사랑의 서사에서 출발, 인간 존재의 본질에 대한 성찰과 초월(영원성)을 지향하고 있다는 점에서 상호텍스트성이 확인되었다. 또 구조의 확대와 변형의 측면에서는 장석남은 연작 세 편을 합쳐 서정주의 「鞦韆詞」와 같은 구조를 형성하는 상호텍스트성을 실현하였음을 확인했다. 장석남은 서정주의 원텍스트에서 바다와 배의 이미지를 그네와 분리하여 상상하는 큰 틀을 시 창작 원리로 활용하여, 배 이미지를 사용한 연작 1, 2가 하나의 쌍으로, 이 두 편과 하나의 대응을 이루는 배 이미지의 3을 산출하는 방식을 취했음을 확인했다. 즉, 즉 장석남은 서정주 텍스트의 부분에서 착상을 얻어 하나의 의미작용을 하는 한 편의 텍스트로 확장하는 방법을 사용하여 새로운 텍스트를 생산하면서 깊이 있고 독자적인 세계를 열어갔다고 볼 수 있다.

다음 단계로 본고는 앞서 세밀히 논의한 상호텍스트적인 읽기의 과정을 토대로 발상과 표현의 모방 단계, 구조의 모방 및 변형 단계, 형식과 의미의 차별화 단계로 발전되는 이들 원 텍스트에 대한 쓰기의 수업 모형을 제시하여 수업에 활용하여 보았다. 이 방식을 통해 상호텍스트성에 대한 학습자들의 이해를 높이는 한편 글쓰기에 대한 다양하고도 적극적인 참여를 이끌어 학습자들로 하여금 문학텍스트에 대한 다양한 심적 표상을 구성하게 하도록 함으로써 기존의 강제적 룰이 지배하는 모방시 쓰기 교육에서 더 나아갈 수 있다는 가능성을 보였다는 점에서 의의를 찾을 수 있다고 생각된다.

시에 있어서의 상호텍스트성의
실현양상 연구

1. 문제의 제기

본고는 '상호텍스트성'을 해석상의, 또는 비평적 편의를 위해서뿐만 아니라 시의 감상과 창작에 통용될 수 있는 실체의 하나로 정립하기 위한 시도로 쓰여진다. 상호텍스트성은 작품간의 영향의 문제를 다룰 때 쓰이는 문학용어이다. 그동안 많은 연구자들과 학습자들이 상호텍스트성을 언급하면서 영향관계의 측면만을 강조하여 왔던 게 사실이다. 많은 연구자와 창작주체들이 이론과 창작과정에서 사용하고 있는 이 단어가 일정한 이론적 기준을 여과하지 못한다면 작품 이해와 창작에 긍정적인 영향을 미치지 못할 것은 분명하다.

상호텍스트성은 거창하게 새로운 발견이 아니라 기존의 시에서 얻은 감동과 충격을 새롭게 자기화하는 방식 속에서 가능하다.[1) '텍스트들 사

---

1 최미숙, 「문학적 글쓰기에 있어서의 창조성—시의 영향과 모방을 중심으로」, 한국문학교육

이의 관련성'이라고 간단히 언급할 수 있는 상호텍스트성[2]은 처음에는 필자의 텍스트 구성을 중심으로 논의가 이루어졌으나 독자의 의미이해의 과정에 대한 논의로 확대되고 있다. 크리스테바는 한 발화가 화자(작가)나 청자(독자) 또는 다른 발화(문학작품)와 맺는 상호관계 중 수직적 관계, 즉 발화가 그 이전 또는 동시대적인 바른 발화와 맺는 관계를 상호텍스트성으로 보았다. 그녀에 따르면 모든 텍스트는 마치 모자이크와 같아서 여러 인용문들로 구성되어 있으며 다른 텍스트들을 흡수하고 변형시킨 것에 지나지 않는다. 상호텍스트성을 바탕으로 텍스트가 이루어졌다고 보는 이런 범텍스트성의 개념은 데리다에 이르러서는 하나의 텍스트는 그 자체로는 의미를 가질 수 없고 다른 텍스트들과의 관계에서만 의미를 가질 수 있다는 이론으로까지 확장된다. 나아가 바르트에 이르면 텍스트의 구성과 의미해석에 독자의 능동적인 역할이 강조됨으로써 상호텍스트성의 개념은 새로운 전개를 맞게 맞이하게 된다.[3] 즉 텍스트에 대한 이해는 독자 나름의 것으로 규정되면서 텍스트와 텍스트간의 대비나 영향의 전신자와 수신자 등의 계보 확인과 검증에 머물러온 기존의 논의에서 텍스트의 생성과 이해의 틀을 넓혀놓았다. 즉 독자가 텍스트를 이해하는 과정에서 또 다른 텍스트들과의 연결을 통하여 새로운 텍스트를 구성한다는 것이다. 확실히 작자 외적 범주의 상호텍스트성은 한 작가의 작품 내에서 나타나는 내적 범주의 상호텍스트성[4]에 비해 그 영향을 확인하

학회, 2004, 100면.

2 이에 대한 자세한 논의는 손진은, 「상호텍스트성을 활용한 시 교육 방법 연구」, 『한국문학이론과 비평』 제29집, 한국문학이론과 비평학회, 2005, 387~389면, 김도남, 『상호텍스트성과 텍스트 이해 교육』, 도서출판 박이정, 2003, 97~117면 참조.

3 김도남, 앞의 책, 116~118면 참조.

4 General Genette, Palimsestes : *La Litterature au degree*, Paris, 1982, 김정우, 「시 해석 교육내용 연

기는 까다로운 일이다. 작자는 어떤 선행 텍스트로부터 영향을 받았는지 밝히지 않기 때문에 불확실한 추정에 그칠 가능성도 없지 않다. 그러나 텍스트 구성과 이해에 독자의 능동적인 역할을 강조함으로써 이러한 문제가 자연스럽게 해소될 수 있게 된 것이다.

본고는 이러한 상호텍스트성의 개념 변화의 흐름을 폭넓게 수용하는 입장을 취한다. 즉 본고는 시 작품들의 영향관계를 이론화, 범주화하고자 하지만, 시대상황이나 텍스트와 사회문화적 영향관계에서 일어나는 현상들을 배제하지 않으려고 한다. 왜냐하면 텍스트는 이미 문화나 사회역사적인 맥락을 포함하는 개념이기 때문이다.

상호텍스트성의 연구는 다른 텍스트뿐만 아니라 장르, 매체의 교섭양상[5]까지 확산될 수 있고, 이럴 경우 작가들의 문학적 지향이 다르거나 문학사적으로 별로 연관이 없어 보이는 텍스트들이 역동적으로 관련되어 있음을 알 수 있을 것이다.

본고는 그러나 시 텍스트와 시 텍스트 사이의 상호텍스트성의 실현양상에 초점을 맞추려고 한다. 그것은 본고가 텍스트가 그 자체로 자족하는 신성하고도 닫힌 공간이 아니라 무한한 의미생산과 실천이 가능한 열린 공간이라는 입장을 취한다고 하더라도, 논의를 좁혀 시적 감동의 근원과 구조를 해명할 적절하고도 유효한 기준을 마련할 필요가 있다고 보기 때문이다.

구」, 서울대학교 대학원 박사논문, 2004, 81면 재인용.

5 대표적인 논의는 안성수 「상호텍스트성과 문학교육－〈숨은 꽃〉과 〈꽃을 위한 서시〉를 중심으로」, 『문학교육학』 제2호, 1998, 한국문학교육학회, 정재찬, 「상호텍스트성을 통한 현대시 교육 연구」, 『국어교육학 연구』 제29집, 국어교육학회, 2007, 손진은, 「문학교육과 문화의 수용문제」, 『새국어교육』 제69호, 한국국어교육학회, 2005 등이 있다.

본고의 연구 범위는 일정한 제한을 두지 않는다. 하지만 일반적으로 정전이라고 할 수 있는 작품을 선택하여 논의하는 것을 원칙으로 한다. 그리고 논의가 지나치게 확장되는 것을 방지하기 위해서 원전의 희극적 모방을 시도하는 패러디 시에 대해서는 논외로 할 것이다. 아울러 영향의 경계가 모호하거나 여러 영향이 조금씩 복합적으로 나타나는 경우 주된 경향으로 나타나는 측면을 택했음을 밝혀둔다.

2. 상호텍스트성의 실현 양상

본고는 상호텍스트성의 다양한 국면을 첫째 발상과 표현의 측면, 둘째 주제의 측면, 셋째 구조 확대와 축소 및 변형의 측면의 세 가지로 계열화하려고 한다. 이는 상호텍스트성을 가진 작품들을 오랜 동안 면밀히 고찰하고 분석하여 본 결과를 토대로 이루어지는 것이기도 하고, 실제 창작자의 입장에서 시 작품을 창작할 때 부딪히는 문제에서 야기된 것이기도 하다.[6] 물론 이 세 범주는 확실히 구분하기 어려울 때도 많다고 본다. 어느 경우에는 두 가지 범주에 다 포괄될 수 있는 텍스트가 생산될 수도 있다. 그러나 그럴 경우 어느 범주에 더 가까운가를 기준으로 적용하면 큰 무리가 없을 것으로 사료된다. 이외에도 다른 관점이 있을 수 있지만, 이 세 범주에 텍스트의 영향관계가 거의 대부분 포괄될 수 있을 것이라 판단된

---

6 필자는 이미 상호텍스트성을 가진 작품에 대한 면밀한 분석과 이에 따른 글쓰기 활용을 통한 학습자들의 실제창작을 통해 이 방법이 매우 유용하며 실제적이라는 사실을 구체적으로 예증하였다. 실제로 문학교육의 장면에서는 글쓰기의 학습모형을 발상과 표현의 모방 단계, 구조의 모방 및 변형 단계, 형식과 의미의 차별화 단계로 나누어서 수행할 수 있다. 손진은, 「상호텍스트성을 활용한 시 교육 방법 연구」, 『한국문학이론과 비평』 제29집, 한국문학이론과 비평학회, 2005, 387~418면 참조.

다. 이 세 가지를 간략히 요약하면 아래와 같다.

1) 발상 및 표현의 측면 : 시의 착상이나 아이디어, 부분적인 표현방식, 특히 이미지와 비유가 여기에 해당한다.

2) 주제의 측면 : 시에서 의도하거나 말하고자 하는 부분이다. 여기에는 후행 텍스트가 선행 텍스트의 반대방향으로 주제를 만들거나 변형하여 강화하여 나가는 방법도 포함된다. 주제는 개인의 특정한 환경이나 시 대상과도 결합되어 다양한 방향으로 변화할 수 있는 가능성이 있다.

3) 구조의 측면 : 체계와 등가성의 구조를 살피는 부분. 시적 구조의 확대와 축소, 확대하여 만들거나 역으로 축소하는 것, 어조나 어법 등도 포함된다.

2-1 발상 및 표현의 측면

창작주체가 기존의 작품을 자기화할 때 가장 많이 활용할 수 있는 방법이다. 그것은 대상을 자기화 하는 방식의 유사성, 소재 처리나 비유의 유사성, 그리고 표현방식의 핵심적인 틀을 중심으로 변형을 가하는 방식의 유사성이 다 포함될 수 있다. 그러나 이때 후대의 창작주체는 선행 텍스트의 발상이나 표현을 흡수할 따름이지 완전히 동화되지는 않는다. 즉 독자적인 형상화 단계를 형성함으로써 차별화한다. 아울러 발상의 유사성이 표현의 독자성으로 흡수되어 미학적인 완성도를 달리할 뿐만 아니라 또 새로운 문화의 담론 안에 참여함으로써 새로운 문화, 역사적인 맥락으로 편입되기도 한다. 여기서 발상이 작품의 전체적인 구조를 결정하게 되거나 주제를 형성하는 방향으로 가면 구조나 주제에 포괄시킬 수 있을 것이다.

정지용과 서정주의 아래 시편들은 발상 및 표현 측면의 상호텍스트성을 보이고 있다.

> 나는 사랑을 모르노라. 오로지 수그릴 뿐,
> 때 없이 가슴에 두손이 염으여지며
> 구비 구비 돌아나간 시름의 黃昏길우……
> 나— 바다 이편에 남긴
> 그의 반 임을 고히 진히고 것노라
>
> — 정지용, 「그의 반」 부분(밑줄 필자)

> 새우마냥 허리 오구리고
> 누엇 누엇 저무는 황혼을
> 언덕 넘어 딸네 집에 가듯이
> 나도 인제는 잠이나 들까.
>
> 구비구비 등 굽은
> 근심의 언덕 넘어
> 골골이 뻗히는 시름의 잔주름뿐,
> 저승에 갈 노자도 내겐 없느니
>
> — 서정주, 「저무는 黃昏」 부분(밑줄 필자)

두 시가 발상에서 공통적으로 취하고 있는 입장은 힘들고 어려운 세상을 '황혼'이라는 비유로 처리하고 있다는 것이다. 그것은 표현에서도 드러나는데 정지용의 시와 서정주 시의 표현의 유사성은 밑줄 그은 부분을 통해서 살필 수 있다. 인용시를 재구성해서 읽어보면 "구비구비 돌아나간 시름의 황혼(黃昏)길"(「그의 반」)은 "구비구비 등 굽은/근심의 언덕 너머/골골이 뻗히는 시름"의 황혼(「저무는 黃昏」)이라는 표현으로 더 구체화시키고 있는 것이다. 특히 뒤의 시는 제목에 '황혼'이라는 말을 넣음으로써 앞 시와의 영향관계가 선명하게 드러난다. 서정주는 정지용의 시에서 감동과 인지적 충격을 받은 지점을 구체화하여 발상을 공유할 뿐만 아니라 이를 표현에도 능동적으로 수용, 확장하고 있는 것이다. 그러나 세상에 대한 인식이 같을 뿐, 두 시는 세상에 대처하는 방식에 있어서는 확연한 차별성을 가진다. 앞의 시가 어려운 세상을 '그'라는 절대자에게 의지하여 헤쳐나가려는 데 반하여, 뒤의 시는 세상을 시름에 대하여 "엣비슥히 누어 잠이나"드는 방식으로 달관하고 초월하려 한다. 이것이 정지용의 가톨리시즘에의 순정한 귀의와 서정주의 "세상에 대한 절묘한 역공의 자세"[7]라는 세계관의 차이인데, 이것이 1930년대와 1960년대 후반이라는 편차를 두고 이루어졌음을 우리는 주목할 필요가 있다. 이 시들은 유사한 발상과 표현에도 불구하고 창작주체가 놓인 상황이나 자기반성의 국면에서 충분히 다르게 형상화될 수 있음을 보여주고 있다.

다음으로는 시를 구성하는 핵심적인 문장을 의도적으로 활용하여 텍스트를 산출하고 있는 경우를 살펴보기로 한다. 선행 텍스트는 백석의 것이고 후행 텍스트는 후대 시인 우대식의 작품이다.

> <u>한 십리(十里) 더 가면 절간이 있을 듯한 마을이다</u> 낮 기울은 볕이 장글장글
> 하니 따사하다 흙은 젖이 커서 살같이 깨서 아지랑이 낀 속이 안타까운가보다
> 뒤울안에 복사꽃 핀 집엔 아무도 없나보다 뷔인 집에 꿩이 날어와 다니나보다
> 울밖 늙은 들매나무에 튀튀새 한불 앉었다 흰구름 따러가며 딱정벌레 잡다가
> 연둣빛 닢새가 좋아 올라왔나보다 밭머리에도 복사꽃 피였다 새악시도 피였다
> 새악시 복사꽃이다 복사꽃 새악시다 어데서 송아지 매- 하고 운다 골갯논드렁
> 에서 미나리 밟고 서서 운다 복사나무 아래 가 흙장난하며 놀지 왜 우노 자개

---

7 이남호, 「겨레의 말, 겨레의 마음」, 『미당 연구』, 민음사, 1994, 414면.

밭둑에 엄지 어데 안 가고 누웠다 아릇동리선가 말 웃는 소리 무서운가 아릇동
리 망아지 네 소리 무서울라 담모도리 바윗잔등에 다람쥐 해바라기하다 조은
다 토끼잠 한잠 자고 나서 세수한다 흰구름 건넌산으로 가는 길에 복사꽃 바라
노라 섰다 다람쥐 건넌산 보고 부르는 푸념이 간지럽다

　저기는 그늘 그늘 여기는 챙챙―
　저기는 그늘 그늘 여기는 챙챙―

― 백석, 「黃日」 전문(밑줄 필자)

　한 이십리(二十里) 가면 거리라던데

― 백석, 「球場路」 부분(밑줄 필자)

　五里만 더 걸으면 복사꽃 필 것 같은
　좁다란 오솔길이 있고,
　한 五里만 더 가면 술누룩 박꽃처럼 피던
　향좀이 박힌 성황당나무 등걸이 보인다
　그곳에서 다시 五里,
　봄이 거기 서 있을 것이다
　五里만 가면 반달처럼 다사로운
　무덤이 하나 있고 햇살에 겨운 종다리도
　두메 위에 앉았고
　五里만 가면
　五里만 더 가면
　어머니, 찔레꽃처럼 하얗게 서 계실 것이다

― 우대식, 「五里」 전문

　　백석은 내적텍스트성(intertextuality)을 살펴보아도 추측(「黃日」)과 인용
(「球場路」, 「白樺」)의 표현을 자주 쓰고 있음을 알 수 있다. 그런 점에서
"～리만 더 가면 ～이 있을 듯한" "～리 가면 ～라던데"는 백석시 표현방식

의 핵심적인 틀 중의 하나라고 할 수 있다. 이는 남행시초, 서행시초, 함주시초 등의 부제나 제목이 붙은 여행시편들이 많은 백석시의 특징이라고도 할 수 있을 것이다. 우대식은 이러한 백석시의 기본 표현골격 하나인 추측기법을 한 작품에 여러 번 그것도 의도적으로 차용하여 자신의 텍스트를 구성하는 데 적극적으로 활용하고 있다.

백석의 「黃日」은 "「春郊七題」라는 큰 제목 아래 묶인 일곱 편의 글 중 하나인데, 다른 필자로는 이은상, 이태준, 김기림, 이원조, 이상, 함대훈 등 쟁쟁한 필진이 동원되었다"고 한다. 이 시는 제목에서 암시되듯 "산속으로 꽤 들어온 마을"의 "평화로운 정경을 백석 특유의 동화적 발상(특히 송아지와 다람쥐의 거동을 어린이의 시각으로 잡고 있다는 점에서)"을 섞어 묘사하고 있는 작품[8]이다. 즉 주인이 자리를 비운 집에 복사꽃이 피어 있고, 꿩이 날아와 돌아다니며 울밖 들매나무에는 튀튀새가 앉아있고, 논두렁에는 송아지가 운다. 또 바위잔등에는 해바라기하다 조는 다람쥐가 복사꽃을 바라보며 서서 아직 봄이 무르익지 않았음을 푸념("저기는 그늘 그늘 여기는 챙챙—")한다. 따라서 이 시는 초봄의 설레고 정겨운 모습을 백석 특유의 발상과 문체로 그리고 있다고 할 수 있다.

우대식의 「五里」에서 '五里'는 관념 속에서 존재하는 미학적 거리, 끝내 도달하지 못하지만 그래도 가야하는, 가도가도 오리를 더 가야하는 허무의 거리라는 것으로 변용된다. 시적 화자가 마음에 떠올리는 봄의 풍경은 "복사꽃 필 것은 같은 좁다란 오솔길", "껍질이 술누룩 박꽃같은 성황당나무 등걸", "반달처럼 다사로운 무덤", "햇살에 겨운 종다리", "찔레꽃처럼 하얗게 서 계신 어머니"로 한결 같이 따사롭고 친근하며 황홀한 풍

8 이숭원, 『백석을 만나다-백석시 전편해설』, 태학사, 2008, 226~227면.

경이다. 이는 이수복이 「봄비」에서 "이 비 그치면" 나타날 봄풍경을 "강 나루 긴 언덕에 짙어오는 풀빛", "하늘의 종달새", "시새워 벙글어질 꽃 밭속 처녀애들", "아지랭이"로 떠올린 것과 비슷한 연상이라 할 수 있다. 그러나 시적 화자에게 '五里'만 더 가면 볼 수 있을 것 같은 따사롭고 황 홀한 풍경들은 오리를 간다고 해서 쉽게 나타날 수 있는 성질의 것은 아 니다. 그것은 거리상으로도 더 가야하지만 시간적으로도 계속 유예되는 어떤 성질의 것이다. 이는 김소월의 「往十里」에서 "가도가도 왕십리"라 는 구절을 생각해 보면 연상될 수 있다. 아래의 인용은 이 시를 각각 공간 과 시간으로 충분히 해석할 수 있음을 보여주는 예가 될 것이다.

> 우린 습관적으로 늘 바쁘다고 아우성을 질러대며 사는 건 아닌지요. 이제 봄 이 저만치 가고 있는데, <u>그 오리를 둘러보지 않아 이세상의 아름다운 것들, 순 간적인 황홀을 꽃피우고 사라지는 것들을 보지도 느끼지도 못하는 게 아닐까요.</u> 눈부신 과학의 발전과 컴퓨터 환경속에 살게 되면서 속도감이 우리 삶의 기준 이 되고 만 건 아닌가 하는 생각이 듭니다.[9] (밑줄 필자)

> 어느새 입춘이다. 시간의 바퀴는 쉼 없이 굴러간다. 여기서부터 할미꽃, 냉 이, 달래, 두릅, 동백꽃, 개나리, 유채꽃, 찔레꽃, 복사꽃까지가 오 리(五里)다. 오 리는 눈을 한번 깜빡거리는 동안 가둔다. 봄꽃 같은 당신, 당신에게 오늘 입춘방을 써드리리. 수여산(壽如山) 부여해(富如海)[10]

김갑수는 우대식이 「五里」에서 연상한 정경들에서 "순간적인 황홀을 꽃피우고 사라지는 것들"을 읽어낸다. 그런 점에서 그것은 공간적인 개

9 김갑수, 「라디오 독서실」, KBS 2 라디오(8시~8시 55분), 2006. 5. 14. 방송멘트.
10 문태준, 『포옹, 당신을 안고 내가 물든다』, 도서출판 해토, 2007, 67면.

념으로 '五里'를 읽었어도 공간 속에 놓인 생명의 세목들은 곧 사라질 것들이라는 점에서 시간성을 내장하고 있음을 잘 간파한 것이다. 문태준은 그와는 반대로 '五里'를 시간성의 관점으로 읽어내고 있는데, 입춘에서 할미꽃까지가 오 리다, 잠시다, 이런 식으로 해석한다. 이런 해석은 '오리 밖에 봄이 서 있다는 걸 생각하면 추위도 못 견딜 것이 없다.', '현실의 작은 어려움에 연연하지 말고 꿋꿋하라'는 의미로 확장된다.

그런 뜻에서 우대식의 시와 백석의 시는 같은 '봄시'이지만, 백석의 '십리'는 풍경의 설렘쪽에 비중이 더해진다면 우대식에 이르러서는 끝내 도달하지 못하지만 그래도 가야하는 관념 속에서 존재하는 미학적 거리라는 차원으로 변용된다. 다른 논자들이 순간적인 황홀을 꽃피우고 사라질 우리 주변의 아름다움을 좀 둘러볼 여유를 가져라거나, 세상에 대해 좀 느긋한 태도를 가져라는 식으로 읽고 있는 것도 같은 맥락이다. 표현방식의 중요한 틀을 시상전개의 방식으로 활용하면서 의미론적 전이를 새롭게 창출하고 있는 예이다.

발상과 표현의 상호텍스트성[11]은 창작주체나 독자들이 텍스트 읽기를 수행할 때 무의식적으로 끌려들거나 반응하는 모든 발상이나 표현에 해당되기에 그것을 상호텍스트성의 발현양상으로 보기 어렵다는 견해가 있을 수 있다. 그러나 발상은 시의 토대나 구조를 이루는 원형이 된다는 점, 그리고 이것이 단순히 발상에만 그치고 있는 것이 아니라 창작주체의 마음 속에서 구조나 주제를 이루는 요소로 전이되어 간다는 점에서 대단히 중요한 함의를 가지고 있다고 판단된다. 표현 역시 마찬가지다. 아무리

---

11 이밖에도 송수권의 「여승」과 백석의 「여승」, 백석의 「흰바람 벽이 있어」와 안도현의 「외롭고 높고 쓸쓸한」 등의 예를 들 수 있다.

좋은 발상이 이루어져도 심미화의 과정이 이루어지지 않는다면 한편의 시는 껍데기에 지나지 않는다. 표현과정의 유사성과 독창성은 후대 창작자가 선대 창작자의 영향에 대한 근심이 작용하는 중요한 지점이라는 측면이라는 점에서 중요한 요소라고 판단된다. 다만 너무 지엽적인 부분에 대한 상호텍스트성은 논의에 신중할 필요가 있다고 본다.

2-2 주제의 측면

시에서 창작주체가 의도하거나 전달하고자 부분에서의 영향관계를 말한다. 여기에는 정신을 계승하는 경우도, 모티프를 수용하는 경우[12]도 있다. 또 후행 텍스트가 선행 텍스트의 반대방향으로 강화하여 나가는 수도 있다.[13] 당연히 그 내용은 개인의 환경이나 시대상과 결합한다.

여기서는 윤동주와 신경림의 텍스트를 통해 '자아 찾기'라는 주제 측면에서의 상호텍스트성을 고찰하여 보기로 한다.

> 잃어버렸습니다.
> 무얼 어디다 잃었는지 몰라
> 두 손이 주머니를 더듬어
> 길에 나아갑니다.
>
> 돌과 돌이 끝없이 연달아
> 길은 돌담을 끼고 갑니다.

---

12 박용찬은 김기림의 「바다와 나비」, 김규동의 「나비와 광장」, 정한모의 「나비의 여행」, 박봉우의 「나비와 철조망」, 문덕수의 「나비의 수난」을 '통과제의의 아픔과 세계와의 충돌'이라는 모티프의 수용을 통한 상호텍스트성으로 읽고 있다. 박용찬, 「상호텍스트성을 활용한 시 교육의 방법」, 『선주논총』 제7집, 2004, 62~73면.

13 이 경우 패러디, 인유, 알레고리와 결합하여 나타날 수 있다.

담은 쇠문을 굳게 닫아
길 위에 긴 그림자를 드리우고

길은 아침에서 저녁으로
저녁에서 아침으로 통했습니다.

돌담을 더듬어 눈물짓다
쳐다보면 하늘은 부끄럽게 푸릅니다

풀 한 포기 없는 이 길을 걷는 것은
담 저 쪽에 내가 남아 있는 까닭이고

내가 사는 것은, 다만,
잃은 것을 찾는 까닭입니다.

— 윤동주, 「길」 전문

외진 별정 우체국에 무엇인가를 놓고 온 것 같다.
어느 삭막한 간이역에 누군가를 버리고 온 것 같다.
그래서 나는 문득 일어나 기차를 타고 가서는
눈이 펑펑 쏟아지는 좁은 골목을 서성이고
쓰레기들이 지저분하게 널린 저잣거리도 기웃댄다.
놓고 온 것을 찾겠다고.

아니, 이미 이 세상에 오기 전 저 세상 끝에
무엇인가를 나는 놓고 왔는지도 모른다.
쓸쓸한 나룻가에 누군가를 버리고 왔는지도 모른다.
저 세상에 가서도 다시 이 세상에
버리고 간 것을 찾겠다고 헤매고 다닐는지도 모른다.

— 신경림, 「떠도는 자의 노래」 전문

앞의 시에서 화자는 무엇을 잃어버렸는지, 어디다 잃어버렸는지 모른다. 그만큼 잃어버린 것이 무엇인지 그것을 어떻게 찾아야 하는지는 요원하다. 아울러 시적으로 보자면 그것이 이 시에 긴장과 탄력을 부여하는 요인이 되기도 한다. 겨우 6연에서 "담 저쪽에 내가 남아 있"다 함으로써 잃어버린 것이 자아임을 암시할 따름이다. 그러나 자아찾기는 지극히 어렵고 힘들다. 화자 앞의 길은 돌이 연달아 있고, 담은 굳게 닫혀 있으며 풀 한 포기조차 없다. 아울러 화자가 잃어버린 것을 밤낮 계속해서("길은 아침에서 저녁으로/다시 저녁에서 아침으로 통했습니다.") 찾아도 그것은 눈앞에 보이지 않는다. 돌담으로 가로 막혀 있고, 하늘을 쳐다보면 눈물만 날 따름이다. 아울러 길에는 풀 한 포기 자라지 않을 정도로 삭막하다. 이때 나의 삶의 이유는 잃어버린 것을 찾는 것 이외에는 없다. 결국 이 시는 잃어버린 자아를 회복하는 노력을 잠시도 쉬지 않고 또 포기하지도 않겠다는 매운 의지를 드러내고 있다.

윤동주의 시에서 섣불리 식민지의 현실을 전면에 내세우는 것은 그리 바람직하지 않다고 본다. 왜냐하면 어느 시대이건 인간은 누구나 자신의 본질적인 무엇을 찾으려는 노력을 계속하고 있고, 이는 윤동주에게도 예외가 아니기 때문이다. 다만 윤동주에게는 「또 다른 고향」, 「병원」, 「참회록」, 「자화상」 같은 시에서 보듯 세상과 타협하지 않는 본연의 자아, 이상적 자아를 찾기 위한 노력을 끊임없이 지속하고 있었다는 것이 확연하기에 식민지 현실과 결부시키는 것도 무리는 아니라는 판단이다.

뒤의 시 역시 무엇인가를 누군가를 잃어버렸다는 점, 그것을 찾는 일을 쉬지 않겠다는 점에서 앞의 시와 같다. 이 시에서 쓰이고 있는 동사 "놓고 왔다"거나 "버리고 왔다"는 말은 앞 시의 "잃어버렸다"와 거의 동일한 맥락이라고 판단된다. 이 시는 「떠도는 자의 노래」라는 제목에서 암시되듯 인생의 후반부에 자신의 인생을 돌아보며 쓴 회고의 노래라는 점이 무엇보다 눈길을 끈다. 시적 화자는 자신의 인생을 돌아다보니 너무 소중한 것을 "외진 별정 우체국"이나 "삭막한 간이역"에 아무렇게나 팽개치고 오지 않았나 하는 생각을 하게 된다. 그 "무엇인가"와 "누군가"가 무엇인지는 제시되지 않았다. 오히려 제시되지 않은 것이 이 시가 독자들에게 보편성과 공감으로 다가가는 요인이며 긴장과 탄력을 주는 요소로 기능한다. 중요한 것은 시적 화자가 그리 소중한 것을 왜 "쓰레기들이 지저분하게 널린 저잣거리"나 "눈이 펑펑 쏟아지는 좁은 골목"에 버렸는가에 대한 자괴감으로 가득 차 있다는 것이다. 그런 본원적인 것, 근원적인 것을 팽개치고 지엽적인 것에 사로잡혀 떠돌고 있었던 자신에 대한 회한으로 시인은 마음이 편하지 않다. 더욱이 그동안 거쳐 온 길을 생각해 보니 이 세상에 오기 전에 저 세상에 그 본질적인 것을 놓고 왔는지도 모르고, 나중에 다음 세상에 가서도 이 세상에 두고 온 것을 찾겠다고 헤매고 다닐지도 모른다는 생각에 이른다.

이런 시공간의 확장이 본질적인 그 무엇에 더하여 이 시가 울림을 가지는 이유이다. 그런 점이 이 시가 윤동주의 시와 공유하고 있는 점이면서 새로운 점이다. 그렇다면 놓고 온 것, 버린 것은 무엇인가. 그것은 앞의 시처럼 진정한 자아이며, 고향이며, 본질적인 무엇이다. 그것을 찾아다니는 원인이 무엇인지는 이 시에서 제시되어 있지 않다. 다만 확실한 것은 분단이든 급속한 변화로 인한 정체성의 혼란이든 우리 모두는 뿌리 내리지 못하고 떠도는 존재라는 것이다. 시인은 "이제 그만둘까 보다. 낯선 곳 헤매이는 오랜 방황도."(「陋巷謠」)라고 하고, "내가 스쳐온 모든 것들을 묻으면서,/마침내 나 스스로 그 속에 묻히면서./집으로 가는 석양 비낀 산길"(「집으로 가는 길」)을 가고 싶어한다. 이 '집'은 가가 찾는 그 무엇과 연결된다.

두 시는 공히 '잃어버린(혹은 놓고 온) 자아 찾기'라는 주제를 보여주고 있지만, 그것이 실현되는 양상은 다르다. 이 두 시는 상호텍스트성의 문제가 텍스트와 텍스트 간의 문제에 국한되지 않는다는 것을 보여준다. 즉 같은 자아 찾기 상황을 형상화하고 있다고 하더라도 앞의 시가 자아를 찾기 어려운 암울한 시대의, 뒤의 시가 노년에 이른 시간의 혹은 정체성이 혼란된 시대의 자아 찾기 상황을 보여줌으로써 상호텍스트성이 개인은 물론 시대 혹은 현실이라는 외적 조건에 의해 크게 영향을 받고 있음을 예증하고 있는 것이다. 윤동주의 시가 내면성찰을 통한 진지한 자아찾기의 고투를 보여준다면, 신경림의 시는 노년에 이른 화자가 지난 시절을 돌아보며 또 태어나기 전과 죽은 후의 삶을 당겨 생각하며 그동안의 '떠돌이의 삶'을 회한하면서 진정한 자아의 갈망을 노래하고 있다.

주제 측면의 상호텍스트성은 주제의 범위가 넓은 만큼 겹쳐 읽어야 할 텍스트도 많을 것이다. 예컨대 정지용과 박용철의 같은 제목의 작품 「고향」과 박목월의 「산」을 보면, 앞의 두 작품은 오랫동안 그리던 고향에 돌아왔으나 변해버린 고향 앞에서 느끼는 고향 상실의 허탈감과 서러움을 그리고 있는데 반해, 박목월의 「산」에 이르면 같은 주제를 다루고 있더라도 먼저 산에 누워버린 아버지와 아우에게 눈길이 간다는 쪽으로 비애와 허전함을 표출한다. 이는 자신이 생각하는 완전한 고향은 존재하지 않는다는 진실을 드러내면서도 현실 상황이라는 외적 조건이 상호텍스트성을 결정하는 요인임을 알 수 있게 한다.

최근에 이르러서는 농촌이 급속하게 도시화가 되면서 주제 측면의 상호텍스트성은 문명이 어떻게 우리 삶을 왜곡시키고 있는가 하는 쪽으로도 형성된다. 이는 이상의 「운동」과 함민복의 「김포평야」 같은 작품의 영향관계에서 잘 드러나고 있다. 아울러 시적 자아가 안주하고 싶어 하는 세계와의 정서적 거리를 형상화하고 있는 '왕십리'라는 말이 김소월과 박목월, 김종삼에게 어떻게 변주되고 있는지, 이를 상호 교직하여 읽어보는 작업[14]도 유효하다.

주제 측면의 상호텍스트성에서 '주제'가 완전히 고정된 것이 아닌 텍스트마다 변용되고 더해지거나 감해지는 실체라는 점이 강조되어야 할 것이다. 이때 내면에 흐르고 있는 정신적 가치인 주제를 변용되게 하는 요인은 개인이 놓인 환경이나 개인의 기질과 감각, 성향이 될 수도 있고 시대상황일 수도 있다. 이런 점에 부가됨으로써 선행 텍스트와는 다른 독창성이 탄생되고 있음을 주지할 필요가 있다. 이런 측면이 범주가 넓고 같이 읽어야 할 시편들이 많음에도 계속 연구와 창작 부분에서 주제 측면의 상호텍스트성이 시도되고 있는 이유이다. 다만 소재나 재재와 주제는 구분하여 고찰할 필요가 있다고 본다.

2-3 구조의 측면

시는 형식의 산물이다. 아무리 전달하려고 하는 메시지가 훌륭하고 스케일이 크다고 하더라도 그 내용이 시적 형식 안에 잘 녹아 있지 않으면 실패하게 되어 있다. 리듬이나 어조 스토리 구성 등도 그런 점에서 다 구조의 산물이라 할 수 있다. 기호학에서는 시의 구조를 분석하기 위하여 모형문장[15]을 추출하는 방법을 사용하고 있다. 본고에서는 선진자와 후

---

14 손진은, 「시 「往十里」의 상호텍스트성 연구」, 『어문학』 제76집, 2002.6, 363~388면.

15 Michael Riffaterre, *Semiotics of Poetry*(Bloomington: Indiana Univ. Press, 1978), 47~80면. 이를 활용한 시의 구조 분석의 예는, 손진은, 「시적 영향관계와 재문맥화─백석의 「멧새 소리」와 최승호의 「北魚」를 중심으로」, 『어문학』 제71집, 2000, 305~325면 참조.

진자의 구조로 이루어진 시들의 상호텍스트성을 분석해 보기로 한다. 주지하다시피 우리의 전래민요에서의 교창(交唱)과 같이 우리 시가나 일상 발화의 관습에서 앞사람이 매기고 뒷사람이 받는 형식이 존재한다. 이때 대화로 이루어지는 시에서는 글말(문어)보다는 입말(구어)나 사투리가 생생하게 녹아들 수 있어, 화용론적 결핍을 형식의 측면에서 메우는 역할을 수행할 수 있다. 그러나 글말만 사용하면 표현의 한계에 부딪힌다. 온전한 입말의 사용은 화용론적으로 불가능하고 이를 적절한 수준으로 조절하는 작업이 필요한 것이다. 그러나 일부 시인들은 이런 세대의식이 드러나는 대화형식의 시에서 온전한 입말의 사용만으로 시를 만드는 작업을 시도하고 있다.

　본고에서는 이러한 구조를 반영하는 시들로 김준태의 「참깨를 털면서」와 차창룡의 「1990년대식 보리 베기」, 그리고 이진수의 「논두렁 하나 깎을 때도」를 대상 텍스트로 하고 필요에 따라 다른 시들은 참조 텍스트로 선택하여 분석해 보기로 한다.

　　산그늘 내린 밭 귀퉁이에서 할머니와 참깨를 턴다.
　　보아하니 할머니는 슬슬 막대기질을 하지만
　　어두워지기 전에 집으로 돌아가고 싶은 젊은 나는
　　한번을 내리치는 데도 힘을 더한다.
　　세상사에는 흔히 맛보기가 어려운 쾌감이
　　참깨를 털어대는 일엔 희한하게 있는 것 같다.
　　한번을 내리쳐도 셀 수 없이
　　솨아솨아 쏟아지는 무수한 흰 알맹이들
　　도시에서 십 년을 가차이 살아본 나로선
　　기가 막히게 신나는 일인지라
　　휘파람을 불어가며 몇 다발이고 연이어 털어댄다.

사람도 아무 곳에나 한 번만 기분좋게 내리치면
참깨처럼 솨아솨아 쏟아지는 것들이
얼마든지 있을 거라고 생각하며 정신없이 털다가
〈아가, 모가지까지 털어져선 안 되느니라〉
할머니의 가엾어 하는 꾸중을 듣기도 했다.

　　　　　　　　　　　　　　　— 김준태, 「참깨를 털면서」 전문

조금이라도 빨리 끝내기 위해 마구잡이로
보리를 벤다
팔 다리 허리가 아파 신경질적으로
보리를 벤다
보리가 흐트러지든 말든
보리 이삭이 떨어지든 말든
빨리 끝내고 쉬기 위해 막무가내로
뻘질을 한다
애야 다된 보리 농사 막판에 망치겠다
조심해서 벼라와
가슴에 커다란 바위가 박힌 논 서 마지기
올해는 유난히 비가 많아 모조리 쓰러진 보리
이까짓 보리 모가지 나간다고 얼마 된다요
프로야구 홈런 한 방이면 담장 멀리 비웃는 보리
낫질 한번 안 하고도 부동산 투기로 몇천만 원
보리 차대기로 긁어모으는 세상에
보리 모갱이 몇 개 더 건져서 뭣헌다요
에끼 이 보리 차대기 같은 놈아
고것이 배웠단 놈이 허는 소리냐
고런 망할 놈의 소리 자꾸 허믄
이 에미 가슴에도 이 논맹키 돌이 백혀 이눔아
무식한 어머니는 온몸이 뻐근해도 욕지거리로 정갈하게 보리를 베고
도회지에서 대학을 다닌 아들은
조금이라도 빨리 끝내고 싶어 신경질적으로 마구잡이로

보리를 처단한다

— 차창룡, 「1990년대식 보리 베기」 전문

또 말을 다툽니다 엄니는 엄니대로 일꾼 사서라도 논두렁을 낫질하겠다 하
시고 나는 나대로 제초제를 쓰겠다 고집입니다 큰물이라두 져봐라 푸샛것들
아니면 논두렁이 뭘 잡구 버팅기겠냐 하지만 논두렁 기는 일이 땅강아지 같이
만 여겨지는 나는 땡볕에 병이라도 얻으면 어쩔 거냐고 힘도 돈도 덜 드는데
왜 그러냐고 부린 퉁명을 내쳐 부립니다 야야 말을 들어라 내 말은 그게 아니
구 게딱지가 안 있냐 등딱지에 구멍이 나면 그 게가 온전헌 게냐 아닌 게냐 한
해 농사에 서너 번씩 논두렁 깎는 게 맨등에 보리 꺼럭 지는 것보다 싫은 나는
또 금방 헛귀가 먹어 그예 광문 열고 들어가 농약통 지고 나옵니다 야가 시방
말귀가 까막귀로세 그러믄 야야 너는 네 터럭에도 제초제나 칠 일이지 뭣 났다
구 면도는 허구 그러누 논두렁 함부로 봤다간 논 잡아먹기 십상일 테니께 두고
봐라 이눔아, 아마도 그럴 겁니다 엄니는 엄니대로 일생을 오체투지 논두렁 깎
듯 사실 테고 나는 나대로 되나 안 되나 건드렁건드렁 제초제 치듯 살 겁니다
여기서 별반 달라질 것도 없을 겁니다.

— 이진수, 「논두렁 하나 깎을 때도」 전문

김준태의 시에서 '밭'으로 대변되는 흙은 이 세계에 구축된 먹이 피라
밋의 최하위의 자리이고, 더 이상은 물러설 곳도, 벗어버려야 할 것도 없
는 최후방의 자리이지만, 여기서 인간과 자연은 서로 삼투하면서 길항하
는데, 이를 매개하는 것은 노동이다. 그의 정신은 "한번을 내리쳐도 셀
수 없이/솨아솨아 쏟아지는" 도저한 생명의 터전, 흙이 무너질 수 없는
큰 진실을 가진 인간을 키운다는 진실에 당도한다. 이는 바로 밭의 도덕
성과 포용성에서 비롯되는데, 그 진실은 때로는 단순한 것이고, 단순하기
때문에 강력하다. 「참깨를 털면서」는 그의 첫시집 표제시로 밭 위에서 벌
어지는 노동이 인간의 내면에서 인격화되면서 노동이 도덕성과 지혜로

연결되는 모습("아가, 모가지까지 털어져선 안 되느니라")을 보여준다. 나의 관찰로 일관하다가 마지막에 이르러서 나타나는 단 한 줄의 발화가 이 시에 얼마나 무게감을 주느냐 하는 것은 재론의 여지가 없다.

참깨의 마르지 않은 부분은 털어지지 않기에 시간을 기다려 바람에 말렸다 털고 또 말렸다 털기를 세 번 정도 반복해야 한다. 그것은 순리와 기다림을 필요로 하는 노동이다. 그러기에 그것을 모르고 있는 힘을 다해 내리치면 참깨는 모가지가 부러져버린다. 할머니가 쏟아지는 깨 알맹이에 정신이 팔린 젊은 손자를 나무라는 이유이다. 할머니의 노동은 자연에의 순응과 저항을 넘어선 새로운 의미의 예지와 지혜를 담고 있는데, 여기서 선진자인 할머니는 그 예지와 지혜로서 후진자 '나'의 잘못된 행동을 바로 잡는다. 손주에게 거칠게 꾸지람하지 않고 배려하는 할머니의 이런 태도를 광주 전남지역의 관용성과 은근성[16]으로 파악하는 논자도 있지만, 이런 지역성보다는 고향의 정서와 도시 정서 간의 대비가 두드러진다고 할 수 있다.

그에 의하면 고향의 정서는 아날로그 시대의 것이고, 느긋하고 순리대로 살아가는 것이고, 천천히 사고하는 것이며 무엇보다 일하는 재미와 노동의 환희가 살아 있다. 여기서 고향의 인물로 등장하는 할머니는 고향의 흙이 가르쳐 준 어마어마한 지혜를 몸소 체득하고 있는 분이다. 이에 반해 도시의 정서는 디지털적이며 성급("어두워지기 전에 집으로 돌아가고 싶은 나는")하다. 그것은 건너뛰기를 잘 하며 변덕스러우며 또한 가상의 세계까지를 가지고 있다. "세상사에는 흔히 맛보기가 어려운 쾌감이/참

---

16 최승권, 『지역 문학의 교육방법 연구-광주 · 전남 현대시를 중심으로』, 전남대학교 대학원 박사논문, 2005, 93면.

시
창
작
교
육
론
• • •
130

깨를 털어대는 일엔 희한하게 있는 것 같다."에서 노동의 환희와 일하는 재미를 깨달아가고 있는 시적 화자는 "사람도 아무 곳에나 한 번만 기분 좋게 내리치면/참깨처럼 쏴아쏴아 쏟아지는 것들이/얼마든지 있을 거라고 생각" 하는 데서 모든 인간은 한 우주이며 참깨 안에는 참깨 이상의 것들이 들어있을 것이라는 인식에 도달한다. 그러나 그것은 어디까지나 후천적으로 습득하고 배운 것에 지나지 않는다. '나'는 말렸다 털고 말렸다 털고를 되풀이해야하는 흙의 정신, 고향의 정신을 체득하고 있지는 못한 성급한 현대인에 불과한 것이다. 그래서 '아가, 모가지까지 털어져선 안되느니라' 라는 꾸중은 현대인이 고향에서 몸으로 익힌 경험과 예지에 얼어맞는 충격을 시화하고 있다. 고향에 내려가서 참깨를 털어본 경험을 시화하고 있는 이 시는 이야기가 들어 있는 농촌의 서경을 보여줄 뿐만 아니라 할머니로 수렴된 고향의 정신을 떠올리고 나아가 흙에서 체득한 할머니의 지혜가 망가진 현대인의 정신을 회복시켜줄 생명의 근원임을 인지시키고 있다. 선진자와 후진자의 대립이 드러나지만 그 비중은 선진자에게 기울고 있고 입말의 사용 역시 한 문장으로 압축됨으로써 깊이와 함께 시 본래의 여백과 함축이 느껴지는 시라고 할 수 있다.

이 비해 차창룡의 위의 시는 선진자와 후진자의 대립과 갈등이 더욱 첨예하게 드러나며 두 세대가 가지고 있는 의식이 확연히 달라 쉽게 그 해결점을 마련하기 어려운 구조로 되어 있다. 그러나 「1990년대식 보리 베기」가 수록된 시집 『해가 지지 않는 쟁기질』은 전체가 "신문과 텔레비전에 마취된 이 땅의 피부에 보습날을"(「쟁기질 1」) 대어 갈아엎겠다는 의지가 주조를 이룬다는 것을 생각하면 이 시 역시 어머니에게 무게중심이 있는 것은 당연하다. 아울러 이 시부터 시에서 입말이 본격적으로 등장하기 시작하는데, 입말이 효과적으로 구사됨으로써 시가 생동감과 현장감을 가지며 주제를 구현하는 데 대단히 효과적인 역할을 수행한다.

　이 시는 문명이 전면적으로 우리 삶을 통제하고 있는 1990년대에 생명의 문제를 살펴보았다는 데 의의가 있다. 「쌀을 앉히면서, 쌀이시여」, 「사우나탕에서, 쌀이시여」, 「쟁기질 1」, 「쟁기질 2」, 「쟁기질 3—박제된」과 같은 시들에서와 같이 이 시 역시 땅의 생명인 씨앗, 곡식에 대한 경외감이 들어 있다. 그것은 "얘야 다된 보리농사 막판에 망치겠다"에서 암시되듯 파종과 생장, 수확 등의 모든 과정에 대한 경의 역시 포함된다. 그러기에 어머니에게는 입으로 들어가야 할 곡식이 버려지거나 흐트러지는 것은 용납될 수 없다. "낫질 한번 안 하고도 부동산 투기로 몇천만 원/보리차대기로 긁어모으는 세상에/보리 모갱이 몇 개 더 건져서 뭣헌다요"에 이르면 '낫질' '쟁기질'로 대변되는 신성한 노동의 가치가 '프로야구', '부동산 투기'로 대변되는 자본의 논리에 의해 형편없이 폄하되고 압살되는 현실을 반영하고 있는 것이다. 자본의 논리는 세상에 중시되어야 할 것이 생명인 줄도 모르고 "생각이 없는 기계"(「쟁기질 2」)는 손으로 하는 노동의 신성한 가치를 여지없이 빼앗아 가버린다. 그래서 식자와 무식자, 도시의 삶과 농촌의 삶, 신세대와 기성세대, 생명경시와 생명존중, 조급성과 느긋함 중에서 전자의 논리와 가치가 후자의 논리와 가치를 압도적으로 누르고 있는 시대에 차창룡의 이 시는 건강한 "욕지거리로 정갈하게 보리를 베는" 어머니가 "신경질적으로 마구잡이로 보리를 처단"하는 아들에게 우리가 잃어가고 있는 것이 무엇인가를 일깨우고 있다고 할 수 있다. 건강한 욕지거리로 이루어진 사투리가 그것을 효과적으로 드러내고 있음은 말할 필요도 없다.

　선진자와 후진자의 태도 면에서 볼 때 차창룡의 「1990년대식 보리 베기」는 김준태의 「참깨를 털면서」의 1900년대식 후일담이라고도 부를 수 있다. 다만 입말이 많이 나오고, 자본주의의 물결이 거세게 밀어닥치는 시대상황이 더 구체적으로 세밀하게 반영되어 있고, 말이 더 거세어진 만큼 두 사람의 대립과 갈등 역시 첨예해졌다는 점이 다르다. 이는 개인의 성향이 달라졌다기보다는 시대가 그렇게 개인을 변화시켰다고 보는 것이 타당할 것이다.

이진수의 시는 차창룡의 시보다 입말이 더 많이 전면적으로 구사된다. 두 사람의 대립과 갈등 역시 더 깊어진다. 질펀한 충청도 사투리와 뛰어난 언어감각이 오히려 시 전체를 끌고가는 구조가 되고 동력이 될 정도이다. 이런 특징은 그의 시의 도처에서 나타나지만 「딸부잣집 낙수 소리」(위의 시집, 39면)는 입말의 주고받음만으로 시가 이루어지고 있으며, "불러야지 하는 말이 이상하게도 불 넣어야지 하는 말로 들렸던 것이다"(「부른다는 말 속에는」)는 뛰어난 언어감각을 통한 깨달음이 감동 깊게 드러나는 부분이다.

다시 이 시로 돌아가서 선진자인 어머니와 후진자인 나는 사소한 일에도 다툰다. 그러나 이런 갈등과 다툼은 질펀한 충청도 사투리에 실려 웃음을 자아낸다. 그런 점에서 이 시는 구성진 어투와 비유가 내용의 전달 못지 않게 시에서 큰 기능을 한다. 실상 같은 의미를 전달하면서도 이렇듯 시가 매우 쉽고 매우 친숙한 어조를 갖고 있다는 것은 큰 미덕이라 할 수 있다. 더욱이 이 시는 차창룡의 시와 같이 나와 어머니의 대립이 점점 강도를 더하고 있다는 점에서도 적잖은 흥미를 자아낸다. 처음에는 설득과 퉁명으로 시작하던 두 사람의 대립이 게딱지 비유와 농약통을 지고 나오는 나의 과격한 행동으로 진전되다가 급기야는 터럭에 왜 제초제는 안 치느냐는 어머니의 아직 발화되지 않는 말의 추측으로 이어지는 감칠맛 나는 구성으로 이어지고 있는 것이다. 어머니와 나는 각각 근본바탕과 실리를 대변하는 인물이다. 어머니는 대자연의 모든 생명을 똑같은 하나의 식구로 생각한다. 어머니는 식물(푸샛것들)—바다생물(게)—인간의 몸을 하나로 본다. 그것은 그 생명들이 하나의 띠로 연결되어 있다는 인식을 가지고 있다는 뜻이다. 아울러 어머니의 인식은 "논두렁 함부로 봤다간 논 잡아먹기 십상일 테니까"에서 보이듯 둘레 혹은 주변과 중심의 문제로도 확장된다. 어머니에겐 논두렁 하나 깎는 게 작은 문제가 아니다. 그런 점에서 시의 제목이 「논두렁 하나 깎을 때도」인 것은 의미심장하다. 그것은 작은 일 하나에 생명을 살리는 본질이 들어 있기 때문이다. 그래서 시인은 시의 끝부분에 "오체투지 논두렁 깎듯", "건드렁건드렁 제초제 치듯"이라는 비유를 사용해 가면서 대조되는 삶의 태도와 방식의 차원을 서술하고 있는 것이다. 그런 점에서 시적 화자인 나가 스스로를 나무라며 어머니의 손을 들어주고 있는 것은 물론이다.

세편의 시들의 구성은 비교와 대조의 포인트를 가진다. 즉 윗세대와 아랫세대, 즉 선진자와 후진자가 대립 대치되다가 나중에는 후진자가 선진자를 따르게 되는 구조를 가지고 있다는 점에서 공통적이다. 여기서 기성세대는 대체로 순리와 무너질 수 없는 원칙을 간직하고 있고, 흙과 흙에서 자라는 생명을 우리 몸과 동일시하고 있는데 반해 젊은 세대는 건드렁대면서 편의주의와 이윤, 세태에 물들어 있는 가치관을 가지고 있는 존재로 드러난다.

그러나 미세한 차이도 있다. 앞의 두 시가 세대간의 차이는 물론 농촌 정서와 도시정서로 대별되는 차이를 가진 반면, 뒤의 시는 같은 농촌에 거주하면서도 세대간의 차이만 드러낼 뿐이다. 시기가 30년 이상을 지나면서 농촌의 젊은이들마저 세속에 빠져버린 현실을 우리는 떠올릴 수 있다. 그렇다고 하더라도 이런 현상은 쉽게 단정하기는 어려운 측면이 있

다. 다양한 변이형이 나타날 수 있기 때문이다.[17]

주목할 만한 것은 최근에 산출되는 여러 작품들에서는 윗세대마저 물들어 있는 양상을 보이는 것도 나타나면서[18] 이러한 구조 측면의 상호텍스트성은 계속 탐구되어야 할 중요한 대상으로 부각되고 있다는 것이다.

달라진 세대의식의 단면을 살펴보기 위한 양식으로서는 선진자와 후진자가 서로 대립 갈등하는 구조를 가진 이들 시보다 효과적인 시들은 없다고 판단한다. 이들 시들은 민요에서의 교창과 같이 비교와 대조로 대변되는 일정한 장치와 형식을 마련하고 있을 뿐만 아니라, 시대상을 반영하고 그 갈등을 치유할 수 있는 길을 열어줄 수도 있기 때문이다.

---

17 안도현 「열심히 산다는 것」(『그리운 여우』, 창작과비평사, 1997, 40~41면), 이정록 「파리」,(『버드나무 껍질에 세들고 싶다』, 문학과지성사, 1999, 40~41면)이 대표적인데, 두 편의 시는 공히 해학적인 요소를 포함하고 있지만 안도현의 시에서는 두 세대가 다 부정적인 측면으로 나오지만, 이정록의 시에서는 두 세대가 긍정적으로 나온다. 그러나 시인이 그 인물들을 다 감싸안고 있다는 점에서 안도현 시의 인물 역시 크게 밉지는 않다.

18 대표적인 경우가 이중기 시인의 「씁쓸한 누추함이여」(『포항문학』, 2007.)에 나오는 홈실댁인데, 그녀는 세속에 물들어 엉큼하게 거짓말을 하고 시치미를 떼기도 하는 인물로 드러난다. 그래서 제목에 '씁쓸한 누추함'이라는 말이 들어간다. 이전의 시들에 나타나는 어른들의 모습이 이런 식으로 삐뚤어지는 것은 순전히 실직한 두 아들 때문이다. 말하자면 생존에 직면해야 하는 절박함이 그녀에게 그런 거짓을 강요하고 있다는 것이다. 그러나 어떤 연유로든 나이가 든 그녀가 세속의 늪에 물들어 있다는 것은 시대상을 반영하고 있는 것으로 보인다. 시 전문은 다음과 같다.

"홈실댁은 아연 경지에 닿아버렸다/먼 나라 참깨 콩 고추 사다 집에 것과 섞어/강호의 뭇고수들 몰려오는 영천장 가서/손수 지은 농사라고 내놓은 난전이 발칙하다/대번에 신원조회 끝내버린 일급 고수들/중국 물로 지었소? 어째 좀 그렇소, 하면/이 양반이 되놈 접방 살았나/조선팔도 황사바람 안 분데 어디 있던기요/촌 할마이 장사라고 깔보지 마소/그딴 값에 넘기고 손 털기엔 내가 너무 젊소/더러는 눌변으로 발칙한 세상사를 혀 차는/저 할마시 뒷모습이 갸륵하다/그러나 나는 저 사람 가계를 안다/함부로 눈 흘기지 못할 누추함이여/육두문자 끝에 터지는 서러운 파안이요//등 뒤에는 실직한 아들 둘이 범 아가리보다 무섭다"

이밖에도 선행 텍스트의 구조를 확장하여 시를 창작하는 경우[19] 구조는 유사하나 상황을 변경시켜서 창작하는 경우[20] 시 전체의 리듬을 차용하는 경우[21] 등 구조 측면의 상호텍스트 양상은 다양하게 나타날 수 있을 것이다.

3. 결론

시의 영향관계나 패러디 이론[22], 비교문학적 논의는 물론 중요하다. 그러나 영향관계의 증명에 치우친 논의는 독자들이 시 텍스트를 읽고 해석하고 창작하는 데 그리 유효한 방법이 되지 못한다. 최근의 상호텍스트 논의는 독자가 텍스트를 이해하는 과정에서 또 다른 텍스트들과의 연결을 통하여 새로운 텍스트를 구성한다는 이론으로까지 진전되었다.

본고는 그 가운데서도 시 텍스트간의 상호텍스트성으로 범위를 좁혀서 후행 텍스트가 선행 텍스트의 어느 부분에 영향을 받았으며 그것을 새롭게 자기화해서 독창적으로 시를 만들어나갔는가 하는 점, 즉 상호텍스트성의 구체적인 실현양상을 예를 들어서 고찰했다.

본고는 시의 상호텍스트성을 통해 선행의 텍스트를 후대 창작 주체들이 창조성을 구현하는 국면을 첫째 발상 및 표현의 측면, 둘째 주제의 측면, 셋째 구조의 측면 세 가지로 계열화했다.

---

19 이는 백석의 「冬日」 안도현의 「적」 해당한다.

20 김광규의 「미한 옛사랑의 그림자」 송수권의 「면민회의 날」은 각각 비슷한 구조에 '동창회'와 '면민회'의 상황이 다르다.

21 박목월의 「산이 날 에워싸고」와 신경림의 「목계장터」가 해당된다.

22 여기서 패러디 이론은 "유명한 작품을 익살스럽게 하거나 조롱하기 위해 흉내내는 풍자의 한 형식"이라는 의미로 한정되는 것은 아니다. 패러디적 체험이나 패러디적 상상력이 중시됨으로써 원텍스트와의 대화성, 기대전환이 포함되는 개념으로 본 것이다. 정끝별, 『패러디 시학』, 문학세계사, 1997, 8~9면.

그리하여 발상과 표현의 측면에서는 정지용의 「그의 반」과 서정주의 「저무는 황혼」, 백석의 「黃日」과 우대식의 「五里」를, 주제의 측면에서는 윤동주의 「길」과 신경림의 「떠도는 자의 노래」를, 구조의 측면에서는 김준태의 「참깨를 털면서」와 차창룡의 「1990년대식 보리베기」, 이진수의 「논두렁 하나 깎을 때도」를 각각 상호교직하여 읽었다. 아울러 각 측면의 끝부분에 기존에 연구되었거나 더 연구되어져야 할 부분들을 제시하였다.

본고는 이를 통해 시의 상호텍스트성이 구체적으로 구현되는 측면을 체계화할 수 있을 것이라 생각한다.

본고에서 제안한 상호텍스트성의 실현양상은 앞으로 다른 작품의 영향관계를 고찰할 때 하나의 작은 시금석으로 작용할 것으로 판단한다. 아울러 문학적 지향이 서로 다르고 문학사에서도 별로 연관이 없어 보이는 작품들이 창작이나 시 교육에 있어서는 매우 의미 있는 관련성을 가지고 있음을 확인하게 함으로써 독자적 관점에서 시 교육의 내용을 구성할 수 있게 할 것으로 본다.

요컨대, 기존의 상호텍스트성 고찰이 가진 해석과 영향관계의 증명을 단순한 대비나 영향의 전신자와 수신자, 우열의 문제 비교 등에서 벗어나 연구자와 창작자는 물론, 교육자에게도 좋은 모델이 될 것이다.

아울러 본고의 관점은 다양한 시 창작 교육의 장에서 글쓰기의 학습모형으로 적용되어 창작주체들이 텍스트를 구성하고 확장하여 가는 과정에 구체적으로 참여하게 함으로써 시 작품을 산출하는 데도 효과적일 것으로 판단된다. 왜냐하면 창작주체들은 이 과정을 통하여 텍스트를 자신의 입장과 환경에서 수용하여 문학텍스트에 대한 심적 표상을 구축할 수 있기 때문이다. 교실수업에서의 적용은 후일의 과제로 남겨둔다.

문학교육과 문화의 수용문제

1. 문제의 제기 ─ 문화 개념의 확장과 문학교육

그동안 일선 현장과 학계에서 진행되어온 국어교육에 대한 부정적인 측면은 우선, 일선현장에서는 교과의 내용을 구성하는 기호 또는 배경 학문, 즉 국어학이나 국문학의 지식을 전수하는 데 치우쳤고, 학계에서는 국어교육의 방법적 혹은 처방적 측면에 치우쳐 왔다는 것이다.[1] 초점을 문학교육에 한정한다고 하더라도 이런 문제점을 극복하기 위해 문학교육 연구의 대상을 문학에서 문학교육현상으로 확대할 필요가 있다. 중요한 것은 연구들이 문학교육 현실의 개선에 어떻게 기여하느냐 하는 문제이기 때문이다. 문학교육은 학습독자들의 창의성을 높여주는가, 사회는 왜 우리에게 문학을 가르치도록 하는가, 이런 질문에 대한 해답을 마련해줄 수 있어야 한다. 특히 학습자들의 경험에 대한 연구가 없이는 효과적인

---

1 김대행, 『국어교과학의 지평』, 서울대학교 출판부, 1995, 머리말 부분.

문학교육이 이루어질 수 없음은 자명한 일이다.[2] 즉 학습독자들이 자신이 속한 계층에서 경험한 내용들이 무엇인지 그들이 향유하고 창조해나가는 대중문화는 어떤 속성을 가지고 있는지를 밝혀내고 그 바탕 위에서 학습자 개인의 지식과 이해를 유의미하게 향상시킬 수 있다. 이게 바로 문화교육으로서의 문학교육론인데 이것은 교과내적이냐 외적이냐 하는 것은 소모적이다.

언어 사용이 사고 과정과 문화와 밀접한 연관을 갖는다는 것은 이제 많은 문학교육자들의 지지를 받고 있다. 여기서 우리는 '문화'라는 개념에 대해 살펴볼 필요가 있는데, '문화'라는 개념은 agri-culture라는 말에서 짐작되듯 곡물을 기르는 농업이나 목축과 관련된 '자연적 성장의 과정'을 가리키는 말이었는데, 16세기에 들어와서 인간의 발달 과정에까지 확장되어 쓰이게 되었고, 이후 '삶의 방식'이라는 인류학적 개념, 민족성과 전통성을 강조하는 개념, 정신문화와 교양, 물질세계와 정신세계의 분열을 판별해낼 수 있는 영역 등으로 끊임없이 그 개념이 변천되어 왔다.[3] 이들 논의를 통하여 문화는 예술, 철학 등의 위대한 정신문화(혹은 특권화된 문화)뿐만 아니라 일상적인 삶의 방식(관습으로서의 문화), 혹은 사회적 관계와 가치에서 파생된 의미의 생산과 소통을 포괄하는 사회적 의미작용(사회적 담화로서의 문화)까지를 포괄한다.[4] 문학 혹은 문학교육 영역에서 활용할 수 있는 문화의 개념은 세 가지가 다 관련될 수 있지만,

---

2 정재찬, 「문학교육사회학서설」, 『문학교육의 사회학을 위하여』, 역락, 2003, 256면.
3 여기에 대한 비교적 자세한 논의는 Raymond Williams, Keyword(2nd edition), Flamingo, 1983, 87~93면. 여기서는 김성진, 「국어교육과 대중문화」, 『문학교육론의 쟁점과 전망』, 삼지원, 2004, 231~235면에서 재인용.
4 그래엄 터너, 『문화연구 입문』, 김연종 역, 한나래, 1995, 14면, 29~37면.

특히 둘째와 셋째가 해당된다.

문학연구에서는 주로 식민지 시대의 문학 관련 논의들에서 당대에 유행했던 패션이나 백화점, 황금광 열풍, 여학생 등과 연계하는 논문들[5]이 많이 발표되었다. 이들 논문들에서는 주로 '문화'가 문학작품을 이해하고 그 가치를 내면화하는 콘텍스트로 작용하고 있음이 확인되었다. 문학교육(혹은 국어교육) 연구에서는 문학연구보다 세분화되는 양상을 보이는데, 국어교과학의 내용 영역을 '도구 영역'과 '문화 영역'으로 나누는 연구[6], 문화교육으로서의 국어교육을 주장하는 논의들[7]과 매체를 활용한 문학교육에 대한 논의들[8]도 속속 산출되고 있다. 이들 논의를 통해 확인할 수 있는 것은 특권화된 고급문화의 작품들만 한정되는 것이 아니라, 대중문화 역시 문학교육의 주요영역으로 도입되어야 한다는 것이다. 교육은 가르치는 사람과 배우는 사람의 상호작용 속에서 이루어지는 행위로 각각의 사회적 문화적 정치적 경험을 전제로 하는 것[9]이다. 문학의 언어활동이 일상의 언어활동과 분리되면 문학의 언어활동은 개별화되고

---

5 전봉관, 「1930년대 금광 풍경과 '황금광 시대'의 문학」, 『한국현대문학연구』 제7집, 한국현대문학회, 1999. 김주리, 「근대적 패션의 성립과 1930년대 문학의 변모」, 『한국현대문학연구』 제7집, 한국현대문학회, 1999. 박현수, 「이상의 아방가르드 시학과 백화점의 문화기호학」, 『국제어문』 제31집, 국제어문학회, 2004.

6 김대행, 앞의 책, 12~17면.

7 정현선, 「문화교육이라는 문제설정2」, 『국어교육연구』 제4집, 서울대학교 국어교육연구소, 1997. 이도영, 「문화교육으로서의 국어교육」, 『선청어문』 제24집, 서울대학교 국어교육과, 1996. 김상욱, 「국어교육에서 문화의 개념과 지향성」, 『국어국문학의 통합적 연구』, 제47회 전국 국어국문학 학술대회, 국어국문학회, 2004. 김성진, 「국어교육과 대중문화」, 『문학교육론의 쟁점과 전망』, 삼지원, 2004.

8 정현선, 「매체 변용을 통한 시 교육」, 『현대시 교육의 쟁점과 전망』, 월인, 2001. 윤여탁, 「매체를 활용한 현대시 교육」, 『리얼리즘의 시 정신과 시 교육』, 소명출판, 2003. 박승희, 「대중매체의 교육적 수용과 은유 교육」, 『시 교육과 문학의 현재성』, 새미, 2004.

9 정채찬, 앞의 논문, 앞의 책, 256면.

파편화된다.[10] 그러므로 영상문학과 디지털문학을 비롯한 문학수용자들의 취향을 문학교육의 영역에 반영하는 것은 필요하다. 그렇다고 전통적인 문학을 타기하자는 이야기가 아니다. 전통적인 문학 역시 문학교육의 중요한 분야이다. 따라서 전통적인 것을 완전히 새로운 것으로 대체하는 것이 열린 교육인 것처럼 오도[11]되는 것 역시 경계되어야 한다. 문학교육이 문화산업의 시장 환경만 답습하고 스펙터클만 수혈한다면 문학에 대한 신념은 점차 더 옅어질 것이다. 즉 문학이 문학 자체의 성찰보다는 변화해가는 시대에 편승한 동류복제 현상으로 나아간다면 문학교육자들은 이런 시장의 횡포와 동질화에 저항해야 할 것이다. 그렇지 않을 때 문학은 '문화의 인프라' 라는 미명 속에서 자유롭지 못할 것이다. 문학이나 문화는 유희적 허영만을 충족시켜 주는 기능만 있는 것이 아니라 자아와 시대를 통찰하고 직시하게 해야 한다. 문화산업의 시대에 문학교육이 담당해야 할 역할도 이런 측면으로 고찰되어야 한다. 그런 점에서 문학교육 담당자들은 학습자들을 문화의 중독자이면서 반성자로 만들어야 하는 것이지 중독만 하는 데 일조해서는 안 된다.[12]

아울러 대중문화 매체들이 문학과 교류를 확대하는 가운데 문화텍스트는 문학텍스트와 대화적 수준에 놓이면서 서로 영향을 주고 받으며 산출된다. 그런 점에서 우리는 문학과 문화의 결합과 전이양상을 1)각 매체에 내재해 있는 공통적 요소의 발견, 2)문학에서 문화로의 전이, 3)문화에서 문학으로의 전이라는 틀로 나누어 문학교육에 활용할 수 있을 것이다.

---

10 이지호, 「열린 문학교육의 논리」, 『문학교육학』 제4호, 한국문학교육학회, 1999 가을, 48면.
11 이지호, 앞의 논문, 앞의 책, 70면.
12 한귀은, 「문학교과서의 해석과 활용에 관계하는 변인들」, 『문학교육학』 제11호, 한국문학교육학회, 2003 여름, 137~139면.

본고는 이를 위해 2장에서는 대중가요 가사, 키치시, 시에 나타나는 공통적인 요소를 추출하고, 문학에 나타나는 발상법이 광고에 어떻게 수용되고 있는가를 확인하며, 역으로 영화의 특정 모티프가 어떻게 문학에 수용되고 있는가를 통해 문학이라는 제한된 틀을 벗어나 문학에 문화를 수용하는 새로운 교육방법의 예를 제시하고자 한다. 아울러 3장에서는 이러한 교육을 효과적으로 수행하기 위해 학습독자를 비판적 주체로 세우기 위한 방법의 예를 제시한다.

2. 문학과 문화의 결합, 전이의 양상

본고는 앞에서도 언급했듯이 문화텍스트가 문학텍스트와 대화적 관계 속에서 결합하기도 하고, 문학의 속성이 문화에 전이되며 또 문화의 속성이 문학에 전이되기도 한다는 입장을 취한다.

2-1 대중가요, 키치시, 시에 나타난 공통적 요소의 발견

이 절에서는 대중가요 가사와 키치시, 시 사이의 공유요소를 통한 소통 전략을 살펴보기로 한다. 대상 텍스트는 권진원의 「Happy Birthday to You」(대중가요 가사), 원태연의 「드디어 헛소리를…」(키치시), 박남철의 「첫사랑」(시)이다. 시 텍스트로 「첫사랑」을 잡은 것은 대상 텍스트의 평형성과 학습독자들의 참여 유발을 위한 것이다. 대상 텍스트를 인용하고 논의를 시작한다.

> ① 이슬비가 내리는 오늘은 사랑하는 그대의 생일날
>   온종일 난 그대를 생각하면서 무엇을 할까 고민했죠

난 가까운 책방에 들러서 예쁜 시집에 내 맘 담았죠
그 다음엔 근처 꽃집으로 가서 빨간 장미 한 송이 샀죠

내려오는 비를 맞으며 그대에게 가는 길 너무 상쾌해
품속에는 장미 한 송이 책 한 권과 그댈 위한 깊은 내 사랑

아름다운 그댈 만난 건 하나님께 감사드릴 우연
작은 내 맘을 알아주는 그대가 있어서 이 세상이 난 행복해
너무너무 행복해 Happy Birthday to You

— 권진원, 「Happy Birthday to You」

② 외롭다
너무나 외롭다
심심한 것보다 외로운 것이 더 지겨운 거구나
되게 외로워서
거울을 봤는데
거울 속에 나는 더 외로워 보인다
거울은 또 내가 봐주기까지
얼마나 외로웠을까
그러구보니까
내방 침대도, 책상도, 오디오도, 장롱도
지금 이 볼펜도
내가 만져주기까지 엄청 외로웠겠네
쯧쯧!
나보다 더 불쌍한 놈들같으니라고……

— 원태연, 「드디어 헛소리를…」(『넌 가끔 가다 내 생각을 하지 난
가끔 가다 딴 생각을 해』, 영운기획, 1993.)[13]

---

13 여기서는 최미숙, 「키치와 문학교육」, 『선청어문』 제23집, 서울대학교 국어교육과, 1995,
157면에서 인용.

③ 고등학교 다닐 때
　버스 안에서 늘 새침하던
　어떻게든 사귀고 싶었던
　포항여고 그 계집애
　어느 날 누이동생이
　그저 철없는 표정으로
　내 일기장 속에서도 늘 새침하던
　계집애의 심각한 편지를
　가져왔다.

　그날 밤 달은 뜨고
　그 탱자나무 울타리 옆 빈터
　그 빈터엔 정말 계집애가
　교복 차림으로 검은 운동화로
　작은 그림자를 밟고 여우처럼
　꿈처럼 서 있었다 나를
　허연 달빛 아래서
　기다리고 있었다.

　그날 밤 얻어맞았다
　그 탱자나무 울타리 옆 빈터
　그 빈터에서 정말 계집애는
　죽도록 얻어맞았다 처음엔
　눈만 동그랗게 뜨면서 나중엔
　눈물도 안 흘리고 왜
　때리느냐고 묻지도 않고
　그냥 달빛 아래서 죽도록
　얻어맞았다.

　그날 밤 달은 지고
　그 또 다른 허연 분노가

면도칼로 책상 모서리를 나를 함부로 깎으면서
나는 왜 나인가
나는 왜 나인가
나는 자꾸 책상 모서리를
눈물을 흘리며 책상 모서리를
깎아댔다.

— 박남철, 「첫사랑」(『지상의 인간』, 문학과지성사, 1984.)

①은 대중가요 가사, ②는 키치시[14], ③은 (문학성이 높은) 시이다. 우리는 여기서 공통적인 문학적인 요소를 발견하고, 그것을 학습자들의 문학능력 향상에 활용할 필요가 있다.[15] 예를 들어 ①의 "책방에 들러 예쁜 시집에 내 맘 담았죠"라는 구절은 '예쁜 시집을 샀다'의 의미임을 학습자들은 쉽게 짐작할 수 있다. 이를 통해 학습 주체들은 간접화하는 표현 내지 연상체계를 훈련할 수 있다. 아울러 "품속에는 장미 한 송이 책 한 권과 그댈 위한 깊은 내 사랑"에서 장미, 책 한 권, 내 사랑 같은 다른 속성의 이미지를 같은 비중으로 선택하고 배열할 수 있는 능력을 신장시킬 수 있는 것이다. 이런 의미에서 이 대중가요 가사는 문학텍스트와 대화적 관계에 놓여있다는 것을 학습자들의 확인할 수 있게 된다.

②는 현대인들이 느끼는 '외로움'에 대한 화자의 감정토로와 독백을

---

14 키치란 말은 '저속하고 허위적인 치장'이라는 말로 통용된다. 키치란 미(美)가 구매 및 판매가 가능한 것이라는 근대의 환상과 크게 관련된다. 오늘날 키치는 대중예술의 다양한 양식들을 지칭하는 용어로 사용된다. 여기서 '키치시'라는 용어를 쓰는 것은 대중예술적인 측면을 강조하기 위한 것이다. 박진·김행숙, 『문학의 새로운 이해』, 청동거울, 2004, 280~282면.

15 필자가 여기서 공통적인 요소로 문학적인 것을 선택하면서 문학→문화로의 전이를 연결시키지 않은 것은 이들 텍스트들이 일상언어로 되어 있을 뿐만 아니라 특정한 텍스트의 영향으로 이루어지지 않았다는 점에서이다.

중심으로 시가 전개되고 있다. 그럼에도 이 시가 의미를 띨 수 있는 것은 단순히 화자의 외로움을 토로하는 데서 그치는 것이 아니라, 자신의 외로움을 주변의 사물에 '투사'[16](projection)시킴으로써 자아와 세계의 동일시라는 서정시 본연의 정서를 획득하고 있다는 것이다. 여기서 학습자들은 자신의 정서를 주변의 사물에 투사하는 교육을 할 수 있는 기회를 가질 수 있게 된다. 물론 냉정한 시각으로 보면 "시상들이 별 다른 매개 없이 추출"되고 있고, 학습자가 "사유의 과정을 통해 깨달음에 도달하기보다 자신의 내부에 존재하고 있던 감정인 외로움의 정서를 확인하게 함"으로써 텍스트와 독자간의 대화에는 이르지 못하고 학습자의 자아와 자아 사이에 이루어지고 있다[17]고 할 수 있지만, 그것이 역으로 '편안함'과 '산만하게 즐기는 태도'[18]를 가지고 있는 학습자들의 취향을 통해 문학의 장치들에 대한 교육을 활용할 수 있는 매개가 된다. 특히 이 시는 자아와 세계의 동일시를 위한 연상체계 외에는 리듬과 상징, 역설과 반어 등의 다른 시적 속성을 거의 쓰지 않고 있다. 오히려 일상적인 언어를 자연스럽게 구사함으로써 시가 고급스러운 언어활동이라는 기존관념을 깨트리고 있어 시에 접근하는 데도 좋은 텍스트가 될 수 있다.

③은 '연시'의 양식을 띠고 있기 때문에 학습자들의 흥미를 유발할 수 있는 텍스트가 된다. 그러나 이 시는 통상적으로 이해하는 연시와는 거리

---

16 자아와 세계의 동일시 방법에는 '동화'와 '투사'의 두 가지 방법이 있다. 전자는 시인이 세계를 자신의 내부로 끌어들여 내적 인격화하는 방법이고, 후자는 감정이입에 의하여 자아와 세계가 일체감을 이루도록 하는 것이다. 김준오, 『시론』, 삼지원, 1995, 39~40면.

17 최미숙, 앞의 논문, 앞의 책, 156, 162, 163면.

18 Abraham Moles, 『키치란 무엇인가』, 엄광현 역, 시각과 언어, 1995, 30면. 여기서는 최미숙 앞의 논문, 앞의 책, 167면에서 재인용. Benjamin, 『발터 벤야민의 문예이론』, 반성완 역, 민음사, 1983, 204면. 여기서는 김성진, 앞의 논문, 앞의 책, 237면 재인용.

가 있다. 사귀고 싶었던 새침하던 계집애가 달밤, 탱자나무 울타리 옆 빈 터에서 느닷없이 맞고, 나는 집에 돌아와 책상 모서리를 깎아댄다. 습관적으로 연시를 읽었던 학습독자의 입장에서 먼저 제기할 수 있는 의문은 왜 '나'가 그렇게도 선망하던 계집애를 느닷없이 때리는가 하는 점이다. 그러나 사유의 과정을 통해서 학습독자들은 '나'의 마음 속에 천사로 각인되어 있던 그 계집애가 어느날 갑자기 평균인(일상인)으로 내려앉은 것에 대한 실망으로 그런 행위를 하게 되고, 그녀 또한 그 마음을 인지하고 있기에 "왜/때리느냐고 묻지도 않고/죽도록 얻어맞"을 수 있다는 것을 알게 된다. 마음 속에 간직하던 그녀의 상이 깨지면서 나타난 행위와 그렇게밖에 할 수 없었던 자신에 대한 분노를 통해 이 시는 자기와 정직하게 대면하는 과정을 그리고 있다. 그런 점에서 이 시는 낯설지만[19] 성장과정에서 누구나가 경험할 수 있는 소재를 통해 학습독자들의 참여를 이끌어내고, 학습독자들은 자신의 경험을 텍스트에 적용하면서 '동화' 혹은 '이화'의 과정을 거쳐, 마침내는 텍스트와 내적 대화에 이르게 할 수 있다는 이점이 있다. 관조적인 태도를 요구하는 '자율적 예술'에 대한 수용이 작품의 형식에 대한 매개를 통해 자신의 삶에 대한 성찰로 이어지는 복합적인 과정을 가진다[20]는 것을 고려할 때 학습독자들은 결국 새로운 깨달음이나 자아에 대한 깊은 성찰로 나아갈 수 있는 것이다.

우리는 이상에서 세 편의 텍스트를 통해서 다양한 매체 속에서도 '문

---

19 그것은 내용과 형식 모두에 해당된다. 내용의 낯섦은 앞에서 설명한 대로이고, 형식의 낯섦은 나의 입장에서 묘사, 서술되던 구문이 3연의 "그날 밤 얻어맞았다"에서 보이듯 갑자기 그녀 쪽으로 옮겨 진행된다는 것이다. 이 시는 운율과 선명한 묘사, 이미지(예를 들어 달의 이미지가 바뀌는 과정에 대한 의미화), 자신에 대한 성찰로 기존의 연시와는 다른 새로움을 획득하고 있는 것이다.
20 김성진, 앞의 논문, 앞의 책, 239면.

학적인 자질'이 다양하게 현현되는 것을 확인할 수 있으며, 문학교육이 학습독자를 비롯한 수용자의 삶과 연관되어 관계성을 회복하는 방향으로 나아가야 한다는 것을 알 수 있다. 현실과 문학과 삶은 분리될 수 없이 연결되어야 한다. 이를 위해서는 우선 학습독자들이 그것들을 나란히 놓고 읽을 수 있게 해야 한다. 그래야 문학이 특정한 사람의 전유물이라는 불필요한 선입견을 제거할 수 있다. 텍스트는 학습자들이 갖고 즐기는 영역이면서 그 속에 함의된 의미작용을 발견하는 양상으로 교육이 이루어져야 하는 것이다. 교육의 국면에서 더 유효한 것은 유희적인 요소 속에서 발견할 수 있는 진지함[21]이라 할 수 있다.

2-2 문학에서 광고로의 전이

이 절에서는 문학(시)과 광고가 공유하는 소통양식의 전략을 살펴보기로 한다. 구체적으로는 문학의 자질이 어떻게 광고에 수용되고 있는가를 살펴보면서 학습독자들에게 문학적인 요소가 우리 주변에 널리 존재하고 있음을 인지시키는 교육으로 활용하고자 한다. 대상 텍스트는 김광균의 「雪夜」와 대우자동차 '레간자' 광고 TV-CM '개구리'편이다. 먼저 「雪夜」를 인용한다.

어느 먼 곳의 그리움이기에
이 한밤 소리 없이 흩날리느뇨.

처마 끝에 호롱불 여위어 가며
서글픈 옛 자취인 양 흰 눈이 내려

---

21 정재찬, 「21세기 문학교육학의 전망」, 『문학교육의 사회학을 위하여』, 역락, 2003, 360면.

하이얀 입김 저절로 가슴에 매어
마음 허공에 등불을 켜고
내 홀로 밤 깊어 뜰에 내리면

머언 곳에 여인의 옷 벗는 소리.

희미한 눈발
이는 어느 잃어진 추억의 조각이기에
싸늘한 추회(追悔) 이리 가쁘게 설레이느뇨.

한 줄기 빛도 향기도 없이
호올로 차단한 의상을 하고
흰눈은 내려 내려서 쌓여
내 슬픔 그 위에 고이 서리다.

　　　　　　　　── 김광균, 「雪夜」(『조선일보』, 1938. 1. 8.)

　　주제성의 국면22)보다는 기법으로 살펴보자. 그중에서도 이 절에서 우
리가 다룰 내용과 관련하여 특별히 주목해야 할 부분은 4연의 "머언 곳에
여인의 옷벗는 소리."라는 구절이다. 들리지 않는("소리 없이 흩날리"는),
"어느 먼 곳의 그리운 소식"으로 은유된 '눈'은 창작주체의 상상력 속에
서 "여인의 옷벗는 소리"라는 청각적인 자질로 화한다. 창작주체는 조용
함을 강조하기 위하여 반대개념인 소리를 통해서 표현하는 기법을 쓰고
있는 것이다. 일종의 반대로 강화하기 기법이라 할 만하다. 이런 발상(표
현)과 표현들은 삶의 감각으로 체화될 수 있으며, 우리가 문학을 학습해
야 할 이유가 된다. 이는 매체를 달리해서 적용될 수 있는데 상상력을 키

───────────────

22　주제성의 국면으로 살펴볼 때 이 시는 깊은 밤, 소리 없이 내리는 눈을 바라보며 지난 날
　　사랑했던 한 여인을 떠올리며 다시는 돌아오지 못할 추억에 잠기는 창작주체의 체험이
　　절실하게 배어난 작품이라 할 수 있다.

워준다는 점에서 문화 일반에도 확장될 수 있다. '조용하다 – 멀리서 여인의 옷 벗는 소리가 들린다'라는 발상에 나타나는 '반대로 강화하기 기법'은 대우자동차 '레간자' 광고 TV-CM '개구리'편에도 활용되어 있다. 광고의 대략적인 면을 살펴보자.

소리없는 거무튀튀(?)한 화면, 리모컨 조정 바가 화면에 나타난다. 밝기와 색상, 바가 올라가면서 차차 화면은 컬러로 밝아진다. 아무렇지도 않게 올라가던 볼륨 바는 잠시 멈칫한다. 분명히 소리를 키웠는데, 왜 이렇게 '조용'하지? 바를 올려봐도, 변화가 없다. '조용하다'. 이때, 커브를 도는 자동차 소리는 들리지 않고 개굴개굴, 한창 봄에 즐거운 개구리 울음소리. 매끈하게 돌아 사라져가는 차. 여전히 '조용하다.' 그리고는 멘트, "소리없이 강하다. 쉿! 레간자." 화면에는 "소리가 차를 말한다"라는 선언적인 카피가 등장해 있다.

이 광고는 주목률을 높여주는 조연, 개구리가 주는 자연의 인상에서 '조용함'을 강조하는 기법을 쓰고 있다. 이어, 이 광고를 마무리하는 단어가 나온다. "쉿!" 레간자의 '조용함'을 극단적으로 나타내는 이 한 음절. 그야말로 화룡점정이다. 조용하면서도 위엄있는 표현(어쨌든, 생각해 보면 이것도 분명한 명령이다). 소리없이 강한 레간자의 품위를 완성시키는 부분이다. 아직까지 어떤 차도 '조용함'을 말하지 못했는데, 레간자는 '조용함'을 반대개념인 소리를 통해 표현하는 컨셉의 차별성을 확보했다. 그러면서 중형차의 특화적 이미지인 "강함"("레간자"는 "來强者"의 의미도 가지고 있다고 한다)을 놓치지 않고 한번 더 강조해 주었다. 크리에이티브 면에서 무척이나 부드럽고 깔끔한 접근이 돋보인다.[23]

23 http://search.hani.co.kr/data/cine21/1997/0513/1101004308.html

앞의 시가 '조용함'을 "멀리서 여인의 옷벗는 소리"라는 문자를 통해 표현했다면, 뒤의 매체는 청각을 직접 활용한 점이 차별성이라 할 수 있을 뿐, 발상에서는 문학적인 요소를 활용한 흔적이 엿보인다. 이처럼 현대의 표현매체들은 문학을 널리 활용하는 추세이다. 이같은 문화현상은 문학이라는 활동이 문자라는 단일한 매체에 갇혀있지 않을 것임을 증명하는 예라고 할 수 있다. 문학은 새로운 매체와의 만남을 통해 그 속성을 공유하는 부분이 늘어날 것이며, 새로운 매체 역시 문학적인 발상을 빌어 그 효과를 극대화는 현상이 늘어날 것이다.

이 점에서 문학은 수동적이고 보조적인 역할에만 머물지는 않는다고 할 수 있다.[24) 학습독자들은 문학에서 문화로의 전이현상을 통해 '문학'이 따로 있는 게 아니라 그들이 즐기고 있는 생활 주변의 문화들에 산재하고 있음을 확인할 수 있을 것이다. 그만큼 문학은 교과서나 책에 갇혀 있지 않다는 것을 인지시킬 필요가 있다.

2-3 영화에서 문학으로의 전이

앞의 논의가 문학에서 문화로의 전이가 이루어진 예를 다루었다면 여기서는 역으로 문화에서 문학으로의 전이양상을 살펴보기로 한다. 구체적으로 영화 「아비정전」에 나오는 '발없는 새' 모티프가 문학에 어떻게 수용되고 있는가를 고찰함으로써 문학교육의 새로운 방법을 모색해 보기로 한다. 이를 통해 학습독자들은 문학에 더욱 친근하게 다가갈 수 있는

---

24 이에 대해서는 다양한 견해가 제시될 수 있다. 윤여탁은 문학의 역할이 수동적이고 보조적인 것으로 축소될 것으로 예견한다. 윤여탁, 「매체를 활용한 현대시 교육」, 『리얼리즘의 시 정신과 시 교육』, 소명출판, 2003, 275~276면.

계기를 마련할 수 있을 것이다. 우선 대상 텍스트들을 인용해놓고 논의를
시작한다.

    ① 세상에 발 없는 새가 있다더군.
      늘 날아다니다가
      지치면 바람 속에서 쉰대.
      평생 딱 한 번 땅에 내려앉는데
      그건 바로 죽을 때지.

      발이 없는 상태로 낳아놓은 새가
      태어날 때부터 바람 속을 날아다니는 줄 알았는데
      그게 아니었어.
      그 새는 이미 처음부터 죽어 있었어.

                            — 영화 「아비정전」 중에서

    ② 바람이 불어, 바람이 왜 불지?
      바람이 불어 발 없는 새
      발이 없어 바람 속에서 쉰다네
      날다 지치면 바람 속에서만 쉰다네
      바람이 불어, 바람이 왜 불지?
      바람이 불어 발 없는 새
      발이 없어 바람 속에서 쉰다네
      지상으로 내려가면 죽는다네
      바람이 불어, 바람이 왜 불지?
      바람이 불면
      나도 바람 속에서 쉬고 싶다네
      발없는 새처럼 쉬었으면 한다네
      바람이 불어, 바람이 왜 불지?
      바람같이 소리치고 있다네
      내 발 어디 있지?

하늘을 나는 새는 자취가 없다네

    — 천양희, 「발 없는 새」(『오래된 골목』, 창작과비평사, 1998.)

③ 발 없는 새를 본 적 있니?
 날아다니다 지치면 바람에 쉰다지
 낳자마자 날아서 딱 한번 떨어지는데
 바로 죽을 때라지
 먹이를 찾아 뻘밭을 쑤셔대본 적 없는
 주둥이 없는 새도 있다더군
 죽기 직전에 배고픔을 보았다지

 하지만 몰라, 그게 아니었을지도
 길을 잃을까 두려워 날기만 했을지도
 뻘밭을 헤치기 너무 힘들어 굶기만 했을지도

 낳자마자 뻘밭을 쑤셔대는 둥지새
 날개가 있다는 걸 죽을 때야 안다지
 세상의, 발과 주둥이만 있는 새들
 날개 썩는 곳이 아마 多情의 둥지일지도

 못 본 것 많은데 나, 죽기 전에 뭐가 보일까

    — 정끝별, 「둥지새」(『자작나무 내 인생』, 세계사, 1996.)

④ 나 이 세상에 태어나/지금까지 나무 한 그루 심은 적 없으니/죽어 새가
되어도/나뭇가지에 앉아 쉴 수 없으리/나 이 세상에 태어나/지금까지 나무에
물 한번 준 적 없으니/죽어 흙이 되어도/나무뿌리에 가닿아 잠들지 못하리/나
어쩌면/나무 한 그루 심지 않고 늙은 죄가 너무 커/죽어도 죽지 못하리/산수유
붉은 열매 하나 쪼아먹지 못하고/나뭇가지에 걸린 초승달에 한번 앉아보지 못
하고/발없는 새가 되어/이 세상 그 어디든 앉지 못하리.

    — 정호승, 「참회」(『이 짧은 시간 동안』, 2004, 창작과비평사.)

'발 없는 새' 모티프는 문학 자체가 가지는 불변하는 고유성으로의 정신보다는 인간의 삶이 있다는 사실을 인정한 바탕 위에서 성립된다. 말하자면 문학의 엄숙주의와는 다른 차원의 논의를 전제로 한다는 말이다. 따라서 기교보다는 삶이라는 내용이 우선되어 있는 특징을 지닌다. 새는 좁은 땅에서 아귀다툼을 하며 살아가는 인간의 삶을 벗어나 높은 이상을 추구하는 매혹적인 존재의 상징보다는, 세상에서 스스로 소외되어 어느 한 곳에서도 안주하지 못하고 끊임없이 떠도는 외로운 존재라는 의미가 더 강하다. 이는 영화의 초반부, 아비(장국영)가 들려주는, 평생 날아다녀야 하고 지치면 바람에 몸을 싣고 조금의 쉼을 얻는 발 없는 새의 얘기의 첫 부분 , 그리고 생모를 찾지 못하고 돌아가는 필리핀의 열차 안에서 총에 맞아 어이없는 죽음을 맞이하면서 들려주는 마지막 부분— '발 없는 새'는 낳자마자 날아서 딱 한 번 죽을 때 땅에 내려 앉는 줄 알았는데 처음부터 죽어있었더라는.—을 통해 드러난다. 학습독자들은 이를 통해 어머니란, 이상(理想)이란, 완전한 쉼이란 없는 것이며 결국 발 없는 새란 원래부터 죽어 있었다는, 어머니는 아니었지만 자신과 소중한 1분을 함께 보냈던 수리진에게서도 쉼을 얻을 수 있었다는, 발 없는 새 얘기의 깊은 의미를 알게 된다.[25] 학습독자들은 영화 속의 '발 없는 새'의 모티프를 해석할 때 자신의 상황이나 체험을 텍스트에 몰입시키면서 작품과의 내적 대화를 수행하기 때문에 폭넓은 공감을 획득할 수 있는 것이다. 이때

---

25 이런 아비의 반대편에는 또 다른 인물인 전직 경찰인 선원(유덕화)이 있다. 그는 어머니가 쉼이 될 수 없다는 사실을 알았기 때문에 '발 없는 새'의 얘기를 하는 아비에게 그건 여자 홀릴 때에나 쓰는 얘기라고 냉정하게 쏘아 붙인다. 또 왕가위가 아비를 통해 들려주었던 발 없는 새의 이야기는 「중경삼림」의 경찰에게서 「동사서독」의 구양봉으로, 「해피 투게더」의 보영, 그리고 「화양연화」의 차우에게로 이어지고 있다.

도 공감은 영화의 '아비'의 삶에서 자연스럽게 유추된 것이지 아비의 생각이 무엇일까에 대한 심각한 고민에서 산출된 것이 아니므로 어려운 과정을 거치지 않는다는 특징을 가지고 있다. 학습독자는 즐거이 그 과정에 도달하며 공감의 과정을 거쳤기에 자연스럽게 동화될 수 있는 것이다.

부유하는 고독한 존재들의 엇갈리는 사랑얘기, 머물지 않기 때문에 자유롭지만 그만큼 불안한 군상은 인터넷 시대의 학습독자들의 모습과 겹쳐지면서 폭넓은 공감을 가지고 확산될 수 있었다고 본다.

①, ②, ③, ④의 텍스트는 미세한 편차를 가지고 있지만, 전체적이든 부분적이든 문화 텍스트인 ①에서 촉발되어 문학 텍스트 ②,③, ④의 창작이 이루어진 것으로 판단된다. 이밖에도 '발 없는 새' 모티프에서 나타나는 정서는 많은 사람들에게 영향을 준 것으로 판단된다. 왜냐하면 인터넷을 검색하다보면 많은 사용자들이 '발 없는 새'라는 ID를 쓰며, 개인 홈페이지와 카페를 개설하고 영화 대사를 적고 있는 것을 확인할 수 있기 때문이다. 이는 시인은 도처에서 붕괴되고 있으나 시적인 문화는 도처에서 창궐하고 있다는 지적[26]을 생각나게 한다. ①에 대한 설명은 충분히 이루어졌으므로 ②로부터 논의를 해 보기로 한다.

②시는 우선 시어가 따로 있다는 생각, 시가 특별하다는 생각에서 자유롭다는 점이 눈에 띈다. 이는 시적인 기교보다는 삶의 진실, 진정성을 추구하는 시인의 태도에서 연유한 것이다. 이 시는 잘 알려진 문화적 맥락에서 시어와 문장을 차용하여 옴으로써 학습독자들에게 '익숙한 것의 친화감'으로 어렵지 않게 다가가고 또 기억 촉진작용을 통해 뚜렷한 인상을 남기는 특징을 지닌다. '발없는 새', '바람 속에서 쉰다', '지상에 내

---

26 김중신, 『문학교육의 이해』, 태학사, 1997, 112면.

려가면 죽는다', '하늘을 나는 새는 자취가 없다' 같은 구절은 영화의 대사와 별로 다르지 않다. 오히려 창작주체는 텍스트에 동화되어 있고, 텍스트와 대화를 통해 작품을 창작하고 있는 것이다. 그러나 그것은 창작주체의 능동적인 참여를 통해 창작주체 자신의 삶으로 전이됨으로써('나도 바람 속에서 쉬고 싶다네', '내 발 어디 있지?') 삶의 깊은 부분을 건드리면서 학습독자들에게 자신의 삶을 돌아보게 한다. 즉, 창작주체와 학습독자는 '발 없는 새'라는 모티프를 자신의 삶의 은유로 읽는다. 이는 기존의 텍스트 옆에 자신의 텍스트를 나란히 놓는 방법이라고 할 수 있다. 이때 창작주체가 하는 일은 주어진 텍스트를 패러프레이즈('내 발 어디 있지?' 등)하는 것이다. 이 패러프레이즈를 통하여 학습독자들은 자신의 삶에 맥락화시킬 수 있으며, 나아가 자신의 삶에 대해 고민하며 삶의 진실에 육박해가려는 태도를 취할 수 있다.

③에서는 '발 없는 새' 외에 '주둥이 없는 새', (낳자마자 뻘밭을 쑤셔대는) '둥지새', '발과 주둥이만 있는 새'가 나타난다. 시적 구조와 의미의 확장 역시 이루어진다.

단순함의 위험을 무릅쓰고 텍스트의 의미화를 시도해보면, '발 없는 새'와 '주둥이 없는 새'는 같은 계열에 놓이고 이와 반대편에 '둥지새', '발과 주둥이만 있는 새'가 놓인다. 전자가 눈앞에 보이는 먹는 일과 같은 일상의 안주에의 유혹을 뿌리치고 이상과 꿈을 추구하는 '고고한 존재'에 대한 알레고리라면, 후자는 일상과 세속에 갇혀 '초월을 잊어버린 존재'에 대한 알레고리이다. 그리고 전체적으로는 두 의미는 대립적인 형식으로 구성되어 학습독자들의 인지에 충격을 가한다. 그러나 창작주체는 쉽게 예단하는 자세는 지양한다. 즉, 외견상 고고한 듯한 삶을 살아가는 사람들도 "길을 잃을까 두려워 날기만 했을지도" 모른다는 가정을 시도한다. 이 부분은 '부유하는 고독한 존재'「아비정전」의 '발 없는 새' 모티프와 의미를 같이한다. 새가 가는 길이, 흔적이 남지 않은 길이라는 점에서 더더욱 그렇다. "뻘밭을 헤치기 너무 힘들어 굶기만 했을지도" 역시 이상을 꿈꾸는 자들이 실상은 억척같은 삶의 의지가 없는 나약한 존재들일 수도 있다는 가정에서 나온 구절이다. 이 가정들은 아울러 세상이라는 뻘밭에 얽매어 있는 듯이 보이는 사람들도 질긴 삶의 의지가 있는 자들일 수도 있다는 추측을 가능케 한다. 그만큼 이 텍스트는 열려 있다. 그럼에도 이 텍스트가 영화 텍스트를 패러프레이즈한 것이라는 것은 변함없는 사실이다. 무엇보다 '새가 있다더군'(1연 6행), '～라지'(1연 4행 등), '죽을 때'(1연 4행), '죽기 직전'(1연 7행), '죽을 때야'(3연 2행) 등은 영화 대사를 받치는 핵심적인 기능을 수행하는 구절이기 때문이다. 창작주체는 텍스트의 가장 중핵적인 문장을 이 시대와 창작주체 자신의 삶의 환경으로 치환하는 과정과 텍스트의 빈틈을 채우는 독서행위를 통해서 학습독자들에게 다가간다. 이때 학습독자들은 '발 없는 새'라는 친숙한 하나의 '아이템'(?)이 존재하므로 창작 주체가 더 깊이 들어가도 텍스트와 내적 대화를 하기에 수월한 환경에 처할 수 있는 것이다. 결국 이 텍스트는 '발 없는 새'라는 모티프를 활용, 일상의 '多情의 둥지'에 얽매어 날개가 썩는 것도 모르고 있는 사람과 그 반대편에서 초월을 꿈꾸고 있는 예술가와 같은 인물의 존재의미를 묻고 있는 시라고 말할 수 있을 것이다. 새의 의미는 '초월/부유하는 존재' 양쪽에 걸쳐 있지만, 그 무게중심은 '초월'에 놓여 있다. 영화 대사의 의미를 이동시키고 있는 경우라 할수 있다. 그러나 창작주체는 "못 본 것 많은데 나, 죽기 전에 뭐가 보일까"라고 하면서 텍스트를 계속 열어놓고 있다.

④는 자기 반성과 고백을 담고 있는 텍스트이다. 나는 지은 죄가 많아

내가 죽어 '새가 되어도 나뭇가지에 앉아 쉬지 못한다', '흙이 되어도 나무 뿌리에 가닿지 못한다', '죽어도 죽지 못한다', '발 없는 새가 되어 어디든 앉지 못한다'라는 진술을 포함하고 있지만, 그중에서도 창작주체가 무게를 두고 있는 메시지는 "발없는 새가 되어/이 세상 그 어디든 앉지 못"한다는 구절이다. 그런 점에서도 이 시는 대중에게 친숙한 ① 텍스트의 '발 없는 새' 모티프를 바탕에 깔고 있음을 알 수 있다. 창작주체는 영화의 대사에 나타나는 텍스트의 결을 자기 식("죽으면 발 없는 새가 된다")으로 채우면서 또 하나의 텍스트를 창조하는 것이다. 여기서도 학습독자들의 공감은 영화 '아비'의 대사를 통해 '부유하는 존재' 이미지를 알고 있기에 자연스럽게 유로될 수 있고, 창작주체의 시작과정 역시 대중의 감각에 각인되어 있는 이미지를 통해 그만큼 물 흐르듯이 자연스러울 수 있다. 나아가 학습독자는 감상의 과정에서 즐거이 그 과정에 동참하며 동화됨은 물론, 능동적인 관여를 통해 자신의 텍스트를 산출할 기회를 가질 수 있다. 이 경우에도 다른 텍스트와 같이 원본을 인용할 필요가 없다. 이 텍스트는 이처럼 삶의 깊은 부분을 건드리는 주제를 다루고 있지만 그 줄기를 '발 없는 새'라는 친숙한 모티프를 사용함으로써 깊이를 획득하고 있다. 무거운 주제라는 문화라도 텍스트의 틀을 활용하면 얼마든지 깊이 있는 텍스트를 산출할 수 있는 것이다.

이상의 논의를 통해 우리는 문학적인 것이 특정한 상황에 한정되어 있는 것이 아니라 삶 전반에 걸쳐있으며, 문학과 문화는 대화적 관계에 놓이면서 서로 결합, 전이되고 있음을 확인할 수 있었다. 이 과정에서 문학과 문화는 그 속성을 공유할 뿐만 아니라, 문학에서 문화로의 전이, 역으로 문화에서 문학으로의 전이현상이 다양하게 일어나고 있으며, 이를 문학교육에 다양하게 활용할 수 있음을 검증할 수 있었다. 오늘날 문학교육은 다양한 문화 매체들이 소재 차원에 머물지 않고 있음을 직시하고 문화 매체 교육과의 만남을 통해 문학을 삶과 일치시키면서도 문학성을 잃지 않는 방법을 모색할 단계에 이르렀다고 할 수 있다.

3. 수용자의 능동적 의미구성과 문학·문화교육

우리는 앞장에서 속성의 공유와, 결합, 전이로 나타나는 문학과 문화의 교섭 양상을 통해 문학교육에서 문화수용의 긍정적인 가능성을 살펴보았다. 더 이상 문화가 고급예술이나 소수가 즐기는 지적인 산물이 우리가 처한 삶의 조건과 그 삶에서 드러나는 의미작용 전체를 포괄하는 것이라는 견해를 받아들인다면, 문화를 통한 문학교육이나 문학을 통한 문화 교육은 다양한 방법으로 수용될 필요가 있다. 그러나 문화가 교육의 장으로 온전히 편입되려면 수용자가 문화의 포로가 되는 것이 아니라 "능동적 개입을 통해 문화에 담긴 상업적, 이데올로기적 힘을 전복시킬 수 있"[27]는 능력 또한 갖추어야 한다. 문화현상의 수용이 중요한 것이 아니라 그 수용을 통해 학습자들이 내면화하는 문학성이 중요한 것이라는 점에서 수용자는 문화를 받아들이면서 느끼는 즐거움 속에 투영된 욕망을 분석하고, 성찰할 수 있는 능력[28]을 가져야 하는 것이다. 문학이나 문화는 유희적 허영만을 충족시켜주는 오락적 기능만 있는 것이 아니라 자아와 시대와 상황을 통찰하고 직시하게 해주는 역할과 기능[29]도 있다. 따라서 학

---

27 김성진, 앞의 논문, 앞의 책, 243면.
28 김성진은 이 성찰이 글쓰기를 통해 구체화될 수 있다고 보고 있다. 김성진, 앞의 논문, 앞의 책, 244면.
29 한귀은, 앞의 논문, 앞의 책, 139면.

습자들에게 문화를 즐길 뿐만 아니라 문화에 대한 반성의 시각도 가지게
할 필요가 있다. 여기서는 지면관계상 두 편의 텍스트를 통해 이 시대의
지배적 형식들에 내재된 이데올로기 성찰의 예를 학습독자의 입장에서
고찰해 보기로 한다.

> ① 매일 밤 너의 얼굴은 증명사진처럼 무표정하다.
>   어두운 곳에서 우두커니 앞만 보고 있다.
>   얼굴은 어두워졌다 환해졌다 다시 어두워지고
>   붉어졌다 푸르러졌다 이내 울긋불긋해진다
>   두 눈 속에는 똑같이 사각의 불빛이 켜져 있고
>   그 불빛 속으로 온갖 세상사가 지나간다.
>   불빛은 천둥이 올 것 같은 번개를 일으키며
>   검은 자위 다 지워지도록 눈동자를 지지고 또 지진다
>   텔레비전은 그렇게 밤 늦도록 지치지도 않고
>   너의 멍한 얼굴을 이글이글 태우고 쳐다본다
>   ― 김기택, 「누군가 매일 너를 보고 있다」(『사무원』, 창작과비평사, 2000.)

> ② 움직임이 정지된 복사기 속을 들여다본다
>   네모난 사각형의 내부는 고스란히 저마다의
>   어둠을 껴안고 단단히 굳어 있다
>   숙면에 든 저 어둠을 깨우려면 먼저 전원 플러그를
>   연결하고 감전되어 흐르는 열기를 기다려야 한다
>   예열되는 시간의 만만찮음을 견딜 수 있어야 한다
>   불덩이처럼 내 온 몸이 달아오를 때
>   가벼운 손가락의 터치에 몸을 맡기면
>   가로 세로 빛살무늬, 스스로 환하게 빛을 발한다
>   복사기에서 새어나온 빛이 내 얼굴을 핥고 지나가고
>   시린 가슴을 훑고 뜨겁게 아랫도리를 스치면
>   똑같은 내용의 내가 쏟아져 나온다

숨겨져 있던 생각들이, 내 삶의 그림자가 가볍게 가볍게
프린트 되고, 내 몸무게가, 내 발자국들이
납작하고 뚜렷하게 복사기 속에서 빠져나온다
수십장으로 복제된 내 꿈과 상처의 빛깔들이
말라버린 사루비아처럼 바스락거린다
살아서 꿈틀거리는 어떤 삶도 재생할 수 있으리
깊고 환한 상처의 복사기 앞을 지나치면
누군가 지금 나를 읽고 있는 소리
온 몸이 뻐근하다

　　　　　— 배영옥, 「누군가 나를 읽고 있다」(『매일신문』, 1997. 1. 1.)

　①은 테크놀로지가 지배하는 일상에 대한 성찰을 담고 있다. 창작주체
는 이를 효과적으로 드러내기 위해 주체(인간)와 대상(문명) 바꾸기를 시
도하고 있다. 텔레비전이 무인칭의 인간(너)를 쳐다본다. 쳐다볼 뿐만 아
니라 "눈동자를 지지고", "밤늦도록 지치지도 않고 멍한 얼굴을 이글이글
태우"기까지 한다. 이는 대중이 TV라는 대중문화 매체에 완전히 압도당
하고 있다는 사실을 암시한다. 그 이면에는 대중문화가 주는 쾌락과 행복
에 순응하는 일상인이라는 이데올로기가 숨어 있다. 또 "무표정하다",
"어두워졌다 환해졌다 다시 어두워지고"는 지배적 이데올로기에 비판의
기능을 상실한 노예가 되어버린 대중들의 문제를 암시한다. 대중문화는
"매일의 노동에 지친 수용자들에게 행복을 약속하면서 이를 통해 그들을
현체제에 붙들어두면서 길들이는" 속성을 가지고 있다. 따라서 학습독자
를 비롯한 수용자들은 "대중문화가 약속하는 행복 바깥에서 그러한 행복
의 허구성을 폭로할 뿐만 아니라, 그 행복의 약속 안에 머물면서"[30]도 비

---

30 김성진, 앞의 논문, 앞의 책, 247면.

판할 수 있는 안목을 길러야 하는 것이다. ②는 바로 그 점에서 문학·문화 교육에 유익한 텍스트로 작용할 수 있다.

②의 텍스트는 복사기라는 문명의 이기를 통해 기술복제 시대의 문제를 정면으로 다루면서 학습독자들을 중독과 비판의 매개자의 위치로 세우는 전략을 구상한다. 이 텍스트에서 창작주체는 현대문명과 수용자의 관계를 성적으로 다룬다. 이는 물신화의 시대 속에 수용자들(대중)이 비판의 기능을 상실할 정도로 중독되어 있다는 암시를 간접화한 것이라 할 수 있다. 복사기는 숙면에 든 짐승처럼 굳어 있는데, 이를 깨워 '나'가 오르가즘에 도달한다는 내용이다. 더 문제적인 것은 복사기가 '나'와의 성관계를 통해 또 하나의 나를 '복제'한다는 데 있다. "복사기에서 새어나온 불빛"에 의해 똑같이 복제된 '나'는 복제될 수 있는 모든 세목 중의 하나이다. 여기서 복사는 복제의 의미로, 나는 "살아 꿈틀거리는 모든 삶"으로 확산되면서 생각과 삶, 개인을 구성하는 모든 정보와 사실마저 비밀이 보장되지 않는 현실, 유전자마저 복제되고, 꿈과 상처마저 자유로울 수 없는 시대의 문제를 암시하고 있다. 여기서 성행위의 과정은 중독(과 무비판)의 문제를, "살아서 꿈틀거리는 삶도 재생할 수 있으리"의 반어는 비판의 거리를 제기한다. 그러면서 이 텍스트는 학습독자를 문명중독과 비판의 거리를 아울러 확보하는 교육의 예로 활용될 수 있다고 본다.

능동적 의미구성이 가능한 학습독자들만이 문학·문화에 대한 즐김과 비판의 능력을 갖춘 비평적 주체가 될 수 있는 것이다. 문학교육은 순응적 주체를 양성하거나 방기하는 방향으로 가서는 안 된다. 바람직한 문학·문화 교육은 대중문화 매체와 같이 호흡하면서 성장하는 학습독자들의 세대적 감각에 호응하면서도 그들의 삶에 대한 성찰이나 삶의 태도를 정립하는 데 도움이 되는 방향으로 진행되어야 한다.

4. 결론

본고는 대중문화 매체에 노출된 학습독자들에 대한 효과적인 문학교육을 수행하기 위한 방법의 일환으로 쓰여졌다. 새로운 문학 환경에 따른 감수성의 변화는 문학의 내용과 형식을 빠르게 변화시키고 있으며, 이에 따른 문학교육 방법의 혁신 역시 이루어져야 한다.

본고는 오늘날 문학의 존재양상은 문화와 불가분의 관계를 가지고 있다는 점, 즉 문화텍스트와 문학 텍스트가 대화적 관계를 가지고 영향을 주고받고 있다는 점에 착안하여 문학과 문화의 결합과 이동양상을 고찰하여 이를 학습환경에 활용하도록 구안되었다.

이에 따라 문학과 문화의 결합과 전이양상을 1)각 매체에 내재해 있는 공통적 요소의 발견, 2)문학에서 문화로의 전이, 3)문화에서 문학으로의 전이의 세 가지 틀로 나누어 고찰하고, 문학교육에의 적용을 제안했다.

이 과정에서 대중가요 가사, 키치시, 시에 나타나는 공통적인 요소의 발견, 문학 발상법의 광고 수용, 영화 모티프의 문학 수용 등이 고찰되었고, 이어 학습독자를 문화에 대한 비판적 주체로 세우기 위한 전략을 고찰했다.

본고는 효과적인 문학교육을 위한 구체적인 방법을 문학과 문화의 결합·전이양상을 중심으로 살펴봄으로써, 문학을 통한 문화 이해, 역으로 문화를 통한 문학 이해 방법의 개발은 물론, 이러한 교육을 효과적으로 수행하기 위한 학습독자의 역할을 제시함으로써 현장에서 폭넓게 활용할 수 있는 문화수용을 통한 문학교육에 작은 디딤돌이 될 수 있을 것으로 본다.

문학교육과 제재 선정의 문제

— 서정주의 시를 중심으로

1. 문제의 제기

문학작품을 교육의 제재로 삼을 때는 그 작품이 이룩하는 문학성에 기준을 두고 작품을 선정하게 된다.[1] 이때 문학성이란 문학 작품이 이룩하는 완결성과 관련된 것으로 작품의 형식이나 내용에 있어서 뛰어나다는 공인을 받을 수 있는 기준들을 지칭한다. 우리의 교육현장에서도 문학성을 중요한 기준으로 제재를 선택한다. 그렇다면 이런 선정 기준이 우리 교육 현장에서 제대로 적용되었는가를 검증해보는 것도 유익할 것이다.

본고는 이러한 관점에서 문학교육과 텍스트 선정의 문제를 서정주의 시를 통해 살펴보고자 한다. 서정주는 일제 강점기에 태어나서 식민지와 민족 해방, 6·25 전쟁, 분단국가와 같은 민족사의 파란만장한 곡절들을 온몸으로 체험하였으며 이 체험들을 시라는 언어예술을 통하여 꾸준히

---

1 윤여탁, 「시의 이데올로기와 교육」, 『시 교육론』, 태학사, 1996, 189면.

형상화하는 가운데 자신의 세계를 끊임없이 넓혀온 시인이다. 이런 그의 시작 과정은 극단적인 양면의 평가를 받는데, 그는 현대 시사에서 가장 뛰어난 시적 성취를 이룬 시인으로 평가되기도 하고, 때로는 그의 친일 문제와 결부되어 훼절시인으로 폄하되기도 한다. 이런 평가는 곧 학교 교육의 현장에 그대로 반영되는데 그동안 지속적으로 중·고등학교에서 문학교육을 위한 제재로 활용되어 오던 그의 시가 6차 교육과정 이후부터는 국정 국어 교과서에서 제외되고, 일부 검인정 문학교과서에마저 제한적으로 선택되고 있다. 이는 해방 이후의 문학교육에서 순수 문학이나 일제강점기 저항문학을 교육적 대상으로 삼고 '카프'나 '조선문학가동맹'에 관여하였던 사람들의 문학이 제외되었던 기준이 체제가 변하면서 이제 역으로 서정주에게 적용되고 있는 형국이라 하지 않을 수 없다.

본고는 본론의 논의에 들어가기 앞서 문학교육의 제재 선택문제와 관련하여 서정주를 논의하는 이유를, 첫째, 한국 현대시사를 명멸해간 시인들 가운데 가장 오랜 창작 기간 동안 1천편이 넘는 작품을 써 오면서도 태작이 없이 꾸준히 미적 완성도가 높은 시를 산출해낸 몇 안 되는 시인으로서의 그의 위치, 둘째, 일제 강점기 논리적 파탄에서 비롯된 그의 친일의 논리가 그의 전 작품과 어떤 관계를 맺을 수 있는가의 문제, 셋째, 앞의 두 가지 과정을 통해서 밝혀진 그의 시가 과연 미학적 성취, 작품 세계의 삶, 작품의 윤리[2]면에서 중·고등학교에서의 문학교육의 제재로 활용될 수 없는 것인가 등 세 가지로 삼고자 한다.

---

2 김수업, 『국어교육의 길』(2판), 나라말, 2000, 10~17면.

2. 교육 이데올로기와 문학교육

'문학' 이 국어교육의 내용으로 자리잡은 제4차 교육과정에서부터 지금의 제7차 교육과정까지 시는 '문학' 의 영역 중에서 가장 중요한 장르로 학생들이 창작(표현과 쓰기)과 감상(수용과 읽기)에 절대적인 역할을 하여 왔다. 따라서 시 작품의 선정은 "올바른 지식과 체계적인 작품 감상의 원리를 학습하게 하고, 이를 바탕으로 작품을 이해하고 감상하게 함으로써 상상력을 계발하고 인간과 세계에 대한 총체적 체험을 하는 데에 그 목적이 있다"[3]는 고등학교 문학과목의 성격과 목적에 나타나 있듯이, 그 것을 맛보고 향유하는 수용의 측면에서뿐만 아니라 자신의 내면 세계를 창조적인 언어로 나타내는 표현과 생산에 중요한 목적을 두고 있기 때문에 대단히 중요한 문제라고 하지 않을 수 없다.

현대문학은 이제 한 세기에 이르는 시간의 축적을 가지면서 수많은 작품이 산출되고 작품의 의미와 맥락 또한 새롭게 규정되었다. 이를 학교 교육과의 관련 속에서 살펴보면 대표적인 것이 6차 교육과정까지 국어와 문학 교과서에서 찾을 수 없었던 납·월북 작가들의 작품들의 문학적 가치가 새롭게 조망되고, 이들이 추구한 문학과 이념을 포용하려는 움직임이 보이면서 수용되고 있다는 점에 있을 것이다. 백석과 정지용은 물론 임화와 카프문학의 선택과 배제는 한국 사회의 정치·사회적 구조가 교육 국면에 작용한 역학 관계에서 찾을 수 있다. 구체적으로 임화 시의 경우는 해방 직후 간행된 교과서에는 수록되었으나, 제1~6차 교육과정까지는 엄격히 배제되었다가, 7차 교육과정에 이르러 다시 수

---

3 제6차 교육과정, 교육부 고시.

용되는 양상을 보인다.[4] 이런 교과서 수록시의 변화는 문학사 전반에 대한 새로운 의미화와 함께 편협한 냉전 이데올로기를 극복하는 문학사의 서술에도 상당히 긍정적으로 작용할 수 있을 것으로 본다. 아울러 시 교육을 비롯한 문학교육은 청소년인 학습자를 대상으로 이루어진다는 점에서도 학습자 변인에 대한 고려도 있어야 할 것으로 본다. 학습자의 시심을 일깨우기 위해 문학적인 가치가 검증된 작가의 질적 우수성이 보장된 텍스트를 선정하되, 그것이 동시대의 경험과 학습자의 정서에 호소할 수 있는가를 함께 고민하지 않으면 안 된다. 그러나 두 요건을 완벽히 만족시키는 텍스트는 그리 많지 않을 것이며, 반드시 그럴 필요도 없다고 본다.

왜냐하면 텍스트와 학습자 사이에는 교사라는 중개자가 있어 상호소통을 위한 매개를 해줄 수 있고 학습자의 체험으로 전환, 승화시킬 수 있기 때문[5]이다. 학습자 중심의 문학교육에서 제재 선정의 문제는 가장 우선적으로 고려되어야 할 요건[6]이라는 것도 학습자의 정신적인 성장에 바람직하게 기여하는가 하는 문제가 전제될 때 성립될 수 있다.

이런 점에서 우리는 국어 교과서에 실린 시들의 중요성을 다시 한번 되새길 필요가 있다. 시가 독자와 만나는 가장 중요하고 대중적인 자리는 학교 교육의 현장이다. 많은 사람들이 학교라는 제도권을 통해 시에 눈뜨고, 시심을 키우고, 시적 열정과 상상력을 계발하고, 시에 대한 지적인 정

---

4 박기범, 「제7차 교육과정에 따른 문학 교과서의 내용 분석 연구」, 『문학교육학』 제11호, 문학교육학회, 2003, 104~106면.
5 박호영, 「시인과 독자의 상호소통을 위한 전략」, 김은전 외 『현대시 교육의 쟁점과 전망』, 월인, 2001, 195면.
  윤여탁 외, 『시와 함께 배우는 시론』, 태학사, 2002, 277면.
6 윤여탁 외, 앞의 책, 279면.

보와 체계를 얻는다.[7] 청소년 시절에 국어 교과서에서 읽는 작품은 시에 대한 개개인의 선입관을 형성하게 하여 그 사람의 생애 전체를 통해 '좋은 시'에 대한 인상을 각인시키는 기능을 하며 그 쪽 방향으로의 글쓰기를 무의식적이고 지속적으로 유도한다.

김소월, 한용운, 정지용, 변영로, 김영랑, 유치환, 이육사, 박목월, 김기림, 김광균, 신동엽 같은 작고 시인에서부터 김지하, 신경림 등의 중진, 김용택, 안도현, 정일근, 나희덕 등의 젊은 시인에 이르기까지 다양성을 보이고 있는 제재 선정의 면모는 6차 교과서에 수록된 시들이 대부분 5~60년대 이전에 창작된 작품들이었던 데 비하여 커다란 차이를 보인다. 또 제7차 교육과정 11, 12학년을 대상으로 하는 『문학』 과목의 11종 교과서의 수록작품들을 빈도 순으로 살펴보면 신동엽의 「껍데기는 가라」가 압도적으로 많이 수록되어 있고(11회, 본문 6+학습활동 및 기타 읽기 자료 5, 이하 본문, 기타 자료 순으로 숫자표기), 8회 수록도 천상병의 「귀천」(8회, 0+8), 이육사의 「절정」(8회=7+1), 한용운의 「님의 침묵」(8회=6+2) 등 3편, 7회 수록도 황지우의 「새들도 세상을 뜨는구나」(7회=5+2), 김춘수의 「꽃」(7회=4+3), 이상화의 「빼앗긴 들에도 봄은 오는가」(7회=4+3), 김지하의 「타는 목마름으로」(7회=2+5), 김상용의 「남으로 창을 내겠소」(7회=2+5), 김영랑의 「모란이 피기까지는」(7회=1+6), 윤동주의 「서시」(7회=1+6), 최남선의 「해에게서 소년에게」(7회=7+0) 등 8편, 6회 수록이 이육사(「교목」), 김동명(「내 마음은」), 김동환(「산넘어 남촌에는」), 백석(「여승」), 정지용(「유리창1」, 「향수」), 김수영(「풀」) 7편, 5회 수록이

---

7 송희복, 「시 교육의 이론적 성찰과 수업의 실제」, 『새국어교육』 제68호, 한국국어교육학회, 2004. 12, 7면.

이상 「거울」, 박목월 「나그네」 등 18편이 수록되어 있고, 외국시, 북한시, 친일시, 학생이나 비전문인의 시와 함께, 군가, 가곡, 대중가요 가사, 인터넷, 만화, 그림 등의 다양한 매체가 시와 결합되어 나타나고 있다.[8]

이들 시교육 제재들의 편성은 기존의 정전 중심의 교육을 바탕으로 하되 학습자의 정서적 현실에 따라 시교육이 문화교육의 일환으로 어떻게 재구성되고 설계되어야 하는 문제를 고려한 선택의 결과로 보여진다.

이는 현대시 교육의 지배적 담론의 변화과정을 통해서도 고찰할 수 있는데 현대시 교육의 지배적 담론이 '분석주의'에 '역사주의'가, 그리고 거기에 다시 '수용이론'이 부가되어 온 양상[9]이었다면 제7차 교육과정 역시 상대적으로 현실 비판적 태도를 분명하게 드러내는 작품들이나 분단이나 외세 문제를 다룬 시들이 크게 부각되고, 소통이 어렵다는 이유로 비교적 난해하다고 판단되는 모더니즘 계열의 작품들은 여전히 수용되지 않는 특징을 보이며 학습자 중심의 제재 또한 폭넓게 활용되는 특징을 보인다.

현재 문단에서 활동하고 있는 젊은 시인들의 시를 많이 수용하는 것 역시 수용이론이 전제된 것일 터인데, 우선 학습자들에게 당대 시문학의 경향에 대한 이해를 유도하고 있을 뿐 아니라, 교단이나 실생활 속에서 건져 올린 시들을 통해 우리 시대의 삶의 문제를 함께 고민하게 하고 수용자와 시문학과의 거리를 좁히려는 의도를 읽게 한다. 시를 삶과 분리시키지 않으려는 이러한 배려는 긍정적인 면이라 할 수 있다. 그럼에도 문학사적으로나 문학 교육적으로 공인된 평가를 얻지 못한 작품을 너무 무분

---

8 박기범, 앞의 논문, 앞의 책, 103~104면.

9 정재찬, 「현대시 교육의 지배적 담론에 관한 연구」, 서울대학교 박사논문, 1996.

별하게 다루고 있다는 점을 지적할 수 있다.

다시 이를 서정주 시에 국한하여 살펴보면, 우선 국어교과서에는 그의 텍스트가 완전히 사라졌다. 이는 일견 사소한 문제처럼 보이지만 국정 교과서는 '국민 공통 기본 교육 과정'이라는 말에 나타나듯 국민이라면 누구나가 알아야 할 시의 목록에 서정주의 시가 빠졌다는 점에서 적지 않은 비중을 가지는 문제이다. 또 검인정 문학 교과서에 「추천사」가 3회, 「동천」과 「신부」가 각 2회, 「귀촉도」, 「견우의 노래」, 「춘향유문」이 각 1회씩 수록되어 있는 형편은 앞서의 예시에서 나타나듯 문학적 성취도에 있어 타시인들과의 형평성에서 크게 기울어 있는 형국이다.

실제로 그동안 수록되어 오던 서정주의 시 가운데 「자화상」, 「화사」, 「국화 옆에서」, 「학」, 「무등을 보며」와 같은 주요 작품이 빠지게 되면서 과거 우리 학교 교육에서 서정주 초기 시부터 후기 시까지 전체를 학습대상으로 삼아오던 것에서 현격한 후퇴를 보이고 있음을 알 수 있다. 이렇듯 서정주의 시가 빠지거나[10](『국어』 교과서), 문학성에 비해 미미하게 취급되거나 기피되는 현상(『문학』 교과서)은 선뜻 받아들이기 어렵다. 그동안 서정주의 작품은 주로 순수문학의 범주에서 다루어 왔다. 그리고 역사주의를 적용시킨 작품으로는 이육사와 윤동주를 비롯한 여러 텍스트들이 있다. 그렇다면 유독 서정주의 시가 교과서에서 제외된 것은 무슨 까닭인가?

서정주의 작품은 독자와의 소통에 중점을 두는 수용이론을 적용해도 훌륭한 학습의 대상이 된다고 판단된다. 국어과 시 교육에서 요구하는 운율, 표현(이미지), 주제 등의 계발이라는 하위의 학습 목표에서도 서정주의 시는 가장 중요한 대상으로 활용될 수 있다.

---

10 손진은, 『서정주가 빠진 국어 교과서』, 시평 2003 여름.

서정주의 작품에 대한 이런 폄하 현상은 문학교육 제재 선정의 균형감각 상실에 기인한다고 할 것이다. 문학교육 제재 선정은 미학적 성취, 작품 세계의 삶, 작품의 윤리 등이 교조적이거나 기계적으로 적용되어서는 합리적으로 실현될 수 없다. 실제로 교과서의 제재 선택양상이 현실의 변화를 적극적으로 수용하고, 분단의 극복을 위한 시대적 의지를 반영하는 양상을 포괄하고 있다면, 이와 함께 문협정통파의 미학을 비롯하여 다양한 정신사적 흐름을 껴안을 수 있어야 한다. 이때 문학사는 내용과 맥락에서 깊이와 넓이를 아울러 가지고, 이를 문학교육의 현장에 적용시킬 수 있다. 문학이야말로 자율성을 생명으로 하고 있는 영역이기 때문이다. 교육은 당대의 이데올로기를 전파하는 중심적 기제[11]라 할 때 그 이데올로기의 스펙트럼은 넓을수록 좋은 것이다. 실제로 김팔봉의 시 「가라 군기 아래로」, 김용제의 「님의 부르심을 듣고서」와 같은 친일시를 교과서에 수록한 것도 이런 입체적인 교육을 위한 의미 있는 시도라 할 수 있다. 실제로 서정주의 경우에도 친일의 범위를 명확하게 밝혀 친일의 사실이 서정주의 전 시작과정이나 친일과 관련이 없는 다른 작품(의 분석)에 하나의 이데올로기로 작용하는 우를 범해서는 안 된다고 본다. 그래야 우리의 문학적 자산을 스스로 파기하지 않을 수 있기 때문이다.

서정주의 시가 국정 교과서에서 빠진 것은 그의 친일과의 관련이 직접적인 원인이 된 것으로 판단된다. 왜냐하면 국정 교과서에 수록되거나 문학교육의 제재로 수용되고 있는, 위에서 언급한 시인들과 작품들의 목록을 보더라도 서정주만한 미학적 성취를 보여주고 있는 시인이 드물고, 실제로 서정주의 시는 친일경력이 불거진 이후로 점차 국어 교과서에서 수

---

11 강진호, 「교과서 · 문학 교육 · 교사」, 『문학교육학』 제9호, 문학교육학회, 2002.

록숫자가 줄어들다가 현재는 완전히 제외되었고, 검인정 '문학' 교과서에서마저 수록 편수가 현저하게 줄어들고 있는 실정이기 때문이다.

서정주 친일의 맥락은 그의 미학적 동양주의, 즉 일제 말기에 당대를 풍미하던 '근대의 초극론'과 연결되면서 파시즘 체제를 적극 옹호하는 '전선총후' 미학과 관련되어 있다.[12]

그의 「시의 이야기」[13] 중 "동아공영권(東亞共榮圈)이란 또 좋은 술어가 생긴 것이라고 내심 나는 감복하고 있다. 동양에 살면서도 근세에 들어 문학자의 대부분은 눈을 동양에 두지 않았다. (……) 시인은 모름지기 이 기회에 부족한 실력대로도 좋으니 먼저 중국의 고전에서 비롯하여 황국(皇國)의 전적(典籍)들과 반도(半島)의 옛것들을 고루 섭렵하는 총명을 가져야 할 것이다. 동양에의 회귀가 성(盛)히 제창되는 금일이다."와 같은 글에서 보이는 착오와 불행은 '국민시가'의 내적 기능과 가능성을 동양적 전체성의 견지에서, 그리고 동양의 심미화를 통해 추구했다는 점에 있다. 말하자면 '동아공영권'이라는 말에 들어 있는 전쟁과 파시즘의 광기의 본질에 제대로 눈뜨지 못한 채 문화의 관점으로 접근하는 오류를 범하고 있는 것이다. 이런 정신적 파탄은 「오장 마쓰이 송가」, 「헌시」, 「무제」 등으로 이어지는데, 이는 자신의 전기에서도 "일정말기 한 때 엉터리였던 내 오판"이라는 말[14]로 시인하고 있다.

여기서 우리가 꼼꼼히 검증해야 할 것은 서정주의 이러한 '동양회귀' 내지 '근대초극의 논리'에의 동조가 그의 보수적 전통관의 직접적 근거

---

12 최현식, 『서정주 시의 근대와 반근대』, 소명출판, 2004, 263면.
13 김규동 편, 『친일문학작품선집』, 실천문학사, 1986, 287~290면.
14 서정주, 『서정주문학전집』 3, 일지사, 1972, 264면.

가 되었느냐 하는 것이다. 이 문제는 서정주의 전통주의가 친일논리를 내적으로 함의하고 있다고 볼 수 있는 근거가 되기 때문에 대단히 중요한 문제를 야기시킨다. 김재용은 「전도된 오리엔탈리즘으로서의 친일문학」이라는 글[15]에서 "전통의 세계와 정한에 대한 서정주의 탐구는 결코 해방 후에 시작된 것이 아니다. 일제 말 친일문학을 쓰기 시작할 무렵에 형성된 것이다."는 논지를 펴고 있고, 박수연은 서정주의 영원주의가 "일본의 근대초극론의 영향을 받아 전통에 대한 관심으로 드러나던 잠재적 영원주의 시기로부터 뿌리를 내리고 있다"[16]고 주장한다. 그러나 서정주의 '전통'과 '영원성'에 대한 자각은 1930년대 중·후반 '고전부흥론' 및 '동양문화론'과의 교섭과 함께, 순수시의 내밀한 진원지로서 '고향'의 재발견에 의해 일어난 것이다. 이런 경향에 대한 창작은 존재의 영원한 고향을 수대동에서 찾은 「수대동시」[17]와 이와의 연장선상에서 자아의 연속성과 동일성의 확신을 찾은 「부활」[18], 그리고 한국적 정한의 세계를 노래한 「귀촉도」[19] 같은 귀향의 시편들에서 이미 충분히 시도되고 있다. 그리고 서정주는 1941년 이후 '영원'에 대한 머뭇거림과 확인의지를 담은 시편들을 반복할 수밖에 없는데 그는 이런 불확실성에 대한 논리적 근거를 근대의 초극에 결부된 '동아공영권'이라는 동양주의가 메워줄 것으로 착각[20]한 것이다. 이러한 점을 고려하지 않을 때 서정주 시작의 거의 전

15 『실천문학』, 2002년 여름, 72~74면.
16 박수연, 「절대적 긍정과 절대적 부정」, 『포에지』 2000년 겨울, 62면.
17 『시건설』, 1938. 6.
18 『조선일보』, 1939. 7. 19.
19 이 시는 서정주 자신이 1937년에 썼다고 진술하고 있다. 『서정주문학전집』 3, 일지사, 1972, 186면.
20 최현식, 『서정주 시의 근대와 반근대』, 소명출판, 2004, 136면.

과정에 걸쳐 나타나는 전통과 영원에 탐구의지는 그 진정정과 윤리성에서 의심받을 소지가 크다고 할 수 있다. 이런 맥락에서 다음 장에서는 서정주 시작의 거의 전과정에서 '영원성'의 확대와 심화과정 속에서 그의 친일논리가 과장되었음을 논증하려고 한다.

3. '영원성'과 친일논리의 관계

서정주의 시를 어떻게 읽어내는가 하는 것은 그리 간단한 문제가 아니다. 그것은 그의 세계가 그만큼 다양한 깊이와 넓이를 가지고 있기 때문이다. 이를 해결하기 위해 연구자들은 시간과 관련시켜 읽는 시도[21], 공간 상상력으로 읽는 시도[22], 자아와 시공간을 아우르려는 시도[23]등 다양한 관점의 시도를 행해 왔고, 이를 보다 섬세하게 해명하기 위해 시 텍스트의 생산과 의미화 과정에 대한 연구[24]까지 시도되고 있다. 어느 연구자는 그의 시의 핵심을 '생명과 영원'[25]으로, 또 다른 연구자는 변모 과정의 동인을 '유목의 정신'[26]으로 파악하고 있지만, 여기서 중요한 것은 60여년의 시작 기간 동안 열다섯 권의 시집을 내기까지 끊임없는 자기 변모의 과정을 거쳐온 이 대가 시인이 추구해온 일관된 시 정신이 어디로 수렴되는가 하는 점이다.

본고는 서정주 평생 시학의 노정은 '영원성'이라는 화두였음을 밝히고

21 손진은, 「서정주 시의 시간성 연구」, 경북대학교 박사논문, 1995.
22 유지현, 「서정주 시의 공간 상상력 연구」, 고려대학교 박사논문, 1997.
23 엄경희, 「서정주 시의 자아와 공간 · 시간 연구」, 이화여자대학교 박사논문, 1999.
24 최라영, 「서정주 초기 詩텍스트의 의미화 과정 연구」, 서울대학교 석사논문, 1999.
25 윤재웅, 「서정주 시 연구」, 동국대학교 박사논문, 1995.
26 김수이, 「서정주 시의 변천과정 연구」, 경희대학교 박사논문, 1997, 7면.

이 과정에서 친일 혹은 순응주의로 평가되어 온 그의 시들에 대한 평가는 재고되어야 함을 논증하고자 한다.

'영원성'은 서정주 시의 거의 전과정에 나타나는 방법적 미학과 근거이자, 시의 내질을 이루는 중요한 동인으로 작용한다. 우주적 무한과 시간적 영원을 본질로 하는 '영원성'이라는 가치화된 시간 범주를 그는 시작의 전과정에서 주목해 왔다. 말하자면 그는 영원성을 필생의 화두로 잡고 시 세계를 확대시키고 심화시켜 갔던 것이다. 예를 들어 서정주는 「자화상」에서 현재의 가난과 수치, 죄의식 등을 당당하게 인정한 후 "이마 우에 얹힌 시의 이슬"로 상징되는 시에 대한 절대적 의지와 신뢰로 극복한다. 즉 생명성에 대한 추구보다는 '시의 이슬'을 구체화할 수 있는 방법에 대한 고민에 자신을 던지는 것이다. 「바다」, 「역려」 같은 시편에서 탈향에 대한 의지와 함께 드러나는 '꽃'과 '피리소리'의 이미지는 영원성을 대변하는 이미지이다. 서정주는 이어 「수대동시」에서 영원성의 시간의식과 최초로 만나는데, 이때 그의 귀향은 근대 내지 서양적인 것에 대한 결별과 부정을 동반한 동양적·조선적인 것의 재발견 속에서 이루어진다. 「부활」에서는 이 영원성이 내면화되며, 1943년 창작된 「꽃」에서는 '혼교' 의식의 경험을 하늘과 땅, 과거와 현재에 걸쳐 두루 편재된 꽃의 이미지를 통해 그리고 있다. 여기서 '꽃'은 종교성과 시성이 온전히 결합된 개념이다.

그런데 서정주가 그 특유의 '영원성'을 발견하고 내면화하는 과정은 당대 현실과의 관련을 가지는데, 당시 지식인 사회를 휩쓴 근대 초극론의 분위기에서 조선 및 동양문화의 재발견과 회복에 대한 열망을 구체화할 수 있는 싹을 발견한다. 그러나 그의 미학적 동양주의에 대한 열망은 결국 천황 파시즘 체제에 봉사하는 전쟁논리로 귀결되는 파탄에 직면하게 된다. 이 친일은 이후 서정주 시를 폄하하는 논리로 악용되면서 그의 시작 생활 끝까지 그를 괴롭히는 요인으로 작용하게 된다. (그러나 이 논리적 파탄이 전통과 영원성에 대한 탐구의 시초가 아님은 앞에서 밝힌 바와 같다.) 서정주가 추구하는 영원성은 그때까지 여전히 자아의 주관화된 경험 이상을 넘어서지 못하는 단점을 내포하고 있었다. 서정주는 이런 한계를 「추천사」, 「춘향유문」 등으로 구성된 '춘향의 말' 연작에서 전통 서사의 도입으로 극복하는데, 이들 시에서 서정주는 존재의 한계를 인연설 및 윤회설을 받아들임으로써 초극한다. 불교적 사유가 '영원성'의 내적 논리로 수용되는 것이다. 서정주는 한국전쟁의 와중에서도 여전히 푸르름을 자랑하는 자연에서 삶의 이상적 모델을 발견한다. 서정주는 이렇듯 서사적 전통과 낭만적 자연관을 필요에 맞게 변용함으로써 그것의 실재성을 보충해 나간다. 서정주가 영원성의 기원을 찾은 것은 신라의 '풍류도'이다. 그는 고대 신앙과 유불선이 합성되어 생성된 자연관인 풍류도에서 유교를 제외시키면서 신라정신의 핵심으로 정립한다. 여기서 그는 시공간을 초월한 영혼끼리의 대화와 교통을 믿는 혼교(영통) 신앙을 '영원성'의 내적 논리로 확립한다. '신라'와 '풍류도'의 많은 부분은 1950년대 후반 이후 근대국가의 필요성에 따라 그 내용과 형식이 보충되어 창안된 전통에 해당한다. 그러나 서정주는 풍류도에서 민족의 재창조나 재구성보다는 '영원성'과 심미적 삶의 계기를 이끌어내는 일에 주력함으로써 일정한 차별성을 확보한다. 시집 『新羅抄』의 사상적 기저인 윤회와 연기의 불교사상에는 현세에서의 초월과 영원에 대한 갈망이 내재해 있었으며, 선덕여왕, 백결, 사소 등 그가 창조한 인물들은 가변적인 역사 속에서도 영원히 죽지 않고 살아있는 우리 민족의 원형적인 인물의 역할을 담당한다. 『新羅抄』의 나머지 시편들과 『冬天』에 수록된 시편들을 통해 서정주는 영원성을 일상을 심미화하는 절대적 가치체계로 확립한다. 서정주는 이의 구현을 위해 불교적 상상력과 은유에서 힌트를 얻은 방법들인 은유와 아날로지(유추)라는 동일성의 상상력을 적극적으로 개발한다. 그러나 서정주는 곧 종교 교리를 시의 상상력으로 전유한 것에 불과하다는 회의에 도달한다. 영원성은 혼교의식이나 불교적 사유를 통해서만 해석될 수 있다는 것은 바로 이런 한계에 해당한다. 『질마재 神話』에 이르면 서정주는 영원의 비전을 일상에서 찾게 된다. 그는 '질마재'를 '영원성'이 편재하는 이상적 공간으로 재구성하면서 '영원성'의 관념성과 비현실성을 극복하게 된다. 이때 질마재는 근대적 일상을 대체할 이상적 모델로 확립되는 것이다.

서정주는 영원성의 보충과 확대라는 작업을 기층어 내지 토속어를 통해 밀고나감으로써 외래적 사유와 종교의식을 토속어로 새롭게 변용시키는 방법을 보여주고 있다. '떠돌이 의식'은 바로 이 영원성의 확대와 심화를 위해 그가 수행한 전략임을 우리는 알 수 있다.

이상의 논의를 통해 우리는 전통적 정한의 세계에 대한 탐구가 일제 말 친일문학을 쓰기 시작할 무렵부터 배태되었다는 주장이 사실이 아니며, 따라서 서정주의 일련의 시들의 가치가 부정되어서는 안 되는 것임을 알 수 있다. 서정주는 영원성에 대한 일관된 탐구의지를 갖고 있었는데, 일제 강점기 말 유행처럼 지식인 사회에 번졌던 근대초극에서 발원한 동아공영권이라는 동양주의가 논리적 근거를 제공할 이론으로 착각되었던 것이다.

4. 문학교육 제재로서의 서정주의 시

앞의 논의를 통해서도 조금 밝혀진 바 있지만 현실, 역사, 종교적 행위를 불문하고 모든 것을 심미적 자아의 관점에서 인식하고 이해하는 서정주의 '영원성'의 심미화 과정이 역사적 근대성과 이성의 불모성에 대한 나름의 저항과 비판이 내장된 것[27]임을 알 수 있다. 따라서 그의 마지막 시집 『80소년 떠돌이의 시』 후기에서 자신의 삶과 시에서 지향하는 세 가지의 지표로 제시하고 있는 자연인, 영원인, 역사인의 개념도[28] 크게는 영원성의 심미화 과정으로 포섭시킬 수 있을 것이다. 이 심미성의 관점에서 볼 때 "내 인생 경험을 통해서 실제로 감동한 내용이 아니면 절대로 시로 다루지 않는" 전력(前歷)을 지녀왔으며, "시의 착상에서는 물론 그 표현에서도 남의 '에피고넨'이 되는 것"을 거절해왔다[29]는 진술이 제대로 이해될 것이다.

서정주 시가 다루는 시간과 공간은 다른 어느 시인보다 넓고 크다. 깊이 있는 세계를 다루되 그의 시는 결코 관념적이지 않고 자신의 사고로 걸러낸 모습을 시로 담아낸다. 아울러 자신의 어법과 육성으로 시를 만든다. 그는 어떤 소재든 그가 아니면 쓰여질 수 없는 독자적인 호흡과 울림으로 육화시키는 타고난 재능을 가지고 있는 시인이다. 이 점이 그의 시가 '부족방언의 요술사'라는 평가[30]를 받게 하는 요인이다.

그의 시는 넓이와 깊이를 아울러 가진다. 넓이를 가진 경우의 대표적인 시집이 『西으로 가는 달처럼』(1982)이라면, 깊이를 가진 대표적인 경우는 『鶴이 울고 간 날들의 詩』(1982)이다. 전자가 세계 풍물기를 담은 것이라면 후자는 역사 속으로의 진입이다. 그는 어떤 대상이든지 시인 자신의

---

27 자세한 것은 손진은, 「서정주 시의 반근대성 연구」, 『새국어교육』 제64호, 2002, 229~248면 참조.

28 서정주, 「나의 문학인생 7장」, 『90소년 떠돌이의 시』, 1997, 101~102면.

29 서정주, 앞의 책, 103면.

30 유종호, 「소리지향과 산문지향」, 『미당연구』, 민음사, 1994, 328면.

시각으로 재창조한다. 시인이 접하는 대상들은 엄청난 시공간에 걸쳐 있지만 모든 것의 중심에 '나'와 '민족'이 있음으로서 문화적 현상과 충격들은 나에 의해서 흡수되고 순화되는 것이다. 이는 세계의 풍물들이나 문화를 다룬 모든 시들에서조차도 한결같이 그 중심이 되는 정서는 그 보편적인 문화의 내질이 '나'와 집합의지로서의 '우리 민족'의 정서와 만나고 있는 것이 된다. 그의 시(와 시집)에 자주 붙는 '떠돌이' 의식이라는 것도 '영원성'의 바탕에서 '나'라는 주체로 수렴하기 위해 그가 수행한 전략이라고 할 수 있다.

필자는 여기서 서정주의 불철저한 현실인식과 역사의식에 따른 판단착오와 친체제적 행위를 빌미로 그의 시를 교육제재에서 제외한 현상에 이의를 제기하며 '국어' 교과서에 그의 시를 다시 수록할 것을 제안한다.

우선 '국어' 교과서는 물론, '문학' 교과서에서마저 제외된 「자화상」, 「화사」, 「국화 옆에서」, 「학」, 「무등을 보며」와 같은 작품이 복귀되어야 한다. 예를 들어 「국화옆에서」에 나오는 '누님'의 이미지를 해방정국에서 과거 "자신의 부끄러운 행적과 행동에 대한 반성과 성찰의 자세를 보이고 있"는 것[31]으로 교육적 해석을 시도하는 것은 논리적 결함을 노출한다.

> 그립고 아쉬움에 가슴 조이던
> 머언 먼 젊음의 뒤안길에서
> 인제는 돌아와 거울 앞에 선
> 내 누님 같이 생긴 꽃이여
>
> ─「국화 옆에서」 부분

---

31 윤여탁, 「문학교육에서 이론의 위치」, 앞의 책, 43면.

여기서 누님은 오히려 소쩍새와 천둥의 울음소리가 만들어낸 완성과 성숙의 이미지로 재생되며, 어려운 시절을 보낸 우리 한국인들의 마음 속에 보편적으로 존재하는 '보편적인 누님'의 상이 될 수 있는 것이다.

> 우선 '한 송이 국화'를 인생 내지 인간으로 연역한다. 사람은 누구나 어떤 의미에선 저 초라한 국화꽃 한 송이와 비길 수 있는 미미한 것이다. 그러나 이 미미한 한 송이 국화를 키우기 위해서는 봄부터 지금까지 소쩍새의 울음과 천둥으로 표현되는 길고도 아픈 세월이 있었던 것이다. (중략)
> 이번에는 이 작품이 시로서 갖는 독자적 예술성을 고려할 필요가 있다. 첫째, 이 작품이 가지고 있는 반복 양식, 즉 서곡, 주곡, 종곡의 구조 등 음악적 구성법을 들 수 있다. (중략) 둘째, 소쩍새 울음과 천둥이 상징하는 미의 영역을 들 수 있다. 그것은 형성미 혹은 원숙미이다. (중략) 셋째, 국화, 소쩍새, 무서리 등이 환기하는 전통의 힘을 들 수 있다. 즉 고전에서부터 현대에 이르기까지 한국 문학 내지 동양 문화권 속에서 씌어지고 알려지고 창작되고 이해된 모든 국화와 소쩍새 관계의 작품의 무게가 작용하고 있다. 이런 세 가지 보이지 않는 힘 혹은 구조에 의해 이 작품이 씌어졌고 그 구조가 바로 감동의 소재가 된다.[32]

리듬, 미의식, 전통 등이 복합적으로 작용 생산된 실체로 작품을 읽을 때 이 작품의 수용미학적 가치는 더 풍성해질 수 있다. 세 요소가 각각 중요한 작품 감상의 인자로 작용하며 끊임없는 의미작용을 하고 있기 때문이다. 특히 전통의 문제는 이 작품을 고대로부터 오늘에 이르기까지 동양 문화권에서 창작된 모든 작품이나 문화와의 상호텍스트성으로 읽음으로써 이 작품 해석의 층을 더욱 두텁게 한다. 이는 전통시가의 구성원리인 전경후정의 이분법과 기승전결의 4단 구성에서 문화적 전통 수용의 맥락

32 김윤식, 『한국 근대문학의 이해』, 일지사, 1973. 여기서는 박용찬, 『시 교육 방법의 이론과 현장』, 도서출판 영한, 144~145면 재인용.

으로 이 작품을 읽은 수용자[33])와도 그 바탕에 깔린 의식은 크게 다르지 않다. 이 작품은 이와 함께 작품이 가지고 있는 문화적 배경과 그것을 가르치는 사회의 문화적 배경과의 관련성 속에서 파악될 때 문학교육적 의미는 더 드러나며, 문화주의나 문학주의의 틀에서 벗어나 교육의 실천적 현장을 함께 고려할 수 있게 되는 것이다.

「학」과 「무등을 보며」에서 흔히 지적하곤 하는 순응주의[34]) 역시 이런 문화적 관점에서 바라 볼 때 더 선명한 색채를 띨 수 있다고 판단된다. 그의 생래적 기질과 '영원성'의 완성과정에서 생성된 민족의 끈질긴 정서와 한, 여유, 달관으로 볼 수 있는 것이다. 「자화상」과 「화사」는 세계에 대한 도전의식과 패기, 강렬한 주제로 개성을 확보한 시편들로 교과서 수록에서 제외될 하등의 이유가 없다고 본다.

서정주의 시는 주제(「화사」, 「학」, 「무등을 보며」, 「국화 옆에서」 등 거의 모든 시편)나 운율(「귀촉도」, 「동천」, 「푸르른 날」), 이미지(「국화 옆에서」, 「목화」)와 상징(「화사」, 「동천」), 자아(「자화상」), 화자(「춘향유문」연작), 전통성(「신부」, 「귀촉도」), 그리고 최근의 담론인 생태시학(「논가의 가을」) 어느 것을 적용해도 가장 적절하게 활용할 수 있는 텍스트로 손색이 없다. 아울러 서정주 초기부터 후기까지 전체를 학습대상으로 그의 시의 변모과정을 고찰해 보는 것도 중요한 의미가 있다고 본다.

무엇보다 그의 시는 기층민들의 '구슬리는 말법'이 시의 문맥 속에 녹아 있고 겨레의 지혜와 삶의 방식을 오롯이 알 수 있어, 수용자에게 민족

---

33 윤여탁, 앞의 책, 222~223면. 이 논리에 의하면 윤여탁은 서정주 시에 대한 평가뿐만 아니라 문학제재에 대한 태도에서 열린 시각으로 나아가고 있음을 보여준다.
34 최두석, 「서정주론」, 『시와 리얼리즘』, 창작과비평사, 1996, 274~281면.

문화 유산의 전수와 당대문화에 대한 문화적 능력을 고양하는 문학교육 본래의 목표에 부합함은 물론 한국인이라면 누구나 음미해야 할 세계를 가지고 있다고 판단된다.

물론 '현실 고유의 다양성과 복합성, 이질성에 대해 눈감게 한다.'[35]거나, 언제나 이기는 자의 편에 서는 '샤머니즘의 윤리관'에서 발원되었다는 비판[36] 부딪히기도 한다. 그러나 이런 부족한 점은 다른 이들의 시에서 얼마든지 보상받을 수 있는 것이다. 한 사람의 시에서 모든 것을 기대할 수는 없다. 아울러, 서정주 시가 가진 그 결함도 그 평생의 시학 노정이었던 '영원성의 미학' 전체를 허물어뜨리지는 못한다. 하나의 주제를 붙들고 평생을 시와 고투한 흔적은 세계 시사에서도 보기 드문 현상이다. 그런 점에서 그의 시는, 일제 말기의 논리적 파탄까지를 포함하여 우리 시사가 끌어안아야 할 유산이다.

국어교과서에 수록된 시, 특히 정전의 대상으로 선택된 시들은 그 민족 문화의 정수요 얼굴이다. 우리 겨레라면 누구나 학생시절에 맛보아야 할 '국민 공통 기본 교육 과정' 시의 목록에 서정주의 시가 빠진다면 균형감각의 결여에서 파생된 결과로밖에 볼 수 없다. 그런 점에서 지배이데올로기의 성급한 적용으로 인한 문학교육 제재 선정은 재고되어야 한다.

---

35 최현식, 앞의 논문, 165면.
36 황동규, 『문예중앙』 2002. 가을, 대담, 201면.

제2부

시와 리듬

1. 리듬의 개념

리듬을 사전적으로 풀이하면 상이한 요소들이 재현하는 흐름이나 운동을 말한다. 넓은 의미에서는 춘하추동과 같은 계절의 변화나 생로병사와 같은 인생의 현상들을 계절의 리듬이나 생의 리듬으로 말하는 까닭이 여기에 있다.

예술에 있어서도 무용, 음악 등이 특히 리듬을 생명으로 하고 있다. 리듬을 통해서 우리는 기억을 촉진시키고 감정을 강화시키며 결국은 정서에 통일감과 조화감을 부여받게 된다. 리듬을 가지고 있는 시가 그렇지 못한 시보다 훨씬 친숙하게 다가오고 우리들 기억에 오래 남는 이유가 여기에 있다. 김소월과 서정주, 박목월 등의 시가 오랫동안 많은 사람들 사이에 애송되고 있는 것도 바로 시의 리듬, 즉 음악성 때문이다.

시의 리듬, 즉 운율은 독자의 호기심을 자극하고 만족시키는 동일한 과정을 되풀이한다. 하나의 리듬은 그 자체로서는 뚜렷한 의식의 대상이 되기에는 미약하지만, 그것이 계속해서 되풀이될 때에는 그 축적된 힘으로 상당히 큰 심리적 효과를 빚어낸다. 운율의 계속적인 자극으로 독자의 감정과 주의는 더욱 예민해지고 활발해진다. 일반적으로 시의 리듬은 독자에게 짝맞춤(symmetry)과 조화감(harmony)의 효과를 주는 것으로 알려져 있다. 짝맞춤이란 반복, 혹은 대칭으로 두 번 이상 되풀이되는 과정에서 나타나는 속성이고, 조화감은 질서의식, 즉 심리적 기대가 충족되어질 때 얻어지는 안정감을 말한다. 이때 독자들은 질서화 속에 자아를 발견하며 통시적 동일성과 통일성을 확인할 수 있다.[1]

그러나 시의 운율은 시의 내용을 풍부하게 하는 데 기여하는 수단과 방법이 되어야 한다. 운율이 따로 놀거나 없는 내용을 감추기 위해 쓰이는 운율이라면 아무 의미가 없다. 말하자면 한 편의 시에 있어서 운율과 의미는 서로 따로 떨어져 있어서는 안 되며, 운율이 시의 의미에 생명력을 주고 시의 감동을 심화, 확대하는 방향으로 기여하여야 한다는 말이다.

시의 운율은 운(rhyme, 押韻)과 율(meter, 律格)을 포괄하는 개념이다. 여기서 압운과 율격은 명백히 구분할 필요가 있다. 한때 율격을 음위율(音位律), 음성률(音聲律), 음수율(音數律)로 구분하고 압운을 음위율의 구현양상으로 본 경우가 있으나, 이는 본질적으로 다른 운과 율을 같은 기준 위에 놓고 구분한 오류이다. 운과 율은 시행(詩行)에서 나타는 소리의 현상이라는 점, 그리고 규칙성과 반복성을 갖는다는 점에서는 동일하다. 그러나 율격이 소리의 시간적 질서 위에서 나타는 거리의 반복임에 비해서 압운은 위치의 반복이라는 점에서 다르다.[2] 이제 이 둘에 대해서 좀더 자세히

1 김준오, 『시론』(삼지원, 제4판, 2004), 135면 참조.
2 김대행, 「韻律論의 問題와 視角」, 『韻律』, 문학과지성사, 1990, 13면 참조.

살펴보자.

2. 압운

운(韻), 혹은 압운이란 한시나 영시에서 많이 볼 수 있는 것으로 소리의 반복이다. 이 운은 각운(脚韻), 두운(頭韻), 요운(腰韻), 자음운(字音韻), 모음운(母音韻) 등으로 다시 세분된다. 두운은 첫 자음의 반복이고, 자음운은 두운을 포함한 모든 자음의 반복을 가리키며, 모음운은 강음절의 모음이 반복되는 현상이다. 또 요운은 하나 이상의 압운어가 시행 내에 있는 경우를 말하며, 각운은 시행 끝 강음절의 모음과 자음이 반복되는 현상인데, 이 각운이 운의 대표가 된다. 그러나 우리 시의 경우 한시나 영시에서처럼 엄격한 규칙성을 보이고 있는 것은 아니다. 또한 우리 시에서 어떤 운을 발견해냈다고 하더라도 그것이 의식적인 창작으로 만들어진 것은 많지 않다. 비록 부분적이기는 하지만 우리 현대시에서 찾을 수 있는 예들은 다음과 같다.

2-1 두운

밤하늘에 부딪친 번갯불이니
바위에 부서지는 바다를 간다

— 송욱, 「쥬리에트에게」 부분

신이나 삼어줄걸 슲은 사연의
올올이 아로색인 육날 메투리.
은장도 푸른날로 이냥 베혀서
부즐없은 이머리털 엮어 드릴ㅅ걸

— 서정주, 「귀촉도」 부분

두운이 운으로 사용된 예들이다. 「쥬리에트에게」는 첫어절의 음운이 모두 파열음 'ㅂ'(밤·부·번·바)으로 이루어져 있다. 이 파열음은 격렬한 상태의 감정과 상승적으로 연결되어 의미의 강화 효과까지 얻고 있다.

「귀촉도」는 더 복잡한 운의 형태를 보여주고 있다. 1행은 첫어절의 음운이 모두 'ㅅ'으로 되어 있고, 2행은 첫어절의 음운이 'ㅇ'과 유성음 'ㅁ'으로, 3행은 'ㅇ'음과 파열음이 교차되며, 4행은 파열음 'ㅂ'과 'ㄷ'이 유성음 'ㅇ'음을 외부에서 압박하는 구조로 이루어져 있다. 1행과 2행의 'ㅅ'음과 'ㅇ'음은 신을 삼아주지 못한 화자의 안타까움을 강화시키는 기능을 한다. 이 슬픔의 감정은 3행의 'ㅇ'음과 파열음의 교차에서 더욱 강화되며, 4행에서 파열음이 'ㅇ'음을 둘러싸는 과정에서 안타까움이 고조에 달하는 답답한 심정을 대변하는 마음의 반영으로 나타난다. 이런 마음은 전체적으로 'ㄹ'음의 되풀이에서 더욱 효과적으로 전달되고 있다. 이를 통해서 우리는 이 시의 초성이 행마다 일정한 규칙에 따라 배치되어 있음을 확인할 수 있었다.

2-2 각운

> 언니 언니 큰언니
> 깨묵 같은 큰언니
> 아직은 난 새 밑천이
> 바닥 아니 났으니,
> 언니 언니 큰언니
> 三更 같은 큰언니
>
> — 서정주, 「재롱調」 부분

먼 훗날 당신이 찾으시면
그 때에 내 말이 잊었노라

당신이 속으로 나무리면
무척 그리다가 잊었노라

그래도 당신이 나무리면
믿기지 않아서 잊었노라

— 김소월, 「먼 후일」 부분

설만들 이대로 가기야 하랴마는
이대로 간단들 못 간다 하랴마는
파란 하늘에서 사라져버리는 구름쪽같이

— 박용철, 「이대로 가랴마는」 부분

「재롱調」는 시행 마지막 음절에서 모음 'I'가 같은 음을 이루는 구조를 가지고 있다. 아울러 이 시에서 'I' 음은 행말 이외에도 자주 사용됨으로써 전체적으로 민요조의 빠르고 경쾌한 어조와 잘 어울리는 형태를 유지하고 있기도 하다. 「먼 후일」은 '면'과 '라'가 ababab의 교차운으로 작용하면서 특유의 슬픈 정조가 리듬을 얻으면서 강화되고 있다. 이에 비해 「이대로 가랴마는」은 aabb('하랴마는', '같이')의 병렬운의 형식으로, 같은 종류의 운이 두 번씩 규칙적으로 반복되면서 무겁고 장중한 분위기를 자아내는 데 효과적으로 기여하고 있다.

2-3 자음운

㉠ 산에는 오는 눈 들에는 녹는 눈
삼수갑산 가는 길은 고개의 길

— 김소월, 「산」 부분

흰옷깃 염여염여 가옵신 님의
다시오진 못하는 巴蜀 三萬里,

— 서정주, 「귀촉도」 부분

ⓛ 앞 江물 뒷 江물
흐르는 물은
어서 따라 오라고 따라 가자고
흘러도 연달아 흐릅니다려.

— 김소월, 「가는 길」 부분

ㄱ의 「산」과 「귀촉도」에서는 받침자음(종성) 'ㄴ'이 각각 10회, 4회씩
반복됨으로써 화자의 마음이 간절해지고 엄숙해지는 효과를 자아내고
있다. ⓛ「가는 길」에서는 'ㄹ'음의 연속적인 사용이 두드러진다. 연속되
는 'ㄹ'음은 강물이 흐르듯 임에 대한 그리움이 흘러넘치게 함으로써 강
물의 흐름과 화자의 마음상태를 하나로 연결시켜주는 기능을 하고 있다.
즉 의미와 정서는 말의 리듬과 긴밀히 연관되어 나타난다. 이 구절은 시
의 내용이 필연적으로 낳은 형식으로 리듬이 존재하고 있음을 보여주고
있다.

이밖에도 의성어와 의태어의 사용을 통한 음성상징('삐이 삐이 배 뱃
종! 뱃종! 멧새들도 우는데' —박두진, 「묘지송」), 어구의 반복('가시내두,
가시내두, 가시내두, 가시내두/콩밭 속으로만 작구 다라나고' —서정주,
「입맞춤」) 등도 넓은 의미에서는 압운법에 넣어서 논의될 만하다. 이런
예는 엄청나게 많다.

압운은 단순히 같은 음성의 나열만으로 그 기능을 다하지 않는다. 음
성의 청각영상이 의미에 밀접한 연관을 가지면서 의미의 효과적인 전달

에 기여하는 것이다. 아울러 우리들의 귀가 동일한 음을 지닌 단어를 지각할 때, 다음에 또 유사한 음이나 단어가 나타날 것을 기대하게 되며 실제로 동일하거나 유사한 음이 반복되는 것을 확인했을 때 그 기대가 충족되는 것이다. 이 기대와 충족의 순환과정이 동일음에 대한 주목을 가져오며, 그 주목의 과정에서 강조된 의미를 알아차리게 되는 것이다. 그러나 압운은 대체로 음절의식이 강한 언어에서 사용되어 온 기교이며, 우리말은 많은 경우에 있어서 영시와 한시와는 달리 음절강조가 없는 소리의 반복이기 때문에 진정한 의미의 압운이 성립된다고 볼 수 없다는 주장이 우세하다.

3. 율격

율격(律格)은 고저, 장단, 강약의 규칙적 반복이다. 즉 언어의 음성자극이 일정한 시간 간격을 두고 되풀이되어 일어나는 현상을 말하는데, 음성적 충격과 울림과 소멸이 동일한 시간적 간격을 두고 한 시행에서 최소한 두 번 이상 되풀이되어 나타날 때 율격이라 부른다. 율격의 이러한 요소를 들어 율격의 특징을 소리, 반복성, 규칙성으로 나누고 있기도 하다. 율격에는 언어의 강음절과 약음절을 반복시켜 만드는 강약률, 장음절과 단음절을 교체하는 방식으로 만드는 장단율, 고음절과 저음절의 규칙적 반복으로 만드는 고저율, 강약, 고저, 장단의 특징이 나타나지 않고 일정한 음절 수의 반복에 의하여 리듬이 만들어지는 음수율 등이 있다. 일반적으로 영시(英詩)가 강약률, 한시(漢詩)가 고저율, 프랑스시가 장단율, 우리 시가 음수율로 되어 있다고 알려져 있다. 따라서 그동안 우리의 음수율은 대체로 2·3조, 3·3조, 3·4조, 3·3·2조, 3·3·4조로 분류되어 오면서, 고전시가와 현대시의 운율연구의 지배적 방법이 되어 왔다.[3] 그러나 우리 시가의 한 행을 이루는 음절수는 고정적이 아니라 매우 다양하며 가변적이기 때문에 음수율에 의한 율격연구가 사실상 무의미하다는 반론이 제기되어져 왔다. 음수율은 단순히 음절수에 의한 리듬보다 박자개념에 의한 등장성(等長性)으로 파악하는 것이 더 타당하다는 것이다. 음보율(音步律)이 우리 시가의 율격개념으로 대두된 것은 이 때문이다. 음보율은 시행을 구성하는 음보의 수에 일정한 규칙이 존재한다는 사실에 근거한다. 즉 한 음보를 구성하는 음성적 특징이 무엇인가 하는 문제에 대해서는 논란의 여지가 있으나 적어도 시행을 구성하는 음보들의 배열원리에 있어서는 일반적 규칙들이 존재한다는 것이다.

이런 관점에서 오세영은 우리 고전시가의 기본 음보를 2음보 시행과 3음보 시행으로 잡고, 여기에다 1음보와 중첩 2음보, 중첩 3음보 시행을 첨가하고 있다. 또 2음보격 체계의 율격은 각 음보의 길이가 일정(예 3 · 4, 4 · 4, 3 · 3, 5 · 5 등)한 데 비하여 3음보격체계는 음보의 길이가 다양하게 변한다고 주장하면서, 각 음보의 음절수가 동일한 경우(예 3 · 3 · 3 등)를 등장삼음보격(等長三音步格), 앞의 두 음보의 각 개 길이에 비해 마지막 세 번째가 유독 길 경우(예 4 · 4 · 5, 3 · 3 · 5, 4 · 3 · 5, 3 · 3 · 4 등)를 후장삼음보격(後長三音步格), 앞의 두 음보의 각 개 길이에 비해 마지막 세 번째가 짧을 경우(예 3 · 3 · 2, 4 · 3 · 2 등)를 후단삼음보격(後短三音步格)으로 분류하고 있다.[4] 그러나 위에서 말하는 중첩 2음보는 엄밀한 의미에서 4음보와 구분하기 어려우며, 실제로 시조와 가사에 쓰였던 4음보가

3 김준오, 앞의 책, 137면 참조.
4 오세영, 『韓國浪漫主義詩硏究』, 일지사, 1980, 43~46면 참조.

현대시에 활용되면서 2음보와 2음보로 재분할되기도 한 것도 많으므로 음보의 분석에는 4음보를 그대로 유지하는 것이 좋을 것이다.

현대시 중에는 전통 율격을 엄격히 적용시키기 어려운 시들이 많다. 즉 율격은 리듬을 결정하는 데 있어서 기본적인 요인이 되기는 하지만 유일한 조건은 아니다. 따라서 리듬과 율격 사이에는 다음과 같은 차이점이 있음을 우리는 유념해야 한다. 먼저, 율격은 산문과 율문을 가려 주는 변별적 자질이라는 것이다. 둘째, 율격은 언어 체계 안에서 규칙적이고 체계적이어서 불변성을 갖지만 리듬은 형상화되는 언어 현상에 따라 가변성을 갖는다. 그러나 엄밀한 의미에서 어떤 시들이라 할지라도 언어의 음악성을 무시할 수 없다는 측면에서 자세히 살펴보면 상당수가 전통시의 율격원리를 원용해서 창작되고 있다는 사실을 확인할 수 있을 것이다. 따라서 현대시를 전통시의 율격원리에 따라 분석하고자 할 때에는 분행 및 분절, 구두점의 종류 및 유무, 심지어 한글과 한자의 시각적 효과의 차이 등이 리듬과 불가분의 관계를 가지고 있다는 사실을 고려하여야 할 것이다. 여기서는 3음보격과 4음보격의 율격을 갖추었거나, 이 토대 위에서 창작된 현대시를 살펴보기로 한다.

3-1 3음보격의 현대시

㉠ 내 마음 속/우리 님의/고운 눈썹을
즈문 밤의/꿈으로/맑게 씻어서
하늘에다/옴기어/심어 놨더니
동지 섣달/나르는/매서운 새가
그걸 알고/시늉하며/비끼어 가네

— 서정주, 「冬天」 전문

따로 보는/두 개의/눈입니다.
따로 듣는/두 개의/귀입니다.
따로 잡는/두 개의/손입니다.
따로 잡는/두 개의/발입니다.
두 개의 틈으로/의식은 자꾸/매몰되고
박살난 것들이/어둠 속을/떠다닙니다.
한쪽/눈입니다./눈입니다
한쪽/귀입니다./귀입니다
한쪽/손입니다./손입니다
한쪽/발입니다./발입니다
아무도/만날 수 없는/허공입니다.

— 한광구, 「分裂」 전문

　율격은 시의 행을 떠나서 존재할 수 없다. 율격은 행을 등가체계로 만들어내는 것이기 때문이다. 예를 들어 시조는 3·4조의 4음보 리듬에 의해 초·중·종장의 3행이 분할된다. 시적 언어를 비슷하거나 가능한 대로 균등한 힘의 경계를 갖는 음성단위인 시행으로 분할하는 것은 분명히 시적 언어의 변별적 자질에 해당한다.

　이런 점에서 ㉠의 시들은 3음보의 율격이 현대시에서 비교적 충실하게 지켜지고 있는 시들이다. 「冬天」은 3음보로 이루어진 작품으로 음보의 자수가 일정하게 정제되어 뛰어난 조형미를 갖추고 있다. 즉 각 행의 첫음보와 끝음보가 모두 4음절과 5음절의 완벽한 횡적인 대칭을 가지고 있고, 또 외재행인 1행과 5행이 4·4·5자의 같은 율격으로, 내재행인 2, 3, 4행의 4·3·5자의 율격을 감싸고 있어 종적으로도 완벽한 대칭을 이루고 있는 시이다.

　그러나 「分裂」은 이와는 조금 다르다. 1~4행까지의 4·3·4조와,

7~10행까지의 2 · 4 · 4조가 기본 음수율을 구성하고 있지만, 전체적으로는 3음보로 되어 있다. 이 시에서 특히 주목할 만한 점은 행말의 구두점의 유무이다. 이 구두점과 '분열'이라는 주제가 긴밀하게 결합되고 있다. 1~4행까지 매행에 놓인 마침표와, 7~10행까지의 행의 중간에 놓인 마침표는 따로 노는 '눈과 눈', '귀와 귀', '손과 손', '발과 발'의 분리에 대한 함의를 효과적으로 전달하는 역할을 한다. 그리고 7~10행 사이에 행중에는 마침표가 있으나 명백히 문장이 끝났음에도 불구하고 행말에 마침표가 없는 것은 시 전체의 끊어짐을 방지하고자하는 시인의 의도적인 배려이다. 이 시는 특히 4행 뒤에 두 행과, 10행 뒤에 한 행을 넣으면서 앞의 진술을 설명하고 있어 전체적으로는 aba'b'의 구조를 갖추고 있다. 여기서 b(5~6행)와 b'(11행)는 시의 단조로움을 피하고 전체 문장에 긴장을 주려는 시인의 의도된 배치이지만, 여기서도 매몰된 의식을 드러내는 b보다 모두가 분리되어 있어 만날 수 없다는 인식의 허망을 나타내는 b'가 훨씬 더 의미의 파장이 큼으로써, 시의 주제를 효과적으로 살리는 방향으로 작용하고 있는 것이다.

    ⓛ 江나루/건너서/
      밀밭 길을

      구름에/달 가듯이/
      가는 나그네

      길은/외줄기/
      南道 三百里

      술 익는/마을마다/

타는 저녁놀

구름에/달 가듯이/
가는 나그네
— 박목월, 「나그네」 전문

말없이/고이 보내/드리우리다
— 김소월, 「진달래꽃」 부분

계집애야/계집애야
고향에 살지.

멈둘레/꽃 픠는
고향에 살지.

질갱이/풀 뜯어
신 삼어 신ㅅ고,

시누대밭/머리에서
먼 산 바래고,

서러워도 서러워도
고향에 살지.
— 서정주, 「고향에 살자」 전문

ⓒ의 시들은 7·5조를 채용하고 있는 시들이다. 그러나 이 7·5조는 우리 시가의 고유리듬이 아니고 일본에서 도입된 리듬이다. 따라서 이들 시는 전통리듬인 3음보(4음보로 분석하는 사람도 있다)의 율격으로 변용이 가능한 것이다. 「나그네」의 7·5조는 「閏四月」, 「삼월」, 「갑사댕기」 등의 다른 많은 작품과 함께 연의 구성으로 보면 1행은 무겁고 2행이 다소 가

벼운 1행 2음보, 2행 1음보로 이루어져 있다. 이를 의미단위를 가진 행으로 만들면 '江나루/건너서/밀밭 길을', '구름에/달 가듯이/가는 나그네'로 되어 3·4(3)·5조를 가진 3음보가 되는 것이다. 마찬가지로 「진달래꽃」은

나 보기가/역겨워/가실 때에는
말없이/고이 보내/드리우리다

으로 분할되면서 3(4)·3(4)·5조의 3음보가 된다.「고향에 살자」는 3(4)·3(4)·5조의 3음보라는 점에서는 위의 시들과 다를 바가 없지만 그 속에서도 많은 변화를 주고 있어 눈길을 끄는 작품이다. 먼저 「고향에 살자」라는 제목과는 달리 세 번 되풀이되는 '고향에 살지'라는 소박하고 은근한 권고투로 정감있는 어법을 구사하고 있으며, 이외에도 '계집애야', '서러워도'의 두 번 되풀이가 음률적 효과를 상승적으로 이끌고 있다. 여기에 구두점 사이에 쉼표(3, 4연)를 적절히 배치함으로써 산뜻한 분위기를 연출하고 있다.

　그러나 현대시에는 음보를 여러 행으로 배열하는 변형적인 방법들이 많이 쓰이면서 말의 의미상의 중요성과 정서의 변화가 리듬을 결정짓는 요인으로 작용하고 있음을 보여주는 시들이 많다. 대표적인 예로 한하운의 시를 들어보기로 한다.

나는
나는
죽어서
파랑새 되어

푸른 하늘
푸른 들
날아다니며

푸른 노래
푸른 울음
울어예으리

나는
나는
죽어서
파랑새 되리

— 한하운, 「파랑새」 전문

이 작품은 3음보(기본 음수율은 4 · 3 · 5조)의 전통율격으로 구성되어
있다. 그러나 시인은 감정의 효과적인 전달을 위해 3음보를 1행으로 처리
하는 것이 아니라 3행과 4행으로 분행시키고 있다. 특히 1연과 4행에서 1
음보('나는/나는')를 2행으로 나눈 것은 단숨에 말해 버릴 수 없는 어떤
망설임의 심정을 나타내면서 숙연함과 함께 화자의 결심의 비장함과 결
연함을 보여 주고 있으며, 2연의 '푸른 하늘'과 '푸른 들'은 3연의 '푸른
노래', '푸른 울음'과 각각 대응되며 푸른 빛으로 표상되는 자신의 생명
이 온 천지에 스며들게 하는 데 효과적인 형식이 되고 있다. 이 시는 전체
적으로 1, 4연의 외재연과 2, 3연의 내재연이 대칭을 이루는 구조로 되어
있다. 그러나 이 대칭구조는 각연이 구두점이 없이 '-어', '며', '리',
'리'라는 어미로 끝나면서 서술과 어조가 전체적으로 연결되는 순차구조
로 감정의 개방과 확산에 효과적으로 기여하고 있는 것이다. 따라서 한하
운의 「파랑새」는 3음보의 기본율격으로써 행을 분할하는 것을 파괴한

'낯설게 하기'의 기법이 사용되었음에도 불구하고 내용은 긴밀히 얽혀 있는 구조를 보이고 있는 것이다. 나병 환자로서의 자아인식, 생명의지의 표출을 다루던 한하운의 시세계가 좁은 시야로부터 벗어나 이 땅의 고통 받는 모든 이들에게 가슴을 열면서 그들과 함께 고통과 슬픔을 나누고자 하는 의지를 보이고 있다. 아울러 파랑새의 비상을 통해 고통이 사라진 '나'를 염원하는 간절한 마음이 드러나고 있다.

이렇듯 음보율은 폭넓은 변형 가능성을 가지고 있는 것이다. 그래서 많은 논자들은 음보율 개념으로 내재율의 정체를 밝힐 수 있을 것으로 보고 있다.

3-2 4음보격의 현대시

㉠ 울타릿가/감들은/떫은 물이/들었고
　맨드라미/蜀葵는/붉은 물이/들었다만
　나는/이 가을날/무슨 물이/들었는고.

　안해 박은/뜰 안에/큰 주먹처럼/놓이고
　타래 박은/뜰 밖에/작은 주먹처럼/놓였다만
　내 주먹은/어디다가/놓았으면/좋을꼬.

　　　　　　　　　　　　　　　　　　　— 서정주, 「秋日微吟」 전문

　늦은 저녁때/오는 눈발은/말집 호롱불/밑에 붐비다//
　늦은 저녁때/오는 눈발은/조랑말 발굽/밑에 붐비다//
　늦은 저녁때/오는 눈발은/여물 써는/소리에 붐비다//
　늦은 저녁때/오는 눈발은/변두리 빈터만/다니며 붐비다

　　　　　　　　　　　　　　　　　　　— 박용래, 「저녁눈」 전문

㉠은 4음보의 리듬을 채용하고 있는 시들이다. 「秋日微吟」은 한두음절

의 가감은 있지만 전반적으로는 4 · 3 · 4 · 3조로 된 4음보시로 볼 수 있다. 음절의 변화가 적은 만큼 전달하려는 내용이 시 형식 쪽에 갇혀버린 감을 주고 있다. 이에 비해 「저녁눈」은 음수의 변화는 거의 없지만 우리 시에서는 드물게 5 · 5 · 5 · 5조로 되어 있는 4음보 시어다. 얼핏 보아 5음절은 음악성의 전달에는 불리한 것처럼 보인다. 그만큼 호흡이 길다. 이런 요소에도 불구하고 이 시는 말집 호롱불, 조랑말 말굽, 여러 써는 소리, 변두리 빈터 등의 서민들의 삶의 장면 제시와 '붐비다' 라는 부정칭의 시제로 변두리 사람들의 삶을 따스한 연민의 시선으로 감싸는 데 성공하고 있는 것이다.

ⓛ 머언 산/靑雲寺
낡은/기와집

산은/紫霞山
봄눈/녹으면

느릅나무
속^잎/피어가는/열두 구비를

靑노루
맑은 눈에

도는
구름

— 박목월, 「靑노루」 전문

제삿날/큰집에 모이는/불빛도/불빛이지만
해질녘/울음이 타는/가을江을/보것네

저것 봐,/저것봐,

네보담도/내보담도

그 기쁜/첫사랑/산골 물소리가/사라지고

그 다음 사랑/끝에 생긴/울음까지/녹아나고

이제는/미칠 일 하나로/바다에/다와 가는,

소리죽은/가을江을/처음/보것네

— 박재삼, 「울음이 타는 가을 江」 부분

　　4음보의 변형 가능성을 보여주고 있는 시들이다. 4음보는 현대시에서 2음보와 2음보(혹은 1음보와 3음보) 등으로 재분할되기도 한다. 「청노루」는 그 분할을 대표적으로 보여 주고 있는 시다. 즉 전반부 2연까지는 한 행이 2음보로 되어 있고 2행을 합쳐 4음보를 만드는 구조로 되어 있다. 또 3연은 이 4음보가 1음보와 3음보로 재분할되며, 4, 5연은 한 행이 1음보로 되고 2행을 합쳐 2음보를 만들고, 이런 식으로 두 연을 합쳐 4음보를 만드는 특이한 구조를 형성하고 있어 리듬에 대한 시인의 깊은 배려를 읽을 수 있게 한다. 이 시에서 리듬은 대상의 축소와 시선의 확대구도라는 시인의 의도와 관련을 맺고 있다. 즉 각 연은 원경에서 근경으로 전이되면서 대상은 축소되고 시선은 확대되는 방향으로 전개되고 있는데(1연 : 머언 산 → 2연 : 紫霞山 → 3연 : 느릅나무 → 4연 : 청노루의 눈 → 5연 : 눈 속의 구름), 각연 내에서도 대상의 축소가 드러난다(1연 : 머언 산→청운사→기와집, 2연 : 자하산→봄눈, 3연 : 느릅나무→속ㅅ잎, 4연 : 청노루→눈, 5연 : 눈→구름). 전체적으로 보면 특별한 변화가 없이 점차 구체화되는 1, 2연의 화면은 2음보와 2음보로 균등하게 분배되고, 3연 2행 '속ㅅ잎 피어가는 열두 구비를'에 이르면 느릅나무 잎의 세부의 움직임을 포착하기 위해 3음보로 길어진다. 그러나 청노루의 눈과, 눈 속의 구름을 포착하는 4, 5연에는 시선의 탄력적인 확산이 이루어지면서 3연의 행 구성과는 반대 방향으로 끌고 간다. 그것이 각 행 1음보씩 2행 1연 2음보, 4행 2연 4음보라는 특이한 구조로 나타난 이유이다. 1행을 1음보로 만들어 놓은 4, 5연에서 독자들은 시인이 의도적으로 만들어놓은 풍경에 천천히 그리고 깊숙이 빨려들 수밖에 없게 되어 있다.

「울음이 타는 가을 江」은 주조로 되어 있는 1행 4음보의 율격 속에, 4음보가 2음보와 2음보(중첩 2음보)로 분할된 모습을 보여주는 2행이 들어가 있는 변화를 보여주고 있다. 그것은 의미상으로는 '울음이 타는 강'의 모습을 환정하는 기능으로 작용하고 있는 것이다. 이는 '저것 봐, 저것 봐,'에 나타나듯, 감탄을 쉼표로 처리하는 어법과, '네보담도 내보담도'에 나타나듯 '보다도'의 정감 어린 표현인 '보담도'에의 시각적인 집중 유도를 통해 효과적으로 구현되고 있다. 무엇보다 4음보의 리듬 효과는 마지막 행의 '소리죽은 가을江을 처음 보것네.'의 '처음'에서 두드러지게 드러난다. 이는 앞연 마지막 행의 "해질녘 울음이 타는 가을 江을 보것네."에 '처음'이 첨가된 형태인데, 한 음절의 첨가가 시행 전체의 절묘한 균형을 잡으면서 의미도 크게 강화되는 방향으로 작용하고 있는 것이다. 한자로 된 '江'이 리듬과 관련을 갖고 있음은 물론이다.

4. 현대시와 리듬의 적용

현대시는 전통 율격으로부터 벗어나는 시들이 많다. W. H 파울러의 말처럼 '파도의 모양과 크기 속도만큼이나 무한히 다양한 흐름'의 리듬을 갖고 있다. 그만큼 현대시는 형태적으로 매우 다양해지고 또 운율에 관한 감각과 이론이 발달하여 단순하게 적용시키기 어려운 경우가 많다.

현대시의 두드러진 특징은 말의 의미와 정서의 변화가 리듬을 결정하는 중요한 요인이 된다는 것이다. 이는 시인들이 의미단위(단어, 어절, 문장 등), 음성단위(음운, 음절, 호흡), 음보, 어법 등을 일정한 틀에 맞추지 않고 개인의 창조성에 의해 변용시킨 리듬으로 창작을 하고 있는 데서 나타난 현상이다.

> 미루나무 끝 바람들이 그런다
> 이 세상 즐펀한 노름판은 어데 있더냐
> 네가 깜박 취해 깨어나지 못할
> 그런 웃음판은 어데 있더냐
> 미루나무 끝 바람들이 그런다
> 네가 걸어온 길은 삶도 사랑도 자유도
> 고독한 쓸개들뿐이 아니었더냐고
> 미루나무 끝 바람들이 그런다
> 믿음도 맹서도 저 길바닥에 잠시 뉘어놓고
> 이리 와봐 이리 와봐
> 미루나무 끝 바람들이 그런다
> 흰 배때아리를 뒤채는 속잎새들이나 널어놓고
> 낯간지러운 서정시로 흥타령이나 읊으며
> 우리들처럼 어깨춤이나 추며 깨끼춤이나 추며
> 이 강산 좋은 한철을 너는 무심히 지나갈 거냐고
> 미루나무 끝 바람들이 그런다
>
> — 송수권, 「미루나무 끝」 전문

이 시는 '미루나무 끝 바람들이 그런다' 라는 구절을 5회 반복하면서 반복을 통하여 의미를 강화하는 효과를 가지고 있다. 그러나 이 구절 사이의 행들은 첫 번째 구절(1행)과 두 번째 구절(5행) 사이가 3행, 두 번째 구절과 세 번째 구절(8행) 사이, 세 번째 구절과 네 번재 구절(11행) 사이가

각각 2행, 네 번째 구절과 다섯 번째 구절(16행) 사이가 4행이 되는

> 미루나무 끝 바람들이 그런다
> (3행)
> 미루나무 끝 바람들이 그런다
> (2행)
> 미루나무 끝 바람들이 그런다
> (2행)
> 미루나무 끝 바람들이 그런다
> (4행)
> 미루나무 끝 바람들이 그런다

의 형태를 이루면서 단조로움을 피하고 바깥의 3행, 4행이 안의 2행을 감싸는 구조를 만들고 있다. 또 이 구절들 앞에 놓인 행말의 어미도 "더냐", "더냐고", "와봐", "거냐고"의 변화를 주면서 시의 생기를 살리고 있는데, 전달하려고 하는 내용은 다를 것이 없다. 그래서 이 시의 반복은 시적화자의 호흡 조절과 함께 시의 리듬에 기여하는 면으로 작용한다. 이 시는 전체적으로는 자연을 통해 인간의 각성을 촉구하는 내용으로 되어 있는데, 미루나무의 흔들림을 통해 시적 화자인 시인 자신이 이 세상을 즐편한 노름판이나 웃음판으로 보고 낯간지러운 서정시나 읊을 것이 아니라, 민족의 역사와 이웃들의 삶 등 삶의 구체적 세목에 대하여 발언하라는 메시지를 읽어내고 있는 것이다. 결국 이 시의 리듬은 자연 속에 깃들여 있는 인간의 역사를 보아야 한다는, 서정시에 대한 시인의 태도를 말하는데 효과적으로 기여하고 있다.

> 고모가 하직했어 수많은 길 걸어다니고
> 바람에 머리칼 하얗게 휘날려 오며 살다가

손발 기침소리 눈물 다 멈춰 버렸어 엄마
숲속에는 가을 풀꽃들 보랏빛으로 피어서
벌레들과 어울려 울고 있는 땅밑에
야위고 귀멀어 쪼끄매진 몸 꽁꽁 묶여서
당신 핏줄의 시선 모두 앗아가는거야
두 평 방에 사진 한 장 남기고 엄마! 우리
고향에 돌아온 고모 목소리 들었나
반가와도 화난 듯 목청 돋우는

나 혼자 고모 장례식에 갔었어 비오는 날
으스스 비맞으며 장의차는 골목을 빠져나가고
남은 집 능동 길가에 버려지고 엄마
핏줄 한가닥 끊긴 나는 절뚝거리며 왔어
버스 같이 탄 산 사람끼리도 인사 못 나누고
엄마의 새끼의 새끼들 웃음에 안심이 되어
음악 틀어놓고 시를 썼던 거야
남길 것 빨리 남겨 세상에 던져 주고
줄서 있다가 가야하니까 고모처럼 가야하니까

                   — 이유경, 「고모의 下直」 전문

   인용시는 정형시는 아니지만 대체로 4음보의 율격을 가지고 있다. 호흡도 길다. 그러나 이 시에서 리듬을 살린 요인은 어법과 단어의 반복과, 시행이월 즉 행간걸침이다. 구체적으로 이 시의 리듬은 대화체로 쓰여진 시인의 진술 속에 '엄마'라는 어구를 삽입시키는 것으로 되어 있다. 즉 '고'(4회), '어'(3회), '거야'(2회), '서'(2회), '니까'(2회) 등의 행말어미의 반복으로 이루어진 시행 사이에 대화의 상대인 '엄마'라는 호칭을 넣음으로 말미암아 독특한 리듬감각이 살아난다. 거기에다가 이 정조를 효과적으로 살리기 위해 사용한 것이 1연 8행의 '우리', 2연 1행의 '비오는 날'이라는 구절이다. 여기서 '우리'는 의미상 밑의 행에 연결되지만, '비오는 날'은 양쪽 행에 의미가 다 걸려 있어 시의 탄력과 생기부여에 기여하고 있다. 행간걸침은 러시아 형식주의자들이 내세우는 '낯설게 하기(defamiliarization)'의 한 형식인 데, 시행의 긴 호흡으로 인한 지루함을 끊어주고 정서를 효과적으로 전달하게 하기 위해 시인이 선택한 리듬의 방식이다. 이 외에도 이 시는 마지막 행에서 두 문장을 반복하면서 의미를 강화시키고 있다. 즉 이 시는 자칫하면 줄글로 떨어지기 쉬운 시행을 단어와 문장, 어법의 반복 등 진술의 반복과 행간걸침을 통해 리듬을 살려 결과적으로 시에 탄력과 긴장을 부여하고 있음을 알 수 있다. 이런 시의 기법은 이야기를 시에서 다룬 7, 80년대의 민중시들에서 흔히 볼 수 있는 방법이다. 특히 행간걸침, 즉 시행이월의 방법은 80년대 이후의 시에서 리듬의 효과적인 활용을 위해 폭넓게 쓰이고 있기도 하다. 80년대말, 특히 90년대 이후에는 행갈이가 더 이상 리듬이나 장면, 또는 의미론적 단위를 기준으로 하는 규칙을 따르지 않고, 단순히 행 길이에 있어서의 균형을 유지하기 위해 활용하고 있는 시들도 많이 나타나고 있다.

　김수영의 시는 개성적인 리듬으로 시의 의미에 활력과 긴장을 부여한 대표적인 예를 보여주고 있다.

　　　눈은 살아 있다
　　　떨어진 눈은 살아 있다
　　　마당 위에 떨어진 눈은 살아 있다

　　　기침을 하자
　　　젊은 詩人이여 기침을 하자
　　　눈 위에 대고 기침을 하자
　　　눈더러 보라고 마음 놓고 마음 놓고

기침을 하자

눈은 살아 있다
죽음을 잊어버린 靈魂과 肉體를 위하여
눈은 새벽이 지나도록 살아 있다

기침을 하자
젊은 詩人이여 기침을 하자
눈을 바라보며
밤새도록 고인 가슴의 가래라도
마음껏 뱉자

— 김수영, 「눈」 전문

외형상 화자가 청자인 젊은 시인에게 말을 건네는 대화체의 형식을 취하고 있는 이 시는 치밀하게 계산된 나름의 리듬인식에 의해 메시지의 단순성('눈은 살아 있다', '기침을 하자')을 극복하고 있다. '눈은 살아 있다'가 1, 3연에, '기침을 하자'가 2, 4연에 교차되어 되풀이되고, 각 연이 진술의 부연으로 되어 있다는 측면에서 이 시는 전체적으로 abab의 구조를 갖추고 있다. 그러면서 이 시는 각 연에서도 그 행의 길이가 점점 길어지는 문장이 연속적인 리듬으로 이루어져 있다는 점에서 횡적인 대칭도 아울러 갖추고 있다. 예를 들어 1연에서 '눈은 살아있다' / '떨어진 눈은 살아 있다' / '마당 위에 떨어진 눈은 살아 있다'라는 세 개의 시행은 뒤로 갈수록 길이와 힘에 있어 강도가 더해지는 점층적 문장의 반복을 이루고 있다. 이런 한 문장이 한 행에 독립되는 이런 형식은 2~4연에서는 한 의미단위를 나타내는 문장이 행을 넘나듦으로써 리듬에 유연성과 힘을 부여하고 있는 것이다. 이렇듯 종횡으로 형성된 대칭구조는 의미를 역동적으로 살려주는 방향으로 기여하고 있다. 녹지 않은 눈에서 화자는 그 눈이 살아 있다는 생명을 느낀다. 눈과 기침은 상징이다. 이 감각적 이미지는 순결성("죽음을 잊어버린 靈魂과 肉體를 위하여/눈은 새벽이 지나도록 살아 있다")과 진실성(기침을 하는 행위는 화자의 내면세계를 거리낌 없이 그대로 표현하고자 하는 진실성)이라는 관념과 어울린다. 여기서 우리는 이 시인의 정직성과 정직하게 살아가기 어려운 그의 고통을 효과적인 리듬의 구성을 통하여 훨씬 더 실감있게 이해하게 되는 것이다. 김수영 시의 이러한 리듬구조는 앞에서 살핀 행간걸침과 함께 8, 90년대를 거치면서 많은 시인들에게 영향을 주어 그들이 시에서 활용하고 있는 방법이 되고 있다.

리듬은 거의 모든 시에서 다양한 방법으로 활용되고 있다. 심지어 박두진의 「해」와 같은 산문시에서도

해야/솟아라//해야/솟아라//말갛게/씻은 얼굴//고운 해야/솟아라

와 같이 2음보가 중첩된 율격을 보여주고 있음을 우리는 알 수 있는 것이다. 현대시에서 나타나는 리듬 인식은 또한 기존의 시 형태에 대한 인식을 깨트리면서 자유로운 형식을 보여주고 있기도 한데, 이는 모두 리듬에 대한 나름의 자각과 인식에서 기인한 것이다.

시는 음운, 음절, 단어, 구절 행, 연 등을 비롯하여 통사구조, 단어군, 글자 수 등을 반복하여 운율을 형성한다. 따라서 '반복'은 시의 리듬을 생성하는 근원이며, 음악적 효과를 자아내는 바탕이 된다.[5] 그러나 반복

---

5 김현수, 「운율의 교수·학습에 관한 연구」, 『문학교육학』 제23호, 한국문학교육학회, 2007.8, 97면.

만으로는 현대시의 시적 기능 및 의미, 텍스트성 등의 특질을 다 밝히기는 어렵다는 인식 아래, 그 빈틈을 메울 수 있는 요소로 '병렬'을 시의 운율분석에 사용하기도 한다.

정끝별은 "동일한 요소가 계속 나열되는 것, 또는 동일한 것의 연속으로서 모든 시가에 공통적으로 나타나는 요소"인 반복은 "운율이나 모든 다른 특질들이 존재할 수 있는 배경"인 반면, 병렬은 "상이한 언어표현을 사용한 의미의 반복이 때로 동질적인 되풀이를 하거나 대립적인 되풀이를 이룰 때 존재"한다고 하면서, 그 특징을 "동일한 요소의 연속이 시적 의미나 구조에 변화와 굴절을 일으키면서 비교 또는 대립적 구조를 형성"하는 것이라 기술한다.[6] 그는 이런 이론적 토대를 바탕으로 반복적 병렬구조, 확산적 병렬구조, 해체적 병렬구조라는 세 가지 구조유형으로 김소월과 박용래, 김수영, 이상, 서정주, 김지하, 김춘수, 이성복, 황지우, 김혜순의 시를 분석하면서 한국시의 리듬 연구를 진전시켰다.

현대시 중에서는 의미를 인지할 수 없을 정도로 모호하고 낯선 작품들이 많다. 하지만 그런 시들일수록 밑바탕에는 시각적이고 청각적인 리듬이 불연속적으로 깔려 있어 시를 더욱 신선하게 하고, 분위기의 정서, 나아가 의미를 응집시키거나 해체하기도 한다. 이 같은 시적 기능은 모두 리듬이 시에 작용한 결과라 할 수 있다.

---

6 정끝별, 「현대시의 반복과 병렬의 미학」, 프린트물.

시와 영상예술의 상호 관련성 연구*

1. 문제의 제기

오늘날 TV, 비디오, 영화 등의 영상매체는 우리가 쉽게 접근할 수 있게 되었으며, 삶의 교양이나 정보의 중요한 출처였던 문학작품은 이제 학교의 교과목이나 특정인들의 취미생활의 영역 속에 자리잡고 있을 뿐이다.[1]

---

* 이 논문은 2006년 12월 1일 청주대학교에서 '문학과 영상예술'이라는 주제로 열린 '2006년 한국비평문학회 전국학술대회'에서 발표된 논문을 개고한 것임.

1 이러한 영상매체의 급속한 저변확대를 보는 시선은 크게 '문학의 위기로 보는 입장'과 '문학의 확대로 보는 입장'으로 나눌 수 있을 것이다. 전자는 문학이 영상매체의 거대한 흐름에 휩쓸려 문화적 소명을 다하지 못할 것에 대한 우려의 시선이라 할 수 있으며 후자는 둘의 상호소통을 인정하면서도 문학이 당대의 역사적 상황 속에서 새로운 자신의 향유방식을 모색하고 있다는 긍정적 시선이다. 이때 중요한 것은 장르의 우위와 지배력을 강조하는 것이 아니라 차이성을 유지하면서도 상호관련을 맺는 다양한 방식을 검토하는 일일 것이다. 이에 대해서는 최인자 「문학과 영화」, 『문학의 이해』, 문학과문학교육연구소, 삼지원, 1999, 196면 참조.

영화 대사나 기법을 차용하고 있는 시들은 이미 어렵지 않게 우리 주변에서 볼 수 있게 되었다. 현대 사회에서 영상 매체는 전 세계를 하나의 영상 이미지의 집합체로 구성함으로써 결과적으로 시야는 넓어지고 세계는 축소되었다. 이 영상 매체의 등장으로 우리가 세계를 바라보는 방식은, 내가 세계를 바라보던 것에서 내가 세계에 의해 보여지는 것으로 바뀌었으며, 이때 대상은 하나의 눈으로 드러나는 것이 아니라, 다양한 시선으로 굴절됨으로써 파악하기가 더 어려워졌다.

이렇듯 영상이 현실을 압도하고 영상화된 현실에 익숙해진 대중들에게 상상과 현실의 경계는 사라졌으며, 과거 문자에 의해 수집되었던 온갖 정보들은 영상을 통해서 제공되고 있다. 이제 영화는 책에 맞서는 대안적인 매체 양식으로 문화 전반의 핵심요소로 자리잡고 있다.

영화는 서사적인 담론을 구성하는 데 있어서 소설과 가까운 관계를 맺고 있지만, 장르적인 특징에 있어서는 소설보다 시에 가깝다고 할 수 있다. 시와 영화는 둘 다 함축의 미를 지향한다. 두 장르는 짧다는 공통점을 가지고 있다. 긴 소설을 원작으로 하고 있다고 하더라도 이를 대략 2시간 이내 미학적 영상으로 처리하는 것이 영화이다. 또 영화의 관객이나 시의 독자들은 또한 감각적 영상이나 리듬감으로 영상과 이미지를 호흡한다.

관객이나 독자가 영화와 시에 매료되는 것은 그들을 매료시키는 현실 너머의 세계가 있다는 믿음 때문이다. 그들에게 현실이란 영상이나 문자가 주는 이미지에 의해 해석될 뿐이다. 이때 쇼트와 문장, 한 편의 영화와 한 편의 시는 같은 역할을 한다. 또 '영화-카메라-관객'의 관계는 '시-화자-독자'의 관계와 유사하다. 그러기에 문자에 익숙한 사람은 영화에도 쉽게 빠진다.

그러나 시와 영화의 장르적 차이[2]는 엄존한다. 그 첫째는 새로운 현실을 창출해내는 이미지의 질적 차이에서 발생한다. 문자를 통해 간접적으로 상상되는 이미지와 영사기를 통해 눈앞에 직접 펼쳐지는 영상 이미지의 반향은 다르다. 둘째, 문자는 상상에 의해 독자들이 상상한 만큼 무한한 이미지를 생성하지만, 카메라의 한 컷은 하나의 이미지로 모아진다. 즉 시의 이미지는 독자의 능동적 이해를 요구하지만, 영상 이미지는 대체로 특별한 긴장을 요구하지 않고 관객을 단숨에 끌어들인다. 셋째, 문자에 의해 기술되는 대상들은 수적으로 제한되지만 색채, 피사체의 크기, 조명, 음향, 카메라의 움직임 등에 의해 영화가 잡아낼 수 있는 대상은 무한하다. 요약하면 실재를 가리키는 영상 이미지는 이미지를 현실로 착각하게 하여 영화가 현실이며 현실이 영화일 수 있다는 믿음을 부추겨 자유로운 상상력을 제한시키고 강력한 의식 산업으로 제도화된다.

영상 이미지의 이런 속성이 오늘날 시가 영화에 미치는 영향에 비해 영화가 시에 미치는 영향을 압도적이게 하며, 시적 영감과 소재를 영화화하는 것보다는 영화적 영감과 소재를 시화하는 것이 훨씬 많게 만든 이유가 될 것이다. 무엇보다 실재를 가리키는 영상 이미지가 그 직접성으로 인하여 이미지를 현실 그 자체로 착각하게 하는 요인은 절대적이다. 영상이 문화의 핵심적인 요소로 자리 잡은 오늘날, 영화가 현실이며 현실이 곧 영화라고 하는 헛된 믿음을 부추기면서 영상예술은 우리 사회를 지배하는 문화 이데올로기가 되고 있다.

그러면 이러한 문화현상에 대해 시인들은 어떻게 반응하며 대응하고 있

---

2 정끝별, 「영화에서 상상력을 베끼는 시인들을 믿느냐」, 『천 개의 혀를 가진 시의 언어』, 하늘연못, 1999, 42~43면 참조.

는 것인가. 영화에서 시적 상상력을 차용하는 시인들은 속수무책 그 물결에 휩쓸리고 있는 것인가, 아니면 내적인 성찰을 그 속에 담고 있는 것인가.

그동안 시와 영상예술에 대한 논의는 부분적이기는 하지만 시도된 적이 있었다. 개괄적으로 살펴보면 아래와 같다.

먼저 시의 구성요소와 영화의 구성요소의 유사성을 중심으로 큰 틀에서 결합시키려는 시도인데, 김용희의 논문이 대표적이다. 김용희는 몽타주와 은유, 시적 환상과 영화의 환상, 클로즈업과 시적 순간을 같은 속성으로 보고 시와 영화의 관련성을 고찰한다.[3] 이러한 논의는 거시적인 관점에서 시와 영화의 전체적인 이해는 줄 수 있으나 개별 작품에 이르는 구체적인 논의로까지 적용할 수 없다는 한계를 가지고 있다.

다음으로는 표현교육 확장을 위해 영화의 시각적 이미지를 활용하는 방법이다. 김정은[4], 박승희[5] 등의 경우가 이에 해당한다. 이들 연구들은 대중문화와 미디어 텍스트를 국어교육의 현장에 끌어들여 대중매체 영상이미지가 시적인 언어로 바뀌는 과정을 통해 은유의 실현양상을 점검하고 그것을 교육적으로 활용한다는 장점에도 불구하고 대중문화에 무게중심을 놓음으로써 상호소통성에 대한 관심이 상대적으로 취약하다는 단점이 지적된다.[6]

---

3 김용희, 「시와 영화」, 유종호·최동호 외 편, 『시를 어떻게 만날 것인가』, 작가, 2005, 450~503면.

4 김정은, 『대중문화 읽기와 비평적 글쓰기』, 민미디어, 2003.

5 박승희, 「대중매체의 교육적 수용과 은유 교육」, 『시교육과 문학의 현재성』, 새미, 2004, 126~147면.

6 연구경향은 다르지만 영상예술 쪽에 비중을 두고 있다는 점에서 김형술의 저서 『詩네마 천국—영화 시를 만나다』, (천년의 시작, 2006), 2008년 3월 15일부터 『매일신문』이 매주 주말판으로 기획하고 있는 「영화, 詩 그림을 만나다」시리즈도 마찬가지다. 이 시리즈는 기존의 알려진 영화 한 편에 드러난 메시지와 감각의 틈새를 시인과 화가가 각각 그들의 시와

매체를 비교적 대등한 관점에서 고찰하고 있는 연구로는 최인자[7] 이승하[8], 정끝별[9] 등의 논의가 있다. 우선 최인자의 연구는 문학(소설)과 영화의 수용방식상의 차이를 서사기법과 향유방식 면에서 고찰하고 있는데, 그에 의하면 "소설의 영화화는 당대 사회 문화적 이념에 기반한 집단적 독해, 즉 특정의 시대적 대중적 요구를 반영한 원작의 재생산"[10]이라는 것이다. 반면 소설은 그 수용에 있어서 영화의 집단성과 동시성과 일정하게 떨어진 개인의 산물임을 강조한다. 발터 벤야민의 이론에 근거를 둔 그의 논의는 문학과 영화의 내밀한 존재이유와 존립근거를 보여주고 있지만, 논의가 소설에 한정되어 있다는 점, 그리고 작품들이 주로 박태원, 이문열 등의 작품에 한정되어 있다는 한계가 있다. 이승하의 연구는 시와 영화, 영화와 시의 영향과 교섭관계의 양상을 다양하게 보여주고 있어 이 분야에 대한 충실한 안내자 역할을 할 수 있는 글이라는 점에서 충분한 의의를 가진다. 다만 시창작 입문 저서로 기획된 만큼 작품 예시 위주로 되어 있고 논의가 정밀하지 못하다는 점은 지적할 수 있겠다. 정끝별의 글은 영화와 삶을 구별하지 못하고 극장과 동네를 구별하지 못하게된 현실에서 일견 영화에 중독된 듯이 보이는 일군의 시인들이 사실은 "감염을 예방하기 위해 먼저 자신의 몸에 균을 주입하는"[11] 기술문명의

그림을 통해 표현하고 있다. 지금까지 「괴물」(봉준호 감독), 「향수」(톰 튀크베어), 「매트릭스」(엔디 위쇼스키, 래리 위쇼스키), 「밀양」(이창동), 「브로크백 마운틴」(이안) 등의 작품이 시도되었다.

7 최인자, 「문학과 영화」, 문학과문학교육연구소, 『문학의 이해』, 1999. 195~216면.

8 이승하, 「영화를 응용하여 시를 써 보자―시, 영화를 만나다」, 『이승하 교수의 시쓰기 교실』, 문학사상사, 2004, 102~116면.

9 정끝별, 앞의 논문, 앞의 책, 39~65면.

10 최인자, 앞의 논문, 211면.

11 정끝별, 앞의 논문, 65면.

반대자임을 입체적으로 밝히고 있다. 즉, 영상시대의 걸맞는 문학 향유방식을 가진 이들에게서 역설적으로 문학의 본령을 지키려는 의지를 읽고 있어 주목을 끈다.

이상에서 살펴보았듯 시와 영상예술의 관련양상에 대한 논의는 아직 성글다. 이 글은 이러한 논의의 연장선상에서 두 장르가 결합되는 양상을 통시적으로 고찰하고 앞으로의 바람직한 방향을 설정하기 위해 쓰여졌다.

2장에서는 1930년대, 1950년대 시와 영화기법의 관련양상을 살펴볼 것이고, 3장에서는 1980년대 이후, 영화의 문법을 차용한 영상시들에 나타난 세계관을 고찰할 것이다. 또 4장에서는 시와 영화의 상호 전이양상을 고찰하며, 5장에서는 결론적으로 영상매체가 언어예술이면서 산업이라는 이중 얼굴을 가진 장르라는 것을 아는 시인들의 대응양상, 즉 시와 영상예술의 능동적 의미구성의 문제를 고찰한다.

2. 1930년대, 1950년대 시와 영화기법의 관련양상

문학적인 입장에서 볼 때 시와 영화의 직접적인 결합 형태는 영화시 즉 시네포엠(*Cine Poeme*)이라고 할 수 있다. 시각적인 표현만으로도 충분히 영화적인 감흥을 불러일으킬 수 있다고 여겨지는 시가 바로 영화시다. 조향은 이를 "시의 의한 영화적 이마쥬"라고 하거니와 이러한 시는 물론 영화 상영을 전제로 하지는 않는다.[12]

---

12 조향, 「시나리오 문학론」, 여기서는 정끝별, 앞의 논문, 앞의 책, 47면 재인용. 송희복, 「시인의 피, 오르페우스의 유언」, 『현대시』, 1995. 5, 50면.

즉 시네포엠은 오늘날 시적으로 아름다운 영화를 지칭하는 이름으로 혼용되고 있기도 하지만 구분하여 부를 필요가 있다.[13]

1930년대 시인들의 시에서 이런 경향을 발견할 수 있다는 것은 흥미로운 일이다.

> 거리는 장날이다
> 장날거리에 녕감들이 지나간다
> 녕감들은
> 말상을하였다 범상을하였다 쪽재피상을하였다
> 개발코를하였다 안장코를하였다 질병코를하였다
> 그코에 모두 학실을썼다
> 돌체돗보기다 대모체돗보기다 로이도돗보기다
> 녕감들은 유리창같은눈을 번득걸이며
> 투박한 北關말을 떠들어대며
> 쇠리쇠리한 저녁해속에
> 사나운 즘생같이들 살어졌다
>
> ― 백석, 「夕陽」(이동순 편, 『모닥불』, 솔출판사, 1997.)

이 시는 시인의 주관적인 해석이 덧붙여지기도 하지만 전체적으로는 말하기(telling)보다는 보여주기(showing)의 방법을 통해 대상을 하나로 압축하는 방법을 사용한다. 그것은 구체적으로 장면의 분위기와 이미지의 강화, 그리고 대상의 즉물적인 묘사로 드러난다. 시인은 다양한 카메라 크기와 시각을 사용하고 있는데, 이는 시인의 느낌과 생각을 간접적으로 전달하는 방식으로 작용한다. 시인의 카메라는 청각적("투박한 北關말을 떠들어대며"), 극적(멀리서 다가왔다 눈앞에서 즘생같이 사라지는), 시각

---

13 송희복, 앞의 논문, 앞의 책, 50면.

적(상, 코, 돋보기, 유리창같은 눈) 요소들의 다양한 국면들을 결합시키는 효과를 발휘한다. 즉, 시적 화자의 시점 이동은 카메라의 앵글 조작과 같은 방향으로 진행된다. 전체적으로 한 신(scene)의 도입부를 이루고 있는 전체상황인 장날과 거리에 영감들이 지나가는 모습을 설정하는 1,2행은 롱샷이라고 할 수 있다. 또 영감들이 점점 화자의 눈(카메라)에 가까이 오면서부터 줌(zoom) 기법을 사용, 얼굴상을 잡는 4행은 미들샷을, 코와 눈, 안경의 구체적인 세부를 잡아낼 때는 클로즈업을 사용하다가 눈앞에서 사라지는 마지막 행에 이르러서는 다시 롱샷으로 시가 전개된다. 특히 신체기관의 세부(코)와 돋보기를 잡을 때 나타나는 장면의 연속적 교체는 영상에서 두드러지게 활용되는 기법이다. 이런 기법을 사용함으로써 이 시는 당대 영감들의 생동감 넘치는, 우습기까지 한 표정들을 효과적으로 잡아낼 수 있는 것이다.[14]

이런 기법은 박남수의 등단작인 「밤길」에서도 드러난다.

> 개구리 울음만 들리던 마을에
> 굵은 빗방울 성큼성큼 내리던 밤……
>
> 머얼리 산턱에 등불 두 셋 외롭고나,
>
> 이윽고 홀딱 지나간 번갯불에
> 능수버들이 선 개천가를 달리는 사나이가 어렸다.
>
> 논둑이라도 끊어져 달려가는 길이나 아닐까

---

14 백석시에 나타난 이런 생동감은 아버지의 영향일 가능성도 있다. 그의 아버지 백용삼은 사진 기술이 뛰어나서 조선일보의 사진반장을 지냈다. 이동순, 『잃어버린 문학사의 복원과 현장』, 소명출판, 2005, 510면.

번갯불이 스러지자
마을은 비내리는 속에 개구리 울음만 들었다

　　　　　　　　—박남수 「밤길」(『문장』 12호, 1940. 1.)

　　여기서 화자의 시선으로 나타나는 카메라의 눈은 개구리 울음소리가
들리는 캄캄한 밤의 사위를 티셔터로 잡다가, 롱샷으로 산턱의 등불을 잡
아낸다. 다시 카메라는 이번에는 줌기법을 사용, 미디엄샷으로 번갯불에
비친, 개천가를 달리는 사내를 순간 포착한다. 뇌성폭우의 밤 풍경이 마
치 깨끗한 스크린을 통해 보듯, 선명히 드러나며 밤은 어둠이 숨기고 있
던 부분을 일순 드러내주다 이내 다시 원상태의, 개구리 울음소리 들리는
어둠으로 되돌아간다. ("번갯불이 스러지자/마을은 비 내리는 속에 개구
리 울음만 들었다") 소란 속의 고요가 돋보인다. 시인의 주관적인 해석이
나 추측("머얼리 산턱에 등불 두 셋 외롭고나,", "논둑이라도 끊어져 달려
가는 길이나 아닐까")이 덧붙여지지만, 설명은 가능한 억제되고 장면화를
통해 '보여주기' 기능이 극대화된다. 아울러 시인의 눈에 포착된 것만을
재현시킴으로써 독자의 시야는 시인의 카메라적 시선에 의해 통제된다.
　　이외에도 영화의 기법이 활용된 시의 예[15]가 보인다. 물론 이런 기법

15　박목월의 「청노루」 중 "느릅나무/속잎 피어가는 열 두 구비를//청노루/맑은 눈에//도는
　　구름"에서도 원경에서 시작되어 근경으로 접근하는 구성을 취함으로써 마치 영화에서의
　　클로즈업 기법과 같은 효과를 얻고 있다. 특히 청노루의 작은 눈에 담긴 구름을 포착해 가
　　장 작은 것에서 가장 큰 것을 읽어내는 독법을 취함으로써 큰 곳에서 가장 작은 것으로 옮
　　겨오던 시각을 다시 가장 큰 것으로 되돌려 보내고 있다. 우리는 근경 "느릅나무/ 속잎 피
　　어가는" 모습과 "청노루/맑은 눈에//도는/구름"의 모습을 통해 이 시에 사용된 영화기법
　　을 좀 더 자세히 살펴볼 수 있는데, 전자는 초고속 촬영기법을 활용, 꽃의 개화장면을 포
　　착해야 하고, 후자는 클로즈업을 한껏 활용해야 한다. 즉 잎 피는 장면을 포착하기 위해서
　　는 시간을, 눈에 비친 구름을 포착하기 위해서는 공간을 확대해야 하는 것이다.

은 영화의 기법이 본격적으로 활용되었다기보다는 시지각적인 이미지의 표상을 중시하는 이미지즘의 시각적인 영상과도 가깝다는 반론이 제기될 수 있겠지만, 그럼에도 여러 편의 동적 사진의 연속으로 읽을 수 있는 개연성은 충분하다고 판단된다.

공간을 자유롭게 넘나드는 카메라의 시선을 의식적으로 활용하고 있는 시인으로 김기림을 들 수 있다. 그는 시집 『기상도』에서 이 방법을 쓰고 있다.

비눌
돛인
해협은
배암의 잔등
처럼 살아났고
아롱진 아라비아의 의상을 둘른 젊은 산맥들

바람은 바다가에 '사라센' 의 비단폭처럼 미끄러웁고
오만한 풍경은 바로 오전 7시의 절정에 가로누웠다

헐덕이는 들 우에
늙은 향수를 뿌리는
敎堂의 늙은 종소리
송아지들은 들로 돌아가려므나
아가씨는 바다에 밀려가는 輪船을 오늘도 바래보냈다

국경 가까운 정거장
차장의 신호를 재촉하며
발을 굴르는 국제열차
차창마다
'잘 있거라' 를 삼키고 느껴서 우는

마님들의 이지러진 얼굴들
여객기들은 대륙의 공중에서 띠끌처럼 흐터졌다

본국에서 오는 장거리 라디오의 효과를 실험하기 위하야
'주네브'로 여행하는 신사의 가족들
샴판 갑판 '안녕히 가세요' '단여오리다'
船夫들은 그들의 탄식을 기적에게 맡기고 자리로 돌아간다
부두에 팔락이는 오색의 '테입'
그 여자의 머리의 오색의 '리본'
— 김기림 「기상도 — 세계의 아침」(『김기림전집 1』, 심설당, 1988.)

이 시는 앞의 시들과는 달리 해협, 산맥, 바람, 풍경, 들, 교당, 바다, 국경 가까운 정거장, 국제열차, 여객기, 마님, 아가씨, 송아지 등에서 드러나는 바와 같이 장면이 고정되어 있지 않고 재빠르게 움직이고 있다. 장면들 간에는 시간적 공간적 연속성도 없다. 즉 카메라의 시선은 잦은 공간 이동과 몽타주에 의한 쇼트의 연속적 교체를 특징으로 하고 있다.[16] 주지하다시피 몽타주는 시간과 사건 사이의 경과를 나타낼 때 사용하는 영상의 편집된 장면 전환이다. 쇼트가 결합되는 과정을 편집이라고 했을 때 편집과정에서 발생하는 것이 몽타주다. 영화는 편집과정에서 서사적 진행을 따라가기도 하지만 병치되고 배치되는 쇼트의 연결을 보여주기도 한다.[17] 공존할 수 없는 동시성. 개별적인 요소들 사이의 충돌은 영화의 움직임을 진행시키는 영화의 양식적 수단이다. 이 시의 장면은 바로 그런

---

16 정끝별, 「영화에서 상상력을 베끼는 시인들을 믿느냐」, 『천개의 혀를 가진 시의 언어』, 하늘연못, 1997, 45면. 이 시의 해석의 많은 부분은 정끝별의 것을 참조했다.
17 김용희, 「시와 영화」, 『시를 어떻게 만날 것인가』, 작가, 2005, 450면.

기법으로 축조되고 있다. 이는 김기림 자신이 말하고 있는 '聯想의 飛行'[18] 기법, 나아가 박용철이 적절하게 지적하고 있는, '필름의 다수한 단편을 연결시킨 〈몬타─쥬〉' 기법을 사용하고 있는 것[19]이다. 전체적으로 카메라의 시선은 클로즈업(과 에어리얼 쇼트)에서 롱샷으로 다시 클로즈업으로 빠져나오면서 현대문명의 여러 단면들을 그대로 비추고 있다. 시간의 연속성을 해체하고 연속적인 행위의 전후를 커트해 병치시키면서 의도적인 동시성과 공간성, 현장성을 획득하는 몽타주 기법을 사용함으로써 시인이 얻으려는 의도는 무엇일까. 우선 시인은 '세계의 아침'이라는 스케일이 큰 풍경을 수용하면서, 현대문명의 불안이라는 주제를 전달하려는 의도를 드러낸 것으로 판단된다.

백석, 박남수, 박목월, 김기림의 시에서 드러나는 바와 같이 1930년대에 시네포엠이나 몽타주 기법을 활용한 시들이 다수 나타난 이유는 무엇일까. 우리는 그것을 1930년대의 문단상황과도 연결시켜서 생각해볼 수 있다. 주지하다시피 1920년대 후반부터 등장한 영화소설은 시나리오와 소설의 중간형식이라고 할 수 있는데, 장면화 기법을 주로 사용하여 소설에 영화기법을 수용한다. 그리고 이 기법이 가장 무르익은 시기는 1930년대이다. 이때 영화는 문인들 사이에 유행병처럼 번져 영화론에 대한 지상토론이 벌어지는가 하면 영화 기법을 소설에 적극 수용하려는 움직임이 활발히 나타나게 된다. 특히 영화가 발견한 시간과 공간의 다양한 결합의 방식은 모더니즘 소설의 기법변환에 획기적인 영향

---

18 김기림, 「현대시의 발전─속도의 시 문명비판」, 『김기림 전집』 2, 심설당, 1988, 334면.
19 박용철, 「〈기상도〉와 『시원 5호』─올해의 시단 총평」, 『동아일보』(1935.12.28), 『박용철 전집』 2(동광당서점, 1940) 재수록. 정끝별, 위의 글 참조.

을 미친다.[20] 필자는 이러한 문단사적인 영향이 시에 작용하면서 이미 지즘적인 특징을 보였던 일군의 시인들에게는 카메라의 눈을 활용한 기법 정도가 활용되고, 모더니즘적인 특징을 보였던 김기림에게서는 이에 더하여 같은 시간에 일어났던 다른 공간에서의 일들을 동시에 표현하는 '체험의 等時性'이 편집이나 몽타주의 기법 등으로 확장되어 갔을 것으로 판단한다. 말하자면 이들 시인들 모두 카메라가 펜처럼 현실을 재구성할 수 있다는 인식은 있었지만, 전자는 시작품의 경향 내에서 그것을 활용했고, 후자는 모더니즘 이론가답게 카메라와 편집이라는 매체적 자의식을 최대한 자유롭게 활용한 것으로 생각된다. 그러나 당대 한국시들에서 영화 기법의 활용은 정착되지 못한 실험으로 끝나버린다.[21]

그러다가 우리 시단에서 직접적인 형태의 시네 포임이 나타난 것은 20년이 경과한 시기 조향의 「검은 SERIS」에서이다. 초현실적 시츄에이션, 환상적인 이미지와 몽타쥬, 그로테스크한 공포의 분위기를 조성하고 있는 이 작품의 제1시퀀스는 아래와 같다.

1(C.U)
유리창에 시꺼먼 손바닥
따악 붙어 있다.
指紋엔 나비의 눈들이……
(M.S)
쇠사슬 끌고
수많은 다리(脚)의 행진.
(O.S)

---

20 이에 대해서는 최인자, 앞의 논문, 앞의 책, 198~199면 참조.
21 이에 대해서는 더 연구해야 할 여지를 남겨놓고 있다.

M 〈아카시아꽃의 계절이었는데……〉

W 〈굴러 나리는 푸른 휘파람도……〉 ─밝은 木琴소리

─ 조향 「검은 SERIS」(『사상계』, 1958. 11.)

지문으로 제시된 C.U(Close Up), M.S(Middle Shot), O.S(Over Shot)는 카메라와 피사체의 거리, 카메라의 위치를 지칭하는 전문용어이다. 시퀀스의 하단에 제시된 목금소리는 배경음이다.

이 시는 형식 자체가 시나리오 방식으로 쓰여졌기 때문에 독자는 스크린을 염두에 두고 읽게 된다. 스크린을 전제로 하는 이같은 독서는 즉각적이며 사실적인 시각 효과를 유발한다. 이 시의 이미지와 장면의 연결에는 논리성이 없다. 이미지의 비논리적인 돌연한 결합은 사실성을 추구하는 데는 일정한 한계가 있기 마련이다. 클로즈업된 유리창에 붙은 손바닥과 지문. 쇠사슬을 끌고 가는 많은 다리들, 이어 나오는 남녀의 대사는 유기적 관련성을 가지고 있지 않다. 그러나 이런 쇼트들이 일련의 계기성을 가지고 나열될 때 그것은 불행한 인간존재 형상이라는 그로테스크한 이미지를 형성한다.[22] 쇼트들의 현란한 몽타주에서 나타나는 선명한 이미지들은 현실적인 문맥을 생략하는 대신 이야기를 비약시키면서 영화적 속도감을 창출하는 데 기여한다. 아울러 여러 이미지를 제시함으로써 한 주제에 대한 복합적인 관점을 동시적으로 표출하거나 삶의 다양성을 보여주는 데도 기여한다.[23]

---

22 정끝별, 「영화에서 상상력을 베끼는 시인들을 믿느냐」, 『천개의 혀를 가진 시의 언어』, 하늘연못, 1997, 46면.

23 이후의 시들에 나타난 영화적 상상력에 대해서는 자세히 고찰하지 못했지만 1960년대와 1970년대에 영화의 문법을 차용한 시들은 별로 눈에 띄지 않는다.

3. 1980년대 이후, 영화의 문법을 차용한 영상시들

조향 이후 우리 시에서 영화의 문법을 차용한 시들은 1960년대, 1970년대에 들어와서도 거의 눈에 띄지 않는다. 같은 동인이었던 이봉래(영화감독)의 절필, 발상에 있어서 초현실적 자유연상을 보여주었던 박인환의 죽음 등이 원인이 되기도 했지만 그보다는 이 시기가 김수영과 신동엽 등으로 이어진 현실참여의 분위기가 주도적으로 작용한 결과로 보여진다. 이세룡의 「만추」 정도가 그나마 영화와 관련을 가진 시로 평가된다.

"늦게 도착한 엽서가 쌓이고 있다./낙엽.//문정숙씨의/푸른 근심 속으로 한 남자가 걸어온다.//가을 오후"

— 「만추」 전문

이 시는 1966년 이만희 감독이 연출한 영화를 시화한 것으로 영화는 범죄에 연루된 청년(신성일 분)과 살인죄로 복역하던 중 모범수가 되어 사흘 간의 외출을 허가받은 불행한 여인(문정숙 분)의 사랑 이야기를 소재로 하고 있다.

그러나 이 시는 카메라와 편집이라는 매체적 자의식이 온전히 발휘되지 않은 것이었으며, 이러한 조건이 성숙된 시기는 영상이 문화의 핵심적인 요소로 자리잡은 1980년대 이후이다. 1980년대 후반에 들어서면서 영화는 책에 맞서는 대안적인 매체양식으로 자리잡기 시작하면서 이후 지속적으로 우리 사회를 지배하는 문화 이데올로기로 작동한다. 영화가 강력한 의식산업으로 제도화되기 시작한 것이다. 영상이 현실을 압도하는 세계에서 상상과 현실의 경계는 사라지는 현상이 일어난다.

영화는 카메라의 시선과 편집방법을 사용함으로써 문자가 따라올 수 없는 새로운 세계를 열어놓는다. 영상으로 본다는 것은 피사체를 새로운 시선으로 끊임없이 갱신한다는 의미이다. 일상적인 시각을 파고들어 그것을 바라보는 또 하나의 시선을 창출한다는 의미이다. 인간의 모든 열망의 실체는 영상 속에서 더 완벽해진다. 영상의 세계는 우리의 감각 자체를 바꾸어놓고 심화시켰다. 영상화된 시 작품에서 각각의 장면 혹은 이미지들은 공간 편집에 의해 창출된다.

장정일은 이런 현실을 가장 먼저 간파한 시인이라 할 수 있다.

> 서서히 8미리 촬영기가 돌아가고, 그녀의
> 두 뺨은 흥분으로 달아오른다. 실연이자 연기!
> 그녀의 연기에는 대역이 없다. 그녀는
> 자신의 허벅지에 버터를 바른다. '여기서 컷!'
> '이 장면은 위에서 내리, 찍어, 줘요' 촬영기사에게
> 명령하니, 그녀는 감독을 겸하는구나, '점점 클로즈업
> 시키면서 컷트, 알죠?' '레디 고'
>
> 그녀는 자신의
> 따분한 삶을 화려한 것으로 바꾸어주는 영화의 유혹으로부터
> 벗어날 수가 없다. 내심으론 얼마나 많은 은퇴와
> 복귀를 반복했던가. 그러면서 그녀는 영화를 찍는 것인지,
> 영화 속의 그녀가 그녀를 대신 사는 것인지 모르게 됐다
> — 장정일, 「8미리 스타」(『길안에서의 택시잡기』, 민음사, 1988.)

이 시에 나오는 포르노 영화 전문 여배우는 돈을 벌려고 영화를 찍는 것이 아니라 영화 찍기 자체를 즐긴다. 이는 또한 영상에서 시적인 아름다움을 바라는 기대를 깨트리고 있다. 그만큼 기존 시의 엄숙주의에 대한 반발로서 나왔다는 인상을 지울 수가 없다. 여기서 시인은 대중문화의 가

벼움과 그것을 배태한 욕망의 껍질을 벗겨내는 과정을 통해서 키치문화의 차용과 비판의 한 길트기를 보여주고 있다. 그러나 무엇보다도 이 시는 영화 속의 주인공과 현실 속의 자아가 구별되지 않음으로써 현실과 연기의 경계가 해체되고 있다는 점에 주목할 필요가 있다. 장정일은 누구보다도 빨리 이 사실을 감지하고 시적으로 차용하고 있는 것이다.

S#1.
  *F.I.
  카메라가 높은 하늘에서 점점 내려오며 고속도로 위를 질주하고 있는 오픈카를 클로즈업시킨다. 운전자는 잘 생긴 청년으로, 즐거운 듯 경쾌한 휘파람을 불고 있다. 카메라가 그의 상반신을 비추다가 뒤로 빠진다.(D·I·S)(…중략…)

S#6.
  남자:미안해, 난 , 이제, 저자를 따라가야 해,(남자는 다방문에 우뚝 서 있는 검은 신사를 가리킨다.) 눈물이 남자의 얼굴을 온통 적실 때, 눈물이 적셔진 부분부터 차츰 남자의 얼굴이 지워져 가고 여자 홀로 남아 운다.(F.O.)

S#7.
  *F.I.
  카메라가 고속도로를 질주하는 자동차를 비춘다. 잠시 후, 스톱묘선 되면서 포토 컷.

C#1. 자동차와 자동차의 충돌사진(흑백사진)
C#2. 굴러떨어지는 오픈 카(S#4의 C#4)
C#3. 거적에 쌓인 도로가의 시체(칼라사진)
(생략)
C#7. S#5 중에서 남자를 기다리던 여주인공의 모습 중에서 하나(흑백사진)
                    ― 장정일, 「자동차」(『길안에서의 택시 잡기』, 민음사, 1998.)

「자동차」는 총 12연으로 된 시인데 아주 짧은 시나리오이다. 여자를 만나기 위해 오픈카를 타고 고속도로를 질주하던 청년의 교통사고를 중심으로 그들의 사랑과 이별을 장면화를 통해 영화에서의 서사문법으로 구사하고 있다. 이 시의 도입부는 롱샷 혹은 에어리얼 쇼트(공중촬영)에서 클로즈업으로, 다시 미디엄 샷으로 찍다가 디졸브로 빠진다. S#6는 죽은 자(남자)와 애인 간의 대화로 구성되어 있다. 대화는 화자의 성격을 직접 전달할 뿐만 아니라 사건의 정황과 시간의 흐름까지도 제시하고 있다. 또 이 시의 마지막 부분은 흑백과 칼라로 구성된 일곱 개의 컷으로 몽타주되고 있다. 영화에서 시간은 과거·현재·미래가 자유롭게 전개되는 동시성을 전제로 하고 있다. 이 시의 주된 스토리 역시 교통사고로 죽은 남자의 영혼이 약속 장소를 찾아와 함께 우는 것(F#6)으로 끝이 난다. S#7는 플래쉬백으로 과거의 시간을 거슬러 올라가 과거의 시간들을 정지시켜 스틸 사진으로 병치시키고 있는 것이다.[24] 여기서 제시되는 장면들은 묘사시의 회화성과는 엄연히 다른 문법을 가진다. 즉, 이 시는 우연과 익명, 일회성에 지배되는 일상과 비일상, 삶과 죽음, 질주와 막힘의 대비를 통해 현재 사회를 진단하고 있다고 해야 할 것이다. 장정일의 영상미학과 서사구조에 대한 관심은 이렇듯 형식 파괴를 통해 현대사회의 일상성을 중심으로 이루어지고 있다. 또 다른 그의 시 「슬픔」은 원고지 10매의 감상문을 다른 지면에 수록한 것인데, 시집에 수록함으로써 시가 된 경우다. 나아가 그는 이런 시에 만족할 수 없어 시나리오를 손보고 연극대본을 쓰기까지 했다.

---

24 정끝별, 앞의 책, 48~50면 참고.

하재봉의 「비디오/자술서」[25] 역시 16밀리 영사기의 시선을 활용하여 자신을 감방에 갇힌 수인으로 극화시켜 현상해놓고 있다. 이는 시인 하재봉의 삶과 내면풍경을 영화적 틀을 빌려 객관화시킬 의도로 기획된 것이다. 아무리 시각적인 이미지와 서사성을 활용한다고 하더라도 독자의 입장에서는 그 영상의 구도나 상황을 구체적으로 파악하기가 쉽지 않다. 하지만 영상기법을 활용한 시들을 통하여 직접적이고 구체적인 영상의 효과를 맛볼 수 있는 것이다.

영화에는 현실보다 더 뚜렷한 현실이 담겨 있다. 모든 예술이 그러하듯이 영화 역시 일종의 거울효과, 즉 자신의 존재를 성찰하고 삶의 의미를 생각하게 하며 우리가 살고 있는 이 세계에 대해 깊이 있게 사고할 수 있는 힘을 그 속에 갖고 있다. 그러므로, 관객들이 영화를 보는 관람행위는 단순히 일상현실에서 일탈하고 싶은 충동 때문만은 아니며, 우리 사회의 존재형태를 고찰하려는 의도도 있다고 보여진다.

그러나 이러한 현상들이 더 나아가 이미지들의 범람으로 흐르면 영화가 하나의 창문처럼 세계를 투명하고 사실적으로 재현한다는 믿음은 순진함으로 치닫고 만다. 스크린에 재현되는 화면이란 영상과 현실 사이에 놓여지는 막이 되는 것이다. 이에 대해서는 5장에서 보완된다.

4. 시와 영화의 상호 전이양상

앞서 언급했다시피 영화가 시에 미치는 영향이 시가 영화에 미치는 영향보다 절대적으로 우세한 시대에서 이 둘의 상관관계는 거의 일방적이

25 하재봉, 『비디오 천국』, 문학과지성사, 1990.

라 말할 수 있다. 그러나 시적 영감과 소재는 영화로 수용되어야 하고 그래야 문화는 긍정적인 방향으로 나아갈 수 있을 것이다.

먼저 영화에서 시로의 전이양상을 살펴보기로 한다. 특정 영화의 스토리나 영상을 환기하여 시에 입체성을 더하는 방법이다. 영화의 전체를 요약하는 대사나 스토리, 장면은 영화 자체에서 갇혀 있는 것이 아니라 그것을 보고 읽는 관객들의 삶에 '지금 일어나고 있는' 현재의 이미지로 작용한다. 현실/회상/상상을 가로지르는 압도적인 언어와 이미지들은 시인의 능동적 감상에 의해 다른 느낌이나 의미로 변형된다.

영화의 이미지나 제목, 대사, 스토리를 시에 차용하거나 활용하는 경우는 너무 많아 일일이 예거할 수도 없다. 다만 시의 내용이 그 영화 전체를 요약할 수 있는 메시지이거나 모티프가 되는 경우, 시와 영화의 문법 간에 상호텍스트성을 고찰해 보는 것이 요긴할 것으로 판단된다.

특정 영화를 대상으로 한 이런 시들은 시의 상상력과 의미를 더욱 깊이 있고 입체적으로 실현할 수 있는 동시에 제한할 수밖에 없는 양가성을 가지고 있다.

구체적으로 영화 「아비정전」에 나오는 '발 없는 새'[26] 모티프가 시에 어떻게 수용되고 있는가를 고찰해 보기로 한다.[27] '발없는 새' 모티프는

---

26 '발없는 새'는 칼새류로 屬名은 Apus pacificus인데 라틴어로 발이 없다는 뜻이라 한다. 밤에 공중의 잠자리에 있기 위해 1.5km 높이까지 올라간다는 이 새는 날아다니는 것은 눈에 띄는데, 앉은 것을 거의 볼 수가 없기 때문에 사람들은 다리가 없어서 앉지 않는다고 생각했다고 한다. http://imageseaech.naver.com 참조.

27 필자는 「문학교육과 문화의 수용문제」(『새국어교육』 69호, 한국국어교육학회, 2005)에서 영화 '발없는 새' 모티프를 중심으로 「아비정전」의 대사와 천양희, 정끝별, 정호승의 시와 상호텍스트성을 고찰한 바 있는데, 본고에서는 마리안느 훼이스풀의 노래와 영화의 상호텍스트성을 고찰하고, 김중식, 노향림 등의 시를 보완하였으며, 대사 본문도 수정하고 대사와 시 해석 역시 바뀐 관점으로 시도했다.

이미 마리안느 훼이스풀의 「이 작은 새(*This Little Bird*)」[28](1965)라는 노래에 연원을 두고 있다고 할 수 있다.

> ① 누군가가 보낸 작은 새가 있어
> 세상에 내려와 바람 속에서 살아가지
> 바람에서 태어나 그는 바람결에 잠을 잔다지
> 누군가가 보낸 이 작은 새
>
> 그는 가볍고 깨지기 쉬워, 또 하늘색 깃털을 가지고 있지
> 무척 얇고 우아한, 햇빛도 관통하는
> 바람결에 사는 이 작은 새
> 누군가가 보내온 이 작은 새
>
> 그는 하늘 높이 높이 날아
> 사람들의 시선이 닿을 수 없게

---

28 원문은 아래와 같다. "This Little Bird" —Marianne Faithful

> There's little bird that somebody sends
> Down to the earth to live on the wind
> Born on the wind and he sleeps on the wind
> This little bird that somebody sends
>
> He's light and fragile, and feathered sky blue
> So thin and graceful, the sun shines through
> This little bird that lives on the wind
> This little bird that somebody sends
>
> He flies so high up in the sky
> Out of reach of human eye
> And the only time that he touched the ground
> Is when that little bird
> Is when that little bird
> Is when that little bird dies

그리고 그가 지상에 닿게되는 유일한 시간은
그 때는 그 작은 새가
그 때는 그 작은 새가
그 때는 그 작은 새가 죽었을 때야

      — 마리안느 훼이스풀 「이 작은 새」 가사

①` 발없는 새가 있다지
발이 없기에 세상에 내려앉지 못하고
바람 속에서 산다지
바람 속을 날아다니다 힘이 들면
바람 속에서 쉰다지
꼭 한번 세상에 내려오는데
그 때는 죽을 때라지

발이 없는 상태로 낳아놓은 새가
태어날 때부터 바람 속을 날아다니는 줄 알았는데
그게 아니었어.
그 새는 이미 처음부터 죽어 있었어.

      — 영화 「아비정전」 대사 중에서

 ①은 그녀의 데뷔작인 「as tears go by」에 이어 1965년에 히트시킨 곡인데, 바람 속을 거침없이 나는 새를 통해 깃털보다 가볍고 자유롭게 날기를 갈망하는 한 작은 영혼의 모습이 잘 묘사되어 있다. 누군가가 보내서 어디서부터 와서 어디로 가는지 모르는 채 두 발을 지상에 붙이고 살아가야 하는 인간의 한계와, 그 한계 안에서 비상을 꿈꾸며 고결하게 살고 싶은 이상과 꿈을 짧은 곡 안에 잘 표현하고 있다. 여기서 새는 운명의 힘으로 지상에 내려온 고독한 한 사람을, 바람은 풍파 곧 고독과 시련을 상징한다. 공기보다 가볍고 상처받기 쉬운 연약한 이 새는 파란 하늘 빛 깃털

을 달고 햇살도 통과할 만큼 가냘프고 우아하다. 이 고독하고 고결하고 자유로운 영혼의 새는 사람의 시야가 미치지 못하는 곳까지 솟아오르지만 죽을 때라야 겨우 방랑을 멈출 뿐이다.

이 새는 너무 바빠 하늘을 쳐다볼 새도 없이 살아가는 인간군상들과 대비되면서 사는 일의 무게로 기쁨을 잃은 우리에게 지상의 것을 포기하는 대신 자유를 얻은 자의 고투와 고결성을 선사한다.

①′는 자신을 낳아준 어머니를 모르는 채 다른 여자를 어머니라 부르고 자라온 주인공이 어느 땐가 그 사실을 깨닫고 어느 한 곳에도 안주할 수 없는 자신의 처지를 읊조린 대사이다. 넓게는 중국으로의 귀속을 앞둔 홍콩 사람들의 심정이기도 하다. 그러나 이런 상태가 어찌 영화 속 주인공뿐이겠는가? 모든 인간은 정도의 차이는 있으나 모체 밖으로 나올 때부터 '발 없는 새'가 되는 게 아닌가? 머물지 않기 때문에 자유롭지만 그만큼 불안한 군상은 이 시대의 대중과 겹쳐지면서 폭넓은 공감을 가지고 확산될 수 있다. 여기서 새는 '발없는'이라는 관형어에서 나타나듯이 생모로 표상되는 완전한 쉼을 얻지 못하고 부유하는 존재를 상징한다. 말하자면 ①과 ①′는 같은 고독한 존재인 인간을 그리면서도 ①이 지상에 매여 살아가는 존재와 대비되는 '자유의 고결성 혹은 매혹'이 강조된다면 ①′는 '발 없는'에 초점이 맞춰지면서 '정착하지 못하는 존재'라는 것에 강조점이 놓인다.

다음의 시들은 모두 「아비정전」의 '발없는 새' 모티프에서 파생된 시들임에도 강조점은 조금씩 다르다.

> 바람이 불어, 바람이 왜 불지?
> 바람이 불어 발 없는 새
> 발이 없어 바람 속에서 쉰다네

날다 지치면 바람 속에서만 쉰다네

바람이 불어, 바람이 왜 불지?

바람이 불어 발 없는 새

발이 없어 바람 속에서 쉰다네

지상으로 내려가면 죽는다네

바람이 불어, 바람이 왜 불지?

바람이 불면

나도 바람 속에서 쉬고 싶다네

발 없는 새처럼 쉬었으면 한다네

바람이 불어, 바람이 왜 불지?

바람같이 소리치고 있다네

내 발 어디 있지?

하늘을 나는 새는 자취가 없다네(발이 없기에 자취가 없다)

　　　　　— 천양희, 「발 없는 새」(『오래된 골목』, 창작과비평사, 1998.)

발 없는 새를 본 적 있니?

날아다니다 지치면 바람에 쉰다지

낳자마자 날아서 딱 한번 떨어지는데

바로 죽을 때라지

먹이를 찾아 뻘밭을 쑤셔대본 적 없는

주둥이 없는 새도 있다더군

죽기 직전에 배고픔을 보았다지

하지만 몰라, 그게 아니었을지도

길을 잃을까 두려워 날기만 했을지도

뻘밭을 헤치기 너무 힘들어 굶기만 했을지도

낳자마자 뻘밭을 쑤셔대는 둥지새

날개가 있다는 걸 죽을 때야 안다지

세상의, 발과 주둥이만 있는 새들

날개 썩는 곳이 아마 多情의 둥지일지도

못 본 것 많은데 나, 죽기 전에 뭐가 보일까

— 정끝별, 「둥지새」(『자작나무 내 인생』, 세계사, 1996.)

천양희의 시는 전체적으로는 '발 없는 새' 모티프에서 나왔다고 할 수 있다. 이는 '바람 속에서 쉰다', '지상에 내려가면 죽는다'와 같은 진술을 동반하고 있기 때문이다. 그러나 이 시에서 유독 강조되고 있는 것은 5회나 나오는 "바람이 불어"에서 보이듯이 바람, 곧 풍파 곧 고독이 자주 엄습한다는 것이고 그 속에서 거할 수밖에 없다는 것이다. 즉 고통 속에서 살아가야 하는 불우를 노래하고 있는 것이다. 시인은 다른 작품에서도 쓸쓸함과 욕됨과 근심의 뒤편을 노래한다.("백화점 마네킹 앞모습이 화려하다/저 모습 뒤편에는/무수한 시침이 꽂혀있을 것이다"-「뒤편」) 시인에게 삶은 고통의 몸을 치는 것이다("벌새는 1초에 90번이나/제 몸을 쳐서/공중에 부동자세로 서고"-「벌새가 사는 법」). 하늘을 나는 새는 지상에 발을 내딛지 않으므로 자취를 남기지 않듯 시인 역시 '발 없는 새'를 자신과 동일시("발없는 새처럼")하며 고통을 껴안고 자취 없이 살아가고 있는 자신의 삶을 시화하고 있다.

정끝별은 「둥지새」에서 시대적·대중적 욕구를 반영한 원작의 재생산으로서의 다시 읽기를 시도하고 있다. 아울러 '발 없는 새' 모티프를 차용하고 있지만 이 작품은 영화보다는 마리안느 훼이스풀의 노래 「이 작은 새」와 더 관련성을 가진다. 왜냐하면 '발없는 새'가 먹는 것이라는 지상적인 유혹을 뿌리친 채 높은 이상을 추구하는 존재로 상징되고 있기 때문이다. 시인은 '발 없는 새'에서 '주둥이 없는 새'를 파생시켜 이 둘을 같은 계열로 놓고 이와 반대편에 '둥지새', '발과 주둥이만 있는 새'를 생산한다. 그리고 전체적으로는 '둥지새', '발과 주둥이만 있는 새' /

'발 없는 새', '주둥이 없는 새'의 대립을 통해 전자를 일상에 묻혀 초월을 잊어버린 존재로, 후자를 일상보다는 이상과 꿈을 추구하며 사는 고결한 존재로 상정하지만[29] 그 반대편의 가능성을 열어놓고 있다. 이러한 시인의 시적 전략이 "하나의 시적 대상이 갖고 있는 상반된 성격의 팽팽한 대립을 동시에 읽어내"는 능력이 뛰어나다는 평[30]을 이끌어낸다. 대상에 내재된 상반된 성격의 독해는 세상의 표면만을 읽지 않으려는 시인의 의도와 함께 대상에 대한 고정적이고 폐쇄적인 인식을 넘어 "이 시대와 창작주체 자신의 삶의 환경으로 치환하는 과정과 텍스트의 빈틈을 메우는 독서행위를 통하여"[31] 오늘 우리의 존재이유를 묻는 지점까지 나아간다.

이밖에도 '발없는 새' 모티프는 정호승의 「참회」[32]에서도 나타나는데, 읽는 처연함마저 드는 이 시는 바쁘다는 핑계로 소중한 무엇(이 시에서는

---

29 김중식의 「황금빛 모서리」(『황금빛 모서리』, 문학과지성사, 1993) 역시 새를 이상과 꿈을 추구하며 사는 고결한 존재로 그리고 있다는 점에서 이 시와 상호텍스트성을 가지고 있다고 할 수 있다. 전문은 아래와 같다. "뼛솟을 긁어낸 의지의 代價로/석양 무렵 황금빛 모서리를 갖는 새는/몸을 쳐서 솟구칠 때마다/금부스러기를 지상에 떨어뜨린다//날개가 가자는 대로 먼 곳까지 갔다가/석양의 黑點에서 클로즈업으로 날아온 새가/기진맥진/빈 몸의 무게조차 가누지 못해도//아직 떠나지 않은 새의/彼岸을 노려보는 눈에는/발 밑의 벌레를 놓치는 遠視의 배고픔쯤/헛것이 보여도/현란한 飛翔만 보인다."

30 문태준, 「가지를 넘을 때」해설, 『조선일보』, 2008.4.28, A30면.

31 졸고, 「문학교육과 문화의 수용문제」, 『새국어교육』 제69호, 한국 국어교육 학회, 2005. 53면.

32 정호승, 『이 짧은 시간 동안』, 창작과비평사, 2004. 전문은 아래와 같다. 나 이 세상에 태어나/지금까지 나무 한 그루 심은 적 없으니/죽어 새가 되어도/나뭇가지에 앉아 쉴 수 없으리/나 이 세상에 태어나/지금까지 나무에 물 한번 준 적 없으니/죽어 흙이 되어도/나무 뿌리에 가닿아 잠들지 못하리/나 어쩌면/나무 한 그루 심지 않고 늙은 죄가 너무 커/죽어도 죽지 못하리/산수유 붉은 열매 하나 쪼아먹지 못하고/나뭇가지에 걸린 초승달에 한번 앉아보지 못하고/발없는 새가 되어/이 세상 그 어디든 앉지 못하리.

나무 한그루를 심거나 물을 주는 행위)을 잃고 살아온 지난 삶에 대한 뼈아픈 자기고백과 참회를 담고 있다. 그러기에 나는 죽어 '발 없는 새가 되어 어디든 앉지 못' 할 것이라는 것이다. '발없는 새' 모티프는 쉼과 안식이 없는 '떠도는 삶'을 의미하고 있음을 알 수 있다. 나아가 '발없는 새' 모티프는 '발없는 나무' ("소리들은 골짜기를 두드려 깨우고/등성이에 몰려 있는 발없는 나무들을/모두 두드려 깨우고/다 내려와서는 흩어진 몸으로 온데간데 없어졌다" - 노향림 「소리1」, 『눈이 오지 않는 나라』, 1987, 문학사상사)로 파생되기도 한다.

다음으로 시에서 영화로의 전이양상을 같은 제목을 가진 김완하의 시 「엄마」와 구성주 감독의 영화 「엄마」에서 살펴보기로 한다. 먼저 시 전문을 인용하고 논의를 시작한다.

첫돌 지난 아들 말문 트일 때
입만 떼면 엄마, 엄마
아빠 보고 엄마, 길 보고도 엄마
산 보고 엄마, 돌 보고 엄마

길 옆에 선 소나무 보고 엄마
그 나무 사이 스치는 바람결에도
엄마, 엄마
바위에 올라앉아 엄마
길 옆으로 흐르는 도랑을 보고도 엄마

첫돌 겨우 지난 아들 녀석
지나가는 황소 보고 엄마
흘러가는 도랑을 보고도 엄마, 엄마
구름 보고 엄마, 마을 보고 엄마, 엄마

아이를 키우는 것이 어찌 사람뿐이랴
저 너른 들판, 산, 그리고 나무
패랭이풀, 들 모두가 아이를 키운다

— 김완하, 「엄마」

미장센이 선명하게 그려지는 시이다. 여기서 엄마(모성)는 구성주 감독
의 말[33]대로 "보이는 세상, 보이지 않는 세상, 존재하는 것, 존재하지 않
는 것, 실재하는 것, 실재하지 않는 것, 우주만물, 천지조화 속에 살아 숨
쉬고 있"는 존재이다. 또 '첫돌 지난 아들은 자아에 대한 의식이 없는, 자
연의 한 부분으로 존재한다. 그에게 입을 뗄 때 처음 배운 언어인 '엄마
'는 절대자와 같다. 그에게는 모든 것들이 엄마로 존재하는 것이다.

1연의 "길보고도 엄마/산 보고 엄마, 들 보고 엄마"에서 나타나는 '길'
은 영화에서 수시로 엄마의 긴 회상을 상기시키는 공간이다. 엄마는 바위
의 주름살을 보고 세월을 떠올리기도 하는데, 오랜 풍파에서도 쉽게 마모
되지 않는 바위를 통해서 세월의 주름을 상기했다는 것은 그 누구도 세월
의 힘 앞에서는 견뎌낼 수 없다는 것을 암시하는 듯하다. 그러기에 자연
을 보고 엄마를 외치는 시적 형상은 영화에서 바위를 보고 주름을 떠올리
는 엄마의 미장센과 다르지 않다. 2연에서 등장하는 자연의 세목 '길, 소
나무, 도랑' 역시 영화에서 엄마가 수시로 자신과 동일시하는 대상으로
나온다. 또 시에 나오는 첫돌 맞은 아들은 장남의식을 가지고 있는 영화
「엄마」의 아들이 거쳐온 유아기적 단계의 회귀라고 할 수 있다. 그러기에
그는 "엄니는 뭔 놈의 정성이 하늘에 뻗쳤다고 이 고생이요?"라고 엄마

---

33 구성주, 「맑은 그 길을 걷고 싶다」, 『시와 정신』, 2005. 여름.

의 무모한 행동에 대한 염려를 드러내고 있는 것이다.

그러나 무엇보다 시의 '아들'과 영화의 '엄마'의 이미지가 겹쳐지는 부분은 꽃과의 대화장면이라 할 수 있다. 영화 속 엄마는 수시로 자연에게 말을 건네지만 그 대상이 꽃에 이르렀을 때에는 그 느낌이 더 각별하다. 엄마는 꽃을 보며 자신의 마음을 드러내며 스스로 꽃이 되기도 한다. 꽃과 자신을 동일시하는 이미지를 보여주고 있다는 점에서 엄마는 어린 아이로 돌아가고 있다고 할 수 있다. 즉 시「엄마」에서 첫돌 지난 아들이 나무를 보고 산을 보고 바위를 보고 엄마라고 부르는 것은 영화「엄마」에서 꽃과 나누는 대화와 크게 다르지 않다. 여기에서 이의 이미지와 영화의 이미지가 겹치는 것이다. 그런 점에서 영화에 등장하는 엄마와 시에 등장하는 아들은 나이를 초월해 순수의 이미지를 구현하고 있는 것이다. 특히 영화에서 딸의 결혼식을 보면서 죽음을 맞는 엄마의 모습을 통해서 자식을 향한 애틋함은 물론, 엄마의 자리가 아닌 영원히 자식의 자리로 돌아가고자 하는 내재된 심리를 보여주고 있다. 또 영화의 마지막 장면에서 시를 대사처럼 읊고 있는 것은 영화의 이미지와 시적인 이미지를 동일시하려는 의도적 장치라고 할 수 있다. 엄마나 아들은 모두 자연의 자식이라는 점에서 이들을 키우는 것은 사람뿐이 아니라, "저 너른 들과 산 그리고 나무/패랭이풀 모두"이다.

이렇듯 영화는 영화와 시의 이미지, 그리고 미장센의 구현을 위해 시를 차용하기도 한다. 그러나 오늘날 시가 영화에 미치는 영향력에 비해 영화가 시에 미치는 영향력이 훨씬 커지고 있다는 것은 부인할 수 없는 사실이다.

하지만 시적인 것 역시 특정한 상황에 한정되어 있는 것이 아니라 삶 전반에 걸쳐있으며, 따라서 시와 영화는 대화적 관계에 놓이면서 서로 결합, 전이될 수 있다. 이들은 각각 영화의 장면 혹은 대사, 시의 구절 사이에 존재하는 빈틈에 스며들어 그 틈을 자신의 언어로 채운다. 독자나 관객들 또한 이들 작품들을 보면서 자신들의 기억에 남아 있는 언어나 이미지로 번역하며 이중의 독해를 할 수 있는 것이다.

5. 결론

지금까지 본고는 시와 영화의 상호관련의 양상을 영화기법이 시에 반영되던 1930년대부터 현재에 이르기까지 구체적인 작품을 통해 고찰해 보았다.

이를 위해 본고는 1)1930년대, 1950년대 시와 영화기법의 관련양상, 2) 영화의 문법을 차용한 1980년대 이후의 영상시들, 3)시와 영화의 상호 전이양상을 차례로 고찰했다.

이 과정을 통해 우리는 시를 포함한 문학이 우리 사회의 문화의 변화와 더불어 상상할 수 없을 정도로 다양하게 변해왔으며, 문학이 당대의 역사적 상황 속에서 새로운 자신의 향유방식을 모색하고 있는 것을 확인할 수 있었다. 그리하여 활자매체에 맞는 향유방식이 영상시대에 맞는 향유방식으로 바뀌게 되면서 고독한 내성의 독서문화는 이제 집단적이고 동시적인 예술수용으로 변화되었음 또한 알게 되었다.

문제는 영상매체가 언어예술이면서 산업이라는 이중 얼굴을 가진 장르라는 것이다. 이미 우리 삶은 "새로운 필름을 예고하는/나날의 극장"(성윤석, 「극장에서」, 『극장이 너무 많은 우리 동네』, 문학과지성사, 1996.)이 되어 영화와 삶을 구별하지 못하고 극장과 동네를 구별하지 못한다. 스크린의 경계가 존재하지 않으면서 현실의 사랑과 정열, 복수와 죽음은 모두 영화화된다. 현실 자체가 삼류영화처럼 통속화되고 삶의 공간은 새로운 영화를 예고하는 극장으로 비유되는 것이다. 영화와 현실이 이처럼 한 치의 빈틈도 허락하지 않을 때 상상은 사라진다. 재현할 실체가 없고 이미지가 실체인 그 세계 속에서 상상이란 작동할 수 없기 때문이다. 그 세계 속에서는 영화가 현실을 닮은 것이 아니라 현실이 영화를 닮아간다. 상상이 매장된 과포화된 이미지의 세계들, 이 현기증 나는 이미지의 현현 앞에서 상상과 전문적인 독법을 필요로 하는 시의 언어를 어떻게 지킬 것인가.

이런 상황 속에서 "감각의 성감대를 찌르고 핥고 부드럽게 매만지는/매혹적인 영화 볼 시간에 창 없는 詩를 누가 읽나/열리지 않는 詩를 누가 들여다보나"(신현림, 「중경삼림을 보고 돌아온 밤」, 『세기말 블루스』, 창작과비평사, 1996.)고 외치는 시인의 말은 역설적으로 이미지 범람의 시대에 영상매체에 깊숙이 발을 들여놓고 있는 시인 자신이 한 편의 매혹적인 시에 대한 열망을 드러내고 있다. 또한 "텔레비전은 그렇게 밤 늦도록 지치지도 않고/너의 멍한 얼굴을 이글이글 태우고 쳐다본다."(김기택, 「누군가 매일 너를 보고 있다」, 『사무원』, 창작과비평사, 1999.)는 말 속에는 범람하는 영상 이미지에 담긴 상업적, 이데올로기적 힘을 성찰하고 전복시킬 수 있는 비판적 거리를 독자에게 요구하고 있는 것이다.

이 시대의 지배적 형식들에 내재된 이데올로기 성찰의 예를 우리는 유하의 '영화 사회학 시리즈'를 통해서도 볼 수 있거니와, 이들은 삶을 있는 그대로 재현해주고 그 삶을 바라보는 법을 일러준다는 영상예술의 비밀스런 약속이 어느덧 헛것으로 변질되며, 그 눈속임이 얼마나 교활할 수 있는지를 대중들에게 알리는 자들이다. 영상예술에서 시적 상상력의 원천을 가져오고 있는 그들은 영상이 삶과의 경계를 와해하며 삶 자체가 되어버리는 현실을 먼저 경험함으로써 그것에 중독자가 되는 한편 그것이 불길하게 번져가는 것을 예견함으로써 비판자가 되는 균형을 획득하고 있는 것이다.

따라서 필자는 시와 영상예술이 상호 결합되는 현재의 상태는 물론 미래에 대한 전망 역시 어둡지 않을 것으로 확신한다.

백석 시의 '옛것' 모티프와 상상력

1. 문제의 제기

"무너진 城터"와 "헐리다 남은 城門"의 모습을 다룬 「定州城」으로 시작을 출발한 백석의 현실에 대한 폐허 인식이 "나의 조상은 형제는 …… 나의 힘은 없다"(「北方에서」)에서 드러나듯 그의 시작 끝까지 지속되고 있다는 것은 의미심장한 일이다. 오랜 문화유산이나 나의 근원을 이루는 모든 세목들이 폐허로 가로놓여 있고 돌아갈 근원을 남겨두지 않은 절망의 식민지적 현실에서 백석은 부서지고 퇴락한 것(옛것)들의 의미를 일으켜 세워야 하는 지난한 작업을 자신의 시의 출발점이자 일관된 지향으로 삼고 있는 것이다. 이 훼손된 고향에 대한 인식을 분명히 하고 있다는 것에 시집 『사슴』의 시들은 중요한 의미가 놓인다. 그렇다면 인간과 초월세계를 연결하여 주는 매개물인 "구신이 없어지고" 그 집의 "가난이마저 열다섯에/늙은 말꾼한테 시집을 가"버린(「旌門村」) 황폐한 식민지적 근대에서 자칫 퇴행적 회고 취향으로 비칠 이러한 시작 행위는 무슨 의미가 있으며, 백석은 또한 어떤 방식으로 이 작업을 수행하고 있는가. 이 글은 바로 이런 물음에서 출발한다.

'옛것 지향'은 백석의 시에서 줄곧 드러나고 있고 시적 형상화나 백석 문학의 근대성을 구현하고 있는 매우 중요한 내질을 이루고 있는 요소임에도 그 동안 이에 대한 연구는 극히 미흡하다. 이 방면을 다룬 기존의 논의들은 전통성, 향토성, 민족성 등 텍스트 외적 개념의 범주에서만 수행되어 개괄적인 수준에 머무르고 있지[1] '옛것' 자체만을 대상으로 본격적

---

1 전통이라는 개념을 중심으로 백석 시에 접근한 주요 논의는 신범순, 권유성, 김은영, 장경호, 김민정, 박정호 등에서 시도되었다. 신범순의 연구(「현대시에서 전통적 정신의 존재형식과 그 의미」, 『국어교육』96, 한국국어교육연구회, 1998.)는 김소월과 연장선상에서 마을과 집의 신성성을 중심으로 전통적인 것의 내밀한 존재방식과 그 의미를 살피면서, 역으로 현재의 '가난'을 떠올리는 깊이 있는 해석을 이끌어낸다. 권유성의 논문(「백석 시에 나타난 전통지향의 양상 연구」, 경북대학교 대학원 석사논문, 2001.)은 전통적인 것의 개념을 공동체적인 요소에 두고, 유년 회상에서 나타나는 전통성을 낭만성으로, 기행체험에서 나타나는 전통성을 현실성으로 카테고리를 설정, 분석하고 30년대 후반 여타의 전통지향의 양상과 대비되는 특질을 이끌어내면서 그 의미와 위상을 구체적으로 살피고 있다. 김은영(「백석 시 연구」, 국민대학교 대학원 석사학위 논문, 1994.)은 백석 시의 전통을 시사적으로 소월과 도연명의 영향으로 파악하고, 민족전통의 세계(민요, 무가)와 동양적 세계관으로 나누어 전통성을 고찰한다. 장경호의 논의(「백석 시 연구」, 전북대학교 대학원 석사학위논문, 1998.)는 전통성을 내용과 형식의 양 측면에서 고찰한다. 김민정의 논문(「백석 시 연구 —민속성을 중심으로」, 홍익대학교 대학원 석사학위 논문, 1999.)은 민속성을 중심으로 고찰하고 있다. 박정호의 논문(「전통의 시화 및 시적 변용—백석 시의 전통성 고찰」, 『한국어문학연구』9집, 한국어문학연구회, 1998.)은 전통의 재현과 미적 체험으로 구분, 전통성을 고찰하고 있는데, 이때 전통의 핵은 향토성으로 드러나고, 미적체험은 구어사용과 구비문학적 전통이라는 결론을 이끌어낸다. 이들 논의들은 전통적인 세계가 '근대'에 대한 대안이나 비판으로 읽힐 수 있는 가능성을 찾고 있다는 점에서 기본적인 타당성을 확보하고 있다. 그러나 대부분의 논의들이 내용과 형식의 분리를 통해 전통을 실현하는 방식의 고찰까지 이끌지 못하고 있으며, 신범순을 제외한 논의들에서는 전통성의 핵심적 요소로 판단되는 '옛것'에 대한 논의는 이끌어내지 못하고 있다. 이에 비해 최정례의 논문(「백석 시 연구 —근원에 대한 질문으로서의 근대성」, 고려대학교 대학원 석사학위 논문, 2001.)은 '근대성'을 고찰하는 항목에서 '옛것'의 의미를 다루고 있는데, 소략하다.

인 논의로까지 승화하지는 못하고 있는 실정이다. '옛것' 이 그 자체로 친근하고 다정한 사물이거나("녯적본의 휘장마차에/어느메 촌중의 새새악시와도 함께타고/머ㄴ바다가의 거리로 간다는데"—「伊豆國湊街道」), 그가 사랑하여 마지않는 정겨운 대상과 함께 묘사("이길이다/얼마가서 甘露같은 물이솟는 마을 하이얀 회담벽에 옛적본의 장반시게를 걸어놓은집 홀어미와 사는 물새같은 외딸의 혼사말이 아즈랑이같이 낀곳은"—「南鄕」)된다는 것은 백석이 '녯것' 과 관련된 말을 얼마나 좋아하고, 애착을 가지고 있는가를 단적으로 보여준다. '옛것' 은 인격을 가진 존재로 의인화되거나("돌능와집에 소달구지에 싸리신에 옛날이 사는 장거리에"—「月林장」) 사물(사람)과 비유관계를 형성("먼 녯적 큰 아바지가 오는것같이 오는 것이다"—「국수」)한다. 나아가 '옛것' 은 인간의 삶 자체와 관련을 가지고 있는 현실적인 삶의 세목이면서도 감히 범할 수 없는 경외감을 불러일으키는 충위("나는 두 손으로 고이 약그릇을 들고 이 약을 내인 옛사람들을 생각하노라면/내 마음은 끝없이 고요하고 또 맑아진다"—「湯藥」)로 깊어진다. 말하자면 백석에게 '옛것' 이라는 형식은 일상적이고 범상한 소재를 전혀 다른 차원의 그 무엇으로 변모케 하는 정신이 내재된 언어기호이며 그 변모의 과정을 미묘하고도 다양한 이미지로 실현하고 있는 것이기도 하다. 이 '옛것' 모티프는 왜곡된 세계논리를 뛰어넘어 존재의 본바탕을 보고자 하는 그의 시적 사유에서 비롯된다.

본고는 백석의 시에서 '옛것' 이라는 기호가 불행한 자아뿐만 아니라 박탈당한 생의 의미를 새로이 구성하기 위한 전략의 의미를 내포하고 있으며, 그것이 잃어버린 근원으로 소급해가는 자기인식의 뿌리로 승화되면서 식민지 체제에서의 전체적 단일화에 대한 거부감으로 세상과 맞서는 고결하고도 정결한 의식을 보이고 있다는 점을 모티프와 상상력의 실현방식을 통해 논증해나갈 것이다. '옛것'이라는 텍스트 내적 언어기호를 통한 담론 분석의 과정을 통해 전통성, 향토성, 민족성 등의 외적 개념을 중심으로 이루어진 기존 논의들의 결락부분이 메워질 것으로 판단된다.

이를 위해 본고는 백석 시의 '옛것'이 실현되는 국면을 인물, 절기, 사물의 세 가지로 나누어 살핀다. 공동체와 방랑의 공간에서 발견한 고향적인 것의 기호를 가진 인물들, 서민 대중 속에 뿌리 박은 절기 및 제례, 익숙하기 때문에 지나치기 쉬운 낡은 사물들을 발견하고 이를 옛것, 혹은 근원으로 확장하는 것(혹은 이와 반대로 '옛것'이라는 말을 통해 공동체의 삶의 방식을 떠올리게 하는 것)은 백석 시의 득의의 영역이라 판단되기 때문이다. 아울러 본고는 백석이 '옛것' 모티프의 의미를 효과적으로 수행하기 위한 장치로 '어린이의 눈'이라는 렌즈와 어법을 사용하고 있으며, 그런 점에서 백석의 '옛것' 모티프와 아이의 사유가 주요한 접점을 형성하고 있음을 시의 분석과정에서 밝히고자 한다.

본고의 분석 대상은 '넷날(말)', '넷적'이라는 말이 직접적으로 드러나거나 그 상태가 현현되는 시편들로 한다.

2. 인물의 지리학

백석은 인물을 미학적 주체로 부각시키면서 옛것의 유구한 존재방식을 그리고 있다. 그 인물들은 옛투의 외양과 함께 예로부터 내려오는 품성을 소유하거나 장신구와 의복을 착용하고 있는 것으로 묘사되며, 전통적 인물상과 의식주에 대한 마음 속의 기억이 불러낸 사람들로 묘사되기도 한다. 그 나이도 노인에서부터 여인, 아이에 이르기까지 다양하게 걸쳐 있다. 이때 인물의 품성이나 인물이 착용하고 있는 의복, 기구, 혹은 인물의 말인 방언은 '옛것'의 형식과 함께 공동체의 오랜 규범과 정신을 가지고 있는 실체로 기능한다. 따라서 이들 인물에 대한 시들은 근대와 함께 사라져갈, 옛것을 간직하고 있는 전형적인 인물에 대한 기록의 의지가 작용한 것으로, 시인이 무력한 현재의 삶에서 벗어나 자신의 정체성을 확립하려는 하나의 시도로 형상화된다. 예를 들어 「넘언집 범 같은 노큰마니」에 나오는 '노큰마니'는 우리의 전통적인 가족형식인 대가족 제도의 중심에 놓여 있는 大母[2]가 된다. 이 '노큰마니'는 "행길에 아이 송장이 거적뙈기에 말려나가면 속으로 부러워하"고, "들매나무 회채리를 단으로 쪄다두고 따리는" 인정없이 보이는 존재인 것 같지만, 실제로는 "구덕살이같이 욱신욱신하는 손자 증손자"들에게 "바가지를 아이덜 수대로 늘어놓"고 먹이고, "당조카의 맏손자로 난 나를 다견하니 알뜰하니 깃거히 넉이는" 한없는 자애를 거느린 모성상이다. 우리의 전통적인 '옛것'의 정신과 심성을 소유하고 있는 그녀의 집 마을은 국수당이 지키고 있는 신성한 공간 속에 위치하고 있다. 아울러 「고방」의 "파리떼같이뫃이는 손자아이들"에게 "곰의발같은손을 언제나 내어"두르는 귀먹어리할아버지는 대가족 제도의 부성상이라 할 만하다. 또 「가즈랑집」의 가즈랑집할머니는 외롭게 혼자 살지만 전설과 속신의 중심에 서 있는, 사랑과 인정이 담뿍 담긴 인물이다.

덧붙여 우리가 여기서 살필 수 있는 것은 개괄적으로 언급한 이들 시에서도 '옛것'의 존재방식을 통한 인물 드러내기의 전략으로 '어린이의 시선'을 활용하고 있다는 것이다. 이는 어린이의 심리적 특징과 '실감'의 세계를 중심으로 수사를 실현하고 있다는 점에서 찾을 수 있다. "범같은"

---

2 신범순, 앞의 논문, 440면.

(「넌언집 범같은 노큰마니」), "파리떼같이몽이는 손자아이들", "곰의발같은손"(「고방」), "구신의 딸이라고 생각하면 슬펐다"(「가즈랑집」)와 같은 수사는 감각적 기교주의와는 다른 어린이적 실감의 세계라 할 만하다. '범/노큰마니', '파리떼/손자아이들', '곰의발/손', '구신의 딸/할머니'이라는 비유의 쌍은 인간과 동물, 유형과 무형의 상동성을 통해 자연과 인간의 합일을 드러내는 아이의 즉각적 경험[3]을 유발하게 하는 힘을 내장하면서 '티묻지 않는 순수한 인간정신과 순진성'[4]으로 세계를 자각하고 있음을 보여준다. 「夕陽」에 이르면 '어린이의 눈'이라는 방법은 더욱 확산된 모습으로 표출된다. 백석은 일제 강점하를 살아갔던 민중들의 전형적인 모습을 통해 현재를 살아가고 있는 우리들 자신의 모습[5]을 그리고 있지만, 그것의 연원에는 '옛것'의 풍모를 간직한, "넷날이 가지않은"(「統營」) 인물에 대한 관찰을 통해 전통의 존재방식을 드러내려는 의도가 깔려 있다고 판단된다.

거리는 장날이다/장날거리에 녕감들이 지나간다/녕감들은/말상을 하였다 범상을 하였다 쪽재피상을 하였다/개발코를 하였다 안장코를 하였다 질병코를 하였다/그코에 모두 학실을 썼다/돌체돗보기다 대모체돗보기다 로이도돗보기다/녕감들은 유리창같은눈을 번득걸이며/투박한 北關말을 떠들어대며/쇠리쇠리한 저녁해속에/사나운 즘생같이들 살어졌다

―「夕陽」

3 아이는 자아와 세계가 통합되어 자유로이 자신을 표현할 존재의 통합성이 확보된 존재로, 아이의 어투와 수사는 자아와 자연의 합일과 일치를 드러내는 즉각적 경험을 비춰낸다. Raymond W. Gibbs, Jr., *The Poetics of Mind : Figurative Thought, Language, and Understanding*(Cambridge Univ. Press ; 1994), PP.403~404.
4 이오덕, 「동심의 승리」, 『시정신과 유희정신』, 창작과비평사, 1997, 36~44면.
5 이동순, 「백석 시의 민족문학적 의의」, 『멧새 소리』, 미래사, 1991, 137면.

옛것이라는 말이 직접 나오지는 않지만 옛사람(전통적인 인물)에 대한 묘사로 일관하고 있는 시다. 끝말잇기의 연쇄("장날이다/장날거리에", "녕감들이 지나간다/녕감들은 말상을하였다" 등), 제한된 언어("개발코를하였다" 등), 외관적으로 비슷한 사물을 투박하게 결합시킨 비유("유리창같은눈")를 통해 어린이들의 시적 사유와 눈[6]을 보여주는 이 작품에서 안경은 콧등에 얹거나 허리춤에 찬 안경집에 끼워넣거나 영감들의 세월을 깊고 멀고, 아득하게 흘려주고 비춰주는 하나의 연모('유리창')[7]로 기능한다. 이 시는 말상, 범상, 족재피상 할아버지의 개발코 안장코 질병코에 얹혀져 있는 안경에서 드러나는 우습고도 당당한 형상들이 낙조 속에 막 사라지는 순간적인 모습과 여운을 일정한 호흡의 주기와 음량에 실어 잡아낸다. '녕감'들은 '고향'의 얼굴[8]을 한 투박한 존재들의 모습이면서 근대와 함께 머지 않아 사라질지도 모를 군상들이다. 따라서 긴 수염에 안경을 코에 걸친 풍속과 인물에 대한 관찰과 보고는 언제 사라질지 모르는 '아름다운' 대상에 대한 기록의 의지가 작용한 것으로 판단된다. 아울러 사나운 짐승 이미지에는 이질적 외래문화에 대한 대항의식과 방어적 의지가 들어 있다. 이런 순간적인 아름다움의 장면은 정점의 시간이며 그럼으로써 영원으로 확산된다. 말하자면 황혼 속 이제 막 사라져가는 '녕감'들은 순간성과 영원성이 하나가 되는 지점에 서 있다.

「故郷」에서 드러나는 의원 역시 "如來같은 상을하고 關公의수염을 들이워서/먼 넷적 어느나라 신선 같은" 동심이 깃든 옛 이야기 속의 인물로

---

6 Raymond W. Gibbs, Jr., ibid. PP. 402~403.
7 정완영, 『나뷔야 청산가자』, 햇빛출판사, 1995, 57면.
8 손진은, 「백석 시의 형성과 프랑시스 쟘 시」, 『현대시의 미적 인식과 형상화 방식 연구』, 월인, 2003, 47~48면.

형상화된다. 말하자면 이는 전통적 의식주에 대한 마음 속의 기억이 불러낸 꿈의 인물에 대한 복원에 가깝다. 그러나 이 의원의 "따스하고 부드러운" 손길을 통해 고향은 먼 옛적의 부재하는 공간에 있는 것만[9]이 아니라 처음 만난 인물들의 신체에서도 발견할 수 있는 친숙한 것으로 변용된다.

「八院」의 가족과 분리되어 하나 남은 혈육을 찾아가는 어린 계집 아이에 대한 연민은 "옛말 속 가치 진진초록 새저고리를 입고"에서 나타나듯 의복을 통해 발원된다. 이때 옛말은 '옛 이야기' 정도의 함의를 가지는데, 이 역시 '어린이의 사고'가 작동한 결과다. 백석은 자신이 애정을 가지는 인물에 대해서는 옛날 이야기 속에서 흔히 들어왔던 전통적 의복과 함께 묘사한다. 이는 시 「絶望」에서도 이어진다.

> 힌저고리에 붉은 길동을달어/검정치마에 밫어입은것은/나의 꼭하나 즐거움 꿈이었드니.
>
> ―「絶望」

시적 화자는 어두운 기억의 창고로부터 어린 시절 혹은 그 이전에 있었던 우리 민족의 문화적 관습이 거느린 원초적 경험을 불러와서는, 즉각적이고 구체적이며 주체와 객체의 구별도 없는 저 어린이의 순수경험의 세계로 다시 되돌아가 보는 아주 즐겁고도 가치 있는 경험을 하기를 원하지만, 이런 꿈은 현실에서 산산이 깨어진다. 말하자면 시대에 속박될 수밖에 없는 현실적 자아와 무한동경의 낭만적 자아가 갈등하는 지점에서 이 시는 탄생한다. 이성이 미치지 못하는 인간의 정서, 감성을 일깨워주는

---

9 김은자는 이를 들어 잃어버린 고향의 회복이라는 명제는 상당히 비극적인 울림을 갖는다고 평가한다. 「생명의 시학」, 고형진 편, 『백석』, 새미, 1996, 280면.

시가 훌륭한 시[10]라면 이 시는 부정적인 공간 속에서 옛것이 내포하는 감성, 꿈의 회복을 환기하는 힘을 가지고 있다. "북관의 아름답고 튼튼한 계집"이라는 지방성은 그 시각을 확대하면 민족성으로도 발전이 가능하다. 「女僧」의 "쓸쓸한낮이 넷날같이 늙었다"에서 드러나는 '넷날' 역시 시적 화자가 '금덤판'에서 그녀를 만났던 특정한 시간보다는 화자의 마음 속에 각인된 과거의 시간대를 표현한 것으로 읽힌다. 이는 이어서 나오는 "나는 佛經처럼설어워졌다"는 구절에서도 확인되는데, 시인은 '넷날', '불경' 등 오래된 것의 기호로 비유의 소재를 삼는다. 이는 문학 내적으로 보면 잘 다듬은 시어와 세련된 어법 등으로 시인을 장인 내지 기술자로 이끌어간 근대적 시인상에 대한 반동과 함께 시인의 천성에 대한 깊은 신뢰를 담지한다.

> 넷날엔 統制使가 있었다는 낡은港口의처녀들에겐 넷날이가지않은 千姬라
> 는 이름이 많다.
>
> ─「統營」

이 시에는 공간의식마저 전통사회의 다양한 생활체험과 연결("넷날엔 통제사가 있었다는 낡은港口")되어 있다. 아울러 千姬라는 이름은 통제사가 있었던 수백년 전부터 그 지방에서 호명되어 온, 오랜 시간이 쌓여 있는 이름이기에 더욱 깊이 빛난다. 이런 오랜 방언[11]에는 그런 처녀들에 대한 언어 공동체의 오랜 규범과 정신이 내재("미억오리같이말라서 굴껍

---

10 John Crowe Ransom, *Beating the Bushes : Selected Essays* 1941~1970(New York : New Direction Publishing Corporation, 1941; 1972), P.66.
11 아직도 부산, 통영 일대에서는 결혼하지 않은 처녀를 '천희', '처히' 등으로 부르고 있다.

지처럼말없시 사랑하다죽는다는")되어 있다는 것을 시인은 보여주고 있다. "넷날이가지않은"이라는 수식어는 처녀들이 통제사가 있었던 그 시절부터 千姬라는 말이 규정하는 정신과 함께 간직하고 있는 그 성품을 아직도 가지고 있다는 통시적 동일성[12]에 대한 인식을 보여준다. 여기에는 급격한 시대의 변화 속에 휩쓸리지 않으려는 시적 화자의 의지가 들어 있는데, 백석은 "이千姬의하나를 어느오랜客主집의 생선가시가있는 마루방에서맞"난 감동과 기쁨을 이 시에서 표현하고 있다. 결국 '넷날'에는 지방주의의 당대적 가치의 보편성을 인정하는 백석의 인식이 전제되면서, 근대의 부정적(가변적) 인물과 시대상에 대한 저항의 의미를 담지하고 있는 것이다. 백석은 이렇듯 시어의 형식적 문제가 '이념'이나 '정신'의 차원에서 이해되어야 함을 암시한다.

그러므로 백석에게 '넷날' 혹은 '넷말'은 단순히 복고취향으로서가 아니라 현실 인식에 근거한 가치론적 태도로 쓰이고 있다. 백석은 자신의 고향 친족 공동체 안에 있을 때는 인물에 대해 '옛날'이라는 말을 붙이지 않지만, 공동체 밖에 있을 때는 그 말을 사용한다. 전자의 경우는 자신이 옛날의 공간 속에 이미 귀속되어 있기 때문에 쓸 필요가 없기 때문일 것이다. 인물을 미학적 주체로 부각시키면서 옛것의 유구한 존재방식을 그리고 있는 이 시편들의 형상화에는 많든 적든 '어린이의 눈'이 작동하고 있었는데, 근본적으로 무력한 현재의 삶에서 벗어나서 자신의 정체성을 확립하려는 하나의 시도이면서 훼손된 현재의 상황에 대한 암묵적인 거부의 방식으로도 작용한다.

---

12 손진은, 「서정주 시의 시간성 연구」, 『서정주 시의 시간과 미학』, 새미, 2003, 55면.

3. 절기와 신성의 편재

시의 본질은 잔치의 본질과 비슷한 것으로서, 달력 속에 들어 있는 날짜와 달리 시간의 계기적 진행을 깨트리는 파열이며 주기적으로 돌아오는 현재의 돌입이다.[13] 이는 제의와 축제의 시간 속에서 잘 드러나는데, 백석은 누구보다도 마을의 제례, 절기, 풍속 등을 시적 상상력과 사유의 풍부한 토양으로 삼고 있다는 점을 주목할 필요가 있다. 이는 근대적인 인식에서 배제되어 온 인간과 자연이 조화로운 관계를 맺으면서 살아가는 전통적인 삶의 방식과 관련된다. 마을 공동체 속의 사람들에게 제의는 행사가 아니라 운사(韻事)이며, 제의의 시간은 일상적인 현실 즉, 속(俗)의 시간이 아니라 성(聖)의 시간이 발현(epiphany)되는 시간으로 이를 통해 후손은 조상과 동일성을 회복한다. 그의 시는 서구적인 지식들과 학습을 통해 얻어진 것이 아니라, 마을의 풍속을 구성하는 여러 가지 요소들, 절기와 음식물, 생활 행태 등에 대한 이해가 바탕에 깔려 있다.

시집 『사슴』 속에서는 「여우난골族」, 「古夜」와 같은 시들이 대표적인데, 이들 시에서 드러나는 잔치의 흥성스러움은 유년화자와 현재형의 서술을 통해서 확인된다. 어린이는 '새옷의내음새', '웃음', '다양한 놀이', 주변인물의 '외모'와 '성격', 심지어 귀신에 대한 태도에서도 사심 없이 바라보고 전달할 수 있는 유리한 위치에 서 있음으로써 무지를 가장한 채 강력한 이데올로기를 가동할 수 있는 인물로 기능한다. 어린이는 모든 것을 이성과 합리로 보는 근대정신에 정면으로 위배된다는 점에서 폭압적인 현실 건너편에 있는 꿈꾸기의 공간의 필요성에 의하여 호명된 것으로

---

13 Frank Kermode, 조초희 역, 『종말의식과 인간적 시간』, 문학과지성사, 1993, 61면.

볼 수 있다. 이 같은 의식은 '咸州詩抄'의 「古寺」에서는 의인화의 양상으로 이어진다. 백석은 가족의 범위를 씨족집단으로까지 확대하고 제례 이야기를 결합한다.

> 五代나 날인다는 다 찌글어진 들지고방 어득시근한 구석에서 쌀독과 말쿠지와 숫돌과 신뚝과 그리고 넷적과 또 열두 데석님과 친하니 살으면서//한해에 멫번 매연지난 먼 조상들의 최방등 제사에는 컴컴한 고방 구석을 나와서……떡 보탕 시케 산적 나물지짐 반봉 과일들을 공손하니 받들고 먼 후손들의 공경스러운 절과 잔을 굽어보고 또 애끓는 통곡과 축을 귀에하고 그리고 합문뒤에는 흠향오는 구신들과 호호히 접하는 것//구신과 사람과 넋과 목숨과 있는것과 없는것과 한줌흙과 한점살과 먼 넷조상과 먼 홋자손의 거룩한 아득한 슬픔을 담는 것

> —「木具」

'넷적', '먼', '넷조상', '홋자손' 등 '옛것'과 그 반대편의 시간을 이어주는 매개가 가득한 시다. 대소 제례는 철따라 꽃피고 잎지는 시절의 사이사이 우리들 한국에 생을 받은 사람들의 향수에 사무치는 축제요, 카니발이다. 말하자면 우리 정신의 가장 깊은 골을 밝혀주는 심등(心燈)이요, 운사(韻事)이다. 그러나 근대화의 과정은 내부의 자연으로 놓인 문화적 관습과 결별하는 악마적 모순에 봉착하게 하는데, 이 시는 백씨 문중에서 시행되는 '최방등 제사'라는 제례를 통해 박탈당한 생의 의미를 새로이 구성하기 위해 제의를 활용한다. 그렇다면 당대 조선에서 내부의 자연으로 놓인 문화적 관습이란 무엇인가. 그것은 제기(木具)가 "쌀독과 말쿠지와 숫돌과 신뚝과" 같은 일상적 도구, '넷적'이라는 시간, 그리고 "열두 데석님"이라는 귀신의 세계와 친화의 관계("친하니 살으면서")를 유지하는, 말하자면 자연과 인간, 죽은 자와 산 자가 조화되어 있는 세계

이다. 여기에도 어린이의 시선이 중요한 역할을 하는데, "늙은제관의손에 몸을 씻고"제 제물을 '공손하니 받들고', 후손들의 공경스러운 절과 잔을 '굽어보고', 통곡과 축을 '귀에하고', 구신들과 호호히 '접하는'의 인화의 세계는 아이의 눈을 통해 우리의 전통을 보고자 하는 백석의 전략이 작용한 것이다. 아이는 이성과 의식으로 구성되기 전의 순수한 정서적 주체[14]로서 세계와 자아가 통합되어 있다는 점에서 자유로이 자신을 표현할 존재의 통합성이 확보된 존재[15]이다. 그렇다면 시인이 파악한 수원 백씨문중의 근원심성은 무엇인가. 그는 구신/사람, 목숨있는 것/없는 것, 한줌흙/한점살, 먼 넷조상/먼 훗자손을 연결하는 공통의 정서가 슬픔임을 말한다. 목구는 일상의 시간에서도 "五代나 날인다는 다 찌글어진 들지고방"에서 일상 용구와 집안의 귀신과 함께 살지만, "한해에 몇번"은 컴컴한 고방구석을 나와서 내용물인 제물을 담아 올리는 그릇의 역할은 물론 조상과 후손의 심성인 슬픔을 담는 정신의 매개물이 된다. 우리는 여기서 목구가 절기뿐만 아니라 일상('들지고방 속')에서도 신성이 현현되는 시간을 살고 있다는 것을 알 수 있다. 또, 우리 민족이 한결같이 이어오고 있는 삶의 양식 가운데 식민지 권력이나 제도가 감히 범접할 수 없는 가장 굳건한 영역이 제사라고 할 때 그 제사를 통해 파악할 수 있는 우리 민족의 공통정서가 "꿋꿋하나 어질고 정많은…… 피의 비같은 밤같은 달같은" 슬픔이며, 시인이 백 년 혹은 천 년 전과 그 후의 안목으로 목숨의 길의 귀의처를 넉넉한 슬픔으로 정립시키고 있다는 사실도 확인할

---

14 허혜정, 「1920년대 낭만주의 시에 나타난 '아이'의 근대적 의미 연구——『白潮』 동인의 시와 시론을 중심으로」, 『한국근대문학연구』 8호, 한국근대문학회, 2003 하반기, 태학사, 190면.

15 M. H. Abrams, *The Mirror And Lamp: romantic theory and the critical tradition*, Norton and Co., New York, 1958, P.102.

수 있다. 木具는 현실적 의미를 띠는 상징물이면서도 개인과 한 가문의 삶을 역사적 바탕 위에 올려놓는 역할을 한다. 즉, 한 가문의 혈연이 역사라는 시간 속에 참여하는 지점을 보여주고 있다. 이외에도 「七月백중」 같은 시도 "슬그머니 오는" 백중 좋은 날에 담긴 여러 행위들을 통해 일상의 세속적인 시간 속에 들어오는 신성한 시간의 임재를 그리고 있다.

백석의 절기를 다룬 시들은 자연처럼 존재하는 문화적 토양을 파괴당하고 자존적 주체를 훼손당한 현실의 극복을 위해 시도되었다고 보여진다. 그런데 「木具」에서 살폈듯 신성의 시간은 절기의 시간 속에만 존속하는 것이 아니다. 오히려 옛마을 속에 편재하는 것으로 나타난다. 「마을은 맨천 구신이 돼서」는 옛집(고향집) 내외부에 그득히 살아 있는 신성을 보여주고 있다.

> 나는 이 마을에 태어나기가 잘못이다/마을은 맨천 구신이 돼서/나는 무서워 오력을 펼 수 없다/자 방안에는 성주님/나는 성주님이 무서워 토방으로 나오면 토방에는 디운구신/……/나는 고만 기겁을 하여 큰 행길로 나서서/마음놓고 화리서리 걸어가다보니/아아 말 마라 내 발뒤축에는 오나가나 묻어다니는 달걀 구신/마을은 온데간데 구신이 돼서 나는 아무데도 갈 수 없다
> ― 「마을은 맨천 구신이 돼서」

전설적인 신이함과 경이로움의 세계는 「외가집」, 「오금덩이라는 곳」, 「古夜」 등을 지배하는 정서이기도 한데, 무서움과 놀라움 그리고 신비로움 등 사람의 힘으로는 어쩔 수 없는 초자연적인 마력에 둘러싸인 장소에 대한 묘사는 두렵고 무시무시하면서도 재미있기도 한 세계를 보여준다. 아울러 냅일날 눈받는 풍속에 얽힌 할미귀신의 눈 받는 이야기는 역설적으로 그 속에서의 삶이 얼마나 풍요로웠던 것인가를 말해주는 마력을 가

지고 있다. 「마을은 맨천 구신이 돼서」역시 아이의 상상력과 말투를 활용한다. 아이의 어투와 대화법은 자아와 자연의 합일과 일치를 드러내는 아이의 즉각적 경험을 비춰낸다. 아이는 자연의 실체성과 신비성에 그대로 노출된다. 특히 이 시는 아이의 이러한 속성을 반어법으로 연결시키면서 귀신들이 인간과 대등하게 존재하는 세계를 드러낸다. 아이들은 반어와 거짓이 어느 정도로 다른 소통 기능을 갖고 있는지를 인지한다.[16] 이 시에서 시인은 아이의 어투와 대화법, 그리고 급박한 리듬을 통해 귀신에 대한 공포를 유도하고 있는데, 귀신에 대한 공포는 무서움에 있는 것이 아니라, 긴장감 있는 분위기를 조성하는 역할을 한다. 나는 겉으로는 귀신이 무서워서 이리저리 피해 다니는 것 같지만, 귀신의 명칭을 하나씩 소개하는 역할을 담당한다.[17] 귀신이 무서워서 달아나지만 그가 사는 마을 어디에도 달아날 곳이 없다는 것은 밟고 있는 땅 하나가 생명 아닌 곳이 없다는 진술과 같다. 결국 운(韻)으로 가득한 이 땅의 모습을 그리고 있는 이 시는 이 마을에 태어난 곳의 자긍을 역설적으로 드러낸 시라 할 수 있다. 귀신의 세계는 이 마을의 신화적 분위기를 드러내기 위한 하나의 기능적 장치이며, 이를 통해서 마을과 집안에 가득한 신성성이 결과적으로 드러나게 된다. 이는 우리들의 모든 습속, 모든 행동거지, 삶뿐만 아니라 생활 전반에 신성이 편재해 있다는 것과 일상의 밑바닥 속에 불어넣어져 있는 운(韻)이 우리 정신의 피가 되고 살이 되어 있다는 것을 보여준다. 아울러 이때 '아이'는 자신의 삶 속에서 세계의 신비로움과 경이를 느끼며 살아가고 있는 사람들의 순수함의 상징으로 기능한다.

---

16 Raymond W. Gibbs, Jr., Ibid, P.430.
17 장경호, 앞의 논문, 66면.

일상의 굴곡에 숨어 있다가 자신을 일깨우는 신성은 고향을 떠나서도 옛투의 형상과 느낌을 갖고 있는 곳곳에 편재한다. 이는 다른 고장의 풍광들을 묘사한다고 하더라도 하나의 공통된 삶의 구조 속에서 그 풍광들을 보고 있다는 것을 나타낸다. 「昌原道」, 「伊豆國湊街道」, 「南鄕」은 옛길에서 펼쳐지는 풍경과 상상이 평화롭고 따사롭게 이어지는 시다. 이때도 백석이 가장 좋아하는 기호인 '옛것은 어김없이 나타나는데("넷적본의 휘장마차에"―「伊豆國湊街道」, "하이얀 회담벽에 옛적본의 장반시계를 걸어놓은 집"―「南鄕」), 그것은 감미로운 상상을 또한 수반("싱싱한 금귤을 먹는 것은 얼마나 즐거운 일인가"―「伊豆國湊街道」, "물새같은 외딸의 혼사말이 아즈랑이 같이 낀곳은"―「南鄕」)한다. 인간과 자연이 하나로 어우러지며("솔포기에 숨었다"―「昌原道」이하 인용 동일.) 동물과 동행하면서("개 덜이고 호이호이 휘파람불며", "승냥이 줄레줄레 달고 가며") 장난을 치며 가고 싶은 곳("토끼나 꿩을 놀래주고 싶은 山허리의 길")이다. 사람이 길을 달래며 걸어가는 길이요, "엎데서 손 녹이고 싶은", "담배 한 대 피우고" 가도 탓이 없는 다정하고도 편안한 길이다. 눈 감아도 운이 들리는 구부러진 길이요, "시름놓고" 가고 싶은 길이다. 당연히 이 길은 사람을 채찍질해 내모는 근대가 만들어놓은 직선의 맥풀린 길과 대응된다. 이 시에서 어린이가 품을 법한 호기심을 유발하는 다양한 상상은 기억 속에 즐겁고 흥겨운 민속적 세계가 자리잡고 있기에 가능한 동일시 방법이지만, 자연과 자아의 합일과 일치를 드러내는 아이의 즉각적 경험을 유발하게 하는 신성이 국토의 곳곳에 내재하고 있다는 인식에서 말미암는다. 그것은 근대의 속도도, 교환가치의 속물적이고 위악적인 세계도 틈입할 수 없는 공간이다.

우리는 여기서도 백석의 옛것 지향이 왜곡된 세계논리를 뛰어넘어 사물과 존재의 본바탕을 보고자 했던 아이지향의 사유와 주요한 접점을 형성하고 있음을 확인할 수 있다.

4. '옛것'과 상상력의 두 가지 방식

백석에게 속악한 세계는 전통적인 삶의 방식이 파괴된 근대화된 세계이다. 따라서 그에게서 '넷(옛)날', '태고', '넷말', '넷말속', '넷적', '넷적본'과 같은 '옛것' 지향은 전통적인 삶의 방식이 살아 있는 언어 공동체의 삶과 사유 체계에 들어가 선조들의 정신세계와 사유행위의 토대속에 자아를 정립시키고자 하는 의지를 내포하고 있다. 이때 '넷날(말)'이라는 말은 대부분 '산다'라는 동사를 거느리고 나타난다. 여기서도 아이같은 시인의 눈이 작동하는데, 전통적인 삶의 방식은 논리적이고 이성적인 범주에 종속되지 않고 '넷날(말)', '넷적', '태고(太古)'라는 말로 단순화되는 특징을 보인다.

돌능와집에 소달구지에 싸리신에 옛날이사는 장거리에

─「月林장」

五代나 날인다는 크나큰집 다 찌글어진 들지고방 어득시근한 구석에서 쌀독과 말쿠지와 숫돌과 신뚝과 그리고 넷적과 또 열두 데석님과 친하니 살으면서

─「木具」

그리고 다딸인약을 하이얀 약사발에 밭어놓은 것은/아득하니 깜하야 萬年넷적이 들은듯한데

─「湯藥」

太古에나서/神仙圖가 꿈이다/高山淨土에山藥캐다오다

─「柘榴」

넷말이사는컴컴한고방의쌀독뒤에서나는

— 「고방」

시인은 '넷날(말)', '넷적' 이라는 말을 과거의 시간대나 삶의 방식을 단순화시켜 기호화하는 데 사용한다. 여기서 우리는 '넷날(말)' 이 사물과 병치되어 사용되고 있음을 알 수 있는데, 이때도 시인은 어린이의 눈으로 세계를 보는 의인법을 사용, '넷날(말)' 을 살아 있는 하나의 유기체로 표현한다. 그러나 우리가 유의해야 할 것은 이러한 태도가 순진함 자체에서 비롯된 것이라기보다는 억압적인 사회형식에 대한 반항의 주요 모드로서 아이의 시선을 활용한 것이라는 사실이다. 「月林장」에서 '옛날' 은 옛 주거(돌능와집), 옛 탈 것(소달구지), 옛 신발(싸리신)과 동격을 형성하면서 주거와 교통, 복식에서 '옛날의 친근한 그 풍경들이' 살아 있다는 뜻으로 읽힌다. 아울러 이어지는 2, 3연에는 시장에 나온 '먹을 것' 들의 품목이 나오는데, 인간과 관계된 '의식주' 모든 부문에서 옛것의 지향을 보이는 시인의 생리를 읽을 수 있다. 더구나 이 시는 우리의 국토가 아니라 북방의 한 마을에서의 체험이라는 사실을 생각할 때 백석의 '옛것' 지향이 국경을 초월해 있음을 알 수 있다. 「木具」, 「湯藥」의 '넷적', 「고방」의 '넷말' 역시 '어득시근한', '아득하니 깜하야', '컴컴한' 등 검은 빛깔이 간직하고 있는 느낌을 과거 시간으로 표현했다는 점에서 동화적이고 즉각적인 경험이라는 아이의 눈이 작동한다. 「柘榴」[18]의 '太古' 역시 검은 오디의 빛깔에서 유추된 것으로 어린이의 시선이 활용된다. 이를 좀더 구체

---

18 이 시 한자음 '자류' (검은 오디)는 미래사 판, 『멧새 소리』(1991)에서는 '석류' 로 오기되어 있다. 그래서 그런지 이 시의 검은 빛 이미지는 어느 논자도 분석하고 있지 않다. 『멧새 소리』, 미래사, 1991, 32면.

적으로 살펴보면, 「木具」의 '넷적'은 쌀독과 말쿠지와 숫돌과 신뚝 같은 기물을 사용했을 五代에 걸친 조상들의 삶 혹은 삶의 시간으로 구체화할 수 있고, 「湯藥」의 '萬年넷적'은 고소설이나 민담의 서두에 나오는 '옛날 옛적'의 아득한 시간을 지시한다. 「柘榴」의 '太古' 역시 오디 빛에서 환기되는 아득한 시간을 떠올리는데, 고귀한 출생("南方土 풀안돈은양지귀가본이다")과 탈속의 삶("해ㅅ비멎은저녁의 노을먹고살ㄴ다", "神仙圖가 꿈이다/高山정토에 山藥캐다오다")이 의인화를 통해 나타난 것이 특이하다. 또 「고방」의 '넷말'은 고방 속의 기물과 가족을 불렀을 때 사용했던 조상들의 목소리(고어, 방언)로 프랑시스 쟘의 「食堂」이라는 시와 상상력의 방식에서 주목할 만한 유사성을 가지고 있다.[19] 「食堂」의 장롱이 대고모와 할아버지, 아버지의 목소리를 들었듯이, 고방 속의 기물 역시 조상들의 목소리를 들었기에 '넷말'은 살 수 있는 것이다. 다섯 편의 시 모두에서 '넷날(말)', '넷적', '태고(太古)'는 시간의 때와 역사를 간직한 인격적인 존재로 심상화되면서 전통적인 삶의 방식의 세목을 지시한다. 이 전통적인 삶의 방식에 대한 추구는 단지 취향의 문제가 아니라 현실 인식에 기반을 둔 가치론적 태도에서 발현된다. 즉, 그 시대가 우리말과 우리 정서를 제대로 표현할 수 없었던 시기였음을 감안하면 '넷날(말)' 속에 내재된 '조선적인 것'의 상태는 물적 질료로서의 의미를 넘어 식민지 근대에 대한 저항의 의미를 내포하는 것이다.

그런데 '넷날(말)', '넷적'이라는 말을 통해 과거의 시간대나 삶의 방식을 기호화했던 상상력의 방식과는 반대로, 현재 시인의 눈 앞에 놓인 기물(음식물)이 시인의 무르익은 심역을 거쳐 옛날의 시절로 소급, 확장

---

19 손진은, 앞의 논문, 2003, 39~41면.

되는 상상력의 방식을 시도하는 시들도 있다. 「北關」, 「北新」, 「湯藥」, 「국수」 같은 시들인데, 이들 시에서 현재와 과거를 연결하는 것은 감각이다. 후각 미각 시각 등의 감각을 통하여 현재는 과거로 확장된다. 이때 옛날(역사)은 단순히 기억을 통하여 재현될 뿐만 아니라 기억을 넘어 상상을 통해 발견됨으로써 창조된다. 이는 직접 체험 속의 기억이 아니라 간접 경험에 의한 상상된 시간과의 만남이라는 특징을 지닌다. 백석은 이를 통해 끊임없는 자기 존재의 확장을 시도하고 있다.

> 시큼한 배척한 퀴퀴한 이 내음새속에/나는 가느슥히 女眞의 살내음새를 맡는다//
> 얼큰한 비릿한 구릿한 이 맛속에선/깜아득히 新羅백성의 鄕愁도 맛본다
>
> ─「北關」

음식 속에는 정치적 현실적 억압을 뛰어넘는 강한 생명력이 내재한다. 왜냐하면 역사의 굴곡에도 불구하고 이 음식의 내음새와 맛을 가진 식생활의 문화와 습관은 여진과 신라백성, 그 이전의 우리 민족으로부터 연원하여 아직까지 지속되어오고 있기 때문이다. 이때 옛것은 그 자체로 정신이나 심성의 차원으로 상승된다. 냄새나는 음식물은 그 숭고성으로 시인을 "쓸쓸하니 무릎 꿇"게 한다. 음식은 사상적인 것보다 더 근원적인 것이어서 그것 자체로 민족적인 친근성('新羅백성의 鄕愁')과 실감('女眞의 살내음새')을 지니게 된다. 이는 또한 지방주의적인 특수성('北關')을 통해 지방을 넘어서는 민족적인 보편성('新羅', '女眞')을 이끌어냈다는 점에서도 그 의미가 크다. 시의 소재를 지방적인 것에서 끌어오는 토속성은 토속성으로 머물지 않고 고향의식이 당대에 갖는 시대적인 의미와 맞물려서 민족적인 의미로 확대된다.

또 털도 안뽑는 고기를 시껌언 맨모밀국수에 언저서 한입에 꿀꺽 삼키는 사
람들을 바라보며//
나는 문득 가슴에 뜨끈한 것을 느끼며/小獸林王을 생각한다 廣開土大王을
생각한다

—「北新」

여기서 小獸林王이나 光開土大王은 융성했던 우리 역사의 전성기를 함
의하는, '옛것' 의 기호로 작용한다. 사람들의 음식 먹는 행위의 야성(野
性)을 小獸林王과 廣開土大王으로 연결시키는 것은 순간성 속에서 민족
근원의 원류와 영원성을 보는 시인의 안목과 관련되는데, 이때 육체는 고
향과 민족이라는 세계의 의미를 총체적으로 발견할 수 있는 대단히 중요
한 지점이며 자기 근원으로 회복할 수 있는 통로가 된다. 당대의 폭압적
인 정치현실과 결부시켜 볼 때 이는 민족의 생존문제와 직결되는 민족혼
과 정신의 표현으로 나타났다고 볼 수 있다.

나는 두손으로 공이 약그릇을들고 이약을내인 넷사람들을 생각하노라면/
내마음은 끝없시 고요하고 또 맑어진다

—「湯藥」

탕약이 '옛것' ('넷사람')과 '현재' ('나')를 이어주는 매개로 작용한다.
백석은 이 시에서 약(藥)을 수백 수천 년 뒤의 후손을 위해 배려한 조상의
지혜로 읽고 있다. 음식이 정신 형성의 차원으로 승화되는 경우이다. 탕
약의 까만 빛에는 "萬年넷적"과 "이약을내인 넷사람들"이 들어 있다. 바
닥을 알 수 없는 세월의 깊이가 이 빛에서 암시되는데, 까만 빛은 우리 조
상들이 후대를 위해 지녔을 원초심성에 맞닿게 한다. 처음 이 탕약을 낸

사람의 그 심성은 '옛것'의 지혜와 정신으로 오늘 자신의 생명의 깊은 곳을 다스린다. 화자는 거기서 옷깃을 여미는 경건함에 싸여 마음의 평화와 의식의 투명을 되찾는다. 시인의 순수의지는 옛것이 지니는 원초심성에 맞닿음으로써 근대에 대한 비판적 비전을 함축할 수 있다.

이들 시들은 일상적 삶의 형식(주로 음식)과 행위들에서 그 삶이 내장하고 있는 '옛것'이라는 시원적인 공간을 발견하는데, 이 공간은 그 음식에 직접적으로 대응되는 공간이 아니라, 당대의 폭압적인 현실과 대치되는 꿈꾸기의 공간의 필요성에 의하여 호명된 공간이라는 데 특징이 있다. 이들 시들은 일견 단순한 것 같지만 본질을 직시하고 있고, 인식의 확장과 깊이를 내포하고 있다는 점에서 중요성을 띠며, 이 시기 다른 시인들과 일정한 편차를 획득하고 있다.[20] 이러한 시 형식의 축조를 통해 백석은 '옛것'에 대한 탐구를 시도하는데, 이는 자기 정체성의 형성에 결정적으로 작용하면서 현실을 관통하는 억압에 길항하는 힘을 간직한다. 또 이방의 풍물과 생활방식마저 자신의 삶의 일부로 받아들이는 적극성을 띠고 있다는 데서 백석의 시는 그 깊이와 넓이를 아울러 가진다.

두 번째 상상력의 방식을 활용하고 있는 대표적인 시라고 할 수 있는 「국수」는 '옛것'이 어떻게 "아득한 넷날 한가하고 즐겁든 세월로부터" 아직까지도 지속되고 있는가를 심미적으로 묘사한다. 어느 눈 내리는 이방의 밤의 정경에서 어렸을 적 고향의 모습을 떠올리고 이를 현재적 삶에 다

---

20 권유성은 '문장파'가 보여준 조선적인 전통에 대한 인식이 다분히 심정적인 차원의 소박한 역사주의에 머물고 있음에 비하여, 백석 시는 민중적인 공동체의 지향성을 뚜렷이 드러내면서, 그 전통들을 새롭게 발견하고 있다고 보고 있다. 다만 그 전통을 세부적인 것에서가 아니라 공동체적인 것에 한정하여 전체 논의를 진행하고 있다는 데 한계점을 보인다. 앞의 논문, 74~76면.

시 이으면서 시인은 이방의 땅에서도 우리 민족의 전통적인 삶의 방식이 여전히 유효함을 발견[21]한다. 백석은 유년의 기억 속에 펼쳐지던 공동체의 정서와 민족적 유대감을 설화적인 공간을 통해 재현함으로써 이 시에서도 고향을 혈연이나 지역적인 개념을 넘어서 민족적인 개념으로 확장시키고 있다. 그런 점에서 이 시는 체험과 상상의 두 영역을 다 반영하고 있다. 시인은 '국수'를 평면적 또는 이차원적 구도 안에 놓여 있는 사물(음식물)이 아니라 특유의 어린이의 시선이라는 수사적 전략을 사용, 역동적인 움직임과 변화를 통해 그 몽상을 실제의 인물처럼 가시화 가청화시키거나 심성으로 변용시킨다. 눈이 오면 국수를 기다리는 사람들의 설레임, 분틀에서 빠져나오는 가락, 셀 수 없는 시간부터 행해져 오던 국수 먹는 풍속, 메밀의 성장과정, 마을 사람들의 마음과 꿈속에 자리 잡은 국수, '넷적 큰마니와 큰아바지'로의 의인화 등을 통해서 볼 때 국수는 단순한 음식물이 아니라, 자연과 조화로운 관계를 맺으며 살아온 사람들, 사람들의 심성과 소망, 소박한 삶이 지나온 과정, 예부터 내려오는 정신을 함축한다. 시적 상상력의 근거로 아이의 시선을 활용하는 백석의 전략은 "아, 이 반가운 것은 무엇인가"로부터 시작되는 수수께끼 형식의 여섯 가지 물음의 방식에서도 이어진다. 이 어법은 토속음식인 국수의 역사적 의미에 대한 물음을 통해 본질적으로는 자신의 정체성에 대한 자각과 함께 우리의 근원에 가 닿고자 하는 생각으로 잇닿아 있다.[22] 백석은 이러한 본질적인 부분에 대한 시학을 아이의 코드를 통해 적절하게 구사함으로써 오히려 성공적으로 형상화할 수 있었다. 여기에는 음식물이나 사물은 우리 정

---

21 장경호, 앞의 논문, 37면.
22 최정례는 자신의 정체성의 문제로까지 이 시를 읽고 있다. 앞의 논문, 35면.

신의 대맥이 흘러들어 필연적으로 이루어진 것으로, 우리 민족의 온갖 삶의 방식, 마음, 행위, 습속(모습)까지가 다 담겨져 있다는 백석 특유의 미학이 존재한다. 국수 먹기는 이러한 신화적 삶의 흥성스러움을 되살려내는 축제의 한 형식으로, 우리 민족의 소박한 정신이며, 옛것을 이어받을 줄 아는 소중한 관습이다.

앞서의 언급처럼 백석의 시에서 '옛날'은 기억을 통해서 재현될 뿐만 아니라 상상을 통해 발견됨으로써 창조되며, 이 간접경험에 의한 상상된 시간과의 만남을 통해 백석은 끊임없는 자기 존재의 확장을 시도한다. 「北方에서」는 그런 점에서 존재 확장의 끝간데를 보여주고 있는 시라 할 만하다. "아득한 넷날", "또 한 아득한 새 넷날", "나의 빗 한울(과) 땅", "나의 胎盤"과 같은 말은 백석이 '옛것'을 자전적 삶의 내면[23]과 연결시키는 단서가 되며, 이는 한 개인의 기억에 그치는 것이 아니라 국권을 상실한 한 집단 한 민족의 잃어버린 시간을 찾는 '숭고미'를 갖는다는 평가[24]에 이르게 한다. 즉, 시적 화자가 거쳐온 夫餘 肅愼 渤海 女眞 遼 金과 같은 시적 행로는 우리 민족의 이동경로와 일치한다는 점에서 응축된 민족사가 개인의 행보 속에 들어 있다는 것이다. 화자는 역사적 전통(肅愼 渤海 등)과 자연의 세계(범과 사슴)를 삶의 터전으로 인식하고 있으며, 이때 '옛것'으로서의 고향은 역사, 자연, 인간의 모든 것이 조화로운 세계를 의미한다. 그러나 고향의 세계는 전통이 부재하는 공간으로 대체되고, 이 상실감이 세계를 비극적으로 인식("참으로 익이지 못할 슬픔과 시름에 쫒겨")

23 김은자, 앞의 논문, 283면.
24 박현수, 「일제강점기 시의 '숭고' 고찰」, 『한국시학연구』 제1호, 한국시학회, 1998, 215~216면.

백석 시의 '옛것' 모티프와 상상력

하도록 만들고 있다. 단절("그동안 돌비는 깨어지고 많은 은금보화는 땅에 묻히고") 이후 현재와 연결 가능한, 현재가 비롯된 시초로서의 새 날을 꿈꾸고 있지만, 근원과 미래를 연결시킬 수 있으리라는 기대는 끊어졌다. 고향에 대한 백석의 절망은 "지나가고 없다"에서처럼 일종의 부재의식에서 비롯된다. 이때 부재의 구체적 대상은 조상, 형제, 일가친척, 정다운 이웃, 그리운 것, 사랑하는 것, 우러르는 것, 나의 자랑, 나의 힘이다. 이는 삶의 근거와 자기 동일성의 근거를 상실했다는 것을 의미한다. 그러나 역설적으로 이러한 황폐한 현실에의 절망에 대한 인식이 백석 시작의 출발이라는 점을 우리는 잊어서는 안 된다. 현실의 고향은 훼손된 상태로 드러나지만(「定州城」, 「旌門村」), '옛것', 전통적인 것의 무의미함을 의미의 차원으로 재발견하기 위한 작업은 바로 이 지점에서 시작되는 것이다. 백석 시작은 전통적 삶의 체험에서가 아니라 오히려 '옛것'으로 기호화되는 삶이 파괴된 상황에서 출발하고 있다. 백석의 시작 과정에서 『사슴』이 의미를 가지는 것은 이상적 고향을 재구하는 곳에 있는 것이 아니라, 훼손된 고향에 대한 인식을 분명히 드러내고 있다는 점 때문이다.[25] 여기에 '옛날', '옛말'로 나타나는 '옛것'의 진정한 의미가 놓이는 것이다. 백석은 오랜 시간을 거슬러 오르내릴 수 있는 '옛것'이 살아 있는 시간에 대하여 말하면서, 자연과의 합일 속에서 우리를 살찌게 했던 그 풍요로움이 어떻게 휩쓸려나가게 되었는가를 직시하고자 한다. 결국 자신의 근원과 정체성 찾기의 도정은 피폐해진 삶의 여건으로 인해 파괴된 근원을 확인하는 비극적 울림을 가지지만, 비극적 현실에 압도당하지 않고 근대의 단일화에 맞서는 순결한 의식이 '옛것' 지향 속에 실체로 내장되어 있는 것이다.

25 권유성, 앞의 논문, 37면.

5. 결론

본고는 백석 시 가운데 빈번히 나타나고 백석 시를 이루는 핵심적 요소라고 판단되는 '녯날(말)', '녯적'이 라는 말이 직접적으로 나타나거나 그 상태가 드러나는 시들을 통해 백석 시의 '옛것' 모티프가 어떤 의미를 띠고 있으며 그것이 어떤 방식을 통해 실현되고 있는지를 고찰해보기 위해 쓰여졌다. 논의를 요약하면서 결론으로 대신하고자 한다.

먼저 인물을 미학적 주체로 부각시키면서 옛것의 유구한 존재방식을 그리고 있는 시편들이다. 이들 시들은 예로부터 내려오는 문화를 몸으로 체득하고 있거나, 전통적 의식주에 대한 마음 속의 기억이 불러낸 인물들을 묘사한다. 이때 인물의 품성이나 인물이 착용하고 있는 의복, 기구, 사용하는 방언은 옛것의 형식과 함께 공동체의 오랜 규범과 정신을 가지고 있는 대상물이다. 따라서 이들 시들은 근대와 함께 머지않아 사라져갈 아름다운 대상에 대한 기록의 의지가 작용한 것으로, 시인으로 하여금 무력한 현재의 삶에서 벗어나 자신의 정체성을 확립하려는 하나의 시도이면서 훼손된 현재의 상황에 대한 거부의 의지 또한 들어 있다.

둘째, 절기와 신성을 편재를 다루고 있는 시편들이다. 백석은 누구보다도 마을의 제례, 절기, 풍속 등을 시적 상상력과 사유의 풍부한 토양으로 삼고 있다. 이는 인간과 자연이 조화로운 관계를 맺으면서 살아가는 전통적인 삶의 방식과 관련되어 있다. 제의는 행사가 아니라 운사(韻事)이며, 성(聖)이 발현되는 시간이다. 따라서 백석의 절기를 다룬 시들은 자연처럼 존재하는 문화적 토양을 파괴당하고 자존적 주체를 훼손당한 현실의 극복을 위해 시도된다. 그러나 백석의 시에서 신성의 시간은 절기의 시간 속에만 존속되는 것이 아니라 여러 편의 시들을 통해 집과 옛마을 속에 가득하고, 나아가 국토의 곳곳에 편재하는 것으로 드러난다. 이는 하나의 공통된 삶의 구조 속에서 그 풍광들을 바라보고 있다는 것을 나타내며, 결국 백석의 '옛것 지향'이 왜곡된 세계논리를 뛰어넘어 존재의 본바탕을 보고자 했던 그의 의식에 맞닿아 있음을 알 수 있다.

셋째, '녯말(말)', '녯적'이 매개되는 상상력은 백석에게 두 가지로 나눌 수 있다. '녯말(말)', '녯적'이라는 말을 통해 과거의 시간대나 삶의 방식을 기호화하는 방식과, 이와는 반대로 현재 눈앞에 놓인 사람, 사물(음식물)을 시인의 무르익은 심역(心域)을 통해 옛날 혹은 원초적인 시간으로 소급, 확장시키는 방식이다. 전자에서 '녯말(말)', '녯적' 시간의 때가 쌓이고 역사를 간직한 인격적인 존재로 심상화되면서 전통적인 삶의 세목을 지시한다. 후자에서 시인 앞에 놓인 음식물(의 냄새), 사람의 육체, 약(藥) 등은 고향과 민족의 의미를 총체적으로 발견할 수 있는 대단히 중요한 지점이며 자기 근원으로 회복할 수 있는 통로가 되며, 때로 그 자체로 정신이나 심성의 차원으로 상승되기도 한다. 이때 옛날(역사)은 기억을 통해 재현될 뿐만 아니라 기억을 넘어 상상을 통해 발견됨으로써 창조된다. 즉, 직접 기억 속의 체험이 아니라 간접 경험에 의한 상상된 시간과의 만남이라는 특징을 지닌다. 백석은 이를 통해 끊임없는 자기 존재의 확장을 시도하고 있는데, 자신의 근원과 정체성 찾기의 길은 식민지 현실로 야기된 황폐함을 확인하는 비극적 울림을 가지지만 근대의 단일화에 맞서 부서지고 퇴락한 '녯것'들의 의미를 일으켜 세우는 시적 작업을 일관된 지향으로 삼으면서 이를 극복한다.

결과적으로 백석은 오랜 시간을 거슬러 올라가고 또 내려갈 수 있는, '옛것'이 살아 있는 시간을 시화한다. 그는 과거의 삶 속에서 우리를 풍요롭게 했던 것들의 의미와 현재의 가난을 대비하여 성찰한다. 이 성찰과 응시를 통해 귀신과 인간, 사물이 첩첩이 하나가 되고, 생활의 한 제도까지가 운사(韻事) 아닌 것이라고는 없었던 그 날의 인간살이를 회복시키고자 한다. 생활에서 운(韻)이 다 빠져나가면 문화는 사멸하고 역사는 정체된다. 진실로 작은 듯하면서도 막중한 일이 생활 속의 운을 불어넣는 일이다. 백석의 시는 그런 점에서 굳어가는 인간성에 불을 놓아 더운 숨결을 회복하고 정체성을 다지는 중요한 의미를 가지는데, 이는 다른 한편으로는 식민지 근대화라는 왜곡된 세계논리를 뛰어넘어 존재의 본바탕을 보고자 하는 의도와도 관련된다.

백석의 시는 그것을 효과적으로 수행하기 위한 중요한 장치로 '어린이의 눈'이라는 렌즈와 어법을 사용한다. 그런 점에서 옛것 지향은 아이의 사유와 주요한 접점을 형성한다. 유년화자 시점의 시는 물론, 성인화자 시점의 시에서도 아이는 여전히 유효한 코드로 작용한다. 아이는 세계와 자아가 통합되어 있다는 점에서 자유로이 자신을 표현할 존재의 통합성이 확보된 존재로, 아이의 어투와 대화법 등은 자아와 자연의 합일과 일치를 드러내는 아이의 즉각적 경험을 비춰낸다. 그러나 이때에 유의해야할 것은 이러한 태도가 순진함 그 자체에서 비롯된 것이라기보다는 사회적 관습과 세계논리에 대한 혐오와 비판에서 비롯된 것이라는 사실이다. 이는 억압적인 사회적 형식에 대한 반항의 중요한 모드로서 아이의 시선이 활용될 수 있기 때문이다. 이는 현실의 논리에 오염되지 않은 순진무구한 아이의 이념과 깊은 연관성을 가진다. 백석의 시에서 우리는 아이의 순수한 눈을 왜곡된 세계를 치료하는 근원의 보고로 여기면서 미적 비전 속에 끌어들인 흔적을 찾을 수 있다.

백석 시와 '어린아이'

1. 문제의 제기

본고는 가족을 구성하는 데 없어서는 안 될 인물이면서 백석의 시를 형성하는 데에도 긴요한 존재로 나타나는 어린아이의 모습을 통해 백석 시의 시적 지향과 본령을 파악해보려는 의도로 서술되었다.

백석 시는 해금 이후 어느 시인보다 많은 사랑을 받으면서 연구자들의 관심을 끌어왔고, 다양한 연구 관점으로 그 전모가 밝혀지고 있다.

백석 시에 대한 그 동안의 연구를 대략 살펴보면, 상실의 시대에 방언 위주의 시어 구사와 민속적 풍물묘사를 통해 모더니즘의 유혹을 극복하고 민족 공동체의 회복과 합일의 정신을 굳건히 추구한 리얼리즘시로 보는 평가[1], 토속의 풍경을 노래하면서도 특이하게 당대 시인들과 변별되는 모

---

1 이동순, 「민족시인 백석의 주체적 시정신」, 『백석시선집』, 창작사, 1987, 165~187면.
　최두석, 「백석의 시세계와 창작방법」, 고형진 편, 『백석』, 1996, 새미, 135~156면.

더니즘 내지 이미지즘에의 방법적 자각을 가진 시인으로 보는 평가[2], 공동체적 신화와 유랑이 유년기의 추억과 회상에 그 자의식을 대고 있다는 평가[3], 민족시로서의 가치를 부정하면서 고향을 잃은 자가 그 허무의 늪을 건너기 위해 조선 것과 서양 것, 어느 쪽에도 기울지 않은 풍물묘사의 균형감각을 갖추고 그 풍물에 이야기를 거는 이야기체의 형식을 창조한 것으로 보는 평가[4], 장소사랑이라는 개념을 도입, 백석 시 공간체험이 내보이는 지향의 미를 제국주의 예속현실의 공간지배에 맞서려는 응전력으로 보는 평가[5], 근원에 대한 질문으로서의 근대성을 제기한 시로 보는 평가[6] 등이 있어 왔으며, 최근에는 백석의 시와 삶, 거주공간의 관련 양상을 고찰한 연구[7] 지역문학과 미발굴시의 관련 연구[8] 등에 이어 백석의 시가 프랑시스 잠 시의 정서와 상상력, 구성방식 등을 1930년 신진 시인의 시적 담론이었던 고향 상실감의 정서로 내면화했다는 연구[9] 등에 이르기까지 그 범위가 넓혀지고 있다.

　그러나 백석의 시는 여전히 더 탐구해야 할 여지를 남겨놓고 있는 바,

2 김용직, 「토속성과 모더니티」, 고형진 편, 앞의 책, 243~257면.

3 신범순, 「백석 시의 공동체적 신화와 유랑의 의미」, 『한국현대시사의 매듭과 혼』, 민지사, 1992, 176~187면.

4 김윤식, 「허무의 늪 건너기—백석론」, 『김윤식 선집 5』, 솔, 1996, 197~202면.

5 박태일, 「백석 시의 공간현상학」, 고형진 편, 앞의 책 221~240면.

6 최정례, 「백석 시 연구—근원에 대한 질문으로서의 근대성」, 고려대학교 대학원 석사논문, 2001. 7.

7 이숭원, 「백석의 삶과 문학적 대응 양상 연구—여성과 관련된 작품을 중심으로」, 『한국시학연구』 제7호, 2002. 11.

8 박태일, 「백석과 신현중, 그리고 경남문학」, 『지역문학연구』 제4호, 경남지역문학회, 1999. 4. 박태일, 「백석 시의 미발굴시 '병아리와 싸움' 변증」, 『시와 비평』 3호, 경남시사랑문화인 협의회, 불휘, 2001. 전반기.

9 손진은, 「백석 시의 형성과 프랑시스 잠 시」, 『어문학』 제80집, 2003. 6.

본고는 이 시점에서 백석의 시를 더 총체적으로 깊이 해명하기 위한 방법의 하나로 어린아이가 화자로 되어 있거나 어린아이를 시적 대상으로 삼은 시들에 나타난 시 의식과 정서를 살펴보기로 한다. 그 동안의 논의에서는 어린이 화자에 대한 고찰[10]만 있었을 뿐, 어린아이 자체에 대한 논의는 시도되지 않았다. 그러나 백석은 힘없고 선한 인간들과 생명들에 대한 애정을 보여준 시인이며 이때 어린아이는 백석 시의 변화를 추동하는 비밀을 풀 수 있는 중요한 요인으로 작용한다.

백석의 많은 시에서 어린아이는 일관되게 드러나며 다양한 상태에 처해 있는 어린아이의 모습은 가족 구성원의 변화와 이동 등의 미세한 모습을 관찰할 수 있는 척도가 된다. 아울러 그의 시에서 어린아이는 세상을 욕심 없이 바라볼 수 있는 존재이면서, 동물들과 함께 속악한 현실에 항거할 수 없는, 힘없고 유순한 존재로 드러난다.

이런 점에서 어린아이가 나타나는 시를 통해서 백석 시의 내밀한 특징을 살펴 그의 시를 더욱 온전히 이해하는 데 이르는 것은 의미가 있는 작업이라고 본다.

논의가 진행되는 과정에서 밝혀지겠지만, 백석의 시에서 어린아이는 공동체 속에 있을 때는 현실의 고통과 가난과는 무관한 존재로 주체의 분열이 드러나지 않는 의식의 자족성을 보이는 존재로 나타나거나, 혹은 신비롭고 성스러운 모습으로 나타난다. 그러나 공동체 속에서 벗어나 있을 때는 육친과 분리되어 현실의 신산을 견디어내야 하는 슬픔을 지닌 연민의 대상으로 드러나거나, 특이하게 세상에 맞서는 선험적인 자질을 가진

---

10 장도준은 「백석 시의 화자와 표현 기법」에서 '어린이 화자'를 '어린이 화자와 성인 시점의 겹침', '어린이 화자의 주관화돈 시점'으로 구분하여 고찰하고 있다. 장도준, 「백석 시의 화자와 표현 기법」, 『한국현대시의 전통과 새로움』, 새미, 1998, 225~285면.

존재로 나타나는데, 시적 주체는 이들에게 자신을 투사하며 그럼으로써 속악한 현실에 맞서는 주체인식을 보여준다.

본고는 이런 관점에서 백석 시에 드러나는 어린아이의 모습을 순진한 어린아이, 신성한 어린아이, 선험적 자질을 가진 어린아이로 나눠 고찰하기로 한다.

2. 백석 시에 나타난 '어린아이'

2-1 순진한 어린아이

여기서는 시집 『사슴』에 실린 많은 시들 중 어린아이인 '나' 자신이 유년화자로 참여하면서 고향의 흥성스러운 풍경을 즐기고 있는 시들을 살펴보기로 한다. 「고방」, 「가즈랑집」, 「여우난골族」, 「古夜」, 「오리 망아지 토끼」 등의 시들이 여기에 해당하는데, 그리 많지 않은 작품 수에도 불구하고 그 동안 백석 시의 특징을 잘 나타내는 시편들로 많은 논자들의 주목을 받아왔다. 이 시들에서 어린아이는 시적 주체의 내면 속에 자리잡고 있는 과거 유년 시절의 '나'이며, 이 '나'가 방언을 통해 공동체의 세계를 재현하고 있다. 시적 주체가 유년 화자를 사용하고 있는 것은 어린아이를 통해 주체와 세계 사이의 분열이 없는 곳 속으로 들어가 현재 자신을 둘러싼 분열을 극복할 수 있기 때문이다.

> ① 녯말이사는컴컴한고방의쌀독뒤에서나는 저녁끼때에불으는소리를 듣고 도못 들은척하였다
> ― 「고방」

> ② 나는 돌나물김치에 백설기를먹으며
> 녯말의구신집에있는듯이

가즈랑집할머니
내가날때 죽은누이도날때
무명필에 이름을써서 백지달어서 구신간시렁의 당즈깨에넣어 대감님께
수영을들였다는 가즈랑집할머니
언제나병을앓을때면
신장님달련이라고하는 가즈랑집할머니

(······)가즈랑집할머니를딸으며
나는 벌서 달디단물구지우림 둥굴네우림을 생각하고
아직멀은 도토리묵 도토리범벅까지도 그리워한다

—「가즈랑집」

③ 명절날나는 엄매아배따라 우리집개는 나를따라 진할머니 진할아버지가
　있는 큰집으로가면

얼굴에별자국이솜솜난 말수와같이눈도껌벅걸이는 하로에베한필을짠다는
벌하나건너집엔 복숭아나무가많은 新里고무 고무의딸李女 작은李女

—「여우난골族」

④ 오줌누러깨는재밤 머리맡의문살에대인유리창으로 조마구군병의 새깜안대
　가리 새깜안눈알이들여다보는때 나는이불속에자즈러붙어 숨도쉬지못한다

—「古夜」

⑤ 오리치를 놓으려아배는 논으로날여간지오래다
　오리는 동비탈에 그림자를떨어트리며 날아가고 나는 동말랭이에서 강아
　지처럼 아배를 불으며 울다가
　시악이나서는 등뒤개울물에 아배의신짝과 버선목과 대님오리를 모다던
　저벌인다

—「오리 망아지 토끼」

우리는 여기서 백석의 시에서 어린아이가 시상을 전개해나가는 화자로

서만 아니라 시 속의 주인공으로도 등장한다는 데 유의할 필요가 있다. ①시는 삼촌, 귀머거리 할아버지 같은 어른들의 묘사와 똑같은 비중으로 손자아이들, 나와 같은 어린아이가 묘사되고 있으며, ②시에서도 가즈랑집 할머니와 '나'가 대등하게 시를 구성하는 인물이 된다. ③시의 인물 열거에서도 어른(고무)과 어린아이(李女 작은李女)가 대등하며, ④, ⑤시 역시 마찬가지다.

①시에서 우리는 "녯말이사는컴컴한고방의쌀독뒤에" 엎드려 있는 어린아이를 발견할 수 있다. 사물에 시간을 부여하거나 시간이 쌓여 있는 옛것을 발견하여 의미를 부여하는 백석의 시적 방법으로, 깊고 오래고 신비로운 의미를 담아 수식하는 구실을 한다.[11] 고방은 일상이나 현존재, 심지어 먹는 것마저 잊어버리게 만드는 충만한 시간을 간직한 곳이다. 우리는 '녯말'이라는 말에 주목할 필요가 있는데, 이를 통해 볼 때 시간이 스며 있는 사물이나 공간은 시간이 배어 있는 언어(옛 사람들이 써왔고 지금도 쓰고 있는 언어;방언)와 동일시된다. 사물과 공간은 언어와 함께 한다. 쌀독 뒤에 엎드려 있는 어린아이는 자신의 몸이 존재의 근거나 기원과 연결되어 있는 것을 감지한다. 이런 황홀한 실존의 상태는 어린아이가 현실에서는 발견할 수 없는 일종의 이상향으로 설정된다. 옛말 혹은 옛것은 백석의 (어린이를 다룬) 후기시들에서도 일관되게 드러난다. 이는 뒤에서도 논의된다.

②시는 어린아이인 나의 입장에서 가즈랑집 할머니가 귀신의 딸(무당)

11 최정례, 「백석 시 연구」, 고려대 대학원 석사논문, 2001. 7, 19~23면. 최정례는 "지나간 것 속에는 현재적인 것과 모든 흘러간 순간의 불변하는 것이 잠재되어 있다"는 베르그송의 이론과 "일시성과 영원성의 교차점에 함유되어 있는 순간성"이라는 보들레르의 이론을 빌어 이런 특징으로 백석이 근대성을 선취한다고 보고 있다.

임을 슬퍼하는 내용과 "당세먹은강아지같이" 뛰어다니며 먹을 것을 기대하는 내용으로 되어 있다. 그러나 '나'에게 할머니는 실제적으로 환상적인 무서움을 간직한 인물이 아니라 사랑과 인정이 듬뿍 담긴 모성적인 존재로 그려진다. ③시는 명절날 "식구마다 줄줄이 큰집으로 모여드는 사람들과 풍성한 음식들, 갖가지 놀이들로 끈끈하게 엮인 연대의 세계"[12]를 그리고 있고, ④시는 동화와 전설, 속신이 공존하는 공간 속에서 순진한 무서움과 동심의 유희로 살아가는 어린아이의 모습을 담고 있으며, ⑤시는 아버지를 쫓아다니면서 시악과 장난을 부리며 놀 궁리를 하는 어린아이의 모습을 그리고 있다.

이들 시들은 자족과 화해의 공간으로 나타나는 공동체 안에 있는 어린아이의 모습을 보여준다. 다양하고 신기한 볼거리로 가득한 이 세계 속에서 어린아이들은 현실에 대한 관심과 갈등이 없다. 그들은 유쾌하고 즐겁고, 때로는 슬플 뿐이다. ①시에서처럼 가난과 평탄하지 못한 인생 역정과 신산한 삶을 살고 있는 인물을 묘사하고 있다고 하더라도 현실과 대면하여 느끼는 구체적인 인식이 없으며, 삶의 현실을 풍경으로 즐기는 태도를 취하고 있다. 그것은 이들 시가 실상의 포착과 정밀한 진단보다는 현실의 고통과 가난과는 무관한 아늑하고 풍성한 유년의 삽화를 재현하는 데 의미를 두고 있기 때문이다. 어린아이 화자는 마을의 민속이나 속신들을 재현하면서도 판단을 개입시키지 않고 그들의 눈으로 그곳의 자연과 원형적 삶의 모습을 그대로 그려내고 있다. 그들에게는 세상을 향한 원초적 욕망이 신체적 자각의 세계이지 사유의 영역이 아니기 때문이다. 시 속에 등장하는 주인공들은 대체로 모성적 존재에 의해 사랑받는 아이로,

---

12 김신정, 「백석 시의 '가난'에 대하여」, 『문예연구』, 2001. 가을, 72면.

자의식의 분열을 모르는 감각적 존재로 설정되어 있는데, 이는 식민지 하에서 고향의 재현과 민족의 원형을 탐구하려는 시인의 전략이 기억의 세계에 침잠하려는 태도로 나타난 것이라고 볼 수 있다. 기억과 상상력의 조합 속에서 유년기 자아의 눈에 비친 주로 음식물을 매개로 한 신체적 지각에서 오는 즐거움이나 만물과 조응하는 세계의 조화로운 상에 맞추어 회상된다. 이를 시적 화자이자 주인공인 어린아이의 입장에서 보면 부모, 친족과 공유하는 정겨운 체험이라는 맥락으로 해석될 수 있다. '나'는 친밀한 가족 공동체에 둘러싸여 가족의 한 구성원으로 보호받는 존재로 드러나기에 현실에 매이지 않을 수 있고, 순진하고 자족적이고 행복한 모습을 취할 수 있는 것이다.

이 장에서는 의식의 자족성을 보이는 천진한 존재로 나타나는 어린아이의 모습을 살폈는데, 이런 의식이 시편마다 드러나는 편차는 별로 보이지 않는다.

2-2 신성한 어린아이

흔히들 고향의 풍물 또는 풍경의 한 커트를 스케치처럼 간명하고 인상 깊게 묘사한 시[13]들로 평가되는, 시집 『사슴』에 수록된 어른의 시각으로 고향을 관찰한 일련의 시들을 자세히 읽어보면 새로운 사실을 발견할 수 있는데, 어린아이들이 성스러운 공간 속에 살고 있는 신성하고 고귀한 존재로 그려지고 있다는 점이다. 이들 시들은 유년화자로 설정된 시들과 마찬가지로 유년기의 고향을 시적 대상으로 삼고 있지만, 숨은 화자를 사용하고 길이가 짧다는 점이 다르다. 이들 시의 창작 기법에서 두드러지게

---

13 김신정, 앞의 논문, 73면.

드러나는 점은 시인의 의도에 따라 언어를 선택하거나 포괄하는 방식을 차용하고 있다는 점[14]이다. 이는 시인의 내면 심리를 암시하고 상징하는 데 크게 기여한다. 이들 시들은 문면적으로 보면 외적 풍경을 그대로 옮겨놓고 있어 회화시나 묘사시의 형태를 띤다. 그러나 시인은 이미지를 시의 구조 안에서 유기적으로 활용하여 시의 균형감각을 확산시킨다. 먼저 「寂境」을 살펴보기로 한다.

> 신살구를 잘도먹드니 눈오는아츰
> 나어린안해는 첫아들을낳었다
>
> 人家멀은山중에
> 까치는 배나무에서 즞는다
>
> 컴컴한부엌에서는 늙은홀아비의시아부지가 미역국을끄린다
> 그마음의 외딸은 집에서도 산국을끄린다

이 시는 아기가 소슬한 기쁨을 주는 고귀한 대상임을 보여준다. 먼저 3연 2행의 '그 마음'은 지금까지의 대부분의 자료들은 원전[15]에 표기된 '그 마음'을 '그 마을'의 오기로 보는 오류를 범하고 있다. 다만 정효구 편저의 『백석』[16]만 원전대로 '그 마음'으로 표기하고 있다. 그러나 '그

---

14 이와 비슷한 지적은 박주택이 「曠原」, 「彰義門外」를 분석하는 자리에서도 한 바 있다. 이런 특징은 어린이를 다룬 시들에 적용하면 훨씬 더 생산적인 결과를 산출할 수 있다. 박주택, 「낙원의 원상과 영혼의 풍경」, 『문예연구』, 2001. 가을, 39~40면.
15 『사슴』, 선광출판사, 1936, 여기서는 영인본, 『한국현대시사자료집성』 31, 태학사, 1997, 30~31면.
16 문학세계사, 1996, 24면.

마을'로 보는 것은 몇 가지 점에 있어서 문제점을 노정한다.[17] 먼저 '그 마을'의 다른 집에서도 산국을 끓이는 것으로 읽히기 때문에 "人家멀은 山중"이라는 구절과 배치가 된다. 여기서 첫아들을 낳은 집 역시 외딴집이라는 사실이 확인된다. 또 문맥상 3연 2행의 행위자가 따로 나와 있지 않으며, 시아부지가 두 서술어에 다 걸리는 구문을 취하고 있다. 이로 보아도, "산국을끄린다"는 서술어와 '그 마음'의 주체는 "늙은홀아비의시아부지"가 될 수밖에 없다.

흰 눈 오는 아침에 어떤 이유인지 집에 있지 않은 아들의 나이 어린 아내가 첫아들을 낳는다. 이때 새로운 생명의 탄생을 맞이하듯 눈이 내린다. 첫아들과 흰눈은 조화를 이루면서 생활의 어려움을 무화시키는 기능을 한다. 이 탄생의 기쁨을 까치는 인가가 없는 마을에서 멀리까지 실어 나른다. 이 기쁨은 "늙은홀아비의 시아부지"(여기서 '의'는 동격이다.)로 하여금 "컴컴한부엌에서" 미역국을 끓이게 한다. 첫손주를 기다렸던 시아버지의 마음은 "컴컴한부엌의"의 어둠을 상쇄시키고도 남을 고즈넉한 설렘으로 가득 차게 되고, 갓 난 생명에 대한 그 소슬한 기쁨은 마음에 옛날의 풍경(자신의 아내가 첫아들을 낳았을 때 바로 이 외딴집에서 산국을 끓였던 기억)을 떠올리면서 다시 지속된다. 여기서 과거는 자신의 몸과 마음에 연결되어 있는, 현재의 발판이 되는데[18], 시아버지와 며느리 둘

---

17 이는 손창기가 먼저 문제제기를 한 적이 있다. 손창기, 「백석 시 바르게 읽기」, 『제5회 푸른 시 인학교』, 2003. 8, 58~59면. 그러나 필자는 어린아이의 눈을 통해 외관을 떠올리고 있다고 하여 '그 마음'의 주체를 유년 화자로 보고 있는 손창기와는 의견을 달리한다. 왜냐하면 이 시에서는 시적 자아의 모습이 작품 전면에 드러나지 않는 '숨은 화자'를 사용하고 있기 때문이다.
18 우리는 여기서 마음을 다룬 시들이 후에서가 아니라 시집 『사슴』에서부터 시작되고 있음을 확인할 수 있다. 유년 화자를 사용하고 있는 시들도 넓은 의미에서는 '마음'의 세계를 다루고 있다고 해도 무방할 것이다.

이 사는(아들이 죽었는지 돈을 빌려 나갔는지는 시에 구체적으로 나와 있지 않다.) 이런 가난과 불우 가운데 얻은 생명이라 마음은 더 절실하며 기쁨은 배가 되는 것이다. 갓 태어난 아기로 인해 어른들의 얼굴에 드리워진 기쁨을 통해 이 시는 간접적으로 생명 탄생의 고귀함과 신성함을 드러낸다. 다음으로 「初冬日」을 고찰해 보기로 한다.

> 흙담벽에 볕이 따사하니
> 아이들은 물코를 흘리며 무감자를 먹었다
>
> 돌덜구에 天上水가 차게
> 복숭아 나무에 시라리타래가 말러갔다

이 시는 풍경의 중심에 초겨울 비가 내린 뒤(혹은 눈이 온 뒤) 볕이 따사한 흙담벽에 앉아 물코를 흘리며 무감자(고구마)를 먹는 어린아이가 있다. 여기서 어린아이는 가난에도 불구하고 인간적인 존엄을 잃지 않고 있으며 세상에서 다시 없는 귀한 존재로 만드는 후광에 둘러싸여 있다. 흙담벽은 추위를 피하는 곳이고, 햇볕은 고요히 타는 불이다. 성스러운 공간 속의 어린아이들은, 밝고 따스한 불(햇볕)을 쬐고 있는데, 이때 아이들이 놓인 공간은 성소가 된다. 이는 2연 1행의 "돌덜구에 天上水"라는 구절로도 확인된다. 돌절구는 세속의 손이 전혀 닿지 않은 차고 정결한 물인 天上水(하늘에서 내려온 귀한 비나 눈)를 그대로 간직하고 있는 기물이며, 이때 물은 자신이 왔던 하늘로 되돌아가기를 기다리거나 ("돌덜구에 天上水가 차게"), 증발되어 되돌아가는 聖水("시라리타래가 말러갔다")로 드러난다. 시래기는 친숙한 먹거리이며, 이 시래기를 복숭아 나무(가지)에 매달아 놓았다는 것은 가지를 휘게 만듦으로써 나무에 열매가 많이 달리게 하려는 민간의 속신과 관련이 되어 있다. 따라서 이 시는 추운 날 물코를 흘리는 아이들이 흙담벽에 앉아 평화롭게 고구마를 먹고 있는 모습을 통해 가난의 위엄을 떠올리게 하는 매력을 가지고 있다. 물코에서 암시되듯 실제로 공동체 속 어린아이들의 삶은 누추하지만 이 누추와 가난은 미학적 승화로 인해 시적 거리를 유지하며 무거운 현실을 상쇄하는 심미적 세계로 그려져 있다. 이때 아이들은 소박성을 넘어 범할 수 없는 신성과 위엄을 지닌 거룩한 어떤 존재로 자연의 품에 안겨 있는 것이다.

> 짝새가 발뿌리에서닐은 논드렁에서 아이들은 개구리의 뒤ㅅ다리를 구어먹었다
>
> 돌다리에앉어 날버들치를먹고 몸을말리는아이들은 물총새가되었다
>
> —「夏沓」 1, 3연

어른의 시선이 고도의 비유적 표현을 통해 드러나는 시이다. 여기서 아이들이 물총새가 되었다는 것은 물총새처럼 날쌔게 물 속으로 뛰어들어 물고기를 잡아먹고 몸을 말리는 아이들의 야생의 순수와 자태의 신비스러움에 대한 묘사이다. 아이들의 고귀함은 이 시에서 "하늘이 이 세상을 내일 적에 가장 귀해하고 사랑하는 것들"(「흰 바람벽이 있어」) 가운데 하나인 짝새와의 균형잡힌 배치에서도 확인할 수 있다. 이 시에서도 가난의 문제가 관련되어 있지만, 천진한 아름다움이 살아 있는 활기찬 아이들에서 나타나는 정감이 그 가난을 가리고 있다. 여기서 어린아이는 자연과 교감하며 성장하는 자연의 친구(Nature's play-mate)[19]로서, 그 행위는 자

---

19 Jonathan Cook, "Romantic Literature and Childhood」, *Romanticism and Ideo-logy*; Studies in English Writing 1765~1830, Ed. David Aers, Jonathan Cook, and Punter. London: Routledge & Kegan

연 세계와의 조화를 나타낸다. 이때 어린아이는 타자에게 주는 기쁨의 대상(「寂境」)과, 자연의 품에 안겨 있던 「初冬日」에서의 수동성에서 나아가 자연 대상물을 포용하는 어린아이의 활기찬 생명력("몸을 말리는 아이들은 물총새가 되었다")으로 상승되며, '소박한 생활'과 관련된 '고귀한 야만인'[20]의 자태마저 가지고 있다. 백석의 어린아이는 현실과 결부되어 나타날 때조차도 그 신비를 잃지 않는다.

> 산넘어十五里서 나무뒝치차고 싸리신신고 山비에촉촉이 젖어서 藥물을 받으러오는 山아이도 있다//아비가 앓른가부다/다래먹고 앓른가부다
>
> —「山地」

이 시는 "아비가 앓른가부다"에서 보이듯 어둠의 현실이 부각된다.[21] 그러나 아비의 아픔은 그 흔한("旅人宿이 다래나무 지팽이와 같이 많다") "다래먹고 앓른" 정도이고 보면, 그 현실의 무게는 그다지 대수롭지 않아 보인다. 이는 "山비에촉촉이 젖어서 藥물을 받으러오는 山아이"에서도 감지되는데, '흠뻑'이나 '흠씬'이 아니라, '촉촉이' 젖은 아이라고 해서 시적 주체는 생활의 무거움을 탈색시키고 건강한 생활인과 결부된 기특한 어린아이라는 인상을 불러일으킨다. 더욱 이 시는 '다래먹고 앓는 배에 약물을 쓴다'는 건강한 속신의 세계와 함께, '山', '山비', '山아이'의 동일성을 통해 앞의 인용시와 같이 어린아이가 자연과 교감하며 성장하는 존재임이 드러난다. 자연히 이 시의 초점은 앓는 아비를 위해 산길 십 오

Paul, 1981, 44~45면. 여기서는 구본철, 「낭만주의의 어린아이: 블레이크, 워즈워스, 콜리지 미학의 하나의 상징」, 『영미어문학』 제56집, 1999, 28면에서 재인용.

20 Lilian R. Furst, Romanticism, 이상옥 역, 3판, 서울대학교 출판부, 1987, 45면.

21 진순애, 「백석 시의 심미적 모더니티」, 『현대시의 자연과 모더니티』, 새미, 2003, 124~125면.

리를 마다 않고 걸어 약수를 길러 오는 갸륵한 아이의 신비로운 모습에 놓이게 된다. 같은 고향 공동체를 다루고 있다고 하더라도 1장에서 다룬, 유년화자를 주인공으로 하는 시들이 자의식의 분열을 모르는 감각적 존재인 어린아이들의 천진한 세계를 그리고 있다면[22], 이 장에서 다룬, 성인의 입장으로 그린 고향 공동체 속에 자연과 하나가 되어 살고 있는 어린아이들은 신성함과 고귀함을 가지고 있음이 판명되었다. 아울러 그 신성의 분위기는 갓난아이를 통해 타자(어른들)의 얼굴에 드리워진 소홀치 않은 기쁨을 통해 간접화되다가(「寂境」), 자연의 품에 안긴 고귀한 존재로서의 수동성(「初冬日」)으로, 다시 자연 대상물을 포용하는 활기찬 생명성을 띠는 '고귀한 야만인' 이라는 야생의 자태(「夏畓」)로, 나아가 건강한 생활인과 결부된 갸륵한 어린이(「山地」)로 상승하고 있음을 확인하였다. 이는 현실적인 어려움에도 불구하고 고향 공동체는 범할 수 없는 위엄을 가지고 있으며, 그 위엄의 상당 부분은 어린아이들에 기인하고 있음을 알려주는 표지가 된다. 백석 시에서 어린아이는 그만큼 중요한 존재로 부각된다.

2-3 선험적 자질을 가진 어린아이

백석의 시에서 육친과 공동체로부터 분리되어 현실의 신산을 견디어내야 하는 존재로 드러날 때도 어린아이들은 고귀한 자태를 잃지 않는다.

---

22 넓게 보아 "살갗 퍼런 망내고무가 잘도 받아 세수를 하였다는 내 오줌빛은 이슬같이 샛맑앟기도 샛맑았다는 것이다"로 표현된, 어린아이의 신체감각으로 가득한 「童尿賦」같은 시는 치유와 정화의 기능을 하는 어린아이의 오줌을 대상으로 인간적 훈기로 가득했던 삶을 그리면서 그런 오줌을 누는 어린아이를 동경의 차원으로까지 올려놓고 있어서 같은 범주에 포섭시킬 수 있지만, 화자가 성인이라는 점에서 차별성을 띤다. 이 시에 대해서는 이숭원, 「백석의 시와 거주공간의 관련 양상」, 『한국시학연구』 제9호, 2003, 264면.

예를 들어 「女僧」에서 여승을 향할 때는 "서러워졌다"라고 하여 직접적인 감정 노출을 하던 시적 화자가 어린 딸의 죽음에 대해서는 "도라지꽃이 좋아 돌무덤으로 갔다"고 심미화하여 표현하고 있는 것은 고향상실과 가족 이산을 떠올려주는 한 구성원으로 어린아이를 그만큼 귀하고 고상한 존재로 보고 있다는 암시가 된다. 그러나 전체적인 정조는 연민과 슬픔 쪽으로 현저히 기울어져 있다.

 백석의 시에서 공동체에서 분리된 어린아이는 많은 편수를 차지하는 것은 아니지만 그의 시작 초기에서부터 다른 경향의 시들과 동시에 시도된다. 실제로 「모닥불」 같은 시는 "모닥불은 어미아비없는 서러운아이로 불상하니도 몽둥발이가된 슳븐력사가있다"고 하여 육친으로부터의 분리 체험을 겪은, 몸뚱이(몽둥발이)만 남은 고아의 개인사에 초점을 맞추고 있음은 유의해야 할 부분이다. 아울러 「修羅」는 '새끼거미', '가제깨인듯한 발이 채 서지도 못한 무척 적은 새끼거미'를 통해 육친 사이에 흐르는 끊을 수 없는 애정과 본능에 가까운 분리 불안의 경험을 다루고 있음[23]도 우리는 확인할 수 있다. 백석의 육친과 분리된 어린아이들을 다룬 시들은 대부분 그의 유랑이 깊어진 후기에 집중되는데, 고적한 자기 안에서 스스로 대화를 나누는 방식을 사용하고, 고백적 어조가 두드러지며, 화자의 감정이 시의 문면에 노출된다는 특징을 가지고 있다. 아울러 어린아이들은 공동체에서 분리된 자신의 처지와 동화된다.

> 차디찬 아침인데
> 妙香山行 乘合自動車는 텅하니 비어서
> 나이 어린 계집아이 하나가 오른다

---

23 김신정, 앞의 논문, 앞의 책, 74면.

옛말속 가치 진진초록 새저고리를 입고
손잔등이 밧고랑처럼 몹시도 터젓다
계집아이는 慈城으로 간다고하는데
자성은 예서 三百五十里 妙香山百五十里
妙香山 어디메서 삼촌이 산다고 한다
새하야케 얼은 自動車 유리창박게
內地人 駐在所長가튼 어른과 어린아이들이 내임을 낸다
계집아이는 운다 느끼며 운다
텅 비인 車안 한구석에서 어느 한사람도 눈을 씻는다
계집아이는 몃해고 內地人 駐在所長집에서
밥을 짓고 걸레를 치고 아이보개를 하면서
이러케 추운 아침에도 손이 꽁꽁얼어서
찬물에 걸레를 첫슬것이다

—「八院」

　　이 시는 가난 때문에 육친으로부터 분리되고 내지인(일본인) 주재소장
집의 일손으로 일하다가 이제 하나 남은 혈족인 삼촌에게로 머나먼 여정
을 가야하는 어린 계집아이의 사연을 통해 비극적 풍경을 생산하고 있는
시이다. 시적 주체는 우연히 승합자동차 안에서 만난 어린 계집아이에 대
한 정감과 안쓰러움을 "텅 비인 車안 한구석(의) 어느 한사람"이라는 삼인
칭으로 간접화하여 형상화한다. 시적 주체의 아이에 대한 애정은 "옛말속
가치 진진초록 새저고리를 입고"에 잘 나타나 있다. 백석의 시에서 현재
와 과거를 잇는 매개체 역할을 하는 것은 감각이다. (이 시에서 현재는 시
각을 통하여 과거로 확장된다.) 푸르디푸른 '진진초록' 새 저고리를 입음
으로써 계집아이는 옛날 이야기 속에나 나올 법한, 보편적 원형을 향한 향
수를 불러일으키는 친근하고 고귀한 존재자로 연결된다. 마음 속에 간직
된 오래된 사물인 이 의복을 입은 아이는 시적 주체의 내면을 지배하는 고

향적인 것의 상태를 보여주는 기호로 작용한다. 백석이 마음 속에서 가장 깊은 전통적 가치를 가졌다고 생각하는 이상이 불러일으킨 다정함과 정겨움은 그러나 밭고랑처럼 터진 손등의 현실로 눈길이 가는 순간 동정과 안쓰러움으로 전이된다. '진진초록 새 저고리'와 '터진 손등', 이상과 현실의 괴리는 화자의 정제된 슬픔을 유발한다.("車안 한구석에서 어느 한사람도 눈을 씻는다"). 이는 시인의 순결한 영혼과 감수성이 생명에 대한 연민으로 촉발되었기 때문이다.[24] 여기서 가족의 이산은 고귀한 존재였던 어린이를 슬픔과 연민의 대상으로 바라보게 하는 내적 동인이 된다.

'옛말', '옛날'로 표상되는, 근원을 향한 향수를 불러일으키는 사물은 작품 「絶望」에서 '흰 저고리', '검정치마'로 나타나는데, "흰저고리에 붉은 길동을 달아/검정치마에 받쳐 입"은 여인을 보는 것은 시인이 동경하는 삶의 이상이요 꿈("나의 꼭 하나 즐거운 꿈이었더니")이다. 그러나 이상적인 여인에 대한 동경은 그런 옷을 입은 여인이 "손에 어린 것의 손을 끌고" 가파른 언덕을 올라가는 순간 변이된다. 즉 가파르고 무거운 삶에 짓눌려 있음을 확인하는 순간, 시적 주체는 이 내적 상실감을 삶의 상실로 인식("나는 온종일 서러웠다.")한다. 고향을 상실하고 떠돌고 있는 주체가 현실의 부정성을 대체할 수 있는 이상태로서 간직해 왔던 '고향적인 것'을 만나게 되지만, 이마저 현실의 부정성에 압도당하자 걷잡을 수 없는 슬픔에 빠져드는 것이다. 시적 주체의 상실감이 전경화되어 있는 이 작품에서 우리는 엄마와 가난을 함께 할 수밖에 없는 어린아이를 통해 현실에 무방비로 노출되어 있는 어린아이의 이미지를 읽을 수 있다. 그런 의미에서 어린아이는 공동체의 해체와 가난과 같은 외적 현실

24 손진은, 「백석 시의 형성과 프랑시스 잠 시」, 『어문학』 제80집, 2003, 398면.

에 가장 민감하게 반응하는 존재가 되며, 더욱 강한 연민의 대상으로 드러난다.

그러나 시적 주체가 현실의 이곳 저곳을 돌아다니면서 타자를 수용하는 것은 성찰과 주체의 자의식을 강화하는 쪽으로 나아간다는 점에서 이채를 띤다. 이때 관찰 대상인 외부 풍물이나 힘없는 존재들(특히 어린아이)은 주체의 자기 인식의 상승을 불러일으키는 매재로서 작용한다. 아울러 적대적인 현실에 함몰되지 않고 현실의 부정성을 넘어서려는 의지는 자신을 고독감으로 몰아가며, 이 고독 속에서 누군가를 불러들여 대화를 시도하는 고백의 성격이 짙은 작품을 낳게 되는데, 심리적 매개로 어린아이가 나타나는 다음 작품은 주목을 요한다.

> 촌에서 온 아이여
> 촌에서 어제밤에 乘合自動車를 타고 온 아이여
> 이렇게 추운데 웃동에 무슨 두룽이같은 것을 하나 걸치고 아래두리는 쪽 발
> 어벗은 아이여
> 뽈다구에는 징기징기 앙광이를 그리고 머리칼이 놀한 아이여
> 힘을 쓸라고 벌서부터 두 다리가 푸둥푸둥하니 살이 찐 아이여
> 너는 오늘아츰 무엇에 놀라서 우는구나
> 이집에 있는 다른 많은 아이들이
> 모두들 욕심사납게 지게굳게 일부러 청을 돋혀서
> 어린아이들 치고는 너무나 큰소리로 뛰겁많은 소리로 울어대는데
> 너만은 타고난 그 외마디소리로 스스로웁게 삼가면서 우는구나
> 네 소리는 조금 썩심하니 쉬인듯도 하다
> 네 소리에 내 마음은 반끗이 밝어오고 또 호끈히 더워오고 그리고 즐거워온다
> 나는 너를 껴안어 올려서 네 머리를 쓰다듬고 힘껏 네 적은 손을 쥐고 흔들
> 고 싶다
> 네 소리에 나는 촌 농사집의 저녁을 짖는때
> 나주볓이 가득 들이운 밝은 방안에 혼자 앉어서

실감기며 버선짝을 가지고 쓰렁쓰렁 노는 아이를 생각한다.
또 녀름날 낮 기운때 어른들이 모두 벌에나가고 텅 뷔인 집 토방에서
햇강아지의 쌀랑대는 성화를 받어가며 닭의똥을 주어먹는 아이를 생각한다
촌에서 와서 오늘 아츰 무엇이 분해서 우는 아이여
너는 분명히 하눌이 사랑하는 詩人이나 농사꾼이 될 것이로다

—「촌에서 온 아이」

   이 시는 문면에 구체적으로 드러나 있지는 않으나 가혹한 수탈이 진행된 식민지 농촌의 유이민 문제를 바닥에 깔고 있다. 시인은 먹고살기 어려운 상황에서 가족과 헤어져 도시로 몰려온 많은 아이들 중의 하나에게 마음속의 대화를 시도한다. 시인이 이 어린아이에게 관심을 두는 것은 거짓된 세상에 대한 분노에 기인("분명코 무슨 거짓되고 쓸데없는 것에 놀라서/그것이 네 맑고 참된 마음에 분해서 우는구나")한다.

   그러나 우리가 특별히 살펴보아야 할 것은 이전의 시들에서 더 나아간 어린아이의 형상이다. 어째서 "웃동에 두룽이 같은 것을 걸치고 아래두리는 밝아벗은, 뽈다구에는 앙광이를 그리고, 머리칼이 놀한 아이"가 거짓되고 쓸데없는 것에 깊은 곳에서 반응하여 작용(울음)하는 깊은 마음과 판단력을 간직하고 있는가. 내성에 의해서인가? 직관에 의해서인가? 만일 이런 신비스러운 재능이나 능력 그리고 작용이 의식을 수반하지 않는다면 그것을 의식하는 것은 누구인가? 바로 어린아이를 순수한 인간의 상징으로 보고 타락된 세계에 맞서려는 시적 주체의 의도에서 기인한다. 시적 주체가 어린아이를 이토록 높게 평가하는 것은 그들이 인간본성을 나타내는 최상의 대상들이라는 인식 때문이다. 즉, 어린아이는 시적 주체의 상상력이 투영된 존재로 나타난다.

   이 시에서 이상적 존재로 구현된 어린아이는 시적 주체 자신과 무관하

지 않다. 루소적인 어린아이[25]에 대한 시적 주체의 동경도 실상 그 자신의 어린 시절의 체험이 시적 형태로 발화되고 있다. "버선짝을 가지고 쓰렁쓰렁 노는 아이", "닭의똥을 주어먹는 아이"는 바로 자신의 어린 시절에 대한 자전적 경험을 담고 있다고 보여진다. 여기서 우주의 지혜를 자각하고 자연의 영원한 아름다움과 교감하며 영속적인 아름다움을 체험할 수 있는 어린 시절 속에서 드러나는 인간 본래의 순수성은 농사꾼의 심성, 혹은 시인의 시심으로 잉태된다("너는 분명히 하눌이 사랑하는 시인이나 농사꾼이 될 것이로다"). 즉, 어린 시절은 사물의 형이상학을 인식할 수 있는 초자연적 감수성으로 윤색되어 있다.[26] 따라서 어린아이는 세계에 대한 비탄이나 환희, 두려움과 기쁨 등의 모든 감정을 이미 충분히 느끼는 인식 능력을 갖고 있는 것으로 묘사된다. 시적 주체가 "타고난 외마디 소리로 삼가면서 우는" 아이에게서 현실의 속악한 모습과는 전혀 동화될 수 없을 정도로 순수하고 고결한 마음을 발견하고, 그의 울음소리에 시적 주체의 인간정신이 순수하게 고양("네소리에 내 마음이 반끗이 밝아오고 또 호끈히 더워오고 그리고 즐거워온다.")되는 것은 이 같은 관점에서 읽을 수 있는 대목이다. 이때 '촌에서 혼자 떠나온 아이', 이 세계 속에 홀로 던져진 고립된 개체인 어린아이의 모습이 오히려 이상적 존재

---

25 루소는 어린이의 정신에서 생득관념을 이끌어내려는 선험주의의 대표적인 철학자이다. 로크가 외부세계의 감각에 무방비로 노출된 상태로 어린이를 설정하였다면, 루소는 그 아이를 순수한 인간의 상징으로 제시하며, 인간정신에 있어서 근원적인 타락은 있을 수 없다는 견해를 가진다. 그는 어린이를 통해 찾을 수 있는 인간정신의 초월성을 강조한다. Robert Pattison, *The Child Figure in English Literature*, Athens: The Unv. of Georgia Press, 1987, 51면. 여기서는 구본철, 앞의 논문, 22~23면 인용.

26 Stephen Gurney, *British Poetry of the Nineteenth Century*, New York: Twayne Publishers, 1993, 45면. 여기서는 구본철, 앞의 논문, 36면 재인용.

로 구현되는 역설이 드러난다.

그렇다면 시적 주체는 왜 슬픔과 연민의 대상이었던 어린아이에게 신비한 자질을 부여하고 있는가 하는 문제가 남게 된다. 이는 내면 성찰과 함께 속악한 현실에 고고하게 맞서는 시적 주체의 자의식으로 읽을 수 있다. "나는 너를 껴안아올려서 네 머리를 쓰다듬고 힘껏 네 적은 손을 쥐고 흔들고 싶다"는 내적 고백은 더할 수 없는 친근감과 심적 동일성의 표출이다. 이때 어린아이에게 인간정신의 순수성과 신비한 자질을 발견하는 것은, 결국 그들을 매개로 한 자신의 반영을 보여주며 이는 자기 동일시의 대상으로 어린아이가 선택되었음을 보여준다. "너는 분명히 하눌이 사랑하는 시인이나 농사꾼이 될 것이로다."는 고백이 이를 증명하는 표지이다. 이때 신비한 자질을 가진 어린아이는 맑고 참된 마음을 떠올려주는 매개이면서 나아가, 속악한 현실에 함께 저항하는 고결한 동반자[27]가 되며, '촌에서 온 아이'는 시적 주체와 같이 가난과 소외에 처해 있는 존재이지만, 가난과 소외는 하늘에서 특별히 선택받는 사람들만이 누릴 수 있는 것으로 바뀐다. 시 속에 '하눌'이라는 초월적 근거를 끌어들임으로써 시적 주체는 어린아이와 함께 자신을 가장 고결한 정신적 존재의 위치로 상승시키며, 이를 통해 내면 속에서 일어나는 비극적인 자의식이 극복된다.

이 장에서는 육친과 공동체로부터 분리되어 현실의 어려움을 견뎌야

---

27 이 동반자 의식은 어린아이뿐만 아니라 물고기(「멧새소리」, 「膳友辭」, 어패류(「가무레기의 樂」), 동물(「나와 나타샤와 흰 당나귀」) 등으로 확산되는데, 시적 주체는 자신의 이미지를 공유하는 친구들이 있기에 속악한 현실에 물든 누구하나 부럽지 않고 (「膳友辭」), 세상의 눈밖에 나서 세상이 자신을 멸시하더라도 좋을 것 같다("세상같은 건 더러워 버리는 것이다"—「나와 나타샤와 당나귀」)는 선언적인 고백을 하는 것이다.

하는 존재로 드러나는 어린아이들의 모습을 살폈는데, 그들은 드물게 고결한 자태를 띠고 있었지만, 공동체의 해체와 가난 등의 외적 현실에 가장 예민하게 반응하는 존재로서 슬픔과 연민의 대상으로 드러난다. 그러나 어린아이의 자질은 여기에 머물지 않는다. 어린 아이는 선험적인 능력을 가진, 인간본성을 드러내는 최상의 존재로까지 승화되며, 시적 주체를 어린아이와 동일시하는 방법을 통해 시적 주체는 자기 내면의 비극적인 자의식을 극복, 속악한 현실에 고고하게 맞서고자 하는 의지를 다질 수 있게 된다. 이는 어린아이가 백석 시의 중심에 위치하고 있음을 보여주는 증거라 할 수 있다.

3. 결론

백석의 시는 1930년대 중반 이후 주된 관심사가 되었던 고향의식과 상실감의 정서를 현실적이고 구체적인 언어로 각인하고 있다는 인식적 특징을 지닌다.[28] 그런 점에서 그가 시집 『사슴』에서 추구한 공동체적인 공간으로서의 고향은 비극적 현실인식의 대타공간으로 설정된 것이다. 그는 1930년대 중반 '서울 중류층의 말'로 재편되어 가는 언어의 표준화 과정으로 인공의 균질적인 언어가 구체적이고 개별적인 삶의 언어를 대체해나가는 대세에 저항하며 평북 방언으로 공동체의 세계를 복원하는 노력을 기울인다.[29] 이때 방언은 생동감 있는 고향의 풍물과 구체적인 유년 기억의 세계를 정밀하게 재현하기 위한 미적 전략으로 선택되었다

---

28 손진은, 앞의 논문, 앞의 책, 416면.
29 전봉관, 「백석 시의 방언과 그 미학적 의미」, 『한국학보』 '98, 137~150면, 김신정, 「백석 시의 '가난'에 대하여」, 『문예연구』 2001 가을, 70~71면.

고 볼 수 있다. 그는 유년과 성인의 목소리를 병행하여 고향의 복원을 노래하는데, 이는 근대화가 진행되는 일제강점기의 시대상황에서 민족 공동체의 존재근거를 상실하게 하는 현실의 부정성을 대체할 수 있는 삶의 공간을 내면에 확보한다는 인식이 깔려 있다. 무엇보다도 백석의 시가 지닌 독자성은 기억 속의 풍요로운 공간에서 출발한 고향의식이 이후 이 땅 곳곳에 배인 역사적 삶의 현실로 끊임없이 확대된다는 데 있다.

본고에서는 이러한 과정을 백석의 시들에 나오는 어린아이를 통해 구명해 보았다. 그 동안의 논의에서 이 부분에 대한 고찰이 없었고, 민족 공동체가 파괴되고 가족이 이산되는 강점기의 가난과 질곡 속에서 어린아이의 모습은 가족 구성원의 변화와 이동 등의 미세한 모습을 관찰할 수 있는 척도가 되며, 속악한 세계에 맞서는 시인의 자의식과도 연결될 수 있을 것이라 판단되었기 때문이다.

본론을 통해서 필자는 다음과 같은 사실을 확인할 수 있었다.

첫째, 백석의 시에서 어린아이는 공동체 속에 있을 때, 유년 화자와 주인공의 역할을 맡으면서 현실의 고통과 가난과는 무관한 존재로 주체의 분열이 드러나지 않는 의식의 자족성을 보이는 순진한 존재로 나타났으며, 이들 시에서 아이의 모습에 대한 차이는 별로 나타나지 않았다.

둘째, 어린아이가 공동체의 공간 속에 있고, 같은 고향의 세계를 다루고 있다고 하더라도 숨은 화자라는 장치를 통해 그 모습을 드러내는 시들에서 어린아이는 신비롭고 성스러운 모습을 띠고 나타났으며, 신성의 분위기는 타자의 얼굴에 드리워진 소홀치 않은 기쁨을 통한 간접화, 자연의 품에 안긴 고귀한 존재로서의 수동성, '고귀한 야만인'이라는 야생의 자태, 생활인과 결부된 기특한 어린아이로 상승되고 있었다. 이는 고향 공동체의 위엄 한 가운데 어린아이가 자리잡고 있음을 보여주는 표지가 된다.

셋째, 공동체 속에서 벗어나 있을 때 어린아이는 육친과 분리되어 현실의 신산과 소외, 가난을 견뎌내야 하는, 슬픔과 연민의 정서를 유발하는 존재로 드러났는데, 그 정도는 점점 강화된다. 그러나 시적 주체는 이전의 시들에서 더 나아간 어린아이의 형상을 보여주고 있는데, 자연의 품에서 자라난 어린아이에게 속악한 현실에 반응하여 작용하는 깊은 의식과 판단력을 부여함으로써 어린아이가 인간본성을 나타내는 최상의 대상이라는 인식과 함께, 자기 내면의 비극적인 자의식을 극복하고 속악한 현실에 맞서는 주체인식을 드러내고 있었다.

필자는 백석 시의 어린아이가 '순진한 어린아이'에서 '신성한 어린 아이'로, 다시 '슬픔과 연민의 대상인 어린아이', 시적 주체의 모습이 투사된 '선험적인 자질을 가진 어린아이'로 변화하는 모습을 읽을 수 있었는데, 이를 통해서 고향 공동체가 가지는 위엄이 많은 부분 어린아이들에게서 옴을 확인하였고, 아울러 가족의 해체와 가난과 같은 외적 현실에도 가장 민감하게 반응하는 존재인 어린아이가 고독한 삶의 처지 가운데서도 좌절하지 않고 시적 주체를 지켜내며 속악한 현실에 대응하며 조화로운 삶의 회복을 향한 의지를 다지는 데 가장 중요한 동인으로 작용하고 있음도 확인할 수 있었다.

가족 해체의 위기가 심각한 사회문제로 제기되고 있는 오늘의 시대에 백석의 어린아이를 다룬 시들은 더 빛을 발한다. 부모의 불화와 가정폭력, 실직, 경제파탄, 가출 등의 사회적 요인으로 야기되는 가정파탄의 증가는 이혼, 별거, 가족분산(편부모·계부모가족, 소년소녀가장) 등 혈연집단의 분리로 이어지고 이의 피해를 오늘의 어린아이들이 식민지 시대의 아이들보다 더 많이 입고 있기 때문이다. 이 시대의 어린아이들은 사회 변화를 반영하는 더 예민한 촉수가 된다. 그런 점에서 고향 공동체의 위엄과 해체된 공동체의 복원을 어린아이를 통해 묘사한 백석의 일련의 시들은 오늘의 우리 자신을 성찰하고 가다듬게 하는 훌륭한 거울이 될 수 있으리라 생각한다.

제3부

『靑鹿集』 수록 박두진 시 연구

1. 서론

본고는 박두진의 『靑鹿集』 수록시 12편이 향후 박두진 시에 나타나는 세계관의 시금석이라는 인식 아래 그동안의 논의에서 등한시되었다고 해도 과언이 아니라 판단되는 문제들을 해명할 목적으로 집필되었다. 필자는 박두진의 시가 지적, 심미적 능력이 미묘한 역학관계를 가지고 서로 작용함으로써, 다층적이고 입체적인 구조를 가지고 있다는 것을 시편들을 통해 논증하고 그의 시의 중요한 요소와 동력들을 재고해 보고자 한다.

『靑鹿集』에 수록된 박두진이 쓴 12편의 시들은 주목에 값한다. 왜냐하면 여기에 수록된 시들은 정지용의 추천사의 표현대로 우리 문단에서 그 이전까지 들리지도 보이지도 않았던 '新自然'[1]의 육성을 들고 나온 그의

---

1 정지용, 「詩選後」, 『文章』, 1940. 1월호.

초기 시들 중에서도 그 정수를 보이고 있고 또 그 이후의 시들의 가늠자 역할을 하는 시들로 구성되어 있기 때문이다. 박두진의 이 시편들은 오늘날 다시 읽어도 여전하며 오롯하다. 실제로 박두진은 『文章』의 추천작 중 「香峴」「墓地頌」 두 편(1939. 6)은 여기에 포함시키고, 「落葉頌」(1939. 9), 「蟻」「들국화」(1940. 1) 등 세 편은 제외시킬 정도로 엄격함을 보이고 있는데, 1981년에 간행된 시선집 『예레미야의 노래』[2]에서는 그간에 발표된 1000여 편의 시들 중 『靑鹿集』 수록시를 5편이나 싣고 있어 그의 시적 여정에 있어서 『靑鹿集』 수록시의 위상을 짐작하게 한다.

그동안 수행된 박두진 시의 연구는 그의 시에 내재된 근본적인 속성을 간과한 채 편향된 시각으로 진행되어 왔다고 판단된다. 그것은 우선 박두진을 자연파 시인으로 보거나, 종교적 시인으로 보거나, 지사적 비판의식의 시인으로 보거나 하는 피상적인 인식에서 연유한다. 이를 살피기 위해서 그동안 수행되어 온 박두진의 시에 대한 연구를 크게 세 가지 방향으로 개관해 보기로 한다.

첫째는 '자연에 대한 친화' 혹은 '자연관'을 다루고 있는 연구들이다. 정지용은 『文章』에 박두진을 소개하면서 "삼림에서 풍기는 식물성의 체취를 가진 新自然의 시인"으로 소개한다.[3] 정지용의 평가는 김동리에 이르러 구체성을 확보하는데, 김동리는 「禪과 基督敎」라는 소제목을 붙인 박두진론에서 동양의 시인들이 구경적으로 자연에 돌아가 동화되는 경지를 노래하고 있는 데 반하여 박두진은 같이 자연을 재제로 하고 또 거기에 귀의하면서도 "다른 태양"이 솟아오르기를 기다린다는 메시야 대망의

---

2 박두진, 『예레미야의 노래』, 창작과비평사, 1981.
3 정지용, 앞의 글, 앞의 책.

특징을 처음으로 제시한다.[4]

정한모는 "청록파의 공통된 세계"를 자연으로 보며, "그 중심적 존재"로 박두진을 위치시킨다. 그는 김동리의 평가에 긍정은 하되 "메시야의 재림을 기다리는 것으로 직결하기에는 박두진의 시가 너무 자연적"이라는 평을 내린다.[5] 김용직은 "박두진의 자연은 동양적 선적인 세계가 아니라 서구적 의미릐 자연이며 많은 시가 신앙심에 의해 쓰였다"는 평가를 내리는데[6] 이 평가는 이후 연구자들로 하여금 비판 없이 박두진의 시가 동양적이 아닌 서구적이라는 평으로 굳어지게 하는 계기가 되었다. 백철은 청록파의 자연귀환을 도피적인 입장으로 보는 부정적인 자세를 취한다.[7]

이 연구 경향에서 특히 주목할 만한 부분은 "선과 기독교는 박두진을 통하여 악수하게 되는가?" 하는 것에 대한 김동리의 통찰이다.[8] 박두진의 시에 대한 본격적인 최초의 평가이면서도 김동리는 박두진의 시에서 동서양 정신의 만남의 가능성을 직시하고 있고, 이는 또 자연에 대한 오랜 정관과 투시를 통하여 시를 생산하는 박두진의 생리를 파악하고 있다는 증거가 되기 때문이다. 그러나 김동리의 메시아 대망의 지적이 계기가 되어 이후 연구자들이 별다른 고민 없이 박두진의 자연을 서구적 의미의 자연으로, 그의 시작 행위를 신앙심의 발로로 일원화시키고 있다는 것은 문제점으로 지적된다.

---

4 김동리, 「자연의 발견」, 『문학과 인간』, 백민문화사, 1948, 여기서는 『靑鹿集 · 其他』(현암사, 1968) 258면 재인용.
5 정한모, 「靑鹿派의 詩史的 意義」, 『靑鹿集 · 其他』(현암사, 1968), 313~315면.
6 김용직, 「詩와 信仰—박두진 시의 방향」, 『世代』, 제2권 통권 제13호(1964.6), 284~287면.
7 백철, 『신문학사조사』, 신구문화사, 1968, 567면.
8 김동리, 앞의 논문, 앞의 책, 263면.

둘째는 첫 번째 경향의 연속선상에서 나타나는 평가로 박두진의 시가 갖고 있는 묵시론적 비전과 기독교적 특성, 역사의 윤리를 비롯한 현실 문제와 결부된 연구들이다. 이 연구 역시 크게는 김동리 글의 영향권 아래서 행해진 것이라 할 수 있는데, 김동리는 시집『해』를 분석하면서 박두진의 시가 갈망하는 적극성은 분명히 메시야적 이상이 아닐 수 없다고 지적한다.[9] 이러한 평가는 이후 박두진의 초기시부터 후기시 전과정을 통해 수행되는데, 김일훈은 박두진의 시가 "예수를 기다리는 소극적인 자세에서 예수를 따라가는 적극적인 자세로 변화했다"는 평가를 내리며[10] 전봉건은 자연, 신, 민족, 역사, 현실이 들끓는 용광로에서 발상되지 않은 것이 없다고 지적한다.[11] 신동욱은 현실과 이상 사이의 긴장관계를 축으로 박두진 시의 저항과 지속의 의미를 탐구한다.[12]

이 연구 경향에서 나타나는 폐단은 첫 번째 연구 경향의 연속선상에서 나타나는 문제라고 할 수 있는데, 이는 구체적으로 박두진의 시들이 기독교적인 양상을 띠고 있다는 전제 아래서 진행된다는 것이다. 물론 박두진의 시가 서술이 많아졌다든가, 천상적이고 절대적인 것에서 지상적인 것으로 소재가 바뀐 사정과 무관한 것은 아니지만, 이런 연구는 풍부하고도 주체적인 해석을 막는 요인으로 작용하고 있다고 할 수 있다.

셋째는 형식적인 면을 중심으로 논의한 연구들이다. 대표적인 것으로 김춘수, 강홍기, 서지영의 논의들이 있다. 김춘수는 박두진의 시를 음악

9 김동리,「왕성한 시정신」,『동아일보』, 1949.7. 여기서는 김응교「빛의 돌의 꿈—박두진의 상상력 연구」, 연세대 대학원 박사학위 논문, 1997, 14면 재인용.

10 김일훈,「박두진 試論」,『현대문학』, 1972.6.

11 전봉건,「박두진의 연작시」,『현대문학』, 1972.6.

12 신동욱,「박두진의 시에 있어서의 저항과 그 지속의 의미」,『세계의 문학』, 1983. 겨울호, 여기서는 박철희 편,『박두진』, 서강대학교출판부, 1996, 14면 재인용.

적인 음영을 의식적으로 시도하고 교묘한 반복법을 씀으로써 리듬과 선율의 아름다움을 추구했다고 평가하며, 이러한 묘한 굴절이 정상을 회복한 예로 「道峰」과 「雪岳賦」를 든다. 그러면서 이러한 시형식이 의지를 드러내기에 효과적인 형태라는 결론을 내린다.[13] 강홍기는 박두진 시의 형태를 '반복'으로 처리하고 있으며,[14] 서지영은 박두진 시의 형태를 반복구조와 인접구조의 혼합원리로 파악하고 불규칙적인 반복구조의 사용은 환유적 원리에 의거한 산문체 문장 속에서 리듬을 해결하는 실마리가 되는 것으로 파악했다.[15]

시 형식의 논의에서 가장 중요한 요소는 시의 발화형식이 내용과 어떤 결부를 가지는가 하는 것인데, 이들 논의에서 박두진 시의 형식에 대한 해명이 온전히 이루어졌는지는 의문이다. 왜냐하면 시인이 스스로 「墓地頌」을 해석하면서 "인간적이고 인생론적이고 생명적이고 종교적인" 세계를, "더 높고 더 장엄하게 울려오는 언어 이전의 우주적인 가락, 웅장 장엄한 가락을 포착하고 그것에 순응하는 데 황홀했던 감동을 잊을 수 없다"고 했던 진술[16]을 형태를 통해 풀어내지 못하고 있기 때문이다.

본고는 박두진의 시가 상반되는 양상을 결합하면서도 그것이 단선적인 하나의 세계로 환원되기를 거부하는 다양성과 깊이를 내장하고 있음을 밝히려 한다. 이는 기존의 논의에서 간과된 부분이기도 하거니와 시인 스스로의 발언, "그것(「墓地頌」「해」, 필자)이 종교시라는 가리킴을 받는 것

13 김춘수, 「자유시의 전개―박두진, 박목월, 조지훈의 시형태」, 『靑鹿集 · 其他』(현암사, 1968), 258~278면.
14 강홍기, 「한국현대시 운율연구」, 성균관대 대학원 박사학위 논문, 1988.
15 서지영, 「한국현대시의 문체연구―『靑鹿集』을 대상으로.」, 서강대 대학원 석사학위 논문, 1992, 54~76면.
16 박두진, 「시의 운명」, 정한모 · 김용직, 『한국현대시요람』(박영사, 1974), 662~663면.

에 딴 불만은 없지만, 그것은 어디까지나 결과적인 것이었고 의도적이거나 자각적이거나 의식적인 것은 아니라는 점이다." "으례 말하는 구약적 세계관이니 인류 이상의 야생적 비유니 하는 말들처럼 나는 종교적인 구원사상만을 의도했거나 의식하지는 않았다." "시에 씌어진 하나의 영원한 상징성, 상징적 이미지의 시적 내용을 그릇 파악하여 피상적 전설적인 소박성으로 단순하게 보는 태도는 너무 초보적이라 생각한다"는 말과도 일치하는 부분이기 때문이다.

아울러 앞에서도 간략하게 언급한 바 있지만, 본고가 박두진의 『靑鹿集』 수록 시편들을 연구대상으로 하는 것은 그만큼 박두진 시의 개성을 드러내고 있다고 판단되고 시인 자신도 그 시편들의 세계가 "감각은 다르지만 지금도 표현세계는 여전히 나의 것"[17]이라 인식하고 있기 때문이다.

박두진의 자연은 '청록파'의 다른 두 시인들과 마찬가지로 일제의 파시즘에 대한 시적 저항을 위해 선택된 것이었다. 그러나 박두진의 자연은 은거공간으로서의 생명력이 위축된 그의 스승 정지용은 물론 청록파의 또 다른 일원인 박목월, 조지훈의 시들에 나타나는 자연[18]과는 다른 면모를 가지고 있었다. 그의 이러한 자연의 성격과, 시의 착상 및 시적 전략은 김동리의 "자연에 귀의하면서도 다른 태양이 솟아오르기를 기다린다"는 메시야 대망의 지적[19]에서 나타나듯 중층적이며 입체적이다. 그의 시에 나타난 자연은 현실도피의 수단이나 서경의 대상이 아니라, 현실참여의 한 방편이며 삶을 위한 자연, 나아가 종교적 신앙과 일체화된 신성화

---

17 이상은 박두진, 앞의 논문, 앞의 책, 663면.
18 최승호, 「『靑鹿集』에 나타난 생명시학과 근대성 비판」, 『21세기 문학의 유기론적 대안』, 새미, 2001, 152면.
19 김동리, 「자연의 발견」, 『문학과 인간』, 백민문화사, 1948.

된 자연의 면모까지 가지고 있다.

그는 자연을 긍정의 객관적 상관물로 파악하고 자연에서 순수한 감각의 기쁨을 노래한다. 아울러 자연친화적인 세계와 예언자적 호소[20]를 처음부터 하나로 통합시킨다. 따라서 시인이 선택하고 있는 자연과 그 물상들은 정지된 자연과 물상이 아니다. 그가 그리고 있는 것은 자연이고 물상들이지만 시적 의미는 인간사의 사건들이며 자신이 겪고 보고 들으며 괴로워하는 경험 내용들이다. 그의 이 치열한 시정신 속에서 모든 사물들은 시대의 삶이며 민족사, 나아가 인류사의 갈등들과 얽혀져 있고 그 갈등을 넘어서고자 하는 강렬한 의지가 한 치의 양보도 없이 버티고 있다.

뿐만 아니라 이 시집부터 그는 이후의 시들의 모델이 되는 리듬과 산문화 경향이 독특하게 배합되는 개성적인 문체의 실현을 통해 빛과 어둠, 현실과 이상 등의 팽팽한 이원적 대립항을 극복하여 긍정의 의식공간을 효과적으로 전달하고 있다.

본고는 그것을 '다양한 미적 가치의 조응과 역동적 상승작용의 발현'이라 명명하고 그 특징을 몇 가지로 나눠 살펴볼 것이다. 먼저 박두진의 시는 기독교적 종말의식과 순환적 시간관이 결합하는 사례를 보여준다는 것을 고찰할 것이다. 그의 시에서 추구하는 유토피아 역시 미래지향적인 속성과 과거지향적인 유토피아가 공존하는 것으로 나타난다는 것을 밝힐 것이다. 아울러 이의 연장선상에서 해·별·달 이미지 역시 이념적 진리와 자연 이미지가 조응되고 결합된 양상으로 나타난다는 것을 드러내고자 한다.

---

20 이는 「푸른 하늘 아래」의 2연 "이리는 이리로 더불어 싸우다가 이리는 이리로 더불어 멸하리라"에 대표적으로 나타나 있다.

박두진의 시적 성취는 상극적인 요소들과 반대되는 힘들을 하나로 합쳐 균형을 갖출 때 역동적인 힘을 발휘하며 그것이 어느 한쪽으로 치우칠 때 시는 단선적이고 평면적인 방향으로 떨어진다. 꽁꽁 얼어붙은 일제 파시즘의 역사적 비극과 현실의 불안에서도 "장차 너희 솟아난 봉오리에, 엎드린 마루에, 확 확 치밀어 오를 火焰을 내 기다려도 좋으랴"(「香峴」)고 외치고, "언제 무덤속 화안히 비춰줄 그런 太陽"(「墓地頌」)이 떠오르기를 기대했던 그의 노래는 그 속에 "실로 무수한 짐승을 지니인" "흠뻑 지리함 즉"한 오늘에도 다시 불리워져야 할 송가로 다가온다.

2. 다양한 미적 가치의 조응과 역동적 상승작용의 발현

김동리의 평가 이래 많은 연구자들이 박두진의 시를 메시야의 출현을 기다리는 세계를 가진 것으로 지적하고 있다. 그러나 박두진의 시는 그 범주에 갇힐 수 없는 입체성을 가지고 있다는 것이 필자의 판단이다. 박두진의 시가 기독교적인 일면이 있는 것은 사실이지만 그의 시세계는 기독교로 환원되지는 않는다. 기독교적인 의지를 가지고 있다고 평가되는 작품들에서도 그것이 무슨 세계관과 결부되어 나타나는가를 살펴보아야 할 것이다.

이에 다시 우리는 다시 그의 『靑鹿集』 수록시 12편을 편편마다 보듬어 읽으며 그의 시가 가진 위상과 의의를 떠올리며 그동안의 논의에서 결락된 부분도 메꿀 수 있는 기회를 가지고자 하는 것이다.

여기에서는 박두진 시의 입체성을 종말적 시간과 순환적 시간의 결합, 미래·과거 지향 및 다른 유토피아의 공존, 이념적 진리와 자연적 이미지의 결합 등 세 가지로 고찰해 보고자 한다.

2-1 종말의식과 순환적 시간의 결합

박두진의 시에서 봄, 양지, 밝음 같은 속성은 그의 시세계를 긍정으로 끌고 가는 중요한 요인이 되고 있다. 필자는 박두진 시의 기독교적인 양상도 계절적인 속성을 전제로 해서 나타난다고 판단한다. 예를 들어 박두진이 삶과 죽음의 한계를 역설적으로 극복하고 미래에 대한 밝은 전망을 가진다고 했을 때 그것은 봄이라는 계절적인 배경과 햇볕이라는 따뜻하고 밝은 세계가 있기에 가능한 일이다. 이러한 해석의 기반을 제공하는 시가 「숲」이다.

> 진달래 붉게 피고,
> 두견새며 녹음 따라
> 꾀꼬리도 와서 울고 하면,
> 숲은, 새색시같이
> 즐거웠다.
>
> 우거진 녹음 위에 오락가락
> 검은 구름 떼가 몰리고, 이어, 성난 하늘에,
> 우르르르 천둥이며, 비바람에, 파란 번갯불이 질리고 하면,
> 숲은 후들후들 무서워서 떨었다.
>
> 찬비가 내리곤 하다가,
> 이윽고 하늘에 서릿발이 서고
> 찬바람에 우수수 누렁 나뭇잎들이 떨어지며,
> 달밤에, 귀뚜라미며 풀벌레들이 울고 하면,
> 숲은 쓸쓸하여, 숲은, 한숨을 짓곤 하였다.
>
> 부우연 하늘에서
> 함박 눈이 내리고,
> 눈 위에 바람이 일어,

눈포래가 휩쓸고,

카랑 카랑 맵게 칩고,

달이며 별도 얼어 떨고,

부헝이가 와서 울고 하면,

숲은 웅숭그리며,

오도도 떨며, 참으며,

하얀 눈위에서,

한밤내― 울었다.

―「숲」 전문

　전 4연으로 구성된 이 시에서 각연은 각각 봄, 여름, 가을, 겨울로 나타
나는데, 자연의 의인화가 실감 있게 묘사되어 있는 이 시에서 유독 강조
되는 것은 봄이라는 계절이다. 1연의 봄날의 숲은 아늑하고 행복한 정경
으로 묘사되나, 2연에서는 천둥과 비바람이 몰려오면서 무서워 떨기 시
작하는 여름 숲을 묘사한다. 3연에서는 존재론적인 양상을 띠면서 쓸쓸
함을 배경으로 가을 숲의 고독과 쓸쓸함이 깊어지고, 4연의 겨울 숲은 눈
보라가 내리고 모든 것이 얼어버린 숲의 시련과 고통을 그린다. 이러한
숲의 사계에 대한 이야기는 자연이 가지고 있는 순환성에 토대를 두면서
도 삶이 가지는 순환적 진리, 평화―위기―고독―시련의 반복이라는 보
편적 플롯을 유추하게 한다.[21] 아울러 이 시는 사계의 변화를 통한 순환
성을 그리고 있기도 하다. 숲은 점점 부정적이고 어려운 상황(여름 가을
겨울)을 향해 치닫지만 긍정(봄)의 세계로 돌아간다. 이러한 부정/긍정,
소멸/재생의 주기적 순환의 과정을 통해 박두진의 자연은 영원한 생명력
을 가진 자연으로 표상된다. 숲에서 피고, 나고, 자라는 모든 식물들은 죽

---

21 서지영, 앞의 논문, 69면.

더라도 다시 소생한다. 그것은 영원한 순환이 있기에 가능한 일이다. 아울러 이는 종말적 시각으로 적용될 수 있다. 즉, 숲은 즐거움, 공포, 쓸쓸함, 슬픔 등의 희로애락이 일어나고 있지만 궁극적으로는 향일성의 공간이다. 절망으로 가득한 어떤 순간에서도 빛으로 향한 향일성이 충만해 있으므로 모든 존재의 운명은 절망으로 끝날 수 없는 것이다.[22] 이는 인간 존재를 종말론적인 관점으로 보는 박두진의 시각과도 관련이 있다. 이렇게 다양한 의미해석을 가능하게 하는 '숲'의 이야기는 박두진 시의 중층성과도 연결된다.

박두진 시의 일반적인 경향과 자연의 성격을 볼 때 소멸과 생성의 자연의 원리는 표층구조라 할 수 있고, 상실과 회복의 역사원리는 심층구조라 할 수 있다. 이 양면의 구조 가운데 봄과 양지는 신생과 부활과 관련되어 있다.[23] 이는 그의 유년체험과 긴밀히 연관되는데, 그는 경기도 안성읍 세탯말에서 태어나 8세 때인 1924년 고창지기로 이사한다. 그는 여기서 받은 체험을 이렇게 묘사한다.

> 이 때에 몸에 받은 일종의 대륙적인 햇볕의 강렬성은 지금도 길어내고 있는 내 시적 작업의 상당한 자원이 되고 있다.[24]

> 나의 전체 시의 가장 핵심적인 상징이 되는 쩔쩔 끓는 해 …… 그 불변가변의 심상이 다 이 때에 받은 천혜의 환경과 그 체험에 기인된 것이 아닌가 한다.[25]

그의 시에서는 만물이 순환하여 생기를 띠는 봄, 그중에서도 밝고 힘차

---

22 김응교, 「빛의 힘, 돌의 꿈—박두진의 상상력 연구」, 연세대 대학원 박사학위 논문, 1997, 70면.
23 이는 「묘지송」과 같은 시에서 잘 나타난다.
24 박두진, 「자유 · 사랑 · 영원」, 『문학적 자화상』, 한글, 1994, 52면.
25 박두진, 「자연 · 인생 · 시」, 위의 책, 105면.

며 생명이 충만한 빛의 시간이 무한한 가치를 지닌다. 이는 「墓地頌」의 "북망이래도 금잔디 기름진 데"라고 한 표현에서 그 이유를 알 수 있다. 모든 무덤이 다 부활하는 것이 아니다. "봄볕 포근한 무덤"이라는 표현에서 나타나듯 무덤 역시 봄의 햇살 속에서라야 양수에 감싸여 있는 양상을 띨 수 있는 것이다.

그런 점에서 「墓地頌」은 재생의 시간인 봄과 종말의식, 즉 순환적인 시간과 종말론적 시간관이 만나는 가운데 두 세계관이 서로 대등하게 작용하면서 안에서 바깥으로, 바깥에서 안으로 상상력이 양방향으로 균형있게 분출되는 대표적인 작품이라 할 수 있다.

> 北邙 이래도 금잔디 기름진데 동그란 무덤들 외롭지 않어이.
>
> 무덤 속 어둠에 하이얀 髑髏가 빛나리. 향기로운 주검의ㅅ내도 풍기리.
>
> 살아서 설던 주검 죽었으매 이내 안 서럽고, 언제 무덤 속 화안히 비춰 줄 그런 太陽만이 그리우리.
>
> 금잔디 사이 할미꽃도 피었고, 삐이 삐이 배, 뱃종! 뱃종! 멧새들도 우는데, 봄볕 포근한 무덤에 주검들이 누었네.
>
> ─「墓地頌」 전문

종교적인 희구를 통하여 죽음의 현실적 한계를 밝고 힘차게 초극하고 있는 이 시는 그 이면에 당대와의 대결과 시대적인 탐구라는 주제를 깔고 있다는 점에서 이후 그의 시(현실, 신앙시의 양갈래)를 가늠하는 핵심적인 작품이라는 평가[26]를 받아왔다. 그러나 이 작품은 상상력의 측면에서

---

26 박철희, 「서정적 자아와 신앙적 자아」, 『박두진』, 서강대학교출판부, 1996, 10면.

보면 순환적인 시간과 종말론적 시간이 서로 내밀하게 조응하면서 한편의 아름다운 작품으로 빚어진 경우로 볼 수 있다.

이 시는 무덤 안과 무덤 바깥의 양쪽에서 상상력이 작용하고 있다. 먼저 무덤 안의 상상력을 살펴보자. 어둠에 빛나는 "하이얀 髑髏"(시각) "향기로운 주검의ㅅ내"(후각)의 역동적인 이미지 작용은 "무덤 속 화안히 비추어줄 太陽"으로 수렴된다는 점에서 태양이 가장 중요한 이미지로 기능한다. 안의 태양은 밝고 힘차며 생명에 충만한 빛의 시간으로서 무덤이라는 육중한 무게와 단단함, 무엇보다도 죽음을 극복하는 의미의 신앙적, 의지적, 초시대적 태양, 부활이라고 할 수 있다. 반면에 무덤 바깥을 보면, 기름진 금잔디, 할미꽃, 멧새들의 울음은 해의 다른 속성인 '봄볕'을 도우는 역할을 하고 있는데, 봄볕은 마치 양수와 같이 무덤을 감싸고 있으면서 둥근 무덤은 부화할 것 같이 포근하다. 이때 봄볕은 바깥의 불로, 태양은 안의 불로 작용하면서 무덤은 두 힘이 상호작용하는 양상으로 터져나오려 하고 있다. 자궁과 무덤이 서로 신비하게 결합되는 경이를 이룩한다.

따라서 이 시는 내적인 빛과 외적인 빛, 기독교적인 종말론적 시간관과 순환적인 시간관이 상호 결합되고 조응되면서 그 상승작용으로 나타난 작품이라고 할 수 있다.

그러나 사물들이 꽉 차 햇빛이 비집고 들어갈 틈이 없을 때는 자연도 지리한 양상을 띤다("산, 산, 산들! 累巨萬年 너희들 침묵이 흠뻑 지리함 즉 하매,"—「香峴」). 이런 '빛/그늘'의 대립은 아침/밤의 대립·순환으로 연결된다.

그리하여 「年輪」에서는 "아침에 뛰놀든 어린 사슴이/저녁에 이리에게 무찔"린다. 어둠을 몰아내는 아침의 빛은 밤이 되면 다시 어둠의 시간으로 순환하며 다시 아침이 된다. 어둠으로의 침잠은 아침을 향해 가며 이는 "언젠가 트여질/그 찬란한 크나큰 아침"을 기다리는 기독교적 종말론으로 승화된다. 「道峰」에서는 그 배경이 석양에서 황혼으로 넘어가는 시간이고, 「별」은 밤이며, 「흰 薔薇와 白合꽃을 흔들며」는 푸른 달밤이다. 「푸른 하늘아래」역시 처참한 밤이다. 「雪岳賦」의 시간적 배경은 파랗게 하늘이 언 차가운 계절이며, 「薔薇의 노래」의 공간적 배경은 "바람 부는 벌판"이다.

이렇듯 아침과 저녁, 밝은 공간과 어둡고 차가운 공간은 긍정과 부정의 시공간으로 순환양상을 띠다가 종말론적인 시간으로 확산된다.

사실 순환적인 시간관과 종말을 향해 앞으로 나아가는 직선적인 시간관은 반대되는 속성으로 합치되기 어려운 점을 가지고 있다고 할 수 있다. 그럼에도 박두진의 시는 이 모순되는 시간관을 그의 "가장 순수한 내적 자질"[27]과 결합시켜 표나지 않게 육화시키고 흡수함으로써 소홀치 않은 미학적인 깊이를 드러내고 있는 것이다. 이는 그의 기독교적인 의식이 시간의 순환성을 바탕으로 한 자연의 특질에도 내밀하게 연결되고 연원하고 있음을 보여주는 것이라 할 수 있다.

2-2 미래·과거 지향 및 다른 유토피아의 공존

박두진의 시는 어두운 현실 속에서도 무한과 영원에의 움직임 속에 삶과 세계가 희망을 가질 수 있는 '그날'을 기다린다. 이는 "함께 즐거이 뛰는 날을, 믿고 같이 기다려도 좋으냐?"고 하는 등단작 「香峴」은 물론 『靑鹿集』 수록 대부분의 시들이 이런 지향을 가지고 있다. 그러나 '그날'에

---

27 박두진, 「詩의 運命」, 앞의 책, 662면.

대해 화자가 가지는 양상은 다르며, 또한 그날의 성격 또한 다르게 나타나는 점을 주목할 필요가 있다.

흰 薔薇와 백합꽃을 흔들며 맞으오리니 반가워 눈물 먹음고 맞으오리니 당신은 흰 옷을 입고 오십시오. 눈 위에 활작 햇살이 부시듯 그렇게 희고 빛나는 옷을 입고 오십시오.
— 「흰 薔薇와 白合꽃을 흔들며」 부분

푸른 하늘 푸른 하늘 아래 난만한 꽃밭에서 너는 나와 마주 춤을추며 즐기자. 춤을추며 노래하며 즐기자. 울며 즐기자.……어서 오너라…….
— 「푸른 하늘아래」 부분

언제 이런 雪岳까지 왼통 꽃동산 꽃동산이 되어 우리가 모두 노래치며 날뛰며 진정 하로 和暢하게 살어볼 날이 그립다. 그립다.
— 「雪岳賦」 부분

기름진 냉이꽃 향기로운 언덕, 여기 푸른 잔디밭에 누어서, 철이야, 너는 너는 늴 늴 늴 가락 맞춰 풀피리나 불고, 나는, 나는, 두둥싯 두둥실 봉새춤 추며, 막쇠와, 돌이와, 복술이랑 함께, 우리, 우리 옛날을 옛날을 딩굴어 보자.
— 「어서 너는 오너라」 부분

언제 새로 바라는 하늘이 열려
찬란히 트이는
아츰에사 피리라.

다섯 뭍과 여섯 바다에
일제히 人類가 合唱을 불르는 날
— 「薔薇의 노래」 부분

우리는 그날에 대한 정체를 확실히 알 수는 없다. 다만 "함부로 짓밟힌 울타리에 앵도꽃도 오얏꽃도 피었다고 일러라" 혹은 "다섯 뭍과 여섯 바다에/일제히 人類가 合唱을 불르는 날"이라는 말 등에 근거하면 그 날은 해방의 날, 혹은 인류의 축제이거나, 혹은 "언제나 티어질/ 그 찬란한 크낙한 아츰"(「年輪」), "무덤속 화안히 비춰줄 太陽"(「墓地頌」), "핏ㅅ내를 잊은 여우 이리 등속이 사슴 토기와 더불어 싸리ㅅ순 칡순을 찾아 함께 즐거이 뛰는 날"(「香峴」)에서 나타나듯 동물과 짐승이 인간과 함께 노는, 꽃과 새와 짐승과 인간이 한 자리에 앉아 곱게 사는 날, 구약 이사야서에 나타나는 메시아 재림의 날로 짐작할 수 있을 뿐이다. 그러나 미적 기능을 우선으로 하는 시에서 그런 날들을 명확히 제시할 필요는 없는 법이고, 오히려 몇 가지로 짐작될 수 있도록 절묘한 균형을 획득하고 있는 것이 특징이다.

그런데 우리가 하나 더 유념해 볼 것은 일반적으로 박두진의 시에서 '그 날'에 대한 기대와 정신은 생성의 힘을 본질적으로 가지는 자연의 속성과 어울려 미래지향적인 성격을 띠는 것으로 알려져 있으나, 일부 시에서는 오히려 옛것에 대한 지향을 가지고 있다는 것이다. 특히 같은 기쁨의 날을 노래했다고 여겨지는 「푸른 하늘아래」와 「어서 너는 오너라」에서 "춤을추며 노래하며 즐기자. 울며 즐기자.", "우리 옛날을 옛날을 딩굴어 보자."에서 드러나는데, 이는 다른 시편들에서 보이는 명확히 예기된 미래의 시점과는 정확히 배치된다. 이 옛날은

> 나는 이런 푸섶에 떠러졌을 금 날개쭉지를 생각하며, 옛날 어릴쩍 童話가 그립다.
>
> —「푸른 숲에서」 부분

와 같은 구절에서는 유년의 시절로 구체화되다가,

> 너무 고요하여 외롭게 나는 太古! 태고에 놓여 있다
>
> ――「雪岳賦」 부분

에서는 태고로까지 소급된다. 여기서 '옛날' 은 훼손되기 이전의 순결한 상태를 나타낸다고 보여지는데, 원형에 대한 동경이 그의 시에 내재해있음을 보여주는 것이다. 이런 양상이 이른바 문장파의 尙古主義에 닿아 있는지는 더 많은 고찰을 필요로 하고 있지만[28], 그의 자연 속에는 미래에의 예기 못지 않게 옛날로의 회귀 혹은 낙원회복 의식이 드러나고 있음은 주목할 만한 일이다. 이는 특히 그가 꿈꾸는 유토피아가 전통적인 우리의 농촌이나 동양의 무릉도원과 닮아 있는 것과도 관련이 있다.

> 복사꽃이 피었다고 일러라. 살구꽃이 피었다고 일러라. 너이 오래 정드리고 살다 간집 함부로 함부로 짓밟힌 울타리에 앵도꽃도 오얏꽃도 피었다고 일러라. 낮이면 벌떼와 나비가 날고, 밤이면 소쩍새가 울더라고 일러라
>
> ――「어서 너는 오너라」 부분

이 시의 청자 '철이' 는 서정주의 「密語」에 나오는 '돌아간 남' 이와 같이 죽은 사람으로 설정되어 있다. 별들 구슬피 헤어지고 별들 서로 정답게 모이는, 아마 광복일 듯 싶은 새로운 시대가 도래했는데, 흩어졌던 형과 아우, 친구들도 다 돌아왔는데, 이 기쁨을 같이 맛보지 못하는 존재인 '철이' 에게 화자는, 복사꽃 살구꽃도 피고 푸른 보리밭에 남풍은 불고,

---

28 전통주의에 관한 것으로는 차원현, 「1930년대 중·후반기에 전통론에 나타난 민족이념에 관한 연구」, 『민족문학사연구』 24, 민족문화사 연구소, 2004 참조.

젖빛 구름 속 종달새가 우는 향기로운 언덕에서 풀피리 불고 봉새춤을 추고 옛날을 뒹굴자는 것이다. 그는 일제말기의 약육강식의 전쟁과 다툼 속에서도 좌절하거나 절망하지 않고 새로운 세계의 도래에 대한 꿈과 기다림의 결실로서 얻은 세계이다. 그러나 이 밝고 힘찬 자연은 기독교적인 자연이라기보다는 원시적 자연의 형태로 드러나고 있다는 데 특징이 있다. 복사꽃 살구꽃 핀 언덕은 가깝게는 한국의 토속적인 자연이며 멀게는 무릉도원이라는 동양적인 세계에 그 뿌리를 두고 있다. 이곳은 아울러 훼손되기 이전의 '옛날'의 향수가 존재하는 곳이기도 하다. 박두진은 한국의 토속적인 산과 나무와 짐승들로 심상을 구축한다. 거기에는 아울러 한국의 서민이 숨쉬고 있다.

우리는 여기서 기독교적인 낙원의식이 드러나고 있다고 평가되는 「香峴」에서 나타나는, 시적 화자가 오래 품고 응시했던, 도래할 그날에 펼쳐질 그 언덕(香峴)이 "젖빛 구름 보오얀 구름속에 종달새" 울고 "옛날을 딩굴어 보자"고 권하는 "기름진 향기로운 언덕"(「어서 너는 오너라」)과 같은 속성으로 귀결되고 있음을 확인할 수 있다. 이 두 가지 의식지향이 서로 상승작용을 함으로써 박두진의 시는 소홀치 않은 미학적인 깊이를 가진다. 이렇듯 여러 양상이 수렴되면서도 하나로 환원되기를 거부하는 깊이와 다양성을 가진 박두진 시의 감각과 미학, 윤리는 다른 시인과 구별되는 그의 시의 특징을 형성하고 있다.

2-3 이념적 진리와 자연 이미지의 결합
— 해 · 별 · 달의 상상세계와 시작 지속의 원리

이 절에서는 앞 절에서 제기된 문제의식을 확장하여 박두진 시의 상상세계를 구성하고 있는 인자인 해와 별과 달 이미지가 박두진의 시에서 어떤 양상으로 기능하고 있는지, 아울러 이러한 그의 상상력과 정신이 그의 시작에 어떤 요인으로 작용하고 있는지를 살펴보기로 한다.

박두진에게 해와 달, 별은 자연적 이미지이면서 이념적 진리로 작용한다는 특징을 가지고 있다. 그것은 그의 시에서 우주 속에 편만해 있고 그 속에 내재되어 있으면서도 그 위에 초월해 있는 하나의 법칙으로 기능한다는 것이다. 그런데 이러한 이미지들은 두 요소들이 균형 있게 상호작용하지 않고 단순하게 표현했을 때에는 낡고 뻔한 지시적 기호가 되고 만다. 그러나 박두진은 그것을 풍부한 열정과 결합시켜 효과적으로 사용함으로써 개성적인 세계를 열어나가고 있다.

먼저 해의 상상력에 대하여 살펴보기로 한다.

앞에서 살펴보았던 것과는 달리 순환적 시간관보다 기독교적인 의식이 압도적으로 강렬할 때 박두진의 시에서 해의 이미지, 즉 밝음의 세계는 내적으로 분출되기도 한다. 이는 흔히 박두진 시의 기독교적인 세계관을 이야기할 때 인용되는 「香峴」이라는 작품에서 나타난다.

아랫도리 다박솔 깔린 山 넘어 그 넘엇 山 안 보이어, 내 마음 둥둥 구름을 타다.

우뚝 솟은 山, 묵중히 엎드린 山, 골골이 長松 들어섰고, 머루 다랫넝쿨 바위 엉서리에 얽혔고, 샅샅이 떡갈나무 윽새풀 우거진데, 너구리, 여우, 사슴, 山토끼, 오소리, 도마뱀, 능구리 等 실로 무수한 짐승을 지니인

山, 山, 山들! 累巨萬年 너희들 침묵이 흠뻑 지리함즉 하매,

山이여! 장차 너희 솟아난 봉우리에, 엎드린 마루에, 확 확 치밀어 오를 火焰을 내 기다려도 좋으랴?

핏내를 잊은 여우, 이리 등속이 사슴, 토끼와 더불어 사리ㅅ순 칡순을 찾아

함께 즐거이 뛰는 날을, 믿고 길이 기다려도 좋으랴?

—「香峴」전문

    이 시에서 우리는 대자연의 품속에서 자라 산과 호흡을 하며 살아온 시인 자신이 마침내 산의 짐승들조차도 어느덧 그의 다정한 이웃이나 친구가 되는 단계, 나아가 산이 우리가 보고 느끼는 것에 그치지 않고 시인의 세계가 되고 우주가 되기까지 오랜 시간을 기다린 응시 끝에 산의 존재성을 발상하고 있는 것[29]을 볼 수 있다. 특히 3, 4연의 몇 마디 대화는 산의 내부에 파고들어 산의 본질을 파악하고 있음을 여실히 증명한다. 아울러 누거만년의 침묵을 깨트리고 확 확 치밀어 오를 화염을 기다리는 심정은 시작의 완숙을 끝까지 기다리는 태도와도 일치한다. 그래서 이 시는 「墓地頌」과 함께 그의 시작과정을 가장 잘 보여주는 시편이라 할 수 있다. 박두진의 시적 태도는 김동리가 禪이라고 말한 그런 지겨울 정도로 깊은 묵상과 응시의 소산의 결정체라 할 수 있다. 오래 산을 응시하는 사이에 산의 정기가 그의 시정신 속에 스며 모든 짐승을 보고, 침묵을 보고, 마침내 누거만년 뒤의 미래를 산의 내부에서 보는 입체성은 거기서 연유한다. 이를 더욱 구체적으로 보자.

    해의 변용으로 드러나는 '화염'은 산이 그 내부에 배태하고 있으면서도 전적으로 죽음의 세계를 극복하는 의미의 신앙적, 초시대적 태양, 「雪岳賦」식의 표현으로라면 "다른 태양"으로 기능한다. 미래에 대한 전망이 보이지 않는 암담한 현실, 즉 주체성이 부정적인 힘에 의하여 가려진 시대의 삶은 죽음의 의미로 짓누른다. 이를 들어 올릴 힘이 내적으로 발산

---

29 김광림, 『오늘의 詩學』, 새문사, 1979, 23~24면.

하는데, 이가 바로 '화염', '다른 태양'의 이미지인 것이다. 그런 점에서 박두진의 시에서 해의 이미지는 시대적인 어둠이 깊고 부정의식이 강고 하면 할수록 더욱 뜨겁게 부활과 초월을 노래하는 역설과 치열성을 내장 하고 있는 것이다.

지리한 침묵의 산을 확 확 치밀어오를 화염의 산으로 비약시키는 이러 한 자세는 현실문제와도 결합되어 있다고 할 수 있는데, 박두진은 이를 효과적으로 달성하기 위해 우뚝 솟은 산과 그 산에서 자라는 식물을 효과 적으로 묘사하고 있다. 즉 이 시에서 산의 이미지는 위로 향하는 수직 상 승 운동의 이미지이다. "우뚝 솟은 산" "확 확 치밀어오를 화염"을 내뿜 는 이 진취적이고 수직적인 이미지에 식물의 줄기가 햇빛이 강한 위쪽으 로 자라는 향일성의 식물성 시어를 배치함으로써 이념적 진리와 자연 이 미지는 효과적으로 결합될 수 있는 것이다. 싸릿순과 칡순과 같은 식물은 빛을 향해 솟구쳐오르는 생명성의 상징으로 작용한다. 이 생명력의 호흡 에 기대어 화해의 날을 믿고 기다리는 이념성이 깔리는 것이다.

해의 이미지는 어둠에서 밝음에의 기대로 나아가는 『靑鹿集』의 시편들 뿐만 아니라 그의 이후 시들을 일관하는 시적 긴장으로 작용[30]하고 있는 가장 중요한 상상력의 동인인데 한결같이 이념적 진리를 위해 이미지가 동원된 것이 아니라 "조용하고 조심스런 긴장이" 아주 포괄적이고 근원 적이고 민족과 인류, 현재와 영원, 미래를 포괄할 수 있는 이념적 진리인 이상과 결합된다는 특징[31]을 지닌다.

별의 이미지는 시인의 인생관을 비춰주는 거울의 역할을 한다. 즉, 팍

---

30 김응교, 앞의 논문, 10면
31 박두진, 「詩의 運命」, 앞의 책, 663면

팍한 삶을 살아가는 시인에게 그 삶의 어려움을 초극하는 힘, 혹은 인류가 하나 될 수 있다는 궁극적인 믿음으로 기능한다. 그가 믿고 바라는 이상은 "무덤 속에서 다시 부활"하거나 "도 하나 다른 태양"을 대망하는 데만 그치는 것이 아니라, 모든 인류와 동물 짐승이 공생공존하는 하나의 이상을 실현하는 데 있다. 별은 캄캄함 속에서도 또렷하게 눈을 뜨고 있다. 그래서 별은 대체로 밤과 함께 그의 시 구절에서 나온다.

㉮ 그러나 하늘엔 별 별들이 남아 있다

—「푸른 하늘아래」 부분

㉯ 황혼과 함께
　이어 별과 밤은 오리니

—「道峰」 부분

㉰ 이제 나의 이 오늘밤 산장에도 얼어붙은 바람 속 우러르는 나의 하늘에
　별들은 쓸리며 다시 꽃과 같이 난만하여라

—「별」 부분

㉱ 일월을 우러러,
　성신을 우러러,

　다만 여기 한,
　이름 없는 산기슭에,

　퍼지는 파문처럼,
　작고 내 고운
　연륜은 늘어간다.

—「年輪」 부분

⤷ 별들 구슬피 헤어지고 별들 서로 정답게 모이는 날

— 「어서 너는 오너라」 부분

㉮~㉤까지 별에 나타나는 의미는 거의 비슷하다. 그것은 아무 것도 의지할 수 없는 현실에서도 별은 최후 희망의 보루라는 것이다. 하늘에 별이 있는 한 희망을 버리지 않겠다는 것은 어떠한 경우가 있어도 소망을 버리지 않겠다는 것과 같다. 같은 맥락으로 ㉮시는 희망을 포기하지 말아야 할 이유를 날마다 돋는 하늘의 별을 통해 찾고 있다. ㉯시에서 별은 암담한 현실 속에서도 구원을 바라는 외로운 심경을 대변하고 있으며, ㉰시에서는 하늘이 얼어붙는 고독을 이기게 하는 힘으로 꽃과 같이 난만한 별을 들고 있다. 즉, 천상의 별은 지상의 꽃 이미지로 연결된다. 아울러 ㉱시에서는 고독한 세월을 오로지 '성신에의 신앙'[32)]으로 일관해 온 인생역정을 읽을 수 있다. ㉲시에서 별은 사람과 등가관계에 놓일 정도로 친근성을 보인다.

우리는 여기서 '별'이 박두진의 현실의 간고와 고독을 견디는 매개가 되었음을 인식할 수 있다. 무엇보다 우리는 박두진이 이러한 이념적 지향을 몽상을 통해 효과적으로 표현하고 있는데서 그 개성을 확인할 수 있다. 이는 별의 이미지가 꽃의 이미지와 만나는 데서 드러나는데, 이러한 인식은 하늘의 정원에 피어 있는 꽃과 인간의 정원에 피어 있는 꽃을 몽상 안에서 결합하는 박두진의 균형의식의 소산이라 할 수 있다. 물론 이 '별'은 '해'보다 포괄적이고 중층적인 의미는 미약한 편이다.

달의 이미지는 박두진의 시에서 많이 나타나지 않는다. 주로 해와 별과

---

32 조연현, 「박두진」, 『박두진』, 서강대학교출판부, 1996, 21면.

함께 같은 의미로 나타나거나("일월을 우러러/성신을 우러러"—「年輪」), 달빛·달밤과 결합되면서 부정적으로 나타난다.("달 밝은 밤 있는 것 다 아 잠들어 괴괴—한 보름밤"—「흰 薔薇와 白合꽃을 흔들며」) 우리는 여기서 달이 홀로 쓰일 때는 긍정적으로, 달빛과 달밤 등으로 변용되면서 부정적으로 쓰이는 것을 알 수 있다. 이는 초기시를 집약하고 그의 개인 시집의 표제시가 된 「해」의 "달밤이 싫여 달밤이 싫여 눈물 같은 골짜기의 달밤이 싫여" 같은 구절처럼 눈물과 결합되면서 해와는 대조되는 부정적인 이미지가 되는 것을 통해서도 알 수 있다. 달밤은 밝음과 어둠의 중간 상태인 희뿌연 상태이며 동물들과도 어울릴 수 없는 시간이기에 싫다.[33] 즉 달밤이 부정적인 속성으로 나타나는 것은 해의 밝음을 강조하기 위한 것이다. 우리는 여기서 박두진이 '달/달밤'의 미묘한 대조를 통해 '생명의 빛/죽음의 빛'이라는 균형의식을 획득하고 있음은 물론, 현실의 어둠을 달밤으로 미래의 밝음을 해로 보는 미학을 가지고 있음은 물론, 현실의 어둠을 달밤으로 미래의 밝음을 해로 보는 미학을 가지고 있음을 알 수 있고, 나아가 달은 해가 밝은 세계로 나아가게 하는 매개 역할을 한다는 것을 확인할 수 있다.

박두진의 시에서 해와 별의 상상력은 중요하고도 빈번하게 차용되는데, 그중에서도 해의 상상력이 역동적으로 작용하면서 그의 시의 특질을 구현한다. 해는 "다른 태양"으로 제시될 때는 죽음을 극복하는 메시아의 재림 혹은 부활, 자연사와 인간사를 이끌어가는 이념적 진리의 표상으로 나타났고, 밝음과 봄볕의 이미지로 구현될 때는 모든 물상들에 생명을 부여하여 소생시키는 기능을 수행한다. 아울러 별은 어려운 현실을 견디게

---

33 홍신선, 「상승과 초월의 변증법」, 『朴斗鎭韓國現代詩文學大系』 20, 지식산업사, 1983, 258면.

해 주는 힘으로, 자연에 대한 소박하고 단순한 경이와 존엄으로 빈번히 나타났으며, 이는 결국 모두가 하나 되는 날에 대한 신념으로 이끌어주는 기능을 수행한다. 달은 주로 달밤과 달빛의 양상으로 표출되면서 부정적인 기능을 한다.

해와 별 이미지에서 보듯 박두진이 기대하고 있는 해방이나 유토피아, 메시아의 재림, 온 인류와 동물 짐승이 하나가 되는 날은 쉽사리 도달할 수 있는 세계가 아니다. 그것은 오히려 영원히 유예될 수밖에 없는 속성을 가지고 있다고 말할 수도 있는데, 이런 속성이 박두진 시세계의 변화보다는 지속성을 유지하는 계기가 될 수 있다. 이를 암시하는 구절을 우리는 「薔薇의 노래」라는 시편에서 확인할 수 있다.

> 다만 깊이
> 내 안에 가꾸어 온 것
> 붉은 薔薇는—
>
> 언제 새로 바라는 하늘이 열려
> 찬란히 트이는
> 아침에사 피리라.
>
> 다섯 뭍과 여섯 바다에
> 일제히 人類가 合唱을 부르는 날
>
> 그때사 마저 내 또 머언 곳에
> 외로이 설지라도
>
> 나의 詩 애끼는 나의 눈물은
> 스스로의 薔薇 우에
> 玲瓏히 다시 이슬 지어 빛나리라.
>
> —「薔薇의 노래」 부분

이 시는 자전적인 기록이면서 자신의 詩作에 관한 이야기로 읽을 수 있다. 자연과 부모의 품 안에서 자라던 시절을 벗어나 바람 부는 벌판에서 떠돌며 살아온 그에게는 황폐한 현실 때문에 자신의 내면에 가꾸어 온 장미는 아직 피어나지 않았다. 언제 새로이 하늘이 열리는 날, 즉 모든 인류가 행복하고 평화롭게 살 수 있는 날에야 필 것이다. 이 날은 현실적으로 해방이 되는 날이라고도 할 수 있다. 그러나 시인은 그때가 마지막이라는 생각을 하지 아니한다. 그때마저도 외롭게 서서 눈물 같은 시를 영롱하게 빚어내겠다는 결심을 하고 있는 것이다. 이처럼 시인은 기다림을 예비하고 있기에 해방이나 즐거운 날은 당연한 것으로 받아들여진다. 아울러 이런 시작 태도는 '그날'은 '영원한 과정 중일 뿐, 도달하기 어렵다는 인식을 그 근저에 깔고 있다. 그러기에 그는 해방공간에서도 정지용이나 이용악 시인같이 자신의 세계를 흩트리지 않고 지속적으로 자신의 노래를 부를 수 있었던 것이다.

3. 결론

본고는 그동안의 논의에서 결락되었다고 판단되는 문제들, 즉 박두진의 시세계가 기독교적인 신앙시로 규정할 수 없는 여러 양상들을 시편들을 통해 논증하고 박두진 시의 중요한 요소와 동력들을 재고해 볼 목적으로 집필되었다.

박두진이 스스로 자신의 시에 대하여 남긴 말은 그의 시의 입체성을 이해하는 데 도움을 줄 수 있다.

> 당시에 써진 시로서 어느것 하나가 정치적 충격에서 안 출발한 것이 없고, 어느것 하나가 자연을 소재로 한 것이 아닌 것이 없었으며, 어느것 하나가 기

독교적인 이상을 내용으로 안 한 것이 없었으되, 묘하게도 신앙시라는 범주에 넣을만한 그러한 것은 써지지 않았습니다.

이는 역설적으로 그의 시가 자연, 정치적 현실, 기독교적인 이상 등의 여러 이질적인 요소들이 결합되어 새로운 질서를 형성하고 있음을 의미한다. 사실 종말론을 가정하고 있는 기독교의 직선적인 시간관은 모든 만물들은 반복하면서 재생한다는 동양의 순환적 시간과는 대치된다. 그러나 그 이질적인 사고들은 '자연' 속에서 융합될 수 있다. 박두진은 기독교라는 한정된 테두리를 정하지 않고 한국적, 동양적인 사고와 의식의 패턴을 자연스럽게 수용함으로써 원숙한 경지를 이루어나간다. 따라서 기독교적인 세계관을 가지고 있다고 판단되는 작품들에서도 그것이 한국적, 토속적 자연의 세계와 결부되어 새로운 양상으로 승화된다.

아울러 이는 유토피아 의식에서도 드러나는데, 박두진의 유토피아는 미래와 과거, 메시아 재림의 날과 훼손되기 이전의 '옛날'이 공존한다. 그것은 그의 세계가 일관성을 가지고 있지 않다는 이야기가 아니다. 오히려 그것을 다양하게 함으로써 하나로서는 수렴될 수 없는 미학적 특징을 담지하면서 시의 입체성 확보에 커다란 기여를 한다고 할 수 있다.

박두진은 자연을 삶의 반대편에 두는 소극적인 자연감각을 쇄신하며 나왔다. 그의 자연은 동양과 서양, 빛과 어둠, 현실과 이상, 죽음과 부활 등 이원적 대립항의 갈등이 극복되어 긍정의 의식공간을 마련할 수 있었으며, 이미지들은 개인의 체험을 드러낼 뿐만 아니라 민족, 나아가 우주에까지 닿아 있는 불멸의 생명의욕으로 기능한다.

그의 시는 밤과 꽃, 달의 상상력이 표상하는 소극적, 여성적 세계에 머문 일제 하의 우리 시의 기본정조를 태양과 생성하는 자연이라는 남성적 상상력으로 분출시키면서, 자연과 종교적인 세계를 융합시켜 놓았다는 점, 그리고 현실인식에 있어서도 투철하면서 정신사적인 면에서도 이 당의 지사적인 시인들의 맥락을 계승하고 이후 나타난 비판적 지성의 시인들의 선구적인 위치를 가진다는 점에서 주목할 수 있다.

그러나 박두진 시가 미학적으로 성공할 때는 서로 양립될 수 없는 가치가 서로 결합되고 조응하면서 새로운 미적 가치로 승화될 때이며, 이것이 박두진의 시의 감각이자, 미학이며 윤리이다. 이 감각이 새로운 존재론과 윤리를 가능케 하는 에너지를 제공한다. 차이가 나면서 동시에 겹치고 서로를 밀어내면서 받아들이는 것이 그의 성공적인 시의 긴장이자 특징이다. 이것이 결핍되어 관념이 승하거나 어느 한쪽으로 치우치면 평면적으로 떨어진다는 것을 그의 시를 통해 확인할 수 있다.

서정주 시와 산문에 나타난 김범부의 영향

1. 문제의 제기

이 글은 한국시의 역사상 '영원성'의 미학을 독자적인 미적 영역으로
올려놓았다고 평가되는 서정주 시의 뿌리를 밝히는 것을 목적으로 하고
있다. 흔히 서정주의 영원성의 미학에는 신라정신이 있다고 말한다. 그러
나 그 신라정신의 근원이 어디에서 발원되고 있는가에 대한 연구는 미진
하다.

이 글은 이러한 전제 아래서 김범부의 정신이 서정주 미학의 가장 중요
한 근원으로 작용했으며 서정주는 이러한 시적 기반을 바탕으로 삼아 평
생에 걸쳐 정치한 사유와 감각, 그리고 경험으로 자신의 세계를 형성해나
갔다는 것을 해명하려고 한다.

서정주는 문학여정의 출발기부터 김동리의 필생의 동반자이자 경쟁자
였다. 그런데 그가 동리의 백씨인 범부의 제자인 것을 아는 사람은 흔치
않다. 범부를 일컬어 "하늘 밑에서는 제일로 밝던 머리"(서정주, 「新羅의

祭主 가시나니」[1])라고 했던 이가 서정주였다. 범부는 서정주의 시정신과 의식의 지도에 있어서 매우 큰 위치를 차지하는 인물이라는 것을 알 수 있다. 그렇다면 하늘 아래서 할 수 있는 최상의 평가를 내렸던 서정주는 정작 김범부로부터 어떤 정신적, 문학적 영향을 받았을까.

이는 다음 자료에서 나타난다.

> 서정주가 그의 제자였고, 김동리와 서정주의 문학세계에 공통된 '불교적 세계관과 한국적인 것에 대한 모색은 그에게서 흘러나온 것'이다.[2])

그런데 이 두 사람 배후에 있는 김범부라는 사람을 잘 봐야 해요. 이 사람은 때를 잘못 만나서 그렇지, 참 천재였다고. 풍류도를 어떻게 해서든 현대화시켜보려고 애를 썼던 사람이라. 건국 초기에 국민윤리 같은 걸 보면 어떻게 해서든 화랑도, 풍류도에서 국민윤리의 기본을 파악하려고 애를 썼던 사람이에요. 동학에 대해서도 깊은 이해를 가졌던 사람이라고. 고대 풍류도의 부활이라든가, 샤머니즘에 대한 재평가, 신선도에 대한 재평가 등 아주 중요한 사람이에요.[3])

> 그(김범부: 인용자)는 그의 동생 김동리의 영향권에 있는 문인들의 대부 역할을 했을 뿐만 아니라 그들의 문학에 일정한 방향 표지판 역할을 해 주었다. 이는 1950년대 한국문학을 휩쓴 신라정신이 실은 김범부의 『삼국유사』 지식과 그가 태어나고 자라난 경주에 대한 사랑이 버물린 독자적 상상 세계였다는 점을 안다면 쉽사리 이해될 수 있으리라 생각한다. 김동리의 「화랑의 후예」를 비롯하여 서정주의 『신라초』, 유치환, 박목월, 김상옥 등의 「계림시편」이 그것으

---

1 김범부, 『화랑외사』, 이문사, 1981, 1면.
2 조선일보, 2006.3.13. 보도.
3 김지하, 『문학동네』, 1998. 겨울.

로서, 거기에는 직간접으로 김범부가 추구하던 신라 혹은 동양의 이미지가 아름답게 수놓아져 있다.[4]

이러한 기록은 김범부의 사상에 대한 더 깊은 천착의 필요성은 물론 그와 서정주의 관련성에 대한 연구를 개진시켜 나가야 할 과제를 우리에게 제시한다.

그러나 김범부에게서 받은 전적인 영향을 서정주는 쉽게 드러내지 않는다. 그가 대담에서 한 신라문화에 대한 언급, "신라문화, 즉 우리나라를 통일할 수 있었던 능력을 가졌던 문화적 영향을 지성인이라면 누구나 추구하기 마련"[5]이라고 하여 범부에게서 받은 영향을 에둘러가고 있다는 인상을 남긴다. 또한 그가 남긴 산문에도 김범부에 대한 언급은 소략할 뿐이다. 이는 시 창작에서 특히 두드러지는데 그가 스스로 고른 시전집에서조차도 「범산 선생 추도시」 같은 시는 실려 있는 데 반해 김범부 선생 추도시는 빠져 있다. 그렇다고 해도 서정주의 김범부로 부터의 영향은 간과할 수 없다는 것이 필자의 판단이다.

필자는 이런 문제의식에서, 서정주의 시가 받은 범부의 영향을 고찰해 보려고 한다.

2. 김범부의 사상과 서정주의 영향관계

이 장에서는 먼저 김범부 사상의 핵심적인 면을 드러내고 서정주에게 끼친 영향을 살펴보기로 한다.

---

4 최하림, 「'꽃잎처럼 떨어진 신라' 김범부」, 『시인을 찾아서』, 프레스21, 1999, 78면.
5 서정주―김정숙 대담, 김정숙 앞의 책, 169면.

2-1 김범부의 사상과 동방인의 사고원리
— 풍류도와 신라문화, 그리고 음양론

김범부의 사상은 우선 동방사상이라 이름할 수 있다. 이 동방은 서방문화의 중심은 泰西(서양) 가운데서도 서쪽인 서구 즉 遠西(Far West)라는 공간적 개념에 동방문화의 중심을 泰東 가운데서도 동쪽인 遠東(Far East)으로 대칭되는 것이다. 김범부는 이 중에서도 한국을 동방 문화의 중심으로 보고 있다.

김범부는 방대한 동양사상의 제문제를 통하여 한국정신의 근본을 파악하려고 노력했다. 그리하여 그가 찾아낸 것은 풍류도를 근간으로 하는 풍류정신과 신라문화이다.[6] 김범부는 우리 한국인에게도 동서양의 철학과 같은 사유의 방법이 없었는가, 그들과 겨룰 수 있는 사상이나 정신은 없었는가 하는 문제를 고민하였고 거기서 풍류정신과 신라문화를 발견한 것이다. 그에게 있어 이 정신과 문화는 서양문명이 가지고 있는 인간성 상실의 돌파구를 찾는 것으로 기능했다. 그는 서양 문명체계의 문제점이 인간성을 상실한 데 있다고 보았다.[7] 그는 이 인간성의 회복을 동방사상에서 발견해야 한다고 했다. 그가 일반적으로 알려진 바와 같이 주역에 통달했다고 하는 것은 동방사상의 원류인 『주역』에서부터 그의 과제들을 풀어가려 했다는 논증을 할 수 있는 것이다. 그는 노자, 장자, 공자, 맹자, 염계의 태극도설, 주자의 이기설, 단학, 仙道 등을 많이 인용하였다.

특히 그는 최치원의 「鸞郞碑序」의 風流를 해석하면서

6 김범부, 「풍류정신과 신라문화─풍류도론서설」, 한국사상, 고구려문화사 간, 1960, 98~109면.
7 김범부, 「음양론」, 풍류정신, 정음사, 1986, 113면.

이 풍류도의 정신이 이미 儒佛仙의 성격을 포함한 것이거니와 여기 하나 중
대문제가 들어 있는 것은 풍류도가 이미 유불선 이전의 고유정신일진대는 유
불선적 성격의 각면을 내포한 동시에 그보다도 유불선이 소유하지 않은 오직
풍류도만의 고유한 특색이 있는 것이다. 그런데 이 鸞碑의 단편적 구절에는 이
것이 언급되지 못했으니 과연 천고의 유감이다…… <u>風流道는 그 정신이 이미
三敎의 성격을 포함했고 또 삼교이외에 독특한 한 개의 성격을 가진 것이다. 이
것이 과연 玄妙한 風流道란 것인데, 이것을 모르고는 花郎을 모르는 것이고 新
羅文化를 모르는 것이고, 新羅史를 모르는 것이고, 韓國文化를 모르는 것이다.</u>[8]
(밑줄 필자)

라고 하여 한국문화의 본질과 핵심 속에 풍류도를 위치시키고 있으며 이
것은 화랑정신과 신라문화의 중핵이고 또한 지금은 우리의 혈맥 속에 잠
들어 있지만 이의 부활을 통해 우리 민족문화가 부활할 것이라는 생각을
확고히 가지고 있다. 그의 이러한 생각은 화랑정신의 현재적 계승을 통해
민족적 미래의 구현과 사회주의와 자본주의에 대한 비판적 대안으로서의
동양적 가치를 구현하기 위한 확고한 이론적 체계로 구축된다. 그것은
『花郎外史』가 6 · 25 전쟁시에 "흐트러진 인심과 정신적 양식에 굶주린 군
인들에게 심적 지표를 마련해 주기 위하여 海軍政訓監室에서 간행"[9]되었
다는 사실에서도 드러난다. 김범부의 풍류정신을 요약하면 다음과 같다.

　　風流道=儒 +佛 +仙+@
　　風流道=花郎(정신)=新羅文化=韓國文化

　　여기서 우리는 유불선이 소유하지 못한 풍류도만의 고유한 특색이 무

8　김범부, 「풍류정신과 신라문화─풍류도론서설」, 한국사상, 고구려문화사, 1960, 109면.
9　『花郎外史』 중간서.

엇인가를 생각해 볼 필요가 있다. 그것은 자세한 기록이 남아 있지 않아 정확한 검증은 할 수 없으나 신선도와 샤머니즘이었을 것으로 보인다. 그는 민족문화의 원형에 해당하는 풍류도의 재평가와 현대적 이해에 그의 역량을 쏟아부었다.

『정치철학특강』(1986, 이문출판사)에서도 그는 자본주의와 사회주의를 동시에 비판하면서 이를 배태한 근대적 세계관을 넘어설 수 있는 대안으로 화랑도의 풍류정신에 입각한 민족국가의 구상을 기본 대의로 삼았다. 김범부는 신라사 속의 화랑도에서 우리 민족의 진로를 생각했던 것이다.

그렇다면 김범부가 생각한 동방인의 사고원리는 무엇인가. 그는 음양론(陰陽論)에서 그 원리를 찾고 있다.

> 陰陽論은 陰陽論이지 理氣論은 아니다. 理氣論은 宋 이후에 성립된 것이다. 동방에 또 하나의 형이 있으니 有와 無의 관찰법이다. 이 有·無는 또한 空·色이 아니다. 이러한 空色·物心 밖에 陰陽으로 해설하는 것이 동방인의 사고원리이다.[10]

우리는 화랑에 대한 논리 역시 이 글에 포함되어 있다는 점을 상기할 필요가 있다. 범부는 화랑의 사고원리 또한 음양론으로 파악했던 것이다.

2-2 '陰'의 세계와 서정주의 시

서정주의 시는 범부의 음양론 중 陰의 세계에 천착한다. 이는 "소설이 육체를 가지고 '太陽(槪念─陽)'의 방향으로 나아간다면, 시는 육체를 거세하여 '巫祝(陰影─陰)'의 측면으로 나아간다. …… 시의 가장 중요한

---

10 김범부, 「음양론」, 풍류정신, 정음사, 1986, 119면.

기능은 '宇宙의 魂'을 읊는 일이다. 따라서 소설이 보다 더 '社會參與'에 적응된다면 시는 본질적으로 '宇宙參與'에 맞다."는 김동리의 논리[11]와 도 궤적을 같이한다. 서정주는 범부 사상의 중심에 놓인 화랑을 자신의 필생의 시적 원리로 정립한다. 흔히 영통 혹은 영원주의로 통칭되는 서정 주의 시세계는 스스로 화랑(무당)이 되어 죽은 자의 세계와 산 자의 세계 를 매개하는 방식으로 현현된다. 서정주는 이 세계에 들어감으로써 영원 인으로서 삶, 즉 '宇宙參與'에 동참할 수 있게 되는 것이다.

"그대 하늘끝 호올로 가신 님아"로 끝나는 「歸蜀途」는 이러한 서정주 의 시세계를 상징적으로 드러낸다. 이는 그의 첫시집 『花蛇集』이나 두 번 째 시집 『귀촉도』는 물론 이후 신라정신으로 나아가는 과정에는 "죽은 자 와 산 자를 연결하는" 혼교(魂轎)와 영통(靈通)이 자리잡고 있기 때문이 다.[12] 서정주는 이후의 시세계에서도 스스로 샤먼이 되어 산 자의 세계 와 죽은 자의 세계를 잇고자 하는 노력을 지속한다. 이 방식은 서정주 시 세계의 원형이라고 할 수 있다.

이와 관련하여서는 『서정주문학전집』 2권~5권에 나오는 여러 자료와, 특히 그가 1960년 교수자격 심사논문으로 제출한 「신라연구」[13]를 통해 확인할 수 있는데, 범부의 영향은 현실인식(「문학작품의 현실이란 것」, 전집 2), 영원성(『미당산문』), 역사의식(「역사의식의 자각」, 『현대문학』,

---

11 김동리, 「後記」, 『바위』, 일지사, 1973, 146면.

12 서정주, 「짝사랑의 역정」, 『미당자서전』 2, 민음사, 1994, 223~224면.

13 서정주, 「문학작품의 현실이란 것」, 『서정주문학전집』 2, 일지사, 1972, 286~287면. 「신라연구」는 현재 국립중앙도서관, 고려대 도서관, 영남대 도서관이 보관하고 있으나 국 립중앙도서관 보관자료는 '종장 신라의 영원인' 부분이 2면 결락되어 있다. 이에 대한 자 료와 해석은 진창영, 「서정주 자료 신라연구의 문학적 성격」, 『우리 시의 신라정신과 노 장의 생태주의』, 국학자료원, 2007 참조.

서정주 시와 산문에 나타난 김범부의 영향

• • •
331

1964.9), 영통주의(「내 마음의 현황」, 전집 5), 새로운 시의 미학(전집 2) 등 그의 시의 바탕은 물론 방법의 거의 모든 부분에 미치고 있는데, 이러한 세계는 다시 말하거니와 범부의 음양론 중 음의 세계를 그가 받은 다른 문학적 자양과 결합하여 변용한 결과로 얻은 소산이다.

그는 "1951년의 전주 피난시절과 1951~1953년의 광주 피난시절, …… 『삼국유사』 속 관주 친 곳에서 내가 얻은 것은 특히 죽은 자의 마음과 산 자의 마음을 연결하는 그 신라식 혼교이다. 몇백 년이든 상관없이 전화하듯 통화하고 있는 그 신라식 불교의 영통(靈通)이라는 것이다. 이 이미 매장된 고대 사유 고대감응의 방식들은 참 아름다운 불교적 은유의 가관 속에 나를 매혹하기 족했다."[14]고 하고 있지만, 앞에서 살핀 것과 같이 이미 범부의 음양론에서 영향을 받아 그런 생각을 지속적으로 이어온 것이다. 그만큼 김범부는 서정주 미학의 뿌리로서 지대한 영향을 끼친 것으로 보인다.[15]

「新羅硏究」의 각 장(서장 신라인의 천지, 1장 노인헌화가, 2장 구름, 3장 해와 달, 4장 별, 5장 신선, 6장 신라의 상품, 7장 춤, 8장 처녀, 9장 가난, 10장 피리와 노래, 11장 영, 12장 정치, 13장 사랑 1, 14장 사랑 2, 15장 부모와 자녀들, 16장 형제, 종장 신라의 영원인;16장 형제는 사선으로 지워버림)은 김범부의 사상을 근저로 서정주의 심미적 감흥과 사유가 더하여 이룩된 소작이다. 이 논문의 핵심부분이라 할 수 있는 '종장 신라의

---

14 서정주, 「짝사랑의 역정」, 『미당자서전』 2, 민음사, 1994, 223~224면.
15 물론 김범부만이 영향을 끼쳤다고 보지는 않는다. 박현수는 그 저변에 범부와 최남선, 그리고 신채호와 같은 거대한 사상사적 흐름이 존재하고 있음을 상정하고 있다. 박현수, 「서정주와 미학적 기획으로서의 신라정신—사소 모티브를 중심으로」, 『한국근대문학연구』, 제14호, 2006.10.

영원인'에서 우리는 그것을 여실히 짐작할 수 있다.

서정주는 우선 현실주의와 과학주의 폐단을 지적하고 있는데 이는 김범부가 서양의 문명체계를 인간성을 상실한 데 있다고 보고 그 대안을 동방학 그중에서도 풍류도의 신라정신에서 찾고 있는 점과 같다.

천오백년 내지 천 년 전에는
金剛山을 오르는 젊은이들을 위해
별은, 그 발 밑에 내려와서 길을 쓸고 있었다.
그러나 宋學 이후, 그것은 다시 올라가서
치켜든 손보다 더 높은 데 자리하더니
開化日本人들이 와서 이 손과 별 사이를 허무로 도벽해 놓았다
그것을 나는 單身으로 側近하여
내 육체의 광맥을 통해, 십이지장까지 끌어갔으나
거기 끊어진 곳이 있었던가,
오늘 새벽에도 별은 또 거기서 逸脫했다.
逸脫했다가는 또 내려와
貫流하고 貫流하다간 또 거기 가서 逸脫한다.
腸을 꿰매야겠다.

— 서정주, 「韓國星史略」 전문

이 시에는 서정주의 시대와 역사에 대한 통찰이 드러나고 있다. 이 시의 초반부 3행은 바로 「彗星歌」에 나오는 "세 화랑의 산 구경 오심을 듣고/달도 부지런히 등불을 켜는데/길 쓸 별을 바라보고"라는 구절에서 따온 것이다. 서정주에게 신라는 인간과 자연이 완전히 합일되는 그런 세계였다. 그러나 송학(宋學, 주자학)은 로고스 혹은 관념을 자연과는 대립되는 개념으로 보았기에 인간과 자연(별) 사이의 거리가 멀어졌던("치켜든 손보다 더 높은 데 자리하더니") 것이다. 더욱 중심문화를 서구의 과학정신으로 삼는 일제강점의 제국주의 시기에는 이러한 폐단이 더욱 심해져

서 자연과 인간 사이에는 한 치도 볼 수 없는 허무로 도벽되어 있을 정도이다. 결국 서정주는 우리의 중세와 근세의 중심문화를 과학정신으로 규정하고 그것의 대안을 신라문화에서 찾으려고 한다.

이러한 서정주의 역사 관찰법은, "송학(宋學) 즉 정주학(程朱學) 내지 주자학(朱子學)의 이기설(理氣說)은 실패한 학설이며 매우 편협하고 우리 민족에 쓸데없는 부담만 주었다"고 질타하고, "특히 조선조가 유교를 국교로 하면서 송학(宋學)을 유일한 종강(宗綱)으로 삼고 살풍경하게 만들었다", "陰陽論은 陰陽論이지 理氣論은 아니다. 理氣論은 宋 이후에 성립된 것이다."라고 설파[16]한 김범부의 견해를 그대로 시적으로 형상화하고 있는 것이다.[17] 우리는 여기서 김범부의 역사인식과 서정주의 그것이 거의 동일하다는 사실을 확인할 수 있다. 서정주는 그만큼 범부 사상의 핵심적인 부분에서 영향을 직접적으로 받고 있는 것이다.

그러나 서정주는 인간과 자연이 하나가 되는 세계로의 복귀를 스스로의 참여를 통하여 실현하려고 한다. 바로 자연(별)을 자신의 몸(십이지장) 속으로 끌어들이는 행위이다.("그것을 나는 단신(單身)으로 측근하여/내 육체의 광맥을 통해, 십이지장까지 끌어갔으나") 그것은 쉽사리 도달될 수 있는 세계는 아니다. 단신으로 자연을 끌어안는 행위의 어려움을 그는 관류와 일탈, 장의 터짐과 꿰맴이라는 용어를 사용하여 빈틈없이 묘사한다. 이러한 시적 행위는 김범부에게서 촉발된 동양정신에 자신이 직접 뛰어드는 엄청난 모험을 수반하고 있다는 점만으로도 여타 시인들과는 구

---

16 김범부, 『풍류정신』, 정음사, 1986, 119면, 134~138면.
17 그렇다고 범부가 유학을 모두 배격한 것은 아니었다. 그는 원시유학을 매우 존중했으며, 유학 중 至情의 세계를 매우 중시했다. 이런 정신이 서정주에게도 많은 영향을 미쳐 그의 시 창작에 근원적인 요소로 작용했다고 판단된다. 이에 대해서는 뒤에서 논의하기로 한다.

분되는 미학을 성취하고 있을 뿐만 아니라 그 영향관계를 넘어 서는 부분까지 나아갔다고 할 수 있다. 그러나 이 역시 넓게 보면 자신이 화랑이 되어 인간과 자연을 매개하는 방식으로 우주참여에 동참하는, 범부의 음양론 중 음의 세계에 해당한다.

필자는 범부 사상의 영향이 첫시집에서부터 나타난다고 판단한다. 이는 성적, 관능적 열정으로 충만해 있는 그리스적 육체성의 언어와 거침이 없는 방임, 자학적인 자기 비하, 그리고 본능의 세계를 다룬 시집『花蛇集』의「復活」이라는 시에서 이미 죽은 자와 산 자를 연결하는 신라적 의미의 영통의 이미지가 드러나며 자신을 두고 "오랫동안 나는 잘못 살았"다고 하며 고유의 전통을 노래하겠다는「水帶洞詩」가 산출되는 데서 확인된다.「復活」에서 삶의 세계로 되돌아 온 넋과 살아 있는 자가 만나는 그 영적인 만남은 우리의 무속신앙의 뼈대가 되는 관념이다. 이때 우리는 그렇게 강력한 저항과 위반, 일탈의 행동을 일삼던 그가 왜 한순간에 외래사상을 버리고 민족의 과거경험에서 지혜를 구하는 우리의 사상을 받아들였는가 하는 문제에 부딪힌다. 보들레르와 니체를 비롯한 서구사상에 대한 환상을 일시에 버리고 민족적 에너지의 원천을 찾아 침잠하고 있는가 하는 의문은 쉽사리 해결될 수 있는 문제가 아니다. 서정주에게는 어머니와 친할머니, 외할머니, 그리고 소꿉친구인 서운니 등의 영매자(靈媒者)가 있었다. 이들은 서정주 시의 바탕에 중요한 역할을 한다. 그들은 바로 김범부가 이론화하고 있는 우리 정신의 구현자들이었다고 할 수 있기 때문이다. 서정주에게는 어머니와 친할머니, 소꿉친구 서운니 등과 같은 풍부한 인물들과 함께 이들을 하나의 상상체계로 묶을 수 있는 김범부라는 인물이 동시에 존재했기에 그런 사상을 시로 형상화해나갈 수 있었다고 판단된다. 그러지 않았으면 그리스적 육체성의 언어에서 그렇게 쉽게 다른 길로 들어설 수는 없었을 것이고, 이들이 풍류도와 신라정신의 세계로 수렴될 수 없었을 것이다. 서정주는 가족과 이웃의 풍부한 경험과 함께 이들을 하나의 사상체계로 묶을 수 있는 스승과의 만남을 이른 시기에 수행하고 있었던 것이다.

① 동리보다 범부 선생을 만나는 것을 즐겼기 때문에 거기 더러 약국에 갔던 것이다.[18]

② 대학강의가 채 다 못 풀던 소슬한 이해의 관문을 열어주던 이도 바로 이 분이었다. 범부 선생 같은 이 아니었으면 또 나 같은 사람의 작정도 어려웠을 것만 같은 것이다.[19]

③ 이미 젊은 서정주, 배상기들은 사랑하는 그의 사형 김범부의 街頭 철학적인 위엄에 영향을 받고, 그는 그의 형을 한 번도 형이라고 부르지 못하고 선생이라고 부를 만큼 기괴한 복종을 한 것과[20]

이 자료들을 검토해 볼 때 김범부와 서정주의 만남은 1934년부터[21] 본격적으로 있었고 이후 지속적으로 이루어졌다고 보는 것이 맞다. ①에서 보듯 김동리와 교류를 쌓기 전 서정주는 이미 선학원을 들락거리면서 범부와 친해진 상태였다.[22] 선학원에서 범부를 만났다고 해서 서정주가 범부로부터 불교의 영향만을 받았다고 생각해서는 안 된다. 범부는 정통불교인이 아니었고 다만 절을 편안하게 느끼고 좋아하는 사람이었을 따름

---

18 김정숙, 『김동리 삶과 문학』, 집문당, 1996, 143면.
19 서정주, 「凡父 金鼎卨 선생의 일」, 『미당산문』, 민음사, 1993, 227~230면.
20 백철, 「35년대의 문단상황과 김동리문학론의 의의」, 『동리문학연구』, 서라벌예술대학, 1973, 84면.
21 "내가 그 어른과 처음 만난 것은 1934년의 정월인가 2월, 그의 나이는 이미 서른여덟 살이 되어 있었는데"(『샘터』 1975. 9. 여기서는 진교훈, 「범부 김정설의 생애와 사상」에서 재인용.)
22 서정주, 「단발령」, 『미당자서전』 2, 민음사, 1994.

이다. 그런 범부에게서 서정주는 제도교육이 근접할 수 없었던 본질적인 사상, 유불선 삼교와 화랑정신을 비롯한 우리 것에 대한 박학한 지식을 습득했던 것이다. ②에서 드러나듯 서정주가 체득한 정신은 학교 교실과 같은 시스템을 통해 만들어지고 다듬어진 것이 결코 아니었다. 그것은 교실에 앉아서 정해진 시간마다 정해진 과목을 배우고 열심히 공부하여 시험을 치르고 학위를 받고 하는 규정된 교육의 테두리에 구속되어 있는 것이 아니라는 말이다. 서정주에게 김범부는 제도권 교육이 담당할 수 없는 부분을 채워주었던, 제도권 교육보다 상위에 놓인 진정한 스승이고 일상적 생활감각 속에서도 동경의 대상이 되었다는 것을 짐작할 수 있다. 서정주의 말을 문면 그대로 받아들이자면 범부 없이는 서정주 정신의 밑그림("나 같은 사람의 작정") 형성도 어려웠다는 뜻이 된다. 그렇다면 서정주가 '작정'이라고 일컫는 시의 가장 중요한 화두는 무엇일까. 그것은 우리 역사와 우리 고유의 사상을 바라보는 눈이며 그것의 핵심에는 '풍류정신'이 자리잡고 있다. 그러면 서정주는 어떻게 이런 정신을 그에게서 체득할 수 있었을까. 범부의 공부는 당시에 이미 유불선(儒佛仙)에 두루 미치고 있었고 동과 서를 가로지르고 있었으며, 1920년대에 이미 그 자신이 풍류정신의 부활이라고 믿고 있었던 동학에 대한 관심이 나타나고 있었다.[23] 그리고 그 자신이 다름 아닌 풍류도인이었으며 현대판 화랑의 삶을 살았[24]던 사람이다. 그런 점에서 서정주가 범부 선생을 만난 일은 서정주 시의 광맥 형성에 가장 중요하고도 근원적인 자리에 놓인다. 물론 이때 범부의 필생의 연구 과제였던 '풍류도'에 대한 이해가 완성된 것은

---

23 김정근, 「凡父의 서당 공부와 '청강'에 대한 해석」, 『풍류정신의 사람 金凡父의 삶을 찾아서』, 선인, 2010, 199면.
24 김정근, 「凡父와 東學」, 『풍류정신의 사람 金凡父의 삶을 찾아서』, 선인, 2010, 112면.

아니었다. 하지만 그 중요한 얼개는 이미 형성되었다고 본다. 그것이 서정주가 일생 동안 그를 따르고 닮고자 했던 위인으로서 김범부가 놓이는 자리이다. 서정주가 조시에서 표현한 "新羅의 大祭主"라는 말에는 김범부가 新羅─慶州─花郞 개념의 중요성을 부각시킨 선각자[25]라는 뜻이 함축되어 있다. 그만큼 서정주의 신라정신은 범부에게 바탕을 두고 있으며, "선생님의 마음을 받아 담아 우리 길이 불고 가오리니"(서정주, 「新羅의 祭主 가시나니」) 라고 하여 자신이 그의 사상을 문학적으로 형상화하겠다는 의지표명을 분명히 하고 있다.

서정주의 시는 매우 이른 시기부터 기성의 틀에 매어 있지 않았다. 그의 정신은 이미 아득한 땅과 하늘끝, 먼 과거와 미래에 닿아 있었다. 이러한 먼 안목과 정신세계는 앞에서 언급하였지만 범부 「陰陽論」 중 '陰'의 세계로부터 촉발되어 나타났다고 하는 것이 타당하다고 본다.

아울러 서정주의 유소년기 향리의 정신갈래에 대한 이해도 알고 보면 유불선과 풍류정신에 기초해 있다.

> 審美派의 힘으로 흥청거리고 잘 놀고 노래하고 춤추고, 儒者들의 덕으로 다스리고 지키고, 神仙派의 덕으로 답답지 않은 소슬한 기운을 유지하면서, 아직도 일본이 가져온 신문화의 혜택에선 멀리 그 전 그대로의 전통 속에 있었다. …… 佛敎徒도 내 할머니 속에도 어느 만큼 있었던 것과 같이 딴 사람들 속에도 더러 깃들이어 있긴 있었을 것이나 그걸 눈에 띄게 나타내는 사람은 없었다.
> 그 때 나는 이런 세 갈래의 정신 속에서 내 열 살까지의 유년시절을 다져, 그 뒤의 소년시절의 기초를 닦지 않을 수 없었다.[26]

서정주의 향리인 질마재, 우리나라 어느 곳에서나 존재할 수 있는 이름

---

25 최재목, 「凡父 金鼎卨 연구의 현황과 과제」, 『범부 김정설 연구논문자료집』, 선인, 2010, 18면.
26 서정주, 「질마재」, 『서정주문학전집』 3, 일지사, 1973, 31면.

없는 하나의 시골마을에서 서정주는 儒佛仙과 샤머니즘[27]의 정신갈래를 발견한다. 이는 이 마을의 정신갈래 이기 이전에 우리 고유의 정신이다. 정확히 말하면 우리 고유의 정신갈래의 축소판이며 체현장이라 할 수 있다. 서정주의 이런 해석이 의미를 띠는 것은 이들의 삶이 어떤 특정 계층에 한정된 것이 아니라 마을 공동체 어디서나 발견될 수 있는 양상이라는 것이다. 이런 세 갈래의 정신은 돌연히 등장한 것이 아니라 화랑 이래로 면면히 발전해 와서 오늘에 이른 것이다. 그렇다면 서정주에게 질마재는 재발견된 신라, 즉 신라가 아직 살아 있는 곳으로 기능한다.

서정주 자신이 "이런 세 갈래의 정신 속에서 내 열 살까지의 유년시절을 다져, 그 뒤의 소년시절의 기초를 닦지 않을 수 없었다."고 말하고 있지만, 그것은 어디까지나 풍류정신을 체득하고 난 후일에 유추된 사실일 따름이다. 서정주는 김범부의 지론대로 유불선 삼교의 정신이 상대의 신라의 화랑으로부터 전승되어 내려온 것으로 판단한다. 이것은 문헌 이외의 그 배면에 자자손손이 생활을 통해서 내리 계승되어왔다는 것이다. 이는 서정주의 박목월 시 해석에도 그대로 적용되는 것이다. 서정주는 박목월의 시 중에서 특히 「나그네」를 해석하면서 "이 남방 향토 정서에는 여러 가지 요소가 있겠지만, 그중에서도 일종의 풍류정신, 즉 여유 있게 사물에 구애되지 않고 사물 밖에 초연해 있는 그런 정신이 그 중의 한 중요한 요소를 이루고 있다고도 할 것이다."라고 하면서 이것은 "신라의 화랑도로부터 전승되어 내려온 것이 아닌가 생각된다."고 언급한다.[28] 이러

27 심미파를 서정주는 멋내길 좋아하고 또 건달패이기도 했던 사람들이라고 정의하고 있다. 서정주, 위의 책, 같은 면.
28 서정주, 「자연파와 그들의 시」, 『서정주문학전집』 3, 일지사, 1973, 230면.

한 생각의 단초들은 "신라의 쇠망과 더불어 풍류도도 함께 시들어 역사의 후면으로 사라지게 되었고, 천년이 지난 오늘날에 그 보배로움을 알고 다시 그 본질을 밝혀내려 한 범부"[29] 사상의 맥락과 그대로 일치한다고 할 수 있다.

2-3 유가적 덕목과 '至情'의 세계

서정주 시에 나타나는 유가적 덕목, 그중에서도 아버지와 자식 간의 간절한 정이 드러나는 부분은 범부의 '至情'의 영향을 받은 것으로 보인다.

> 내 고향 아버님 山所 옆에서 캐어온 난초에는
> 내 장래를 반도 안심 못하고 숨 거두신 아버님의
> 반도 채 못 감긴 두 눈이 들어 있다.
> 내 이 난초 보며 으시시한 이 황혼을
> 반도 안심 못하는 자식들 앞일 생각다가
> 또 반도 눈 안 감기어 멀룩 멀룩 눈감으면
> 내 자식들도 이 난초에서 그런 나를 볼 것인가.
>
> 아니, 내 못 보았고, 또 못 볼 것이지만
> 이 난초에는 그런 내 할아버지와 증조할아버지의 눈,
> 또 내 아들과 손자 증손자들의 눈도
> 그렇게 들어있는 것이고, 들어 있을 것인가.
>
> — 서정주, 「고향난초」 전문

이 시에서 시인은 증조할아버지와 증손자 사이에 끼어 있다. 그것은 영원성과 연속성과 연결된다. 그러나 그 밑바닥에 깔려 있는 정신은 아버지

---

29 이완재, 「凡父先生과 東方思想」, 『범부 김정설 연구논문자료집』, 선인, 2010, 103면.

가 나에게 그랬듯이 나 역시 어린 자식을 두고 떠나야 하는 애틋한 정서이다. 그것은 말하자면 씨앗 간수가 참 걱정된다는 자식에 대한 아버지의 진한 부정(父情)이다. 그 부정이 영원을 지향하는 정신과 엄숙성을 아울러 지향한다. 그 엄숙성이 지정(至情)의 정신이다. 이 정신은 이미 "가난이야 한낱 襤褸에 지내지 않는다."(「無等을 보며」)라는 아버지의 목소리로 나타났다. 「無等을 보며」에는 내외들이 서로 이해하고 연민을 느끼며 새끼들을 기르는 일, 이보다 더 소중한 일은 없다는 인식이 깔려 있다. 이러한 자식사랑을 바탕에 둔 내외간의 사랑에 견주면 우리를 조금 불편하게 하는 가난이나 고난은 정말 하찮은 것일 수밖에 없다. 서정주는 특히 가정을 책임지고 이끌어나가는 것이 얼마나 소중한가 하는 점을 일깨우면서 연민을 내세운다.

김범부는 나라 만들기의 구상을 대중강연이라는 형식으로 풀어낸 「국민윤리특강」에서 '지정'을 두고 "어떤 조작을 배제하는 자연적인 경향"이라고 하고 "우리는 常情에서 출발해야 하"며 "至情이라는 것은 이러한 常情이 간절한 곳에 있는 것"이라고 하며, "父母가 子息을 사랑하지 않을래야 않을 수 없고 또 밉게 생각할래야 미워지지 않"는 것[30]이라 한다.

「고향난초」는 죽음을 목전에 두고 있는 아버지의 절박한 심정이 드러난다. 이는 김범부의 지정의 정신이 서정주 식으로 육화된 대표적인 시라 할 수 있다. 이 시에는 자식의 장래를 안심하지 못하는 아버지의 마음이 서정주의 유교적 씨족의식, 발전된 영생주의와 결합하여 육화된다. 아버지는 자식의 장래를 안심하지 못하고 자손들은 그 아버지의 뜻을 잊지 않고 이어가며 번창하는 일, 이것이 서정주의 영생주의의 한 모습이다. 지

---

30 김범부, 「국민윤리 특강」, 『화랑외사』, 이문사, 1981, 236면.

정은 혈연에 의한 영생으로 승화되는 것이다. 아들을 향한 강렬한 애정. 이처럼 절박한 감정을 지정이라고 한 김범부의 사상을 서정주는 영생주의로 강화하고 있다. 이렇게 강화된 영원성은 서정주 시의 핵심적인 원리요 특징이라 할 수 있다.

그러나 영원성도 그 근원에서 보면 김범부 정신의 원류에서 그리 동떨어진 개념이 아니라 할 수 있다. 서정주가 영원인의 예로 삼는 혁거세의 어머니 사소부인, 치술령 신모가 된 박제상의 부인 등 신모, 그리고 선덕여왕은 선도(仙道)가 한반도에서 생긴 우리의 고유사상이라고 주창한 김범부 사상의 맥락에서 이해할 수 있는 형상이며, 전생과 내생 등도 앞서 살핀 바대로 범부의 음양론과의 관련성 속에서 해명될 수 있다. 아울러 신라인들이 가지고 있었던 그 정신을 오늘날에 계승한 인물이 떠돌이, 낭인(이것은 서정주의 시집『떠돌이의 시』의 대표적인 정서이다.)이며『질마재 신화』에서 나오는 상가수, 머슴 등의 비범한 인물 역시 화랑→화랭이→무당→걸립패, 仙人→山人으로 바뀌었다는 범부의 인식과 크게 멀지 않다. 이런 점에서 살펴보더라도 범부의 사상은 김동리에게서와 마찬가지로 서정주의 세계관과 내면세계에서 원형질을 이루고 있다고 할 수 있다.

3. 김범부 사상과 서정주 문학의 동일성과 차별성
— 결론을 대신하여

서정주에게 신라는 인간과 자연이 하나가 된 특징을 가지게 하고, 영원주의의 원천이 되며, 눈앞의 현실이라는 차원의 인간적 유한성의 벽을 극복하게 하며, 장대한 미학적 스케일로서 근대의 폐쇄적인 시공간을 초월하는 새로운 가능성을 보여주었다는 점, 그것이 구체적으로는 현실의 어려움을 너그럽게 참고 견디는 견인주의적 자세를 낳게 하는 데로 이르게 된다.

말하자면 신라인들이 지니고 있었던 현실인식은 이성과 감성의 분리, 자아와 세계의 분열, 세속과 신성의 단절을 극복하고 화해시키는 사유로서의 미학적 인식의 모델이 되었던 것으로 판단된다.

서정주의 이러한 미학은 목전의 현실을 에둘러가기, 체념 등의 정서를 산출하고 있으나 현실에 구체적으로 뿌리를 내리기 어려운 양상을 가지고 있었다.

김범부가 "화랑정신의 원천을 탐구해서 국민도덕의 원천으로 삼아야 한다"[31]는 뚜렷한 목적의식과 지향을 갖고 있었던 데 반하여, 서정주가 도달한 '영원인'으로서의 미학은 구체적 현실에 착반하기 어려운 특징을 가지고 있다. 말하자면 김범부는 과거의 정신을 구체적 현실 가운데서 일으켜 세운데 반하여 서정주는 宇宙參與를 통한 영혼의 소통 문제를 강조함으로써 한국시사에서 유례가 없는 영원성의 치열한 탐구라는 개성을 이룩할 수는 있었지만 그것이 일상의 보편적인 현실에는 굳건히 뿌리내리지 못했던 것이다. 이를 조금 더 구체적으로 살펴보기 위하여 우리는 김동리의 경우를 서정주와 비교해볼 수 있다.

김동리와 서정주는 김범부 선생의 사상에서 뻗어나온 두 갈래의 지류라 할 수 있다. 「白鷺」에서도 드러나듯이, 김동리의 생래적 작가 감각은 시 방면에 있지 않았다. 달리 말하면 김동리가 시로서 담아낼 수 없었던 것은 바로 서구사상과의 도저한 대결의식이었다.[32] 서구사상과의 도저한 대결의식으로 인하여 김동리의 소설은 소설일 수 있는 것이며, 이 대

---

31 김범부, 『風流精神』, 정음사, 1986, 2면.
32 예컨대 『詩人部落』에 실린 「간이 간이는 다시 없네」라든가 「호을로무어라중얼거리며가느뇨」를 보면 이는 확연히 드러난다.

결의식이 배제되어 버린다면 이는 "巫祝(陰影—陰)"의 세계로 기울어 "宇宙參與"의 기능을 담당하는 시의 영역에 머무를 따름이다. 이는 '화랑(무당)'이라는 소재 자체가 "巫祝(陰影—陰)"의 요소를 가지고는 있지만, 김동리 자신이 하나의 '화랑(무당)'이 되어 "신과 마주앉"기는 어렵다는 뜻이 된다. 김동리는 이를 통해 이 땅의 전통에서 태어난 우리의 운명과 맞대면하고 기성평론가들에 대한 반비판을 사상의 차원으로까지 격상시켰으며 기존의 문단에 팽배하고 있던 환멸을 돌파할 수 있었고, 이를 소설로 형상화할 수 있었다.

이런 점에서 김동리가 문학을 소설 장르와 시 장르로 나누어 각각 "太陽(概念—陽)"과 "巫祝(陰影—陰)", 그러니까 陽陰으로 접근하는 것은 흥미롭게 다가온다. 그러니까 김동리는 범부의 사상을 문학 장르에 대한 인식으로까지 적극적으로 끌어갔던 셈이라고 볼 수 있다. 장르에 대한 이런 방식의 인식이 가능해진 것은 반대편에 서정주가 마치 거울처럼 존재하여 시의 세계에 머물렀기 때문이다.

이것이 스스로 '화랑(무당)'이 되어 죽은 자의 세계와 산 자의 세계를 매개했던 서정주에게 못 미치는 김동리의 측면이기도 하다. 확실히 김동리의 소설세계에는 "宇宙參與"(시)의 요소가 있기는 하다. 그럼에도 인간의 육체를 가진 무당(화랑)의 삶이 신과의 소통보다 더욱 중요하게 설정되어 있기에 시의 영역으로 넘어가지 않고 소설의 영역에 머무를 수 있었다.

반면에 서정주는 죽은 자와 산 자의 혼교와 영통, 오늘이 아니라 영원을 사는 문제에 더 깊이 천착하였기 때문에 시의 장르로 나아갈 수밖에 없었다. 이는 김동리가 말하는 "육체를 거세한 영혼"의 세계와 직접 연결된다고 하겠다.

둘 다 김범부 사상의 핵심인 화랑정신을 바탕으로 문학세계를 구축했음에도 불구하고 한 사람은 인간의 육체 문제를, 다른 한 사람은 영혼의 소통 문제를 강조한 작품을 산출했다. 김동리는 서구사상과의 적극적 대결의지 속에서 전통을 계승하려고 했는데, 이때 서구사상과의 대결은 그 물질적 결과인 현실과의 대결까지가 포함된다. 김동리가 제국주의 일본에 타협할 수 없었던 까닭이 여기에 있다. 그는 근대화로 나아간 일본의 논리가 서구사상의 아류임을 파악하고 있었던 것이다. 그러나 현실보다는 죽은 자를 불러내어 자신의 옆에 두고자 하는 서정주의 태도는 현실의 복합적인 논리를 파악하기에는 역부족이었던 것으로 보인다. 김동리는 그의 백씨인 김범부에게서 유교를 통한 항일적 정신을 공감과 실천의 차원으로 공유할 수 있었다면, 서정주에게는 이러한 정신적 자산마저 없었다. 일제를 물리치고 나를 찾는 것이 현실과 일상 속에서 사람으로서 행할 수 있는 최선의 길이라 믿고 박차고 일어나는 기질이 김범부와 김동리에게는 있었지만 서정주에게는 없었던 것이다. 이러한 사정이 시대 이해와 대응에 무기력할 수밖에 없는 한계로 작용한다. 한때지만 친일로 나아간 서정주의 오류는 여기에 있었다고 할 수 있다.

　지금까지의 논의를 요약하면 다음과 같다. 김범부는 한국문화의 본질을 풍류정신과 신라문화로 보고, 동방인의 사고원리를 음양론으로 파악한다. 아울러 김범부는 이들 정신이 지금은 우리의 혈맥 속에 잠들어 있지만 그 속에 민족의 나아갈 방향이 있으며 이의 부활을 통해 우리 민족문화가 부활할 것이라는 확고한 믿음을 견지한다. 서정주는 김범부의 이런 관점을 첫시집 『花蛇集』시기부터 받아들여 시 창작활동의 원류로 삼는다. 신라를 오늘날 우리가 받아들여야 할 이상국가의 모델로 생각하고 신라문화와 풍류정신의 세계를 심도있게 천착한다든가, 근대화 이전 그의 고향마을의 정신을 유학파, 심미파, 신선파 등의 세 갈래로 분류하는 것은 다 김범부 사상의 영향이라 할 수 있다. 시「韓國星史略」은 김범부 정신의 요약판이라 할 수 있을 정도로 김범부의 세계관과 흡사하고,「고 향난초」는 김범부의 '至情'의 세계의 영향이라 파악된다. 특히 서정주는 김범부가 동방인의 사고원리로 파악한 음양론 중 '陰의 세계'에 천착한 다. 서정주가 평생 동안 견지하여 왔던 영원성의 미학, 즉 죽은 자와 산 자의 혼교와 영통, 오늘이 아니라 영원을 사는 문제에 더 깊이 관심을 가 진 것은 그 예이다. 영원성에 대한 평생에 걸친 노력 끝에 서정주는 미학 적으로 한국 최고 수준의 작품을 산출할 수 있었지만 현실의 복합적인 논 리를 파악하는 데는 부족함이 있었다. 비록 일시적이기는 했지만 그의 친 일도 그런 맥락에서 연유한다고 본다.

함석헌의 시와 시 정신의 양상에 대한 연구

1. 문제의 제기

함석헌은 참으로 이채로운 인물이다. 그는 정인보와 함께 1930년대부터 '윤리적인 개인주의 사상'을 열어나간 사상가로 알려져 있다. 그는 당시 식민지로 전락한 현실의 극복을 '고난'에서 찾아낸다. 그는 조국의 가혹한 현실은 하나님이 우리를 단련시키는 과정이고, 고난이야말로 하나님께 나아가는 가장 좋은 기회로 생각하고 역사 속에 드러난 하나님의 뜻을 객관 차원에서 해석하는 작업을 수행했다. 이때 함석헌이 택한 중심교의가 '고난'이었다. 뒤에 『뜻으로 본 한국역사』로 제명이 바뀐 『성서적 입장에서 본 조선역사』는 바로 기독교의 신정론을 통해 당대의 상황을 넘어설 수 있는 논리를 제공하였다.

함석헌의 윤리사상이 논리를 갖추게 된 것은 해방 이후, 그가 북한을 탈출하여 남하하여 유영모를 만나게 되면서부터이다. 유영모는 노장사상을 비롯한 동양고전의 시각에서 성경을 연구한 독특한 사상가였다. 함석헌은 유영모의 동양 고전 강의에 참석하면서 삶과 사상 모두에서 결정적인 영향을 받게 된다. 『새 시대의 전망』[1]과 『뜻으로 본 한국역사』(1962)는 그 성숙한 사상의 표명이었다. 함석헌이 윤리요구의 보편성을 강조하는 것은 전체적 현실로부터 분리된 개인을 다시 사회와의 관계를 맺는 존재로 보기 위함이었다. "윤리는 생명적 유기적 통일"이라든가, "윤리는 전체적 현실"이라는 말은 바로 그런 인식을 드러내보여 주는 증거다.[2]

고난으로 인해 정화되는 순수한 인격과 민족성을 통해 세계사의 이상주의로 발전되는 그의 사관에서 우리는 서구 근대의 공리주의 도덕관에 대한 문제제기를 읽는다. 민족의 고난은 그에게 '창부(娼婦)'로 의인화되어 나타난다. 그는 이 엄청난 시련을 벗어나기 위해 민족에게 부여된 신의 섭리를 되찾는 것을 제시한다. 이때 함석헌이 개인 도덕과 사회 윤리와의 종합을 끌어내기 위해 사용한 개념이 '씨올'이다. 함석헌의 윤리사상이 완숙한 모습을 갖추기 위해서는 개체와 전체를 유기적으로 연결 짓는 개념이 필요했는데, '씨올'은 그것을 가능케 하였다.

그런 점에서 나라를 빼앗긴 식민지 시대에 '성서적 입장에서' 보고자한 조선역사가 1950~1060년대를 거쳐 '뜻으로 보는' 한국역사의 콘텐츠로 개편되는 것은 한국 근현대사의 전개과정의 변화양상과 밀접하게 관련된다.

역사 진실의 해명, 곧 '뜻'은 한국사의 보편성과 특이성, 역사의 실천적인 동력을 밝히는 작업이다. 함석헌은 이를 고난사관의 제출과 씨올사상의 확인으로 해결해 나가려 한다. 한국사를 '씨올의 고난'이라는 주어

---

1 함석헌, 『새 시대의 전망』, 백죽문화사, 1959.
2 함석헌, 『함석헌 전집』 2권, 344면.

로써 풀어내려는 함석헌의 지적 모험은 사상가 함석헌뿐만 아니라 시인 함석헌이 하나됨으로써 이룩해낸 것이다.

함석헌은 생전『수평선 넘어』(1953) 한 권의 시집을 남겼다. 그것은 함석헌이 신의주 학생사건의 배후 인물로 지목되어 50일간 감옥에 갇혀 있는 동안 쓰여진 300여 편으로 엮어진『쉰날』이라는 시집이 남하 와중에서 거의 유실되고, 다시『영원의 젊은이』(개성),『장작불』(공주),『기러기』(대전) 등 각 지방에서 프린트물로 읽히기 시작하던 시기를 지나 6 · 25 전쟁 중 부산의 삼협문화사에서 간행된 것이다. 함석헌의 시들은『함석헌 저작집』23(한길사, 2009)에 새로이 발견된 82편을 포함 202편으로 갈무리되어 있다.

그러나 그의 글을 놓고 산문이 어떻고, 운문이 어떻고 따지면서 시인 여부를 가리는 것은 부질없는 일이다. 놀라운 통찰력과 직관력과 시정신으로 썼기 때문에 그것이 비록 외형으로는 산문이라 해도 내면으로는 시가 아닐 수 없다.

이 글에서는 그런 관점에서 함석헌의 사상이 그의 시에 어떻게 녹아있는가를 살펴보고자 한다.

2. 함석헌 시와 시 정신의 양상

함석헌의 시는 영원을 향한 구도의 길에서 거침없이 분출해 나오는 힘찬 영혼이 깃들어 있다. 함석헌의 시는 "내면 탐구와 외면 통찰, 그리고 진리추구에 있어서 참으로 치열"[3]하고 생생한 영혼의 부르짖음임을 일

---

3 박태순, 「시인 함석헌, 사상가 함석헌」, 함석헌 선생 탄신 108주년 기념 심포지엄, 09.4.1, 교보문고.

깨워주는 새로운 예시가 된다. 그는 이미지니 메타포니 형상이니 하는 시적 잔재주를 몰랐고, 또한 시적 잔재주에 신경 쓸 겨를도 없었다. 그렇다고 그의 시에는 거칠고 속되고 투박한 생활언어와 관념어가 거침없이 사용되지는 않는다. 그런 점에서 그의 시는 고도의 조직성과 긴밀성을 생명으로 하는 전통 시문체의 폐쇄형식을 고수하고 있지 시 형식에 대한 개방을 시도하고 있지는 않다.

우리는 먼저 '말'에 대한 그의 인식을 살펴볼 필요가 있다.

2-1 목숨으로서의 말과 문화, 모국의 동일시

그는 혼신의 힘으로 시를 낳는다. 그 때 말 한마디 한마디는 겨우 건져낸 목숨이라 할 수 있다. "한줄을 쓰자면 백 줄을 제 손으로 깎아버려야 한다. 그렇게 해서 간신히 대기 속으로 나온 글, 말도 또 캄캄한 숲속에서 청룡도의 좌충우돌을 겪어야 한다. 그렇게 해서 나온 것이 병신자식이다. 죽다 남은 찌꺼기다. 말 구유 안에 낳아놓았던 자식을, 두 살 이하의 벌거숭이를 피의 폭풍 속에서 겨우 건져내었던 목숨"이다.

시는 또한 '뱅쟁이 썩은 과일'이다. "3대 독자가 병난 지 일곱 달에 미음도 못 먹어 평생에 구경도 못한 과일 한 번 먹어나 보고 죽으라고 피천 한 푼 들고 나온 할머니가 온 종일 아래 위 장판을 스무 번 오르내리다가 해가 질 무렵 한 알 사 가지고 간 뱅쟁이 썩은 과일"[4]이다. 그러기에 말은 표면적으로 드러난 제한된 세계만을 드러내지는 않는다. 모든 관념과 의미가 줄어들 대로 줄어들고 응축되어 있는 것이다. 이는 언어의 귀족주

---

4 함석헌 시집 『수평선 너머』 서문, 여기서는 송현, 『젊은 날에 만나야 할 시인 함석헌』, 명상, 2000. 133면 재인용.

의와는 또 다른 의미로 투박한 언어나마 다듬고 다듬어서 응축된 고갱이로서의 언어를 사용하겠다는 그의 의지가 작용하고 있는 것이다. 그의 모든 시에 나타나는 언어는 바로 이런 의식이 작용으로 사용된 것이다. 편의상 여기서는 여러 작품 중에서 "우리 말을 골라서 오묘한 이치를 설명하는 솜씨와 운율의식"[5], "아름답게 우리말과 글을 다듬고 사용한 시인"[6]으로서의 면모를 엿볼 수 있게 하는 작품 한 편을 골라서 그의 시의 언어의 특징을 살펴보기로 한다.

> 참 찾아 예는 길에 한 참 두 참 쉬지 마라
> 참참이 참아가서 영원한 참 갈 것이니
> 참든 맘 참 참을 보면 가득 참을 얻으리
>
> —「참」 전문

이 시에서 '참'의 의미는 매우 다채롭다. 진실, 잠시 쉬는 동안, 이따금, 참다(忍), 차다(滿)로 다양하게 변화되어 나타난다. 이런 다의성은 언어의 확정성, 언어가 지니는 굳은 체계를 거부하고 현실적 언어에 대한 초월을 가능하게 할 뿐만 아니라, 최소의 말로 최대의 효과를 얻게 한다. 함석헌 시의 언어와 운용방식은 의미의 영역에 새로운 가능성을 제시함으로써 의사소통이나 대상을 재현하는 수단에 머물지 않는다. 그는 왜 이렇게 우리말에, 토착어에 집착하는가. 그는 말에서 말의 문제만을 보지 않는다.

---

5 송현, 『젊은 날에 만나야 할 시인 함석헌』, 명상, 2000, 143면.
6 김경재, 「함석헌의 종교시에 나타난 하느님 이해」, 씨알사상 연구회 정례발표모임, 2004년 11월 13일, 한국교회 100주년기념관, 2면.

말이 말만이 아닙니다. 낱말 하나 밑에 문화의 전 체계가 달려 있습니다.[7]

그는 한국말이나 한글만이 살아나는 것이 아니라 한국이 살아난다고 한다. 결국 앞의 시 '참'이라는 언어의 운용에서 드러나는 것은 우리나라 문화의 요체, 나아가 우리나라 전체가 담겨 있다는 것이다. 언어는 민족의 가슴에서 자란 생명체라는 것이 그의 생각이다. 말은 생명이요 사랑이다. "죽은 어머니의 귓청을 두드리며 '어머니' 하는 것은 말을 듣자는 것이 아니라, 목숨을 듣자는 것이고, 어머니를 깨우려면 어머니의 말로 해야 한다."고 한다. 여기서 '어머니' '어머니 말'은 바로 '모국', '모어'를 상징한다는 것은 자명한 일이다. 함석헌에게 있어 우리 말은 우리의 토양이 낳은, 우리의 토양에서 생산된 생명체이다. "우리의 주체성을 찾기 위해 우리의 '나'를 찾기 위해 잃었던 말을 찾아야 한다"고 주장한다.[8]

그의 시의 언어에서 고려해야 할 또 다른 외적 환경은 사회적 배경이다. 그는 가장 순수한 우리말을 쓰지만 우리의 시대 현실에 어떻게 맞서는가를 항상 의식하고 있다. 이는 그의 언어가 처했던 상황과 무관하지 않다고 할 것이다. 그의 시는 건너가기 어려운 현실에서 개인이 어떻게 행동해야 하는가 하는 당위를 항상 생각한다. 이러한 경향을 통해 함석헌의 시는 우리 주변에서 보는 전통적인 서정시의 어법과, 집단적인 속성으로서의 어법 모두와의 차별성을 획득하는 것이다.

이 시에서 그런 의식이 이 시대의 개인 씨올들이 가져야 할 속성으로서의 '참'이야말로 모든 형태의 '윤리적 허무주의'와 대결을 가능케 했고,

---

7 함석헌, 「씨올」, 『새벽을 기다리는 마음』, 동광출판사, 1977, 110면.
8 함석헌, 위의 책, 112면.

동시에 탈정치화된 보수주의가 기대게 되는 국가주의, 경제상의 이익을 좇는 공리주의 민족운동가가 기대게 되는 경제주의, 이 모든 것을 넘어서는 힘으로 기능하게 되는 것이다. 그런 점에서 여기서 사용된 언어는 예지의 언어이기도 하다. 그런데 이 '참' 의식은 우리 조국의 역사를 통찰할 때 특히 유효하다.

2-2 민족적 고난의식의 형상화

그는 1930년대에 일찍이 당시 식민지로 전락한 현실에 대해서도 단순히 옛시대의 영광을 재현하고자 하는 낭만적인 시각으로 이 문제를 해결하려 하지 않았다. "유행식의 광휘있는 조국의 역사"[9]를 가르친다고 해도 그 때 얻는 감격은 순간일 뿐만 아니라 심지어 허위의식만 불러일으킬 수 있다. 오히려 그는 역사 속의 비애의 발견이야말로 한국사에서 일관된 의미를 발견하게 해주는 계기라고 생각한다.

> 이렇게 오시는 님 내 몰라 바렸으니
> 날 다시 찾은들 내 무슨 낯을 들리
> 님이여 종으로 보고 문간에나 두소서.
>
> 님 떠나가신 뒤 밤이 이리 길고
> 비바람 무슨 일로 그리도 둘러천지
> 기다려 참을 보잔 걸 내 모르고 저바려.
>
> 울고 또 운단들 내 설음 다 하오리
> 깨물고 깨문단들 내 분이 풀리오리
> 님이여 이 아픈 마음을 그 줄이나 아소서

---

9 함석헌, 『성서적 입장에서 본 조선역사』, 41면.

울지 말고 돌아오라 이제라도 아니 늦어
지난 허물 아니보고 새 살림 차려주마,
마음 곧 바친다면야 묶어둘 죄 있으랴.

네 어미 갈보거니 넌들 깨끗할 것이냐,
수정 같은 살을 찾아 하늘 아래 만날 거냐
썩어질 살을 안 보고 마음 찾아 왔노라.

―「뉘우침」 전문

역사는 밝고 빛난 황금시대보다는 어둡고 쇠잔하는 패자의 경우에서 오히려 하나님으로 나아가는 길을 찾는다. 함석헌은 역사의 실패를 "오시는 님을 몰라 바"리는 것으로 인식한다. 그러기에 나는 '종'으로 문간받이가 되어야 마땅하며 내 어미는 '갈보'(창부)이며 나 역시 썩어질 살을 안고 살아가는 존재이다. 그에게 민족의 고난은 이렇듯 '창부'로 의인화되어 나타난다. 민족적 고난의 인식이야말로 모든 윤리과제 중의 으뜸이다.

> 지나간 날 큰 길거리에 앉아 욕을 받던 이 창부는 그 받은 고난으로 인하여 모든 더러움에서 정화된 여왕으로써 장차 어린 양의 가장 적합한 신부가 되기 위하여 준비하고 있을 것이다.[10]

고로(苦勞) 없이 하나님을 찾을 수 없다는 것은 한 개인의 경우나 민족의 경우에나 모두 해당되는 진실이다. 이 시에서 극한적인 죄책에서 한 단계 넘어선 애통은 정화를 위한 단계로서 민족에게 부여된 신의 섭리를 되찾는 지점까지 나아가고 있다. 함석헌은 이렇듯 기독교의 신정론을 통해 고난으로 인해 정화되는 순수한 인격과 민족성을 통해 새로운 세계 이

---

10 함석헌, 앞의 책, 224면.

상 곧 윤리적 근대를 준비하는 것이다.

만 리 길 나서는 길
처자를 내맡기며
맘놓고 갈 만한 사람
그 사람을 그대는 가졌는가.

온 세상 다 나를 버려
마음이 외로울 때도
'저 마음이야' 하고 믿어지는
그 사람을 그대는 가졌는가.

탔던 배 꺼지는 시간
구명대 서로 사양하며
'너만은 제발 살아다오' 할
그 사람을 그대는 가졌는가.

불의의 사형장에서
'다 죽여도 너희 세상 빛 위해
저만은 살려두거라' 일러줄
그 사람을 그대는 가졌는가.

잊지 못할 이 세상을 두고 떠나려 할 때
'너 하나 있으니' 하며
빙긋이 웃고 눈을 감을
그 사람을 그대는 가졌는가.

온 세상의 찬성보다도
'아니' 하고 가만히 머리 흔들 그 한 얼굴 생각에
알뜰한 유혹을 물리치게 되는
그 사람을 그대는 가졌는가.

— 「그 사람을 가졌는가」 전문

• • •

함석헌의 윤리적 개인주의가 도달한 가장 이상적인 인물은 「그 사람을 가졌는가」에 나오는 '그 사람'이라고 할 수 있다. 그러면 그 사람은 누구인가. '그 사람'은 무엇보다 불의에 저항하여 역사를 정화시켜 나가려는 의지를 갖고 있는 사람이다. 함석헌이 셸리의 「서풍에 부치는 노래」를 좋아하게 된 것도 반항정신 때문이다.

> 내가 그를 좋아하는 이유는 다만 그의 불타는 반항정신 때문이다. 그는 타고난 반항아였다. 학교에서도, 사회에서도, 가정에서도, 온갖 구속, 압박, 묵은 것에 대해 죽기로 반항하는 자유혼이었다.[11]

'그 사람'은 세계사의 불의와 한국사의 불의에 저항하여 역사를 정화시켜야 한다는 책무를 가지고 있다. '그 사람'은 사회형성의 기초가 되는 개인이며 그들이 역사의 주체이고, 이를 통해 민족은 수동적인 운명 공동체의 구성원에서 떨어져 나와 스스로 현실을 개혁하는 윤리적 실체가 될 수 있는 것이다. 이 시는 '윤리적인 개인주의'를 체득한 여러 개인들에 대한 이야기일 수도 있고, 한 사람을 상정하여 쓴 시일 수도 있다. 나아가 '나'에게 자문하는 형식이기도 하다. 그런 점에서 이 시를 "대화체의 형식을 취하고 있으나 실제로는 독백형 자문자답 방식의 작품"이라고 보고, "3인칭의 현인과 2인칭의 속인을 일일이 대비해가며 '가졌는가' 질문하는 것이 실은 추궁이고 다짐"이라는 주장[12]은 설득력이 있다. 그러나 어느 경우이든 개체인 개체 속에 민족이라는 전체를 위치시키려는 시인의 의지는 작동하고 있다. 함석헌은 진실한 개인의 발전을 위해서는 결국

---

11 송현, 『젊은 날에 만나야 할 시인 함석헌』, 명상, 2000, 85면에서 재인용.
12 박태순, 「시인 함석헌, 사상가 함석헌」, 함석헌 선생 탄신 108주년 기념 심포지엄, 2009. 4.1, 교보문고.

민족과 같은 전체를 온전하게 만들지 않으면 안 된다고 생각한다. 나아가 이를 위해서는 온전하지 못한 전체를 강조하는 모든 형태의 '집단주의'를 없애야 한다고 한다.[13] 아래의 시는 개인과 민족을 하나의 통합된 전체로 파악하는 함석헌의 유기체 인식이 잘 드러나고 있는 시이다.

> 그 서품에
> 그 바다와 모래밭 만나는 사이
> 그 유와 무의 갈라지는 짬,
> 그 싸움의 오고가는 틈,
> 그 늘 싸우건만 이김도 짐도 없는 선 위에
>
> 늘 들이키건만
> 더 얻음도 없는 선
> 늘 흘러가건만
> 빠져남도 없는 선
> 늘 늘 변하면서 변함없는 선 아닌 선
> 얼마나 많은 물결 거기서 부서진,
> 얼마나 많은 거품 거기서 꺼진,
> 얼마나 많은 모래 거기서 묻힌,
> 얼마나 많은 발자국 났다가 사라진,
> 얼마나 많은 배 거기서 떠나간,
>
> 수없이 많은 그림 여기서 그어진,
> 수없이 많은 음악 여기서 울린,
> 수없이 많은 진주 여기서 닦여난,
> 수없이 많은 얼굴 잃었다 만난,

---

13 "이 집단주의로 해서 개인이 희생되고 있어요. 이건 따지고 보면 전체를 희생시키고 있는 거지. 전체는 개인 안에 있으니까 '집단'이란 개인도 전체도 아니에요. 우리가 국가주의와 싸워야 한다는 것도, 그것이 국가란 이름으로 나타나는 집단주의이기 때문이지." 함석헌, 『함석헌전집』 4권, 356면.

수없이 많은 배 여기와 닿던,

그 선 위에
그 서품에
한 형상 섰네
어부 아닌 어부
호올로 서 있네.

—「수평선 너머」부분

수평선이라는 전체는 물결, 거품, 모래, 발자국, 배, 그림, 음악, 진주, 얼굴 등 셀 수 없이 무수한 개체로 구성되어 있으며, 그 개체는 제 본성을 스스로 다스리고 키워나가는 성질을 가지고 있다. 그러나 이 개체의 완성은 개체의 차원에 머물지 않는다. 역으로 수평선이라는 전체의 존재야말로 개체의 진정한 완성을 가능하게 하는 실체이다. 이런 풍경 속에서 한 형상, 즉 "어부 아닌 어부"가 호올로 서 있다. 이 형상은 육안으로 보이는 어부이기보다는 신적인 실체에 가까운 존재라고 할 수 있다. 이렇듯 함석헌은 전체가 개체 안에 있고 개체가 전체 안에 있는 상태를 자연물을 통해 그림으로써 그의 유기체 인식을 시로서 완성하고 있는 것이다.

이는 함석헌 유기체 사상의 육화라 이름할 수 있는 것이다. 시로서 표현된 그의 사상은 훨씬 더 무르익었고 완숙되어 있다.

2-3 교회와 정치권력의 비판

함석헌의 시는 세상 형편과 교회 모양, 내 처지를 적은 것이라고 스스로 밝히고 있지만, 반항정신과 자유혼을 보여줌은 물론 삶에 대한 깊은 통찰력과 관조, 삶의 본질을 정제된 리듬에 담아낸 씨올들의 노래이다.

절대다수에 대한 비판은 소수자로서의 고독과 고투를 감내하는 것이다. 문제는 이것이 수십년 간 그의 행동을 관류하는 지향이 되었다는 점에 있다.

특히 교회에 대한 비판은 물질과 욕심, 세속화에 대한 비판, 교회 안에만 하나님이 계신다는 것에 대한 반론이며, 모든 권위를 인정하지 않으려는 태도이다.

> 화 있을진저 거짓하는 교회 주의자여
> 돌로 성당을 쌓아놓고
> 돌보다 더 굳은 욕심의 전통을 세워놓고
>
> 그 창에 읽히는 거미줄 같은 교리로
> 사람을 걸어 잡아놓고
> 제사며 연기를 마시고 취하는 자여.
>
> 기독교가 문제지 교회가 문제냐
> 종교가 문제지 기독교가 문제냐
> 인생이 문제지 종교가 문제냐
> 지으신 하느님이지 지어논 인간이냐.
>
> 끄트머리의 끄트머리, 엉터리의 엉터리
> 교회는 무슨 교회라고 야단이냐
> 정부 없는 나라야 없지만
> "내가 나라다" 하는 정부, 도둑의 무리요
> 교회 없는 종교야 없지만,
> 하나님 예 계신다 하는 교회, 강도의 굴……
>
> ─「거짓하는 교회 주의자」부분

'교회<기독교<종교<인생<하느님'의 인식을 볼 수 있는 시이다. 함석헌에게 있어서 전통과 제도, 특히 화석화되어 굳어가는 종교전통과 제도는 타기시되어야 할 유물이다. 이는 그가 '종교'라는 개념어의 렌즈를

통해서 세상을 바라보고 있지 않다는 것을 의미한다. 그는 종교가 반드시 역사적으로 규명할 수 있는 교권과 교리조직을 가져야 하는 것은 아니라고 판단한다. 즉 그는 종교를 교회 조직이나 교리 체계와 동일시하는 통속적인 실체론 관점을 넘어선다. 이런 관점은 김교신의 글 「나의 無敎會」[14]에서도 드러난다. 이 글에서 김교신은 우찌무라 간조(內村鑑三) 선생이 무교회주의를 전공한 것이 아니며, 자신들도 공산당 당국에서 훈육받은 이들이 그 주의를 선전할 사명을 띠고 월경하듯, 혹은 군관학교에서 교육받은 청년이 모종의 운동에 헌신하듯 무교회주의자를 전파하는 이들이 아니라는 점을 분명히 밝히고 있다.

김교신은 "우리가 10년에 걸쳐 內村先生께 배운 것은 聖經이고 福音이었다. 무교회주의가 아니라 聖書의 眞理였다."며 "現今 朝鮮基督敎界의 雙璧이라고 할 만한 長監兩敎派는 積極團問題 발생이래로 자멸을 목표로 분쟁 또 분쟁"이고 "교회 전체로 볼 때 그 정리와 부흥에 희망을 두지 못함은 現敎會內의 頭領들의 心理와 一般이다"고 주장한다. 그들이 따르고 있는 무교회는 성경에서 나온 진리이며 교리와 교단, 그리고 그것을 만들고 있는 종교 지도자들이 진리 자체를 왜곡하고 있다고 주장한다.

기존 교단의 교리만을 맹종하는 행위는 오히려 전통 사회관계를 온존시켜서 교회의 지배와 국가의 지배를 정당화시켜 줄 뿐이다.[15] 교리를 개인으로 하여금 거미줄에 매달린 무수한 곤충으로 전락시키는 매개로 인식하는 이러한 관점은 함석헌이 추구하는 기독교의 주체화, 토착화와도 그 궤를 같이한다. 이른바 '성서조선' 이라는 이름이나 '조선적 기독교' 라는 목

---

14 『성서조선』 제92호, 昭和 11(1936). 9. 1면.
15 한국기독교사연구회, 『한국기독교의 역사』 1권, 285면.

표는 그 추구가 민족의 현실로부터 분리될 수 없는 것임을 보여준다. 이는 선교사 중심 목회의 정교분리 정책에 대한 비판이기도 하다. 또한 그에게는 유일신이라는 개념도 완전히 부각되지 않는다. 함석헌에게 기독교 전래 이전의 타종교, 즉 부처나 공자의 교훈은 유대교의 율법처럼 복음전사(福音前史)로서의 의의를 가진다. 실제로 함석헌은 유교라는 형식을 빌어서 표현된 조선의 재래정신이 예수에 의해서 최종적으로 완성시키는 곳에 기독교의 '조선적 형식'이 있다고 생각한다. 그것은 교회나 사회적 조직을 중시하는 서양적 형식의 종교만을 종교의 모델이라고 보지 않는 그의 종교인식에서 기인한다. 그러나 그는 유교를 비롯한 전통을 기독교에 접목시키기 위해서는 무엇보다도 기존 유교 전통의 현세 중심 순응주의를 철저히 비판하고 극복해야만 한다고 보았다. 실제로 기독교 민족주의 사회복음은 일제에 대한 훨씬 과격한 입장을 보이고 있었지만, 그 정세가 악화되었을 때는 일제에 대해 아무런 저항도 보이지 못하고 순응주의 자세를 보인 반면 함석헌을 필두로 하는 성서조선파들이 비록 소수였지만 일제의 탄압에 맞설 수 있었던 것은 이러한 주체적 인식 때문이다. 그가 '씨을 사상'을 전개할 수 있었던 것은 한국 천주교 이래 유교와 기독교의 교섭 과정에서 발전된 독자성의 신학이 실체로서 자리잡고 있었던 까닭이다.[16] 유명모는 그것을 더욱 정교화시켰고 함석헌은 이를 사회 사상으로 발전시켰던 것이다.

나라에 대한 비판도 그의 종교론에서 도출된다. 그는 나라를 절대화하지 않는다. 그는 개인의 양심이 윤리적인 민족 공동체의 실현과 이어질 때 실현될 수 있는 것으로 보았다. 그는 '하나님의 의'를 민족사의 전개에서 파악하면서 민족현실과의 진지한 긴장을 획득하게 된다. 그는 개인

---

16 『함석헌전집』 1권, 105면.

과 전체를 유기체적 사유의 틀로 파악하며 개체가 전체 안에 있고 전체가 개체 안에 있다는 생각, 즉 개인과 민족을 통합된 전체로 파악하는 시각을 견지한다. 씨올 사상은 개체 속에 이미 전체를, 하나님을 품고 있다는 인식을 전제로 한다. 그러기에 건물 안에 갇힌 기존 교회 주의자들의 생각에서 이미 자유로워진 것이다.

> 에밀레 에밀레 에밀레 에밀레
> 에밀레 죽었고 에밀레 살았다.
> 웃음도 에밀레 죽음도 에밀레
>
> 엄마야 엄마다 엄마야 엄마다
> 내게두 에밀레 네게두 에밀레
> 에밀레 이승을 에밀레 저승을
>
> 에밀레 바친 숨 뭇숨의 에밀레
> 못잊을 에밀레 에밀레 못잊어
> 영원히 영겁에 에밀레 에밀레

—「에밀레」부분

우리 겨레의 가슴에 못 잊을 슬픔으로 남아 있는 에밀레종의 이미지를 모티프로 해 쓴 시이다. 함석헌에게 있어서 역사 속에 스민 비애의 발견이야말로 한국사에서 일관된 의미를 찾게 해 주는 계기이다. 그는 조선의 역사는 고난의 역사라고 말한다. 함석헌의 성서사관에서 '고난'은 핵심 개념이다. 이는 고난으로 인해 정화되는 순수한 인격과 민족성으로 이어진다. 아울러 세계사의 본질이 고난이라면 한국사의 지극한 고난이야말로 한민족을 넘어서 세계 전체의 죄를 대속하여 온전함에 이르게 하는 일깨움인 것이다. '에밀레'는 어린 자식을 주물에 섞었다는 어미의 고백으로서, 전체로서의 민족을 온전하게 하는 것은 결국 개인일진대, 그 행위는 개인 차원에서의 '우리' 지향성이 될 수 있을 것이다. 설제로 함석헌에게 있어 1930년까지 한국사에서 아무 죄가 없는 한 존재의 죽음은 순전히 개인의 문제로만 인식된다. 그러나 1934년 이후 『성서적 입장에서 본 조선역사』를 쓰면서 한민족의 역사를 하나님의 섭리의 드러남으로써 파악함으로써 죄없는 이들(의인)의 죽음은 역사의 불멸성으로 승화된다. 하나님이 민족의 의를 살리기 위한 의도로서 그 피를 요구했다는 인식에서 이제 개인의 행위는 민족사 전체의 차원에서 설명되기 시작한다. 그 죽음은 개별 차원의 것이면서 영원과 연결해주는 통로("영원히 영겁에 에밀레 에밀레")가 되는 것이다. 함석헌의 이러한 인식은 개체의 각성을 촉구하는 윤리적 개인주의와 연결된다.

> 새벽 창으로 흘러드는
> 가벼운 날개 같은 말씀
> "네 옷을 바꿔라."
>
> 아침 들판 건너오는
> 구슬 같이 맑은 말씀
> "네 샘을 맑혀라."
>
> 해 떨어지는 수심하는 천지에
> 초막마다 켜지는 등불
> "네 속의 빛을 밝혀라."
>
> 시내 위에 서면 목멘 물소리
> 하늘 아래 서면 저 떠는 별소리
> "영원으로 영원으로 올라라 올라라!"
>
> — 「가을의 말씀」 전문

자연을 통해 내밀하게 들려오는 말씀이 개인을 윤리적 결단과 촉구로 각성하는 내용으로 시가 진행된다. 첫째연의 옷은 개인의 행위를, 둘째연의 샘은 속에서 나오는 심성을, 셋째연의 '네 속의 빛'은 지혜를, 넷째연의 영원은 불변성을 각각 함의한다고 볼 수 있다. 함석헌에게 개인은 그냥 개체로서만 존재하지 않고 윤리 사상 역시 고답준론에 머무르지 않는다. 그는 일상생활에서의 윤리적 실천을 중시할 뿐만 아니라 삶과 분리되지 않는 윤리 사상을 강조한다. 이는 '윤리적 개인주의'라 명명[17]되는데, 도덕 판단의 근거가 개인에게 내재하고 있다는 점에서 이전시대 윤리관과 구별된다. 그는 공리성에 기초한 도덕론을 비판하고, 대신 행위 동기가 얼마나 내면의 양심에 근거하고 있는가를 중시한다. 또한 도덕 실천의 주체인 개인 행위의 결과가 공동체의 선을 지향한다는 점에서 자유주의 개인주의와 구별되는 공동체주의 성격을 가지고 있다. 즉 의를 실천하는 주체는 개인이지만, 이들의 행위 동기는 그 결과인 공동체의 선과 분리되지 않는다. 이 점이 함석헌 사상의 깊이이고 개성이다. 아래 시는 그 개인이 닮고 싶어하는 표상으로서의 산을 그리고 있다.

> 나는 그대를 나무랐소이다 물어도 대답도 않는다 나무랐소이다
> 그대겐 묵묵히 서 있음을 도리어 대답인 걸 나는 모르고 나무랐소이다
>
> 나는 그대를 비웃었소이다 끄들어도 꼼짝도 못한다 비웃었소이다
> 그대겐 죽은 듯이 앉았음이 도리어 표정인 걸 나는 모르고 비웃었소이다
>
> 나는 그대를 의심했소이다 무릎에 올라가도 안아도 안 준다 의심했소이다
> 그대겐 내버려둠이 도리어 감춰줌인 걸 나는 모르고 의심했소이다
>
> 크신 그대 높으신 그대 무거운 그대 은근한 그대

---

17 이황직, 「근대 한국의 윤리적 개인주의 사상과 문학에 관한 연구」, 연세대 박사논문, 2002, 133면.

나를 그대처럼 만드소서! 그대와 마주앉게 하소서! 그대 속에 눕게 하소서!

—「산」전문

여기서 산은 개인으로도 절대자로도 읽을 수 있다. 전자로 읽을 때에는 한시가 다르게 부침하는 풍파 사이에도 흔들리지 않는 확고부동한 인물의 의미로, 후자로 읽을 때에는 복잡다단한 인간사의 문제로부터 초연해 있는 절대자[18]의 의미로 읽을 수 있다. 그런 점에서 이 시에 나타나는 산은 "宇宙靈氣의 인간적 나타남"[19]이라고 보는 것이 가장 타당하리라고 생각한다. 그것은 부여된 소명을 잃고 주체성의 자아를 상실한 우리 민족에게 그것을 극복할 위안과 용기를 주는 존재로 드러나기 때문이다. 여기서도 예의 개인주의적 윤리의식은 드러난다고 할 수 있다. 고난의 역사로 점철된 한민족의 역사 속에서 민족에게 부여된 신의 섭리를 찾고 우리 인격에 근본적인 변화가 일어나기를 소망하는 태도가 이 시에 스며 있는 것이다.

3. 결론

이제 한국시는 제도적 공간에 편입되어 있는 시인들의 작업뿐만 아니라 실존적 공간에서 이루어지는 시문학 작품의 성과를 수렴함으로써 한국시의 내포와 외연을 확장시켜 나가야 한다.

일찍이 단재가 그러했듯이, 불교문학의 범주를 사상으로 육화시켜 특정종교를 뛰어넘었던 만해가 그러했듯이, 또한 잡지에 시 한편을 발표하지도 않고 우리 한국 시사에서 찬란한 성좌로 평가되고 있는 윤동주가 그러했듯이 우리 시의 변경은 넓어져야 한다.

---

18 김성수, 「함석헌의 시와 사상」, 『신생』 9 여름, 23면.
19 『함석헌전집』 2권, 153면.

이때 함석헌과 같이 필생의 사상을 육화시켜놓은 시에 대한 탐구는 이를 위한 그 좋은 본보기가 된다. 이 글은 이러한 문제의식에서 함석헌 시와 시 정신의 양상을, 목숨으로서의 말과 문화·모국의 동일시, 민족적 고난의식의 형상화, 교회와 정치권력에 대한 비판 세 가지로 살펴보았다.

함석헌의 시는 우리말에 대한 투철한 인식을 보여주었다. 그는 낱말 하나 밑에 문화의 전 체계를 발견한다. 함석헌에게 있어 우리말은 우리의 토양이 낳은, 우리의 토양에서 생산된 생명체이다.

그는 역사 속의 비애의 발견이야말로 한국사에서 일관된 의미를 발견하게 해주는 계기라고 생각한다. 민족의 고난은 그에게 '창부(娼婦)'로 의인화되어 나타난다. 함석헌은 이렇듯 기독교의 신정론을 통해 고난으로 인해 정화되는 순수한 인격과 민족성을 통해 새로운 세계 이상 곧 윤리적 근대를 준비한다. 그 인물은 그에게 '씨올'이라는 이름으로 구체화된다.

절대다수에 대한 비판은 소수자로서의 고독과 고투를 감내하는 것이다. 문제는 이것이 수십년 간 그의 행동을 관류하는 지향이 되었다는 점에 있다.

특히 교회에 대한 비판은 물질과 욕심, 세속화에 대한 비판, 교회 안에만 하나님이 계신다는 것에 대한 반론이며, 모든 권위를 인정하지 않으려는 태도이다.

함석헌의 시와 산문은 장르의 다름에도 불구하고 그 정신은 같다. 그 사상과 정신의 핵심은 그의 시편들에 반영되어 있다. 함석헌의 시야말로 가장 위대한 사유체계의 한 봉우리에 서 있는 사상가 함석헌의 궤적이 어떻게 실현되어 나갔는지를 보여주는 실마리가 된다.

이 글은 함석헌 사상의 핵심적인 요소를 시에서 찾아서 그의 시의 특질은 물론 시정신의 양상과 의의를 고찰해보기 위해 쓰여졌다. 미진한 부분은 후고를 기약하기로 한다.

| 발표지 목록 |

제1부

1. 이미지 선택방식을 통한 시 창작 교육－'주변의 소재로 그리기'를 중심으로 : 『어문학』 제87집, 2005.3.
2. 화자를 활용한 시 교육 및 창작 연구 : 『어문학』 제94집, 2006.12.
3. 상호텍스트성을 활용한 시 창작 교육 방법 연구(원제목 : 상호텍스트성을 활용한 시 교육 방법 연구) : 『한국문학이론과 비평』 제29집, 2005.12.
4. 시에 있어서의 상호텍스트성의 실현양상 연구 : 『어문학』 제102집, 2008.12.
5. 문학교육과 문화의 수용문제 : 『새국어교육』 제69호, 2005.4.
6. 문학교육과 제재 선정의 문제－서정주의 시를 중심으로 : 『우리말글』 제33집, 2005.4.

제2부

1. 시와 리듬(원제목 : 리듬) : 『시론』, 황금알 간, 2008.3.
2. 시와 영상예술의 상호 관련성 연구 : 『어문학』 제100집, 2008.6.
3. 백석 시의 '옛것' 모티프와 상상력 : 『한국문학이론과 비평』 제24집, 2004.9.
4. 백석 시와 '어린아이' : 『어문학』 제84집, 2004.6.

제3부

1. 『靑鹿集』 수록 박두진 시 연구 : 『어문학』 제98집, 2007.12.
2. 서정주 시와 산문에 나타난 김범부의 영향 : 『국제언어문학』 제23집, 2011.4.
3. 함석헌의 시와 시 정신의 양상에 관한 연구 : 『우리말글교육』 제12집, 2010.4.

| 참고문헌 |

1. 자료

『문예』

『문장』

『성서조선』

『시건설』

『시문학』

『신문예』

『실천문학』

『인문평론』

『전선문학』

『전선시첩』 1집, 2집

『조선일보』

『학풍』

김범부, 『화랑외사』, 이문사, 1981.

_____, 『풍류정신』, 정음사, 1986.

김규동, 『나비와 광장』, 산호장, 1955.

김기림, 『기상도』, 장문사, 1936.

_____, 『태양의 풍속』, 학예사, 1939.

_____, 『바다와 나비』, 신문화연구소, 1946.

_____, 『김기림 전집』 2~6, 심설당, 1988.

김춘수, 『김춘수 전집』 2~3, 문장, 1984.

박목월 외, 『청록집』, 을유문화사, 1946.

박용철, 『박용철 전집』 1~2, 동광당서점, 1940.

백 석, 『사슴』, 선광인쇄주식회사, 1936.

_____, 『백석시 전집』, 이동순 엮음, 창작사, 1987.

서정주, 『서정주문학전집』 1~6, 일지사, 1972.

_____, 『한국의 현대시』, 일지사, 1969.

_____, 『미당 서정주 시전집』, 민음사, 1983.

이병철, 『한하운시초』, 정음사, 1949.

정지용, 『백록담』, 문장사, 1941.

_____, 『산문』, 동지사, 1949.

함석헌, 『함석헌 전집』 1~4, 한길사, 1983.

_____, 『성서적 입장에서 본 조선역사』, 한길사, 2003.

2. 단행본

강희근, 『시 읽기의 행복』, 을유문화사, 2000.

고현철, 『현대시의 패러디와 장르이론』, 태학사, 1997.

고형진, 『1920~30년대 시의 서사지향성과 시적 구조』, 고려대 박사논문, 1991.

구인환, 『문학교수·학습방법론』, 삼지원, 1998.

구인환 외, 『문학교육론』, 삼지원, 1996.

권기호, 『시론』, 경북대 출판부, 2003.

김광림, 『오늘의 시학』, 새문사, 1979.

김규동·김병걸 편, 『친일문학작품선집』, 실천문학사, 1986.

김대행, 『국어교과학의 지평』, 서울대 출판부, 1995.

김대행 외, 『문학교육원론』, 서울대 출판부, 2000.

김도남, 『상호텍스트성과 텍스트 이해 교육』, 박이정, 2003.

김동리, 『문학과 인간』, 백민문화사, 1948.

김수업, 『국어교육의 길』(2판), 나라말, 2000.

김용직, 『한국근대시사』 상, 학연사, 1986.

_____, 『한국현대시사』 2, 한국문연, 1996.

김욱동, 『포스트모더니즘의 이론』, 민음사, 1992.

김윤식, 『한국 근대문학의 이해』, 일지사, 1973.

_____, 『한국근대문학사상사』, 한길사, 1984.

김은자, 『현대시의 공간과 구조』, 문학과비평사, 1988.

김은전 외, 『한국 현대시사의 쟁점』, 시와시학사, 1991.

김정숙, 『김동리의 삶과 문학』, 집문당, 1996.

김준오, 『시론』(4판), 삼지원, 1997.

김준오 편, 『한국 현대시와 패러디』, 현대미학사, 1996.

김준태, 『참깨를 털면서』, 창작과비평사, 1977.

김중신, 『문학교육학의 이해』, 태학사, 1997.

김춘식, 『미적 근대성과 동인지 문단』, 소명출판, 2003.

김현자, 『시와 상상력의 구조』, 문학과지성사, 1982.

문태준, 『포옹, 당신을 안고 내가 물든다』, 해토, 2007.

박두진, 『예레미야의 노래』, 창작과 비평사, 1981.

박용찬, 『한국현대시의 정전과 매체』, 소명출판, 2011.

박진?김행숙, 『문학의 새로운 이해』, 청동거울, 2004.

박철희편, 『박두진』, 서강대 출판부, 1996.

박태일, 『한국 근대문학의 실증과 방법』, 소명출판, 2004.

박현수, 『시론』, 예옥, 2011.

백　철, 『신문학사조사』, 신구문화사, 1968.

손진은, 『현대시의 미적인식과 형상화 방식 연구』, 월인, 2003.

_____, 『서정주 시의 시간과 미학』, 새미, 2003.

송　현, 『젊은 날에 만나야 할 시인 함석헌』, 명상, 2000.

신경림, 『뿔』, 창작과비평사, 2002.

신범순, 『한국현대시사의 매듭과 혼』, 민지사, 1992.

안도현, 『그리운 여우』, 창작과비평사, 1997.

_____, 『바람난 살구꽃처럼』, 현대문학북스, 2002.

오세영, 『한국 현대시 분석적 읽기』, 고려대 출판부, 1998.

_____, 『한국낭만주의시 연구』, 일지사, 1980.

우대식, 『늙은 의자에 앉아 바다를 보다』, 천년의 시작, 2003.

우한용, 『문학교육과 문화론』(3쇄), 서울대 출판부, 2001.

유성호, 『현대시교육론』, 역락, 2006.

유영희, 『이미지로 보는 시창작교육론』, 역락, 2003.

윤여탁, 『리얼리즘의 시 정신과 시교육』, 소명출판, 2003.

_____, 『시교육론·Ⅱ』, 서울대 출판부, 1999.

_____ 외, 『시와 함께 배우는 시론』, 태학사, 2002.

이남호, 『교과서에 실린 문학작품을 어떻게 가르칠 것인가』, 현대문학, 2001.

이동순, 『잃어버린 문학사의 복원과 현장』, 소명출판, 2005.

이명찬, 『1930년대 한국시의 근대성』, 소명출판, 2000.

이숭원, 『현대시와 현실인식』, 한신문화사, 1990.

이정록, 『버드나무 껍질에 세들고 싶다』, 문학과지성사, 1999.

이진수, 『그늘을 밀어내지 않는다』, 시와시학사, 2002.

장석남, 『물의 정거장』, 이레, 2000.

정끝별, 『패러디 시학』, 문학세계사, 2002.

정재찬, 『문학교육의 사회학을 위하여』, 역락, 2003.

정호승, 『이 짧은 시간 동안』, 창작과 비평사, 2004.

차창룡, 『해가 지지 않는 쟁기질』, 문학과지성사, 1994.

최동호, 『정지용 사전』, 고려대 출판부, 2003.

최현식, 『서정주 시의 근대와 반근대』, 소명출판, 2004.

3. 논문 외

강진호, 「교과서·문학 교육·교사」, 『문학교육학』 제9호, 문학교육학회, 2002.

강홍기, 「한국현대시 운율연구」, 성균관대 대학원 박사학위 논문, 1988.

구본철, 「낭만주의의 어린아이: 블레이크, 워즈워스, 콜리지 미학의 하나의 상징」, 『영미어문학』 제56집, 1999.

구성주, 「맑은 그 길을 걷고 싶다」, 『시와 정신』, 2005. 여름.

권유성, 「백석 시에 나타난 전통지향의 양상 연구」, 경북대 석사논문, 2001.

권혁웅, 「백석 시의 비유적 구조」, 『한국문학비평과 이론』 14호, 2002.

김경재, 「함석헌의 종교시에 나타난 하느님 이해」, 씨알사상 연구회 정례발표모임, 2004년 11월 13일, 한국교회 100주년기념관.

김기림, 「현대시의 발전—속도의 시 문명비판」, 『김기림 전집2』, 심설당, 1988.

김동리, 「왕성한 시정신」, 『동아일보』, 1949.7.

_____, 「자연의 발견」, 『문학과 인간』, 백민문화사, 1948.

_____, 「後記」, 『바위』, 일지사, 1973.

김민정, 「백석 시 연구—민속성을 중심으로」, 홍익대 석사논문, 1999.

김범부, 「풍류정신과 신라문화—풍류도론서설」, 한국사상, 고구려문화사 간, 1960.

_____, 「국민윤리 특강」, 『화랑외사』, 이문사, 1981.

_____, 「음양론」, 풍류정신, 정음사, 1986.

김상욱, 「국어교육에서 문화의 개념과 지향성」, 『국어국문학의 통합적 연구』, 제47회 전국 국어국문학 학술대회, 국어국문학회, 2004.

김성수, 「함석헌의 시와 사상」, 『신생』 9 여름.

김성진, 「국어교육과 대중문화」, 『문학교육론의 쟁점과 전망』, 삼지원, 2004.

김수이, 「서정주 시의 변천과정 연구」, 경희대 박사논문, 1997.

김신정, 「백석 시의 '가난'에 대하여」, 『문예연구』 2001. 1.

김영남, 「창작강의 및 감상평」8, http://www.munhakac.co.kr/

김용직, 「詩와 信仰―박두진 시의 방향」, 『世代』, 제2권 통권 제13호, 1964. 6.

_____, 「토속성과 모더니티」, 고형진 편, 앞의 책.

김용희, 「시와 영화」, 유종호·최동호 외 편, 『시를 어떻게 만날 것인가』, 작가, 2005.

김윤식, 「허무의 늪 건너기―백석론」, 『김윤식 선집 5』, 솔, 1996.

김은영, 「백석 시 연구」, 국민대 석사논문, 1994.

김은자, 「생명의 시학」, 고형진 편, 『백석』, 새미, 1996.

김응교, 「빛의 돌의 꿈―박두진의 상상력 연구」, 연세대 박사논문, 1997.

김일훈, 「박두진 試論」, 『현대문학』, 1972.6.

김정근, 「凡父와 東學」, 『풍류정신의 사람 金凡父의 삶을 찾아서』, 선인, 2010.

김정우, 「시 해석 교육 내용 연구」, 서울대 박사논문, 2004.

김정은, 『대중문화 읽기와 비평적 글쓰기』, 민미디어, 2003.

김종길, 「'추천사'의 형태」, 『서정주 연구』, 동화출판공사, 1975.

김주리, 「근대적 패션의 성립과 1930년대 문학의 변모」, 『한국현대문학연구』 제7집, 한국현대문학회, 1999.

김중식, 「황금빛 모서리」, 『황금빛 모서리』, 문학과지성사, 1993.

김진희, 「출발과 경계로서의 모더니즘」, 『시에 관한 각서』, 새움, 2004.

김창원, 「述而不作에 관한 질문 : 창작 개념의 확장과 창작 교육의 방향」, 『문학교육학』 제2호, 1998 여름.

김춘수, 「자유시의 전개―박두진, 박목월, 조지훈의 시형태」, 『靑鹿集·其他』(현암사, 1968).

김 현, 오규원 시집 『가끔은 주목받는 생이고 싶다』, 문학과지성사, 1987, 해설.

김현수, 「운율의 교수·학습에 관한 연구」, 『문학교육학』 제23호, 한국문학교육학회, 2007.

나희덕, 「토요일에 만나는 시」, 동아일보, 2002. 11. 8.

문태준, 「가지를 넘을 때」해설, 『조선일보』, 2008.4.28.

박기범, 「제7차 교육과정에 따른 문학 교과서의 내용 분석 연구」, 『문학교육학』 제11호, 문학교육학회, 2003.

박두진, 「시의 운명」, 정한모·김용직, 『한국현대시요람』, 박영사, 1974.

_____, 「자유·사랑·영원」, 『문학적 자화상』, 한글, 1994.

박수연, 「절대적 긍정과 절대적 부정」, 『포에지』 2000년 겨울.

박승희, 「대중매체의 교육적 수용과 은유 교육」, 『시 교육과 문학의 현재성』, 새미, 2004.

박용찬, 「상호 텍스트성을 활용한 시 교육의 방법」, 『선주논총』 제7집, 금오공과대학교 선주문화연구소, 2004.

박용철, 「〈기상도〉와 『시원 5호』—올해의 시단 총평」, 『동아일보』, 1935.12.28.

박정호, 「전통의 시화 및 시적 변용—백석 시의 전통성 고찰」, 『한국어문학연구』 9집, 한국어문학연구회, 1998.

박주택, 「낙원의 원상과 영혼의 풍경」, 『문예연구』, 2001. 가을.

_____, 「시점의 선택과 구조의 양상」, 『시창작이란 무엇인가』, 화남, 2003.

박철희, 「서정적 자아와 신앙적 자아」, 『박두진』, 서강대출판부, 1996.

박태순, 「시인 함석헌, 사상가 함석헌」, 함석헌 선생 탄신 108주년 기념 심포지엄, 2009. 4.1, 교보문고.

박태일, 「백석 시의 미발굴시 '병아리와 싸움' 변증」, 『시와 비평』 3호, 경남시사랑문화인협의회, 불휘, 2001. 전반기.

_____, 「백석과 신현중, 그리고 경남문학」, 『지역문학연구』 제4호, 경남지역문학회, 1999. 4.

박현수, 「이상의 아방가르드 시학과 백화점의 문화기호학」, 『국제어문』 제31집, 국제어문학회, 2004.

_____, 「서정주와 미학적 기획으로서의 신라정신—사소 모티브를 중심으로」, 『한국근대문학연구』, 제14호, 2006.10.

_____, 「일제강점기 시의 '숭고' 고찰」, 『한국시학연구』 제1호, 한국시학회, 1998.

박호영, 「시인과 독자의 상호소통을 위한 전략」, 김은전 외 『현대시 교육의 쟁점과 전망』, 월인, 2001.

백 철, 「35년대의 문단상황과 김동리문학론의 의의」, 『동리문학연구』, 서라벌예술대학, 1973.

서정주, 「문학작품의 현실이란 것」, 『서정주문학전집』 2, 일지사, 1972.

_____, 「자연파와 그들의 시」, 『서정주문학전집』 3, 일지사, 1973.

_____, 「凡父 金鼎卨 선생의 일」, 『미당산문』, 민음사, 1993.

_____, 「단발령」, 『미당자서전』 2, 민음사, 1994.

_____, 「짝사랑의 역정」, 『미당자서전』 2, 민음사, 1994.

_____, 「나의 문학인생 7장」, 『80소년 떠돌이의 시』, 1997.

서지영, 「한국현대시의 문체연구—『靑鹿集』을 대상으로,」, 서강대 석사논문, 1992.

손진은, 「서정주 시의 시간성 연구」, 경북대 박사논문, 1995.

_____, 「시적 영향관계와 재문맥화—백석의 「멧새 소리」와 최승호의 「北魚」를 중심으로」, 『어문학』 제71집, 한국어문학회, 2000.

_____, 「서정주 시의 반근대성 연구」, 『새국어교육』 제64호, 2002.

_____, 「백석 시의 형성과 프랑시스 잠 시」, 『어문학』 제80집, 2003.

_____, 「문학교육과 문화의 수용문제」, 『새국어교육』 제69호, 한국국어교육학회, 2005.

_____, 「상호텍스트성을 활용한 시 교육 방법 연구」, 『한국문학이론과 비평』 제29집, 한국문학이론과 비평학회, 2005.

손창기, 「백석 시 바르게 읽기」, 『제5회 푸른 시인학교』, 2003. 8.

송희복, 「시인의 피, 오르페우스의 유언」, 『현대시』, 1995.

_____, 「시 교육의 이론적 성찰과 수업의 실제」, 『새국어교육』 제68호, 한국국어교육학회, 2004. 12.

신동욱, 「박두진의 시에 있어서의 저항과 그 지속의 의미」, 『세계의 문학』, 1983. 겨울.

신범순, 「백석 시의 공동체적 신화와 유랑의 의미」, 『한국현대시사의 매듭과 혼』, 민지사, 1992.

안성수, 「상호 텍스트성과 문학교육 ―「숨은 꽃」과 「꽃을 위한 서시」를 중심으로」, 『문학교육학』 제2호, 1998 여름.

엄경희, 「서정주 시의 자아와 공간·시간 연구」, 이화여대 박사논문, 1999.

_____, 「비천한 세계로 열린 따뜻한 몽상」, 『질주와 산책』, 새움, 2003.

우한용, 「소설창작의 이론화 가능성 탐색」, 한국현대소설학회 제12회 학술발표대회 발표 논문, 한국현대소설학회, 1998.

유성호, 「화자의 양상에 따른 시 교육의 여러 층위」, 『문학교육학』 제10호, 2002.

유종호, 「소리지향과 산문지향」, 『미당연구』, 민음사, 1994.

유지현, 「서정주 시의 공간 상상력 연구」, 고려대 박사논문, 1997.

윤여탁, 「시의 이데올로기와 교육」, 『시 교육론』, 태학사, 1996.

_____, 「문학교육에서 상상력의 역할」, 『문학교육학』 제3집, 1999.

_____, 「매체를 활용한 현대시 교육」, 『리얼리즘의 시 정신과 시 교육』, 소명출판, 2003.

윤재웅, 「서정주 시 연구」, 동국대 박사논문, 1995.

이대규, 『수사학―독서와 작문의 이론』, 신구문화사, 1995.

이도영, 「문화교육으로서의 국어교육」, 『선청어문』 제24집, 서울대 국어교육과, 1996.

이동순, 「민족시인 백석의 주체적 시정신」, 『백석시선집』, 창작사, 1987.

_____, 「백석 시의 민족문학적 의의」, 『멧새 소리』, 미래사, 1991.

이숭원, 「風俗의 詩化와 訥辯의 美學」, 고형진 편, 『백석』, 새미, 1996.

_____, 「백석의 삶과 문학적 대응 양상 연구 ― 여성과 관련된 작품을 중심으로」, 『한국시학연구』 제7호, 2002.

_____, 「백석의 시와 거주공간의 관련 양상」, 『한국시학연구』 제9호, 2003.

이승하, 「영화를 응용하여 시를 써 보자—시, 영화를 만나다」, 『이승하 교수의 시쓰기 교실』, 문학사상사, 2004.

이오덕, 「동심의 승리」, 『시정신과 유희정신』, 창작과비평사, 1997.

이완재, 「凡父先生과 東方思想」, 『범부 김정설 연구논문자료집』, 선인, 2010.

이인제 외, 「제7차 국어과 교육과정 개발 연구」, 연구보고 CR97—23, 한국교육개발원, 1997.

이지호, 「열린 문학교육의 논리」, 『문학교육학』 제4호, 한국문학교육학회, 1999 가을.

이황직, 「근대 한국의 윤리적 개인주의 사상과 문학에 관한 연구」, 연세대 박사논문, 2002.

장경렬, 「상상력과 언어—코울리지의 경우」, 『현대비평과 이론』, 한신문화사, 1991 가을.

장경호, 「백석 시 연구」, 전북대 석사논문, 1998.

장도준, 「백석 시의 화자와 표현 기법」, 『한국현대시의 전통과 새로움』, 새미, 1998.

전봉건, 「박두진의 연작시」, 『현대문학』, 1972.6.

전봉관, 「1930년대 금광 풍경과 '황금광 시대'의 문학」, 『한국현대문학연구』 제7집, 한국현대문학회, 1999.

_____, 「백석 시의 방언과 그 미학적 의미」, 『한국학보』 1998.

정끝별, 「영화에서 상상력을 베끼는 시인들을 믿느냐」, 『천 개의 혀를 가진 시의 언어』, 하늘연못, 1999.

_____, 「21세기 시문학의 미학적 특성과 시교육 방법론(1)—패러디와 알레고리를 중심으로—」, 『문학교육학』 제9호, 2002 여름.

_____, 「21세기 시문학의 미학적 특성과 시교육 방법론(2)」, 『한국문학이론과 비평』 제15집, 2002.6.

_____, 「현대시에 나타난 알레고리의 특징과 유형」, 『한국문학이론과 비평』 제21집, 2003. 12.

_____, 「현대시의 반복과 병렬의 미학」, 프린트물.

정재찬, 「현대시 교육의 지배적 담론에 관한 연구」, 서울대 박사논문, 1996.

_____, 「문학교육사회학서설」, 『문학교육의 사회학을 위하여』, 역락, 2003.

_____, 「상호텍스트성을 통한 현대시 교육 연구」, 『국어교육학 연구』 제29집, 국어교육학회, 2007.

정지용, 「詩選後」, 『文章』, 1940. 1월호.

정한모, 「靑鹿派의 詩史的 意義」, 『靑鹿集·其他』, 현암사, 1968.

정현선, 「매체 변용을 통한 시 교육」, 『현대시 교육의 쟁점과 전망』, 월인, 2001.

정현선, 「문화교육이라는 문제설정2」, 『국어교육연구』 제4집, 서울대 국어교육연구소, 1997.

제6차 교육과정, 교육부 고시.

제7차 교육과정—국어교육과정, 교육부 고시 제1997—15호, 교육부, 1997.

조선일보, 2006. 3.13. 보도.

조연현, 「박두진」, 『박두진』, 서강대출판부, 1996.

진순애, 「백석 시의 심미적 모더니티」, 『현대시의 자연과 모더니티』, 새미, 2003.

진창영, 「서정주 자료 신라연구의 문학적 성격」, 『우리 시의 신라정신과 노장의 생태
　　　주의』, 국학자료원, 2007.

차원현, 「1930년대 중 · 후반기에 전통론에 나타난 민족이념에 관한 연구」, 『민족문학
　　　사연구』 24, 민족문화사 연구소, 2004.

최두석, 「백석의 시세계와 창작방법」, 고형진 편, 『백석』, 새미, 1996.

_____, 「서정주론」, 『시와 리얼리즘』, 창작과비평사, 1996.

최라영, 「서정주 초기 詩텍스트의 의미화 과정 연구」, 서울대 석사논문, 1999.

최미숙, 「키치와 문학교육」, 『선청어문』 제23집, 서울대 국어교육과, 1995.

_____, 「표현교육 연구의 반성과 제언」, 『국어교육연구』 제14집, 국어교육학회, 2002. 6.

_____, 「문학적 글쓰기에 있어서의 '창조성' −시의 영향과 모방을 중심으로」, 『문학
　　　교육학』 제15호, 한국문학교육학회, 2004.

최승권, 「지역문학의 교육방법 연구−광주 전남 현대시를 중심으로」, 전남대학교 대학
　　　원 박사논문, 2005.

최승호, 「『靑鹿集』에 나타난 생명시학과 근대성 비판」, 『21세기 문학의 유기론적 대
　　　안』, 새미, 2001.

최인자 「문학과 영화」, 『문학의 이해』, 문학과문학교육연구소, 삼지원, 1999.

최재목, 「凡父 金鼎卨 연구의 현황과 과제」, 『범부 김정설 연구논문자료집』, 선인, 2010.

최정례, 「백석 시 연구—근원에 대한 질문으로서의 근대성」, 고려대 석사논문, 2001.

최하림, 「'꽃잎처럼 떨어진 신라' 김범부」, 『시인을 찾아서』, 프레스21, 1999.

한귀은, 「문학교과서의 해석과 활용에 관계하는 변인들」, 『문학교육학』 제11호, 한국
　　　문학교육학회, 2003 여름.

함석헌, 「씨올」, 『새벽을 기다리는 마음』, 동광출판사, 1977.

허혜정, 「1920년대 낭만주의 시에 나타난 '아이'의 근대적 의미 연구—『白潮』 동인의
　　　시와 시론을 중심으로」, 『한국근대문학연구』 8호, 한국근대문학회, 2003 하반
　　　기, 태학사.

홍신선, 「상승과 초월의 변증법」, 『朴斗鎭韓國現代詩文學大系』 20, 지식산업사, 1983.

4. 외국서

A. Giddens, 『현대성과 자아 정체성』, 새물결, 1997.

Abraham Moles, 『키치란 무엇인가』, 엄광현 역, 시각과 언어, 1995.

Bakhtine, 최현무 역, 『바흐찐 : 문학사회학과 대화이론』, 도서출판 까치, 1987.

Benjamin, 『발터 벤야민의 문예이론』, 반성완 역, 민음사, 1983.

Frank Kermode, 조초희 역, 『종말의식과 인간적 시간』, 문학과지성사, 1993.

G. Turner, 『문화연구 입문』, 김연종 역, 한나래, 1995.

Gerard Genette, Palimsestes : La litterature au degre, Paris, 1982.

H. F. Plett, Intertextualities, Intertextuality, Walter de Gruyter, 1991.

Harold Bloom, Anxiety of Poetic Influence, 윤호병 역, 고려원, 1991.

John Crowe Ransom, Beating the Bushes : Selected Essays 1941~1970(New York : New Direction Publishing Corporation, 1941; 1972.)

Jonathan Cook, "Romantic Literature and Childhood』, Romanticism and Ideo — logy;Studies in English Writing 1765~1830, Ed. David Aers, Jonathan Cook, and Punter. London:Routledge & Kegan Paul, 1981.

Lilian R. Furst, Romanticism, 이상옥 역, 3판, 서울대학교 출판부, 1987.

M. H. Abrams, The Mirror And Lamp: romantic theory and the critical tradition, Norton and Co., New York, 1958.

Mark Rollins, Mental Imagery — On the Limits of Cognitive Science, Yale University Press, 1989.

Michel Maffesoli, La Contemplation du Monde, 문예출판사, 1997.

Mikailovich Bachtin, The Dialogic Imagination, 정승회 외 공역, 창작과비평사, 1992.

Octavio Paz, Children of Mire, 윤호병 역, 현대미학사, 1995.

Raymond W. Gibbs, Jr., The Poetics of Mind : Figurative Thought, Language, and Understanding(Cambridge Univ. Press ; 1994).

Raymond Williams, Keyword(2nd edition), Flamingo, 1983.

Riffataire M., Semiotics of Poetry(Bloomington: Indiana Univ. Press, 1978), 47~80면.

Robert Pattison, The Child Figure in English Literature, Athens: The Unv. of Georgia Press, 1987.

Roman Jakobson, Language in Literature, 신문수 역, 문학과지성사, 1994.

Stephen Gurney, British Poetry of the Nineteenth Century, New York: Twayne Publishers, 1993.

Tzvetan Todorov, Mikhail Bakhtine : le principe dialogique, suivi de Ecrits du cercle de

| 찾아보기 |

ㄱ